Des os dans le désert

Ce livre a été réalisé grâce au soutien de la Région Midi-Pyrénées et du programme PROTRAD*, mis sur pied par le Fonds national pour la Culture et les Arts et le ministère des Affaires étrangères du gouvernement mexicain.*

Couverture : *Oton* © Nicolas Sénégas

ISBN : 978-2-914834-27-8

SERGIO GONZÁLEZ RODRÍGUEZ

Des os dans le désert

Traduit de l'espagnol (Mexique)
par Isabelle Gugnon

Préface de Vincent Raynaud

Ouvrage traduit avec le concours
du Centre national du livre

PASSAGE DU NORD-OUEST

Le pouvoir de la littérature

Lorsqu'il s'agit de questionner la réalité, tout est permis, les frontières sont inutiles et l'écriture littéraire peut se révéler une arme d'une redoutable puissance. Si rien n'indique que seuls les poètes et les romanciers puissent faire œuvre de littérature (on n'en finirait pas de citer les grands textes philosophiques ou plus généralement de sciences humaines qui sont d'authentiques chefs-d'œuvre bénéficiant d'une qualité d'écriture exceptionnelle), il semble tout aussi discutable d'affirmer que seul le journalisme d'investigation traditionnel, objectif, impersonnel et froidement efficace, est en mesure d'évoquer avec la rigueur nécessaire les événements importants qui font ou ont fait l'actualité. On pourrait parler d'une troisième voie, celle de la non-fiction littéraire, dans laquelle s'inscrit *Des os dans le désert*, le livre de Sergio González Rodríguez : une enquête qui, sans renoncer à rien de ce qui fait le prix d'un travail journalistique de haut niveau, puise dans les ressources de l'écriture narrative pour donner non seulement plus de force, mais surtout plus de justesse à son récit. Car le souci de Sergio González Rodríguez est celui de toute grande littérature : la vérité.

Et puisqu'on parle de littérature et de fiction, rappelons les liens très forts qui existent entre *Des os dans le désert* et *2666*, le roman posthume de Roberto Bolaño[1]. En effet, les deux auteurs ont travaillé en même temps sur le sujet, les disparitions de femmes à Ciudad Juárez, et l'auteur chilien, depuis Blanes sur la Costa del Sol où il vivait et s'est malheureusement éteint en 2003, interrogeait régulièrement par courrier électronique son ami et confrère mexicain, dont il a même fait un personnage de son roman. Dans

1. À paraître chez Christian Bourgois Éditeur.

l'article « Sergio González Rodríguez dans l'œil du cyclone » (qui figure dans *Entre paréntesis*, recueil d'articles et de textes divers), Bolaño écrit : « Ce qui est certain c'est que, plus qu'une averse, Sergio a observé et ensuite vécu un cyclone, d'une certaine façon. Son livre [...], dans lequel on trouve des échos de ceux de Walraff, de Kapuscinski et de Michael Herr, non seulement ne démérite pas auprès de ces légendes du journalisme, mais comme eux, précisément, transgresse à la première occasion les règles du métier pour s'aventurer sur le territoire du non-roman, du témoignage, de la blessure intime [...]. »

Si Bolaño a tenu à rendre un tel hommage au journaliste, c'est aussi parce que son œuvre évoque l'horreur et le mal, et a en particulier des liens étroits avec Ciudad Juárez. On se souvient que dans *Les Détectives sauvages*, un autre de ses romans majeurs, un curieux attelage composé de deux détectives littéraires, Arturo Belano et Ulises Lima, « Latino-américains perdus dans le monde », est accompagné d'un apprenti poète et d'une jeune prostituée qu'ils essaient tous trois de soustraire à son souteneur. Ils partent à la recherche d'une mythique poétesse disparue et injustement oubliée, Cesárea Tinarejo, et échouent dans le désert de Sonora où ils trouveront – c'est une façon de parler – la clé du mystère. Peut-être s'agit-il là, est-on tenté de croire, d'une allusion (le roman est paru en 1998 en Espagne) à ces centaines de femmes assassinées, à ces corps retrouvés au milieu de nulle part, et d'une nouvelle approche d'un thème que Bolaño n'a eu de cesse d'explorer : le mal, et plus encore les rapports entre le mal et la littérature. Dans la quatrième partie de *2666*, « La partie des crimes », Bolaño consacre pas moins de deux cents pages à la description minutieuse d'une centaine de crimes commis à Santa Teresa, ville imaginaire qui rappelle évidemment Ciudad Juárez. C'est là un des nombreux liens de parenté qui existent avec l'enquête de Sergio González Rodríguez, car la liste des victimes qu'on trouve à la fin de *Des os dans le désert*, au chapitre intitulé « La vie interrompue », a elle aussi cette même force hypnotique, litanie de noms, d'âges et d'informations médico-légales dont le lyrisme froid est un hommage poignant aux victimes, reposant tout entier sur le pouvoir de l'écriture littéraire : « 23/09/02 : Erika Pérez, âgée de 25 à 30 ans ; cheveux châtains, chemisier avec des fleurs imprimées, pantalon et culotte baissés sur les genoux, courroie du sac autour du cou ; chemin de terre battue qui part du carrefour des rues Paseo del Río et Camino san Lorenzo. 23/09/02 : corps de femme non identifiée, ossements de 11 mois environ ; à côté, une culotte, un pantalon de couleur orange, des chaussettes blanches, 11 épingles à cheveux ; derrière la maquiladora BRK, près des voies ferrées et de la voie Juan Gabriel. [...] »

La tragédie que constituent les meurtres de Ciudad Juárez a inspiré d'autres artistes, écrivains, musiciens et photographes, surtout mexicains mais pas seulement. Le recueil *El silencio que la voz a todas quiebra* rassemble les contributions de sept femmes journalistes et écrivains du Mexique, tandis que l'ouvrage *Juárez : the laboratory of the future* de Charles Bowden, qui comprend les photographies de quinze artistes, bénéficie d'une préface de Noam Chomsky et d'une postface d'Eduardo Galeano. Cinéastes (l'Américain Gregory Nava dans *Les Oubliées de Juarez*, les Mexicains Alejandra Sánchez avec *Ni una más*, Lourdes Portillo dans *Señorita extraviada* et Rafael Montero dans *Preguntas sin respuesta*), musiciens (les très populaires groupes de rock mexicains Jaguares et Tigres del Norte, mais aussi la chanteuse américaine Tori Amos, qui a intitulé une de ses chansons *Juárez*), artistes (dont le photographe mexicain César Saldivar, qui a demandé à plusieurs comédiens espagnols parmi les plus connus de poser pour une série de portraits rappelant les atrocités de Ciudad Juárez), mais aussi auteurs de performances, de pièces de théâtre : tous ont contribué à faire connaître et à empêcher qu'on oublie les crimes de Ciudad Juárez : ce sont des « artistes engagés », pourrait-on dire si cette expression n'était galvaudée. Sergio González Rodríguez, lui, fait le chemin inverse : journaliste, il emprunte à la littérature pour mener à bien un projet aussi risqué que *Des os dans le désert*.

Un chemin que d'autres grands auteurs ont parcouru comme lui et dont *De sang-froid*, le livre de Truman Capote, est une sorte d'acte fondateur. Pour la première fois en 1965, date de parution du livre, une enquête journalistique était animée de sérieuses ambitions littéraires et son auteur un écrivain de talent, reconnu comme tel. Elle avait pour sujet le massacre à Holcomb, Kansas, de toute une famille par deux marginaux, en novembre 1959. Ce « Récit véridique d'un meurtre multiple et de ses conséquences » brouilla les frontières et marqua un tournant : si le livre est passé à la postérité, c'est bien parce qu'il exprime le point de vue et la méthode d'un écrivain appliqués à un crime qui, sans lui, serait resté cantonné aux pages des faits divers. Dès lors, les deux mondes ne seront plus séparés : si le roman et la fiction apparaîtront souvent comme les meilleurs outils pour parler du réel, le journalisme ne se contentera plus des faits, il recourra de plus en plus fréquemment à tous les moyens qu'offre l'écriture littéraire.

Depuis *De sang-froid*, de nombreux auteurs ont suivi cette voie, à tel point qu'aujourd'hui la distinction entre fiction et non-fiction est parfois devenue difficile et souvent peu pertinente. Certes, c'est surtout dans le monde anglo-saxon que la superposition des genres est la plus présente, sous l'impulsion de magazines et de revues qui demandent à de grands noms, des auteurs connus pour leur œuvre de fiction, d'écrire sur l'actualité, l'histoire récente, bref : la réalité nue. Martin Amis, romancier anglais consacré, peut aussi bien écrire un ouvrage de non-fiction sur Staline, *Koba the Dread*, qu'une nouvelle consacrée à Mohamed Atta, un des terroristes du 11 septembre 2001, ou encore mener une incroyable enquête dans le monde de la pornographie (« Un dur métier ») sans qu'il y ait fondamentalement de différence de registre : le style est toujours celui de l'auteur de *L'Information*, son regard également. Et on pourrait en dire autant de l'Américaine Deborah Scroggins (auteur de *Emma's War*), du Polonais Kapuscinski (*Ébène* et *La Guerre du foot*), de l'Américain William Langewiesche (*Cargos hors-la-loi*), de l'Italien Roberto Saviano (*Gomorra*) ou encore de l'ancien critique musical Nick Tosches, qui sont d'excellents journalistes mais aussi de grands narrateurs et d'authentiques stylistes, ce qui les distingue de la production journalistique courante, ces innombrables « essais et documents », souvent éphémères, qui recouvrent les tables des librairies. C'est encore et toujours l'écriture qui fait la différence, c'est elle qui fait de *Des os dans le désert* un livre essentiel.

Bien évidemment, il n'y a en l'occurrence aucun doute quant au registre dans lequel œuvre Sergio González Rodríguez, qui prend bien soin de présenter son livre comme une enquête journalistique. Mais ça ne l'empêche pas de revendiquer une authentique ambition littéraire, dont le prologue précise mieux qu'on ne pourrait le faire ici quel était son but en la matière : « La partie descriptive de ce livre est essentielle en tant que méthode d'exposition des faits dans un cadre juridique, comme le démontre le juriste espagnol José Calvo dans son ouvrage *Derecho y narración*, quand il qualifie la narration de "forme de raisonnement cruciale", car "... et José Ortega y Gasset l'a dit avant moi, la narration est une forme de la raison au sens le plus superlatif du mot – une forme de la raison qui se place à côté et en face de la raison physique, mathématique et logique – [...] Elle ne consiste ni à induire, ni à déduire, mais simplement à narrer, et constitue la seule façon possible de comprendre les réalités humaines". José Calvo ajoute même "qu'il faudrait la considérer comme un modèle d'argumentation éthique et morale car, ainsi que cela a été souligné il n'y a pas si longtemps, un argument implique autant de raisonnement logique qu'une structure narrative"[...]. »

Véritable manifeste, ces quelques lignes soulignent remarquablement combien l'impératif moral du journaliste et la recherche du narrateur vont de pair. C'est à l'évidence d'eux qu'il faut partir si l'on veut mesurer l'ampleur du travail littéraire réalisé par Sergio González Rodríguez dans. Comment raconter plusieurs centaines de meurtres ? Comment décrire une situation politique et sociale si corrompue que le mal semble se nicher partout ? Comment donner une forme cohérente, qui permette une vision d'ensemble mais aussi un vrai point de vue éthique, à des problèmes aussi complexes que ceux que soulèvent les disparitions de femmes à Ciudad Juárez ? On l'a dit, c'est un juriste qui a inspiré Sergio González Rodríguez, mais c'est à son propre talent de narrateur qu'il a fait appel. Pour être honnête, *Des os dans le désert* ne peut être qu'un puzzle : l'auteur tisse méthodiquement les pistes, reprend à son compte des hypothèses qu'il présente le plus objectivement possible et ne réfute jamais explicitement, laissant au contraire aux faits et à son récit le soin d'éclaircir progressivement les choses, y compris quand il s'agit des doctes explications du criminologue Robert K. Ressler, le grand spécialiste américain, l'homme qui connaît le mieux au monde les meurtriers en série. Comme le journaliste, le lecteur avance dans le noir : combien de tueurs et de quelles nationalités, est-ce l'œuvre d'une secte satanique ou des narcotrafiquants, quel est le rôle exact de la police, de la justice et des autorités ? Il n'y a évidemment pas de réponses simples ni immédiates, et plutôt que d'imposer sa version au lecteur, l'auteur lui fournit un certain nombre d'éléments qui, au final et grâce à la construction du livre, font sens, dessinant la vérité dans toute son horreur, mais sans jamais reculer devant les faits et les éléments concrets, à charge comme à décharge. Le cas d'Abdel Latif Sharif Sharif est à cet égard exemplaire et constitue une sorte de fil rouge de l'enquête et du livre : tout comme d'autres improbables suspects auxquels les autorités du Chihuahua tentèrent d'imputer les meurtres de femmes à Ciudad Juárez et dans ses environs, cet Égyptien fut accusé plusieurs fois à tort, contre l'évidence et bien qu'il eût à son tour disposé de preuves accablantes contre d'autres personnes, elles coupables. L'auteur prend en compte la version officielle, fait des recherches aux États-Unis et livre tous les éléments nécessaires. Et cette hypothèse, manifestement fausse, s'articule avec d'autres : soudain l'homme est censé être à la tête d'un groupe de tueurs, les Rebeldes, puis d'un autre, les Choferes, qui continueraient à commettre des meurtres pendant qu'il est en prison. D'hypothèse erronée en hypothèse erronée, on chemine malgré tout vers plus de clarté, en démêlant les fils d'un complexe écheveau. Nul besoin de dénoncer : le récit se charge de dépouiller lentement la vérité des oripeaux trompeurs qui la recouvrent.

Naturellement, une part importante de la narration repose sur les disparues, sur le récit de leur vie et de leur mort. Dès le premier chapitre, leurs noms et les détails des crimes dont elles ont été victimes hantent le livre, et chacune d'entre elles a droit, dans la mesure du possible (beaucoup n'ont jamais été identifiées ni retrouvées), à quelques lignes, car toutes sont aussi importantes aux yeux de Sergio González Rodríguez. Certaines reçoivent un traitement particulier, comme c'est le cas d'Elizabeth Castro García et d'Hester van Nierop, la « petite Hollandaise ». La première apparaît du reste comme le « Dahlia noir » de Ciudad Juárez et porte le prénom de l'héroïne assassinée d'une des affaires criminelles les plus célèbres du XXe siècle (à laquelle James Ellroy a consacré un de ses grands livres) : « Le 16 août, les policiers se rendirent à nouveau au domicile d'Elizabeth pour interroger sa mère, Irma Mari García Díaz [...]. Elle n'avait pas vu Liz, ainsi qu'elle la surnommait, depuis deux mois. Elle précisa que le T-shirt d'Elizabeth portait l'inscription "California", que ses cheveux lui arrivaient presque jusqu'à la taille et qu'ils étaient châtain foncé, qu'elle avait de grands yeux marron foncé, le visage allongé, le nez fin, une bouche régulière aux lèvres charnues. Elle trouvait sa fille très triste ces derniers temps, mais elle n'en avait pas discuté avec Liz. Toujours prête à l'accompagner partout auparavant, Elizabeth se montrait désormais plus rebelle. [...] »

Tel un personnage de roman, c'est sur cette brève mais remarquable description physique et psychologique qu'Elizabeth Castro García fait une entrée en scène à la fois émouvante et marquée par une très grande rigueur journalistique, puisque l'auteur rapporte la déposition que la mère a faite à la police. Comme Hester van Nierop, Elizabeth a d'entrée de la densité, de l'épaisseur, elle est traitée avec compassion mais aussi avec respect : ce n'est pas un simple cadavre dans le désert qu'on utilise pour les besoins d'un procès à charge, c'est une personne de chair et de sang. Son portrait bénéficie à la fois du savoir-faire journalistique de l'auteur et de son talent de conteur. Il prouve combien *Des os dans le désert* est aussi une recherche narrative, pas seulement un impitoyable réquisitoire.

De fait (et l'annexe intitulée « Protagonistes » le souligne), il y a toute une distribution dans le livre. Bons et méchants, victimes et bourreaux, hommes d'affaires et barons de la drogue, témoins, journalistes et représentants d'organisations non gouvernementales, tous ceux qui ont joué un rôle dans l'enquête sur les disparues de Ciudad Juárez sont – aussi – des personnages. C'est le cas de certains hauts responsables, qui apparaissent sous un jour peu glorieux. Francisco Barrio Terrazas (gouverneur de l'État du Chihuahua entre 1992 et 1998), Francisco Molina Ruiz (sénateur et président de la commission sécurité entre 1997 et 2000) et Amado Carrillo Fuentes (le chef du Cartel de Juárez), en particulier, sont des figures shakespeariennes des plus inquiétantes, incarnant parfaitement le mélange explosif à l'œuvre derrière les meurtres de femmes : argent, drogue, pouvoir et sexe. Il faut souligner l'habileté avec laquelle l'auteur développe personnages et histoires, car il ne tombe pas dans le roman *gore*, racoleur et facile. Il s'en sert au contraire pour rendre son récit plus concret, plus immédiat, sans quoi l'horreur incommensurable de ces crimes risquerait de devenir presque surnaturelle et par là même fausse, « littéraire » pourrait-on dire. C'est toujours la vérité qui prime : tel est le but, et nul autre, que vise Sergio González Rodríguez.

Il s'agit bel et bien de naviguer entre plusieurs écueils possibles : le spectaculaire et le sentimentalisme, mais aussi l'abstraction et la froideur. Pour autant, un sujet aussi terrible doit être traité avec une certaine froideur, et c'est ce que fait très justement l'auteur. Certes, les descriptions de nature médico-légale ne manquent pas, car il faut être précis et dire clairement comment sont mortes ces jeunes femmes, mais les détails sont comme mis à distance, et l'on pense à *Elefant*, le film de Gus Van Sant consacré à la tuerie de Colombine. Même froideur, même regard clinique et même répétition de certaines scènes (dans deux registres différents, visuel chez l'un, littéraire chez l'autre), avec d'infimes variations, en un insoutenable crescendo. Cette distance est indispensable, c'est ce qui protège l'auteur contre une trop grande implication et permet au lecteur de poursuivre, malgré l'horreur de ce qu'il lit. *L'horreur* : les derniers mots du colonel Kurtz dans *Au cœur des ténèbres* et le grand thème de la littérature latino-américaine post-boum des années 1960. Pour l'affronter, Sergio González Rodríguez se sert de son écriture comme d'un bistouri, disséquant inlassablement la réalité : Les faits, les dates, les lieux, les noms, les fonctions. Pour un lecteur français en particulier, ces noms mexicains en trois parties, prénom, patronyme et matronyme et ceux des autorités comme le Bureau du procureur adjoint de la zone nord de l'État de Chihuahua sont obsédants et racontent déjà une histoire, avec d'un côté des individus et de l'autre des institutions monstrueuses. Bien évidemment, ce souci de justesse n'est jamais une coquetterie. Il s'agit de démonter les mécanismes, de ne rien laisser échapper qui puisse permettre de comprendre ces crimes abominables. À mesure que le lecteur progresse, il devine combien ces liens incestueux entre politique, police, justice et criminalité organisée, ces flux d'argent et ces échanges de faveurs sont le cœur de la question, de sorte que le parcours de certains personnages au sein de ces organes est d'une importance capitale. Il n'y a pas de hasard : ces fils que démêle Sergio González Rodríguez un par un conduisent inexorablement quelque part, même si l'auteur ne donne pas d'explication directe, trop simple pour une réalité aussi complexe.

Naturellement, en reporter de métier qu'il est, l'auteur utilise à merveille toutes les ressources dont dispose le genre de la « grande enquête journalistique », documentation, précision, exposition des faits et analyse. Les registres de langue auxquels il a recours sont nombreux : juridique, médico-légal, politico-administratif, géographique et encyclopédique, mais il sait aussi se montrer plus léger, presque frivole, quand il s'attache à dresser les portraits des victimes et à leur redonner vie, en quelque sorte. La palette est si large qu'on ose à peine imaginer l'ampleur des recherches que Sergio González Rodríguez a dû mener, et surtout le travail de reformulation qu'il a dû fournir pour obtenir que ces langues si différentes ne produisent pas, comme c'est souvent le cas, une impression de maniérisme. De la même façon, les interviews et les témoignages, qui donnent de la vivacité au texte, font beaucoup pour la richesse narrative du livre. Ces voix sont celles des parents des victimes, des membres d'organisations non gouvernementales, de journalistes, de policiers ou d'hommes politiques, et constituent un véritable chœur de tragédie grecque, au sein duquel chacun joue son rôle, un rôle devant lequel l'auteur s'efface. Pourtant, passant de la colère à la compassion, de la neutralité au réquisitoire implacable contre les autorités, de l'objectivité à l'ironie, l'auteur avance à pas feutrés, il fait entendre sa voix, dont il sait moduler le volume et l'intonation. La plus spectaculaire de ces ruptures de ton se produit presque à la fin du livre, dans l'« Épilogue personnel », qui commence ainsi : « Je me suis réveillé en entendant des voix et en voyant de la lumière autour de moi. J'ai tardé quelques secondes à reprendre contact avec la réalité. Je voulais partir de là. J'étais au bloc opératoire. »

Renonçant l'espace de quelques pages à l'effacement auquel il s'est astreint jusqu'ici, Sergio González Rodríguez parle à la première personne, et il parle de lui. Il raconte les menaces, les manœuvres d'intimidation et même les agressions dont il a été victime depuis qu'il a commencé à enquêter sur les meurtres de femmes à Ciudad Juárez, et ceci dans un but bien précis. Il ne s'agit évidemment pas pour lui de se présenter sous un jour flatteur, mais de mettre en perspective l'ensemble de ce qui a été exposé. Et l'effet de vérité est saisissant. Tel un arrêt sur image permettant au réalisateur de signaler une chose, une seule, aux spectateurs de son film : tout ceci pourrait sans doute passer pour de la fiction, mais ça n'en est pas.

On le voit, Sergio González Rodríguez n'a rien laissé au hasard. Son engagement personnel, au point de mettre en jeu sa propre intégrité physique, mais aussi intellectuel et moral, est pour beaucoup dans la portée universelle qu'a le livre. Mais il y a plus encore. *Des os dans le désert* est une formidable démonstration du pouvoir que peut (encore) avoir l'écriture littéraire. Car toutes les informations que donne l'auteur étaient connues, il n'y a pas de scoop et, au fond, il ne révèle pas qui sont les responsables des meurtres de femmes à Ciudad Juárez, laissant plutôt les faits parler d'eux-mêmes. La force du livre tient justement à la façon dont il dit et organise les choses afin d'extraire d'une quantité colossale d'éléments disparates un sens et une direction pouvant mener à la vérité. Un travail d'autant plus précieux et nécessaire qu'on imagine la tragédie de Ciudad Juárez prise entre deux travers opposés mais également déplorables : d'une part le silence (celui des coupables, évidemment, mais aussi des autorités, de tous ceux qui n'ont pas intérêt à ce que le sujet fasse trop parler de lui) et l'indifférence (en particulier de la population mexicaine, éloignée ou privilégiée, et du voisin nord-américain), et d'autre part le bruit, le sensationnalisme, l'avidité des médias. Et derrière tout ceci il y a le même fatalisme, le même vide, comme si on ne pouvait rien faire, pas même réveiller les consciences ou obéir au devoir de mémoire, alors qu'une telle attitude relève au mieux de la paresse, au pire d'une forme de complicité. C'est là que la littérature entre en jeu. Seule une écriture littéraire de grande qualité pouvait atteindre le but que s'est fixé l'auteur : faire connaître la vérité, de telle façon que cette vérité reste gravée dans les esprits.

VINCENT RAYNAUD

Vincent Raynaud est traducteur et conseiller éditorial aux Éditions Gallimard.

Prologue

Quatorze ans ont passé depuis les premières dénonciations des meurtres de femmes à Ciudad Juárez.

Ni l'État mexicain ni les différents gouvernements n'ont engagé leur responsabilité pour relever ce défi. La machine à exterminer les femmes a continué de tuer. Tel est le propos de *Des os dans le désert.*

Aujourd'hui, les autorités osent insinuer que ce qui est décrit dans cet ouvrage n'a jamais eu lieu. Elles nient les faits et le nombre des victimes.

Ce livre s'attache à décrire les actions, les omissions et le réseau de complicités des autorités, qui vont au-delà de la négligence dont elles ont fait preuve afin de justifier leur léthargie. Elles disqualifient quiconque ne reconnaît pas les vérités qu'elles avancent. Selon elles, les meurtres de femmes sont pour la plupart dus à la « violence domestique ». La violence systématique contre les femmes exercée dans le milieu du crime organisé, au sein du pouvoir économique et politique, est pure invention.

Les autorités ont tenté de minimiser ce qui se passe à Ciudad Juárez pour détourner l'attention de l'opinion publique de la violence généralisée de type misogyne qui ravage le pays tout entier et à laquelle elles ne se soucient pas de mettre un terme.

En 2006, 22 femmes ont été tuées à Ciudad Juárez. En 2007, ce chiffre s'élève au moins à 14. Nuestras Hijas de Regreso a Casa, association locale créée par des proches des victimes, est persuadée que malgré les chiffres alarmants (près de 500 mortes depuis 1993), « rien n'a été mis en œuvre pour résoudre ces meurtres ». Ces derniers mois, l'Union européenne et Amnesty international ont réitéré leurs plaintes à ce propos auprès du gouvernement mexicain.

Certains des acteurs de ces crimes contre l'humanité occupent des postes dans l'administration et échappent aux interrogatoires. D'autres personnes, qui devenaient gênantes pour les sphères du pouvoir mêlées à ces meurtres, ont été assassinés.

Ce fut le cas, en 2006, de l'avocat Sergio Dante Almaraz, qui défendait des hommes injustement accusés. La même année, Abdel Latif Sharif Sharif, un innocent qui avait passé près de dix ans en prison, a trouvé la mort dans des conditions suspectes après avoir été isolé dans un quartier de haute sécurité, torturé, contraint de prendre des médicaments. On l'accusait d'avoir tué plusieurs femmes mais rien n'a jamais été prouvé contre lui. Il est décédé à l'infirmerie de la prison un jour avant qu'un juge décide de le faire libérer.

Les autorités inventent des coupables, comme David Meza, qui a été emprisonné et torturé pendant deux ans, accusé à tort d'avoir tué sa cousine, Neyra Azucena Cervantes, avant d'être libéré. Elles organisent aussi des mises en scène et maquillent les faits (citons à titre d'exemple l'affaire des 8 corps dits des « champs de coton », en 2001).

La Fédération internationale des journalistes considère le Mexique comme le pays le plus dangereux d'Amérique latine pour qui cherche à enquêter sur les crimes et la corruption et risque ainsi de mettre en cause l'administration ou les acteurs du monde économique. En 2006, 10 journalistes ont été assassinés.

Pour mieux comprendre le climat dans lequel ces meurtres sont perpétrés, il faut se rappeler qu'une grande partie des délits commis chaque année au Mexique sont liés au trafic de drogue.

La guerre actuelle de l'État mexicain contre divers groupes de trafiquants n'est pas près de finir. Les autorités ont protégé pendant des années le cartel de Juárez et poursuivi d'autres organisations de malfaiteurs. Les délinquants se battent pour garder leur hégémonie et n'hésitent pas pour ce faire à corrompre des fonctionnaires, des policiers, des politiciens, des chefs d'entreprise et même des ecclésiastiques.

Durant sa campagne pour accéder à la présidence en 2006, Felipe Calderón Hinojosa, actuel président du Mexique, a affirmé sa volonté de « résoudre les crimes contre les femmes à Ciudad Juárez » en bénéficiant de l'aide du gouvernement nord-américain et d'organisations internationales. En visite officielle en Italie en 2007, il s'est à nouveau engagé sur ce thème devant un groupe de législatrices italiennes. Des actions sont en cours.

Des os dans le désert traite d'une tragédie qui dépasse largement les frontières du Mexique. Il est indispensable que l'attention internationale se concentre sur cette affaire.

Le 2 mai 2005, Edith Aranda Longoria, âgée de 22 ans, disparaissait pendant qu'elle se promenait dans le centre de Ciudad Juárez. Aujourd'hui, on ne sait toujours pas ce qui lui est arrivé. Le même jour, Airis Estrella Enríquez Pando était kidnappée dans une rue, près de chez elle. Son corps a été retrouvé le 15 mai dans un container en plastique rempli de ciment. Âgée de 7 ans, elle avait subi des agressions sexuelles et des mutilations.

Le 6 mai, Anahí Orozco Lorenzo a été agressée sexuellement chez elle. Elle est morte asphyxiée, puis sa maison a été incendiée. Les autorités ont immédiatement arrêté et inculpé un individu qui a nié les faits. La victime était âgée de 10 ans.

Le rapport d'un groupe d'experts de l'ONU venus travailler à la frontière à l'automne 2003 fait état d'un « total de 328 femmes assassinées à Ciudad Juárez de 1993 à 2003, 86 de ces homicides dolosifs ayant été accompagnés de violences sexuelles ». En 2005, une étude académique du Colegio de la Frontera Norte (Collège de la frontière nord) pour l'Instituto Nacional de las Mujeres (Institut national des femmes) porte le chiffre des victimes de crimes à caractère sexuel à 142.

Nous sommes confrontés à ce que certains spécialistes qualifient de crimes en série, qui demeurent impunis. Le rapport de l'ONU déplore « l'incapacité relative de l'État à élucider correctement ces affaires ». Quelle est la véritable cause de cette inaptitude ? On sait que des gens influents se cachent derrière ces meurtres.

Au fil des ans, le gouvernement mexicain a protégé les assassins et ceux qui les finançaient chaque fois que cela s'est avéré nécessaire. *Des os dans le désert* en apporte les preuves.

Les autorités de l'État de Chihuahua, tenues en vertu de la loi d'analyser les faits, ont mis sur pied un théâtre de simulations permanent. Avec la complicité de juges locaux, elles ont inventé des coupables pour « élucider » ces affaires de meurtres sans mener d'enquêtes.

Ces autorités ont également harcelé les organisations locales qui défendent les victimes contre la violence extrême ayant cours à Ciudad Juárez. C'est le cas de l'Association Nuestras Hijas de Regreso a Casa (« Nos filles de retour à la maison »), qui adopte depuis 2002 une attitude critique ayant de fortes répercussions au niveau international et exige que justice soit rendue aux victimes. Le gouvernement fédéral n'est pas intervenu pour limiter ces abus.

Les avocats, universitaires, étudiants, fonctionnaires, citoyens ou journalistes qui critiquent les versions officielles ont subi le même genre de pressions.

Ces dernières années, le Mexique a connu la pire crise institutionnelle de toute son histoire contemporaine. L'échec des institutions est dû à la corruption généralisée, en particulier celle générée par les accords entre les pouvoirs publics et les trafiquants de drogue, qui datent du début des années 1980.

Le gouvernement de « transition » de Vicente Fox Quesada, du Parti d'action nationale (PAN), avait annoncé la fin des grands cartels de drogue au Mexique. Il a en vérité poursuivi plusieurs groupes de délinquants sans que cela affecte l'activité du plus important de tous : le cartel de Juárez. À compter de 2003, cette politique s'est soldée par une vague de violence contre le gouvernement de la part des criminels, et par des vengeances clandestines dans la totalité du pays.

Dans les années 1990, la délinquance et le crime organisé se sont accrus, leurs forfaits étant étroitement mêlés à la violence exercée traditionnellement par les hommes contre les femmes. En outre, le trafic de drogue s'est érigé sur une structure patriarcale et « caciquiste » dont l'action se fonde sur l'usage quotidien d'une violence qui n'épargne ni les femmes, ni les enfants.

En dix ans, le Mexique a cessé d'être un pays où transitaient les stupéfiants pour devenir un territoire de consommation croissante de drogues dures. En conséquence, les institutions gouvernementales se sont affaiblies au point de tourner le dos à l'État de droit.

Le désir d'une « transition » douce vers la démocratie s'est effrité, et la soi-disant réussite du processus prônant une conception de la politique comme un ensemble de mesures et de réformes législatives, impraticable en raison du fort taux de corruption du système judiciaire, a prouvé sa fragilité face à la barbarie cachée derrière des élections partiellement surveillées et l'alternance de partis au pouvoir. Les actions gouvernementales tendent donc à reproduire les vices et l'inertie qui existaient par le passé.

L'absence d'un gouvernement digne de ce nom et la « paralégalité » (ensemble de pratiques oscillant entre la légalité et l'illégalité étalées aux yeux de tous) apparaissent comme les emblèmes d'une fausse démocratie où le trafic de drogue est un facteur inhérent au système politique et non pas externe, ainsi qu'on a tendance à le dire ou à le croire.

Pour sa part, le Bureau du procureur général fédéral, organe de la justice fédérale, a refusé de se livrer à des recherches approfondies sur les meurtres de femmes à Ciudad Juárez, qu'il considère comme de simples délits de droit commun et de nature locale dérivés de la violence domestique, ou comme des « crimes passionnels », ainsi que les définissent les autorités de l'État de Chihuahua. Il n'a accepté de collaborer qu'en prêtant une assistance technico-juridique au motif que ces crimes étaient du ressort du gouvernement de l'État (bien que ce dernier ait déjà démontré son incompétence réelle et formelle et qu'il existe un fort taux de délits connexes de type fédéral).

À Ciudad Juárez, les victimes d'homicides d'une extrême violence sont l'objet de crimes contre l'humanité. En plus d'avoir souffert du racisme, de la discrimination sociale et de la haine contre les femmes, les victimes ont été violées, délit que la Cour pénale internationale assimile à la torture.

Même sous cet angle, le gouvernement n'a pas réagi de manière appropriée. Il est pourtant censé suivre les ordonnances internationales en la matière. Or, il s'est révélé incapable de respecter les accords conclus avec l'ONU et de réduire le taux d'agressions violant les droits de l'homme.

La frontière mexicaine du côté de Ciudad Juárez serait l'un des endroits les plus dangereux du monde pour les femmes. Elle fait en tout cas partie des lieux les plus périlleux du Mexique et des États-Unis. En l'an 2000, le taux d'homicides féminins y était de 5,8 fois supérieur à ceux relevés dans le monde entier.

Afin d'enjoliver la « mauvaise image » de cette frontière, un groupe de chefs d'entreprises locales a élaboré un « plan stratégique de Juárez » sur les conseils de la société espagnole Socintec. En plus d'améliorer l'infrastructure urbaine, ce projet vise entre autres choses à présenter un travail de « marketing et d'image de la ville ». Lorsque la réalité importe moins que l'apparence, on cherche à cacher l'indicible.

La grande ville frontalière de Ciudad Juárez concentre un mal expansif.

Les meurtres de femmes en série sont directement liés au trafic de drogue local et à son immense pouvoir corrupteur, économique et politique, qui pratique le blanchiment d'argent, industrie annexe à son activité principale. En 2003, 24 000 millions de dollars liés à des opérations illicites ont été transférés au Mexique.

Les autorités fédérales et de l'État de Chihuahua ont dissimulé ces faits sur lesquels divers particuliers et fonctionnaires nord-américains disposent cependant de preuves évidentes étayées par des renseignements, des témoignages, des indices précis démontrant l'existence d'associations délictueuses et d'une délinquance organisée à très haut niveau.

La centaine de meurtres de femmes d'une extrême violence sexuelle relevée à Ciudad Juárez par des experts, ainsi que le demi-millier de disparues ces dernières années selon Amnesty international (alors que la Commission nationale des droits de l'homme ne relève que 4 000 dépôts de plainte à Ciudad Juárez), démontrent clairement qu'il s'agit là de crimes contre l'humanité.

En 2003, 24 femmes au moins ont été assassinées à Ciudad Juárez, contre 21 en 2004. Si l'on a découvert moins de corps ces dernières années, on craint que les assassins aient désormais recours à des méthodes spéciales pour se débarrasser des cadavres de leurs victimes (en les dépeçant ou en les donnant en pâture à des porcs dans un ranch, comme le spécifie le rapport d'un fonctionnaire du FBI à El Paso, Texas).

Beaucoup de personnes ayant mis en doute l'efficacité du gouvernement ont reçu des menaces de mort ou d'enlèvement si elles ne changeaient pas d'attitude ou s'obstinaient à enquêter sur les faits. Tel a été mon cas.

La partie descriptive de ce livre est essentielle en tant que méthode d'exposition des faits dans un cadre juridique, comme le démontre le juriste espagnol José Calvo dans son ouvrage *Derecho y narración*, quand il qualifie la narration de « forme de raisonnement cruciale », car, «… et José Ortega y Gasset l'a dit avant moi, la narration est une forme de la raison au sens le plus superlatif du mot – une forme de la raison qui se place à côté et en face de la raison physique, mathématique et logique – […] Elle ne consiste ni à induire, ni à déduire, mais simplement à narrer, et constitue la seule façon possible de comprendre les réalités humaines ». José Calvo ajoute même « qu'il faudrait la considérer comme un modèle d'argumentation éthique et morale car, ainsi que cela a été souligné il n'y a pas si longtemps, un argument implique autant de raisonnement logique qu'une structure narrative ».

Tel est le sens littéraire que se propose de suivre *Des os dans le désert*. Chaque description fait partie du tout et la chronique alterne avec l'essai. Le témoignage des victimes ou des témoins fonde l'analyse ; l'intuition ou le fait cherche à se transformer en un outil de réflexion visant à comprendre une forme de littérature où le réel est tragique.

Cet ouvrage s'appuie sur les réflexions du roman *Des villes dans la plaine*, de Cormac McCarthy, lorsqu'il qualifie la faille frontalière entre les États-Unis et Ciudad Juárez de lieu où « la probabilité du réel est absolue. Que nous n'ayons pas le pouvoir de le deviner par avance ne le rend pas moins certain. Que l'on puisse imaginer différents parcours possibles ne signifie absolument rien… »

Ou très peu de chose, pourrait-on ajouter sans commettre d'exagération relevant de l'absurde. Peut-être assez pour savoir que, malgré tout, la littérature doit persister dans sa calligraphie des rêves et des désirs, qui lutte pour contrecarrer la fatalité ou simplement la relater.

Au Mexique, il est très dangereux d'enquêter sur les liens qui unissent le pouvoir politique et le crime organisé, mais pas autant que d'être une femme vivant dans une société où, jour après jour, elle découvre combien son visage tend à multiplier ailleurs la désolation de Ciudad Juárez.

Lege rubrum si vis intelligere nigram.
(Lis ce qui est écrit en rouge si tu veux
comprendre ce qui est écrit en noir.)
Proverbe européen du xve siècle

« On pourrait donc admettre qu'il existe une charte constitutionnelle occulte dont le premier article stipule que "la sécurité du pouvoir se fonde sur l'insécurité des citoyens".
– De tous les citoyens, en effet : y compris de ceux qui, répandant l'insécurité, se croient en sûreté… Et cela, c'est la stupidité dont je parlais.
– Nous nous trouvons donc à l'intérieur d'une sotie… »

Leonardo Sciascia, *Le Chevalier et la Mort*

Dans le Mexique du début du XXIe siècle, pour 9 hommes victimes d'homicides dolosifs, une femme est assassinée. À Ciudad Juárez (Chihuahua), à la frontière nord avec les États-Unis, ce chiffre s'élève à 4.

Selon les autorités, 80 % des 500 meurtres de femmes commis à Ciudad Juárez ces quatorze dernières années ont été résolus.

Quant aux coupables, ils seraient en prison.

Les autorités estiment que le battage et la curiosité de la presse nationale et internationale sont exagérés et inexplicables, de même que les plaintes incessantes déposées par les organisations locales depuis 1993.

Mais les critères officiels ont de quoi être mis en doute.

L'effet décisif des actions et des omissions des autorités doit être souligné, car celles-ci s'avèrent incapables de faire respecter la loi ou de rendre justice. Il nous faut aussi parler de l'échec des promesses de changement au Mexique, du fossé entre l'apparence de ce pays et sa réalité, de son irrespect extrême des droits de l'homme.

Cet ouvrage mêle de nombreux documents et témoignages sur un fait qui se situe à la limite de la délinquance et de l'assassinat de femmes. De tous ces crimes, une centaine de meurtres en série ressort, une orgie sacrificielle d'aspect misogyne patronnée par les autorités, dont les auteurs seraient en liberté, à l'ombre d'une pyramide corrompue qui trouverait sa base dans l'inefficacité policière et les délits quasiment tous restés impunis.

Au-delà des chiffres, ces crimes mettent en avant deux faits de gravité similaire pour le présent et le futur : l'inattention ou l'amnésie globale face à un phénomène extrême de nature anarchique, et le réflexe visant à normaliser la barbarie dans les sociétés contemporaines.

Telles sont les clés permettant de comprendre et de résoudre correctement les homicides. En cet instant précis, peut-être qu'un autre crime de ce genre est commis.

La quatrième dimension

Tout d'abord, il y eut un dérapage hors des limites.

Entre 1993 et 1995, les corps de 30 femmes victimes d'homicides dolosifs retrouvés à Ciudad Juárez étaient la résultante d'une imbrication complexe de facteurs tels que la violence sexuelle, les bars, les bandes de délinquants et les accusations mutuelles entre les divers acteurs de la vie collective.

Cette imbrication était au cœur d'une société déchirée qui commençait à être confrontée à ses faiblesses culturelles. Elle faisait aussi de l'espace public l'arène de ses différences et de ses contrastes extrêmes. La surpopulation, la pénurie urbaine, la violence extra ou intrafamiliale, le fait de ne pas tenir compte de la condition féminine – comme dans beaucoup d'autres endroits du Mexique – transformaient le quotidien en un cauchemar singulier. Surtout pour les femmes, qui constituaient la moitié de la population, c'est-à-dire un peu plus de 400 000 personnes.

Toute la frontière nord du Mexique forme un territoire idéal à l'immersion des migrants dans un anonymat radical. Pour une minorité, la ligne frontalière implique une nouvelle identité. Pour la grande majorité, elle symbolise un passage du Mexique vers les États-Unis, la perte de l'identité d'origine en quête d'une nouvelle, plus insaisissable et comportant des risques allant de la rafle policière à l'escroquerie ou la subornation et pouvant même entraîner dans certains cas la mort.

La frontière est une promesse d'amélioration qui peut se solder par le pire ; elle est l'endroit et l'envers de la violence : la maison et la rue.

En 1995, 1 307 délits sexuels furent enregistrés à Ciudad Juárez. 14,5 % étaient des viols, soit un peu moins de 200 femmes agressées sexuellement. Au cours du premier trimestre 1996, ce chiffre avait augmenté de 35 % par rapport à l'année précédente.

Au milieu des années 1990, les autorités reconnaissaient l'existence de 400 gangs urbains tendant à rivaliser avec l'inefficacité policière.

Robert K. Ressler, interviewé par Rossana Fuentes Berain pour le quotidien *Reforma* de Mexico, définissait la frontière comme « *A twilight zone*… une zone crépusculaire ou quatrième dimension ». Ressler y incluait Ciudad Juárez et les meurtres de femmes qui alarmaient alors l'opinion publique mexicaine et commençaient à transpirer en dehors du pays. « C'est une zone qui, de par sa nature, du fait du trafic de personnes et de drogue, devient une quatrième dimension », répétait le célèbre *profiler* spécialisé dans les meurtres en série.

À l'époque, consulter cet expert était presque un passage obligé. Robert K. Ressler avait été conseiller pour le film *Le Silence des agneaux*, réalisé en 1991 par Jonathan Demme. Dans le monde entier, le personnage du tueur en série de ce film est devenu l'emblème de la criminalité contemporaine, un savant mélange de prédateur humain et de bête sexuelle à l'intelligence hors du commun, aux manières élégantes de qui considère l'assassinat comme un des beaux-arts.

Dans les bureaux de sa société Forensic Behavioral Services, à Fredericksburg (Virginie), Robert K. Ressler répondait aux appels téléphoniques de la presse internationale entre deux voyages au Japon, en Grande-Bretagne ou en Afrique du Sud. Fataliste, il concluait ses réflexions sensées sur les homicides de femmes à Ciudad Juárez de la façon suivante : « Bien que je ne connaisse pas dans le détail les crimes commis au Mexique, je vous préviens qu'ils continueront. Il faudrait se livrer à une investigation scientifique pour résoudre ces affaires. »

Mais les jours suivants, aucune enquête de ce genre n'avait été ouverte. Habitué à analyser des indices et des comportements subtils, pour Ressler il était fort possible qu'un individu qui frappe ou viole une femme recommence, surtout s'il n'a pas été puni. En émettant cette hypothèse, sans doute envisageait-il aussi de s'intéresser aux meurtres de Ciudad Juárez dans un avenir proche.

Durant l'été 1995, la ville fut sous tension : les corps de 3 jeunes femmes avaient été découverts à Lote Bravo, une zone semi-désertique au sud de Ciudad Juárez, près de l'aéroport.

Dans les semaines qui suivirent, on retrouva d'autres cadavres.

Les mortes étaient à demi nues, couchées à plat ventre, étranglées. Elles portaient toutes un T-shirt et un jean. Elles étaient minces, avaient la peau mate et de longs cheveux.

Les autorités déclarèrent n'avoir identifié que trois jeunes femmes, originaires de Juárez : Elizabeth Castro García (17 ans), Silvia Rivera (17 ans) et Olga Carrillo (20 ans). Elles avaient apparemment été violées. Les habitants de Ciudad Juárez étaient sous le choc et la presse consacra de longs articles à « l'étrangleur » ou au « prédateur » de la frontière.

Les mois suivants, divers groupes de particuliers comme le Comité Ciudadano de Lucha contra la Violencia (Comité urbain de lutte contre la violence), les membres de Radio Banda Civil, surnommés « Frecuencias », ou le groupe 8 de Marzo, jouèrent un rôle décisif en exigeant qu'on élucide ces crimes ou en coopérant pour retrouver d'autres corps. Ce climat de psychose collective inquiétait le parti conservateur (PAN), au pouvoir depuis 1992.

Ernesto García, porte-parole de la police judiciaire de l'État de Chihuahua, déclara : « Nous avons alerté la communauté pour éviter que les femmes se promènent dans les endroits peu éclairés ou qu'elles ne connaissent pas. Qu'elles se fassent accompagner ou, dans la mesure du possible, qu'elles prennent sur elles une bombe de gaz lacrymogène afin de pouvoir se défendre. »

Ce genre de conseils démontrait bien les limites de la police.

Mi-septembre, le gouverneur, Francisco Barrio Terrazas, demanda lui aussi aux femmes de redoubler de prudence. Quant au procureur général de l'État de Chihuahua, Francisco Molina Ruiz, il offrit 1 000 dollars de récompense à toute personne qui lui fournirait des renseignements sur le « prédateur ».

Les meurtres de femmes à Ciudad Juárez étaient bien plus nombreux que ceux du dossier historique de Gregorio Cárdenas, dit « Goyo », qui avait tué 4 femmes dans la ville de Mexico pendant l'été 1942. Ils étaient comparables à ceux des sœurs Delfina et María de Jesús González, alias « les Poquianchis », qui avaient assassiné 80 femmes à San Francisco del Rincón, dans l'État de Guanajuato, de 1954 à 1964. Les crimes de Ciudad Juárez rappelaient les homicides commis par Andrei Chikatilo, surnommé « le boucher de Rostov » qui, avant le démantèlement de l'Union soviétique, avait assassiné, mutilé et parfois dévoré 52 enfants et jeunes filles de 1978 à 1990. Le fantôme d'un tueur en série flottait dans l'air de Ciudad Juárez.

Le 3 octobre 1995, la police judiciaire de l'État de Chihuahua arrêta l'Égyptien Abdel Latif Sharif Sharif, un chimiste installé depuis peu à Ciudad Juárez après vingt ans passés aux États-Unis. Il avait 49 ans et ses antécédents pénaux le condamnaient d'avance : aux États-Unis, 14 plaintes avaient été déposées contre lui pour viols et attentats à la pudeur. Une jeune fille qu'il avait rencontrée dans un bar de Ciudad Juárez l'accusait de l'avoir violée, séquestrée et blessée, ce qui avait attiré l'attention des autorités.

La police judiciaire de l'État allait le rendre responsable du meurtre de femmes dont les cadavres avaient été retrouvés en août et en septembre. En privé, devant un groupe de journalistes, le gouverneur Barrio Terrazas le déclara coupable. La psychose collective semblait s'être calmée.

Tout indiquait que dans les crimes de Ciudad Juárez, la violence, le sexe et l'oisiveté étaient étroitement mêlés. Un *serial killer* digne des films hollywoodiens se trouvait derrière les barreaux, mais l'opinion publique réclamait plus d'exactitude.

Dans son livre *Catching Serial Killers*, le policier nord-américain Earl James définit ainsi le tueur en série : « Celui qui tue plus de une victime sur une période donnée, en respectant entre chaque assassinat un intervalle permettant de tasser les faits. Le FBI requiert le meurtre de trois victimes sur une période déterminée pour que les crimes relèvent de cette catégorie. »

Dans son ouvrage *Crime Classification Manual*, John E. Douglas, policier légendaire, collègue et ami de Ressler au FBI, donne les particularités du crime sexuel, qui « implique un élément (ou une activité) sexuel en tant que fondement de la séquence d'actes qui conduisent à la mort, la représentation et la signification de cet élément variant selon l'auteur du crime. L'acte peut aller du viol avec pénétration (avant ou après la mort) à l'agression sexuelle symbolique (comme par exemple l'introduction d'objets étranges dans les orifices de la victime) ».

En octobre 1995, le *Diario de Juárez* publia un texte désigné sous le nom de « Journal de Richie ». Quelqu'un l'avait trouvé dans la rue, près d'un primeur très connu. Il s'agissait d'une liasse de feuilles de format carte postale reliées par un bout de ficelle passé dans la partie supérieure. Y étaient relatés d'une écriture irrégulière des actes d'une extrême violence infligés à des femmes. Des dessins maladroits illustraient le texte. La similitude entre ce récit et les agressions dont avaient été victimes les mortes de Lote Bravo était étonnante.

Aussitôt, le Bureau du procureur adjoint de la zone nord de l'État de Chihuahua fit faire une analyse graphologique afin de déterminer si l'écriture était celle de Sharif Sharif. Le résultat fut négatif. Les autorités minimisèrent l'authenticité et la pertinence du « Journal de Richie », estimant qu'il s'agissait là des égarements d'un quelconque pervers voulant bénéficier du scandale.

L'avis du gouverneur Barrio Terrazas pesait peut-être beaucoup dans la balance, mais sans doute moins que les idées reçues : officieusement, la consigne selon laquelle l'assassin ne pouvait être mexicain circulait parmi les différents corps de police. Le meurtrier était forcément un étranger. Malgré l'opinion d'experts tels que Ressler, qui admettaient que la plupart des tueurs en série agissant aux États-Unis étaient de race caucasienne ou blanche, les accusations contre l'Égyptien furent maintenues.

L'ancien agent du FBI affirmait cependant que « les conduites aberrantes n'ont pas de nationalité… » et que « le tueur en série laisse une marque personnelle sur la scène du crime, quelque chose qui l'identifie. Les chaussures à côté de la victime, par exemple, pourraient être une signature ».

Un autre corps fut découvert le 15 septembre 1995, alors que Sharif Sharif était en prison. La mort remontait à moins de douze heures.

La seule piste valable était une médaille de la Vierge de la Charité du Cuivre. La morte, une adolescente, était nue en dessous de la taille. Ses mains avaient été liées avec les lacets de ses baskets et elle avait des marques de strangulation. Les indices étaient d'autant plus clairs qu'on avait retrouvé d'autres corps présentant les mêmes caractéristiques au cours de l'été.

Peu après, on apprit que la victime s'appelait Rosa Isela Tena Quintanilla et qu'elle était âgée de 14 ans.

Ressler avait dit qu'il était essentiel d'inspecter soigneusement le lieu du crime. Il ne fallait pas non plus négliger l'étude du mode opératoire et l'analyse psychologique permettant de dresser le profil de l'assassin.

On savait que plusieurs des victimes de l'été avaient les mains attachées avec leurs lacets. Leurs chaussures étaient toujours placées à côté du cadavre, comme un clin d'œil fétichiste.

Les mois suivants, d'autres corps furent découverts.

La troisième semaine de mars 1996, les autorités essayèrent de faire endosser à Sharif Sharif le crime de Silvia Rivera, retrouvée à Lote Bravo, mais Nezahualcóyotl Zúñiga, le Cinquième juge de district en matière pénale, déclara qu'il n'y avait pas assez de preuves contre lui.

Le 15 avril, les autorités annoncèrent l'arrestation de 8 suspects présumés des meurtres de 17 jeunes filles. Ils faisaient tous partie de la bande des Rebeldes (« les Rebelles »), dont le chef était Sergio Armendáriz, alias El Diablo. « Dans ses grandes lignes, l'enquête met en évidence la présence de ces jeunes gens dans des établissements nocturnes connus, tels que le Joe's Place, La Tuna, El Fiesta, El Alive. Les renseignements fournis par les suspects impliquent clairement l'Égyptien Abdel Latif Sharif Sharif, actuellement jugé pour viol », déclarèrent les autorités.

L'action de la police locale pour arrêter les Rebeldes attira l'attention d'un public alarmé sur la présence de mineurs dans les antres nocturnes du quartier mal famé de la ville : l'avenue Juárez, la rue Mariscal, les abords du Paso del Norte, les bars des rues Mejía et Azucenas et autres établissements comme El Vértigo, le Willys, le Casino Deportivo, le Manhattan ou le Noa-Noa. Tel est le fief des groupes de jeunes gens des deux sexes surnommés les « Cholos » (membres de gangs qui portent des chemises et des pantalons très amples, des baskets ou des bottes d'explorateur, des casquettes de joueurs de base-ball) ou les « Cheros » (habillés en cow-boys et en cow-girls dans un style inspiré à la fois du Far West et du *ranchero* mexicain).

Les autorités de Ciudad Juárez ajoutaient que beaucoup de ces endroits ayant une licence de restauration, il était difficile d'en connaître le chiffre exact. Une centaine de personnes s'y livre à la prostitution et au trafic de drogue, appelés au Mexique *giros negros* (« commerce noir »). Avec l'accord de la municipalité, dix nouveaux établissements avaient ouvert leurs portes entre octobre 1995 et avril 1996.

Le bien-fondé de ces arrestations et la campagne moraliste qui s'y rapportait ne tardèrent pas à se morceler.

Le 19 avril, la Commission d'État pour les droits de la personne se plaignit que six des huit témoins à charge présentés par le Bureau du procureur adjoint afin d'appuyer les accusations lancées contre les Rebeldes avaient été « illégalement privés de leur liberté » et forcés de signer de fausses déclarations. La police était impliquée. Les Rebeldes réfutèrent l'accusation et se plaignirent d'avoir reçu des coups et été torturés par les agents de la police judiciaire. Mais le ministère public récusa ces plaintes en affirmant que « leur rétractation n'était pas fondée ».

Le Bureau du procureur adjoint riposta en déclarant que Luis Miguel Hernández, l'enquêteur de la Commission d'État pour les droits de la personne, avait outrepassé ses fonctions en agissant comme s'il avait été l'avocat des accusés. Convaincues par les autorités que les Rebeldes étaient coupables alors qu'ils n'avaient pas encore été jugés, les mères de deux des victimes critiquèrent l'enquêteur et déclarèrent qu'il avait des intérêts dans cette affaire puisque son frère était le patron du bar Nebraska.

Peu après, sous la pression du Bureau du procureur adjoint, l'enquêteur renonçait à sa mission.

Le même jour, au Centre de réadaptation sociale, une prison construite au beau milieu de la plaine aride des environs de Ciudad Juárez, l'Égyptien Abdel Latif Sharif Sharif convoqua une conférence de presse. Il n'avait cessé de clamer son innocence depuis le début de sa détention et promettait de révéler les noms des vrais coupables des meurtres.

Derrière les fenêtres à barreaux de la prison, on apercevait les bidonvilles poussiéreux écrasés de chaleur sous le soleil printanier et le lent trafic des voitures circulant sur les chemins de terre battue. Que les prisonniers puissent recevoir des journalistes était un fait inhabituel rendu possible grâce à l'obstination de diverses organisations locales. Sharif Sharif fit patienter la presse une quinzaine de minutes dans un bureau proche de celui du directeur. La salle regorgeait de reporters, de cameramen, de photographes travaillant pour toutes sortes de médias. Ils venaient de Ciudad Juárez et d'autres villes du Mexique, ou s'étaient déplacés depuis El Paso. Apparemment accoutumés à cette effervescence, les gardiens et les employés du centre de réclusion regardaient les journalistes s'activer.

Pour la plupart, ils étaient persuadés que les autorités disaient vrai et que Sharif Sharif était coupable. Les autres tentaient d'exposer leur scepticisme et leurs réticences à leurs collègues.

Abdel Latif Sharif Sharif arriva enfin dans la salle. Il mesurait près d'un mètre quatre-vingt-dix, avait un ventre proéminent, des manières affables et un regard d'aigle. Il portait un jean et une chemise à manches courtes de couleur claire.

Les journalistes s'animèrent, très impatients.

L'Égyptien tenait dans ses grandes mains un petit carnet à spirales aux feuilles jaunes. Il annonça dans un espagnol hésitant qu'il allait raconter une histoire. « Story », dit-il avant de faire les révélations promises, à savoir le nom des coupables. Il demanda un interprète. Une journaliste se proposa. Sharif Sharif commença à raconter l'histoire d'Alejandro, un « Mexicain de vingt ans, riche et puissant, tombé amoureux en 1990 d'une adolescente pauvre prénommée Silvia. Elle était brune, mince et avait de longs cheveux… »

L'assistance était agacée. Des murmures s'élevaient dans la salle pendant que l'Égyptien lisait : les journalistes s'étaient déplacés pour obtenir des renseignements concrets, pas pour écouter un récit qui semblait tiré d'une chanson populaire mexicaine ou d'une ballade nord-américaine. Bien que déconcerté par les propos que les journalistes échangeaient à voix basse, Sharif Sharif poursuivit :

– Comme la jeune fille refusait d'avoir des rapports avec lui, Alejandro, dépité, l'a tuée au milieu de l'année. Il n'y a eu aucune enquête ; personne ne l'a arrêté pour le crime qu'il avait commis. La famille d'Alejandro avait payé les autorités afin d'éviter des poursuites. Son père adoptif, patron de bars très connus à Juárez…

Un reporter l'interrompit, exigeant qu'il leur donne un nom.

– Guillermo, Guillermo Máynez, dit Sharif Sharif, nerveux, mais prêt à aller de l'avant.

– C'est le patron du Safari, du Paralelo 38, du Monterrey, de l'Azteca, du Parral et de La Rueda, où les policiers viennent retrouver les trafiquants de drogue, susurra un journaliste à l'oreille d'un de ses collègues.

– Originaire de Juárez, Alejandro vivait à El Paso. Il avait un cousin, Melchor Máynez, qui lui ressemblait beaucoup et était le complice de ses crimes. Tous deux ont assassiné plus de cinquante femmes…

Les journalistes s'agitaient. Ils voulaient savoir quelles étaient les sources de Sharif Sharif. Certains haussaient le ton, d'autres réclamaient le silence.

– Melchor est le véritable auteur des textes et des dessins publiés dans la presse sous le titre de « Journal de Richie », enchaîna l'Égyptien.

Les murmures firent place aux exclamations et aux questions. Sharif Sharif dut cesser sa lecture. D'aucuns s'adressaient à lui en anglais. En sueur, il essayait de répondre à plusieurs questions à la fois. Il demanda un peu de calme et de patience.

– Comment avez-vous obtenu ces informations ? Sur quoi se fondent-elles ? Quelles preuves avez-vous de ce que vous avancez ? lui demandaient les journalistes.

– Je tiens ces renseignements d'une personne qui souhaite garder l'anonymat et qui a entendu un jour Alejandro Máynez se vanter de ses crimes.

Certains des reporters se regardaient, déçus. D'autres plaisantaient ou huaient l'un de leurs collègues, qui s'obstinait à interroger le prisonnier sur des sujets manifestement connus. Un homme contacta sur son portable le journal pour lequel il travaillait afin de faire part de son indignation à sa rédaction.

Sharif Sharif tâchait de garder son calme et de convaincre l'assistance. Ses mains tremblantes trahissaient son anxiété. Il insista sur le fait qu'il était un scientifique, pas un meurtrier. Il expliqua pourquoi il s'était installé à Ciudad Juárez. Il s'embrouillait dans les dates et les raisons de sa présence dans cette ville, sans doute plus à cause de son espagnol approximatif que pour une autre raison. L'irritation des journalistes après son récit lui avait manifestement fait perdre ses moyens. Malgré tout, l'Égyptien exprima son espoir de voir les faits se clarifier. Il annonça qu'il ferait une déclaration dans les règles et prit congé des reporters en leur serrant la main. Il semblait atterré à l'idée de passer quarante ans dans une prison mexicaine, mais il était certain de pouvoir l'éviter. Il ne se doutait pas de l'incroyable tournure qu'allaient prendre les événements.

Un journaliste localisa les proches d'Alejandro Máynez, qui affirmèrent ne pas l'avoir vu « depuis très longtemps ». Ils ne savaient rien et ne voulaient rien savoir à son sujet.

Un jour après les révélations de l'Égyptien, l'adolescente Susana Domínguez, citée comme témoin à charge contre les Rebeldes, fit devant le Cinquième juge de district en matière pénale une déclaration qu'elle répéta ensuite à deux journalistes dans les couloirs du tribunal :

– On m'a séquestrée pendant huit jours. Le commandant Navarrete m'a menacée et un agent m'a braqué un pistolet contre la tête en l'armant. On m'a aussi tiré les cheveux et frappée pour m'obliger à faire de fausses déclarations. Les Rebeldes ne sont pas coupables, affirma-t-elle catégoriquement en présence de sa mère.

Par la fenêtre d'un des couloirs, on apercevait une masure battue par un vent violent qui soulevait des tourbillons de poussière dans le jour déclinant. Les mots de la jeune fille parlant des tortures qu'elle avait subies résonnaient encore dans les esprits. Scotchée sur la vitre sale, une affiche annonçait la parution d'un manuel de droit constitutionnel, apportant une touche triste, comme une prière laïque pour un principe inutile d'ordre contre le chaos.

Susana Domínguez était une adolescente élancée. Avec sa peau mate, ses grands yeux, ses longs cheveux, son jean et son T-shirt, elle ressemblait à la plupart des jeunes filles de Ciudad Juárez qu'on voit dans les centres commerciaux de chaque côté de la frontière, dans les écoles ou les bureaux. Elle ressemblait aussi aux mères – célibataires ou mariées – qui survivent à la lisière du malheur. Et aux femmes qui quittent les *maquiladoras* (usines à capitaux étrangers où sont manufacturées ou assemblées par une main-d'œuvre bon marché différentes pièces d'un produit destinées à l'exportation) par centaines pour rentrer chez elles ou aller dans les bars tous les vendredis soir, en autobus, à celles qui finissent leur vie sous la torture, dans le désert.

Au printemps 1996, les voix des différents acteurs de l'affaire exprimaient les discordances et les contradictions de la population.

Le porte-parole du Bureau du procureur adjoint affirmait que les accusations contre Sharif Sharif étaient « fondées et solides ». « Je suis cent pour cent innocent », rétorquait catégoriquement l'Égyptien. Erika Fierro, de la bande des Rebeldes, déclarait que la police mentait, ce que confirmait Susana Domínguez en répétant qu'on l'avait « menacée » pour qu'elle témoigne contre les Rebeldes. Quant à Sergio Melchar, journaliste au *Diario de Juárez*, il déclarait : « La police ne parvient pas à nous convaincre qu'elle a mené une enquête approfondie. » Romana Morales, mère de la victime Silvia Rivera, se montrait satisfaite et assoiffée de vengeance : « Je me réjouis qu'on ait frappé les Rebeldes et j'aimerais même qu'on les tue. » Luis Miguel Hernández, l'enquêteur de la Commission d'État pour les droits de la personne, répétait qu'il avait renoncé à ses fonctions sous la pression de la police de l'État de Chihuahua. Pour finir, Nezahualcóyotl Zúñiga, Cinquième juge de district en matière pénale, déclara que « dans tout dossier, les preuves et les évidences comptent plus que les déclarations des témoins ». Il ajouta qu'il se prononcerait en accord avec la loi.

Mais l'affaire requérait qu'on s'intéresse aux victimes.

Martha Pérez, une femme courtoise âgée d'une trentaine d'années qui dirigeait le Département des délits sexuels de Ciudad Juárez, relata son expérience : chaque jour, elle recevait en moyenne six plaintes pour viol. L'âge des victimes allait de 13 à 30 ans.

– C'est dans les maquiladoras qu'on relève le plus fort taux d'agressions sexuelles, précisa-t-elle. Il s'agit en général d'actes de débauche. Pour pouvoir travailler, les jeunes filles falsifient leur acte de naissance… La rue est la porte ouverte au proxénétisme, au trafic de drogue, aux maladies vénériennes, aux disparitions… Le principal problème de cette ville, c'est sa surpopulation, insista Martha Pérez.

Excès de gens, excès de désert.

Le 21 avril 1996, vers midi, on apprit qu'on avait trouvé un autre corps à Lomas de Poleo. Peu avant, le bruit avait circulé qu'on avait découvert de nouveaux restes humains à Lote Bravo, mais la police avait démenti la rumeur et déclaré qu'il s'agissait des os d'un animal.

Sous le soleil écrasant du début d'après-midi, dans la plaine qui entoure Juárez, l'aridité, les détritus qui ont résisté au vent et le silence règnent en maîtres.

Des voisins qui faisaient cercle autour d'un groupe de bénévoles qui possédaient une radio avaient alerté les médecins légistes, la police et deux ou trois journalistes. Lomas de Poleo est un bidonville, une *colonia* d'une extrême pauvreté parallèle à la ligne frontalière. Son territoire est creusé de fossés qui entourent la désolation. Des sacs en plastique s'accrochent aux buissons couverts d'une poussière tirant tantôt sur le blanc, tantôt sur le rouge. Le vent pousse çà et là des boules de végétation. L'endroit sent abominablement la misère. Les gens y vivent dans des maisons faites de rebuts, de bouts de planches, de plaques de tôle ou d'amiante comprenant parfois une porte métallique. Le fil de fer est un matériau indispensable. On s'en sert pour attacher, soutenir, délimiter, contenir tout ce qui a tendance à se démanteler. De Lomas de Poleo, on aperçoit les solides constructions, la verdure et la technologie flamboyante d'El Paso.

Martha Martínez, robuste habitante du lieu, descend d'une vieille Ford Galaxie poussiéreuse qui date de 1976 et montre à qui veut le voir un sachet en plastique – aussi froissé que ceux qui ornent le paysage – contenant une mèche de cheveux teints et un bracelet composé d'une pierre jaune passée dans une lanière de cuir. Elle craint qu'il s'agisse des indices d'un autre crime. Contrairement aux autorités, qui se désintéressent ouvertement de ces meurtres, les habitants de Lomas de Poleo sont très soucieux de découvrir de nouveaux corps.

De jour, des bergers et quelques voisins empruntent les chemins de terre battue ; de nuit, l'endroit devient extrêmement dangereux : c'est le domaine de bandes de jeunes gens violents qui se complaisent à tirer sur les voitures étrangères, de drogués et de *polleros*, ces passeurs d'hommes et de femmes qui attendent le moment opportun sur la route menant aux États-Unis.

Par endroits s'élèvent des fermes aux portes métalliques entourées de barbelés. Il s'agit de ranchs minuscules où quelques familles mangent à côté de leurs voitures et de leurs camionnettes miteuses. Tout en bavardant, elles lancent des regards hostiles aux étrangers qui passent par là. Les enfants jouent, les chiens aboient et les suivent. Au loin, des pylônes soutiennent des lignes à haute tension, et une patrouille de police quitte un sentier latéral sans avoir découvert autre chose qu'un « campement de *polleros* ».

Les policiers n'ont même pas jugé utile de garder comme preuve – « la preuve de quoi, d'abord ? » demande l'un des habitants de Lomas de Poleo – un pantalon de marque Guess découpé à hauteur du genou et un poncho en laine avec des motifs hippiques, de ceux qu'on trouve sur les marchés d'artisanat de Mexico ou qu'on porte dans les États d'Aguascalientes, de Guanajuato et de Michoacán.

Le vent aura tôt fait de soulever le sable très fin de Lomas de Poleo, effaçant toute trace. L'impression de vulnérabilité est très forte. Les pas sont gommés dans cette terre meuble qui repousse la mémoire. Avidité sans bornes et carence absolue se côtoient à Lomas de Poleo. Le jour de leur mort, les victimes se trouvaient entre ces deux extrêmes.

Une géographie difficile

Ciudad Juárez a une force expansive qui se replie vers les coteaux et les collines sous le ciel bleu du désert. Au printemps, les couleurs de ce territoire enclavé entre le Rio Grande ou Río Bravo, deux chaînes de montagnes et la ville d'El Paso, au Texas, vont du gris tamisé aux tons sable, du blanc calciné par le soleil au jaune sale des buissons. En hiver, le voile spectral des nuages ou de la brume les estompe. Malgré la luminosité du ciel bleu du désert, Ciudad Juárez a l'air pâle, décolorée par endroits. Parfois, un reflet métallique ou une teinte éclatante vient rompre la monotonie du paysage : l'éclat du soleil et de la poussière donne une patine écrue aux avenues, aux trottoirs, aux vitres des fenêtres, aux plaques de zinc et aux véhicules.

Comme beaucoup d'autres villes du Mexique, Juárez a l'aspect d'une gigantesque arrière-cour où la foule, de vieux objets entreposés, une verdure sporadique, l'asphalte irrégulier et les rues terreuses côtoient l'efficacité des machines, les télécommunications, les services modernes, l'industrie de pointe. Elle est une prothèse constituée de béton, de haute technologie, de détritus amoncelés sur des terrains vagues et décorée de sachets en plastique, de bâches, de rouille et de lambeaux de tissu. Ciudad Juárez pourrait très bien être le berceau idéal de la musique électronique « nortec » originaire de Tijuana (Basse-Californie), dont la particularité est d'être un ensemble de sons digitalisés de groupes du Nord, de rythmes très marqués, d'airs traditionnels de l'État de Sinaloa et de résonances « latines ».

Le tracé de la ville a débordé dans un sens conflictuel, bigarré, abrupt tout en étant continu. Fragile aussi : contrairement aux autres mégalopoles mexicaines – Mexico, Guadalajara ou Monterrey – qui ont une meilleure politique d'urbanisation de leurs banlieues, Ciudad Juárez est dominée par sa périphérie. Des milliers de personnes et de constructions précaires cherchent à réinventer le futur au travers ou au-delà des attraits quotidiens de la violence, du culte catholique ou protestant, de l'industrie, des voitures, de la vie nocturne, des bazars, de la toxicomanie, du crime, de l'inclémence du climat et des contrastes sociaux. Ou alors du travail, un impératif si l'on veut lutter coûte que coûte. Les gens se battent et tentent de garder la tête hors de l'eau. Le muscle et le tempérament apparaissent comme une forme d'astuce se répétant quotidiennement. Comme dans d'autres pôles frontaliers de la planète, exploiter le corps apparaît comme un besoin pressant, un stigmate dans l'histoire de Ciudad Juárez, de même que contourner les normes est un trait historique de cette grande ville.

Ciudad Juárez, ainsi nommée depuis 1888 et anciennement Paso del Norte (« Passage du Nord »), était une mission à l'époque coloniale, puis un territoire d'immigration, de transit, de contrebande, et bien souvent de violence extrême. L'économie informelle ou clandestine tout comme la vie qui en découle généralement font partie de son histoire et de son développement. Mais dans la dernière moitié du XXe siècle, Ciudad Juárez a suivi les modèles multinationaux de production industrielle avec des technologies de pointe. Parallèlement, elle devenait de plus en plus importante en tant que territoire versé dans le trafic de drogue.

Dès les premières années qui suivirent la Révolution mexicaine (1910-1921), une industrie de services touristiques et de loisirs se développa dans la ville de Juárez au motif que ses flux migratoires y étaient peu contrôlés. La loi nord-américaine sur la Prohibition (1919-1933) poussa au sud de la frontière ceux qui refusaient de se soumettre aux restrictions et les partisans du crime organisé. Dans le même temps, le Mexique traversait une période tourmentée car le gouvernement central tentait d'aboutir à des accords avec les États de la république. Dans les années 1940, Ciudad Juárez connut une période de croissance grâce au tourisme, au commerce et aux flux migratoires. Pendant la Seconde Guerre mondiale, les militaires de la base de Fort Bliss (Texas) venaient s'y détendre.

Dix ans plus tard, la petite industrie locale qui fournissait des produits basiques – huiles, jambons, textiles – périclita. Au début des années 1960, le pouvoir fédéral mit sur pied les programmes Nacional Fronterizo (1961) et Industrialización de la Frontera (1965), qui allaient permettre l'essor des maquiladoras.

Ciudad Juárez devint ainsi l'un des plus grands pôles humains de la frontière nord du Mexique. Le recensement de l'an 2000 fait état de 1 217 818 personnes. La même année, Tijuana, en Basse-Californie, comptait 1 212 232 habitants. 40 % de ces personnes vivent dans une extrême pauvreté, ignorées des services urbains, en marge de la société. On estime que, chaque jour, 300 nouveaux arrivants s'installent à Juárez, dont la population flottante s'élèverait à 250 000 personnes. Ciudad Juárez est la passerelle préférée des Mexicains qui veulent gagner le Texas ou le Nouveau-Mexique. Au milieu des années 1990, le Bureau des statistiques du Nouveau-Mexique considérait que cette frontière était l'endroit connaissant le plus fort transit humain du monde. En 1996, la municipalité de Ciudad Juárez fournit elle aussi ses chiffres : 42 millions de personnes et 17 millions de véhicules passaient annuellement la frontière. Cette fluidité est devenue un problème entre Mexicains et Nord-Américains.

Ciudad Juárez ressent les effets de l'asymétrie économique des deux pays : croissance de la population, manque d'infrastructures, pénurie de services sociaux et de logements, négligence vis-à-vis de ses ressources naturelles, manque d'eau – 15 % de la consommation totale sont gâchés –, pollution alarmante due à l'industrie, aux briqueteries locales (environ 300) ou aux véhicules. En 1999, Ciudad Juárez était la quatrième ville la plus polluée du Mexique.

Le nombre d'automobiles est excessif dans cette ville où l'on compte 307 000 véhicules, car 80 % des trajets se font en voiture. Dans la ville de Mexico, 37 % de la population possède un véhicule, contre 70 % à Ciudad Juárez. Les vols de voitures sont nombreux ; les *yonques* ou casses automobiles pullulent. Il s'agit d'une société mobile qui se caractérise aussi par son utilisation intensive du téléphone portable. Près de la moitié des habitants de Ciudad Juárez en possède un, alors que dans le reste du pays ce pourcentage est ramené à 15. À Ciudad Juárez, on se sert autant de son mobile que dans les sociétés européennes.

La société de Ciudad Juárez des années 1990 a connu l'expansion du modèle de production dans le domaine de la sous-traitance industrielle ou industrie maquiladora. En 1969, le Mexique était le premier pays à sous-traiter massivement. En 1996, 372 entreprises de ce type embauchaient quelque 222 000 employés et se concentraient surtout dans l'automobile et l'électronique. Une grande partie de cette main-d'œuvre était originaire des États de Sinaloa, Durango, Coahuila, Zacatecas, Aguascalientes et du sud du Chihuahua. Cette année-là, pour la première fois, le nombre d'hommes employés était supérieur à celui des femmes, dont le rôle semblait incontournable.

Dans son essai *La Construcción de ciudadanías* (« La construction des citoyennetés »), Alfredo Limas Hernández déclare que l'industrie de sous-traitance « sous-traite » entièrement la ville. Elle a restructuré sa forme urbaine et formé des dynamiques de ségrégation socioculturelle qui englobent tous les groupes d'individus dans l'emploi. Selon l'auteur, les « cycles de valeur et de capitalisation pour les trusts mondiaux » entraînent la paupérisation urbaine. Par conséquent, l'espace public se réduit, de même que les responsabilités du capital et la gestion du développement par le gouvernement local, au détriment du corps humain, et plus particulièrement féminin.

Dans son étude *Sexualidad, género, violencia y procuración de justicia* (« Sexualité, hommes et femmes, violence et désir de justice »), Limas Hernández affirme que si l'on enregistre depuis longtemps des disparitions de jeunes filles et de femmes travaillant dans des maquiladoras, des étudiantes viennent désormais grossir le chiffre.

Aujourd'hui, des femmes subissent des agressions sexuelles par le simple fait d'être dans la rue. L'universitaire relève l'existence de groupes plus vulnérables que les autres au sein de la population et ajoute que certaines circonstances exposent davantage certains sujets au danger. Pour les femmes, l'un des risques majeurs est d'être « seules », d'avoir à traverser des lieux dangereux (« Ciudad Juárez comporte des endroits à haut risque souvent ignorés de la politique d'urbanisme, confinés à l'ouest de la ville »).

Limas Hernández en conclut qu'être femme à Juárez implique de vivre « en tant que telle dans un système relationnel désavantageux, une ville et un espace public affaiblissants ». Le milieu dans lequel les femmes évoluent ne connaît aucune politique de développement et s'érige sur un système de relations de pouvoir qui refuse de reconnaître les formes d'asymétrie structurelle de la société. Elles constituent une véritable réserve et une usine de sous-traitance de main-d'œuvre.

Robert D. Kaplan a remarqué que les Mexicains vivant près de la frontière avec les États-Unis, qui savent à peine lire et écrire et travaillent dans des conditions dangereuses, pour ne pas dire « dickensiennes, à la production de nos lecteurs vidéo, de nos jeans et de nos grille-pain », touchent moins de 50 *cents* de l'heure sans avoir aucun droit, aucun avantage. Fort de cette constatation, le journaliste se pose la question suivante : cette situation est-elle digne d'une démocratie ou est-elle plutôt le fait d'une oligarchie semblable à celle de la Grèce antique ?

Ces dernières années, l'industrie de sous-traitance se caractérisait à Ciudad Juárez par la recherche d'un contrôle de qualité implacable, une main-d'œuvre polyvalente, l'usage de la robotique, l'automatisation des tâches. Ces particularités ont peu à peu filtré dans les accords collectifs économiques et sociaux, industriels et domestiques.

Dans les années 1990, Ciudad Juárez avait atteint le taux de chômage le plus bas du Mexique. Et le taux le plus élevé d'employés dans ce type d'industrie où la personne devient un bras cybernétique placé sous les ordres du verticalisme optimal, en échange d'un salaire misérable.

Ces vingt dernières années, au Mexique, le salaire a perdu près des trois quarts de sa valeur. C'est un obstacle auquel on ne peut remédier. L'inéquitable répartition des richesses et les crises économiques cycliques du pays – qui ont débuté dès la seconde moitié des années 1970 pour connaître un point culminant en 1995 – ont privé une grande majorité des habitants du bien-être le plus élémentaire. Le Mexique est un pays urbain en train de perdre son profil rural. La population se concentre dans les villes. Au début du XXIe siècle, la moyenne d'âge est de 22 ans.

La société a non seulement marginalisé 40 millions de personnes sur une population totale de 97 millions en les précipitant dans une extrême pauvreté, mais elle a exclu les jeunes de son horizon collectif. En même temps, à travers les promesses du marché ou l'idéologie du spectacle, elle leur a fait croire qu'ils « incarnaient » la richesse du pays ou qu'ils étaient son capital pour l'avenir. L'homme ou la femme qui consomme synthétise ces contradictions. L'hypnose autour de la consommation cache leur futur incertain aux jeunes Mexicains âgés de 15 à 24 ans. 20,3 millions de Mexicains sont concernés, issus de foyers dont les revenus n'ont quasiment pas augmenté ces vingt dernières années. En moyenne, ils ne sont scolarisés que jusqu'en cinquième et connaissent un taux de chômage de 12,5 % (contre 5 % dans la totalité du pays), soit 5 millions de chômeurs. Il y a donc peu de place pour ces jeunes qui finissent bien souvent par se faire enrôler dans les bataillons de la nuit : la délinquance ou le crime organisé, une économie informelle, clandestine ou des emplois rémunérés en dessous du salaire minimal.

Dans les années 1990, la consommation de drogue s'est généralisée dans les villes du Mexique. Le ministère de la Santé a révélé au milieu de l'an 2000 que 5 % des Mexicains entre 12 et 60 ans avaient pris au moins une fois des stupéfiants. Dans deux villes frontalières avec les États-Unis, les chiffres étaient supérieurs. À

Tijuana, 14 % des habitants reconnaissaient avoir essayé les narcotiques. À Ciudad Juárez, ce taux s'élevait à 9,5 %. Les troisième et quatrième villes aux plus forts taux de consommation de drogue étaient Guadalajara et Mexico, les deux grandes mégalopoles du pays.

Dix ans plus tôt, les drogues inhalées étaient les plus consommées. Maintenant, les toxicomanes mexicains leur préfèrent la marijuana et la cocaïne. Dans les villes, l'orgueil du quartier se place dans la toxicomanie, ses exigences et les mœurs nouvelles qui en découlent, l'exercice de la violence exhibée ou cachée ou la redistribution des valeurs collectives et la promesse d'un enrichissement rapide par des méthodes illicites.

L'impossibilité d'accéder à un monde meilleur plonge des millions de Mexicains dans une lutte pour leur survie quotidienne, qui tend surtout à les priver des progrès de la révolution technologique. Au début du XXIe siècle, au Mexique, seule une minorité de jeunes dont la moyenne d'âge est de 25 ans a accès à Internet, à savoir moins de 3 millions, dont 76 % ont fait des études universitaires. On estime qu'en 2005, ils seront plus de 7 millions.

Mais le salaire et le travail ne sont pas les seules valeurs sous-évaluées au Mexique. Le futur, les attentes culturelles le sont aussi. Dans un tel contexte, la femme et son rôle social sont particulièrement méprisés, surtout dans les villes frontalières.

À Ciudad Juárez, la « femme est un être qu'on peut frapper et violer à loisir », affirmait à l'automne 1997 Melissa W. Wright, spécialiste dans l'étude des rapports hommes-femmes. Âgée d'un peu plus de 30 ans, cette universitaire mince et incisive s'est consacrée à l'étude approfondie de la « Mexicaine typique », docile et soumise, qui travaille dans les maquiladoras.

Dans un petit bureau de l'Université autonome de Ciudad Juárez, invitée à parler de la violence à la frontière nord, Wright déclarait que certaines travailleuses d'usine avaient sur leur lieu de travail une conduite opposée à cette représentation dominante. Elle remarquait que, dans le cadre de l'usine, les femmes ressentaient le désir d'être les actrices d'un changement social, mais pour que cela soit possible, l'universitaire estimait nécessaire de briser les comportements dominateurs à l'égard des femmes et la subordination dans laquelle on les maintient. Melissa W. Wright pensait qu'à Ciudad Juárez, la violence dont les femmes sont victimes est due à de multiples causes.

Pour la place importante qu'elle occupe dans l'économie mondiale, Ciudad Juárez a attiré d'autres universitaires comme Ana Bergareche, une jeune femme blonde, sérieuse et analytique originaire du Pays basque et sociologue à la London School of Economics. Elle a accepté de venir parler de ses recherches dans une cafétéria située dans la « zona dorada » de la ville, un périmètre qui, trente ans plus tôt, a été le cadre du Programa National Fronterizo et qui est désormais le quartier touristique et des affaires le mieux aménagé de la ville. On y trouve des restaurants, des bureaux, des bars, des hôtels, des boutiques, des cafés cosmopolites et de gigantesques immeubles en acier à demi construits qui sont l'emblème d'un essor économique toujours inachevé.

Malgré l'extrême vigilance des autorités municipales, la « zona dorada » a vu se dérouler de violents épisodes dus aux bagarres entre trafiquants de drogue.

Pour Ana Bergareche, la violence de Ciudad Juárez naît de causes à la fois psychologiques, sociologiques et institutionnelles. Elle ne saurait donc être réduite à une seule explication. « Je suis sociologue, pas psychologue, nuance-t-elle. D'un point de vue social, je remarque l'existence d'une idéologie patriarcale dominante qui s'est transmise par de nombreux moyens, mais j'ai constaté que la religion catholique a été dans ce cas un vecteur essentiel. » Ana Bergareche affirme que l'influence du catholicisme est cruciale, qu'elle touche d'autres sphères de la vie politique et sociale, comme les institutions éducatives ou la justice.

En 1997, Ana Bergareche préparait à l'université de Londres un doctorat sur la violence, le travail et l'égalité dans les maquiladoras de Ciudad Juárez. Elle expliquait à cette époque que selon l'idéologie patriarcale mexicaine, la femme est considérée comme une pécheresse qui doit par conséquent être punie et a besoin de la protection d'un homme car, seule, « elle n'a ni avenir ni pouvoir et ne saurait s'assumer si on lui en donnait ».

L'universitaire ajoutait qu'une telle attitude était grave, qu'elle incitait à commettre des abus dans la marginalisation ethnique et sociale et qu'elle ne faisait qu'accentuer le manque d'estime des femmes pour elles-mêmes. Ces dernières pensent faire partie d'une catégorie sociale qui sait – ou plutôt se résigne à cette idée – que les classes défavorisées n'iront jamais très loin, que les gens à la peau sombre n'ont pas les mêmes chances de promotion que ceux au teint clair.

Ce genre d'idée et les valeurs dénigrantes seraient parmi les causes à l'origine de la violence à Ciudad Juárez : atavismes, croyances patriarcales, abus, soumission féminine, marginalité.

Cependant, Ana Bergareche remarquait qu'on pouvait s'attendre à un changement dans la transmission des valeurs au fil des générations, mais que concernant les hommes, cette évolution ne se ferait pas sans apporter son lot de conflits liés à l'autonomie nouvelle et grandissante des femmes, leur indépendance économique et sexuelle, source de rancœurs masculines, de barbarie parfois contenue, parfois lâchée dans toute sa puissance aveugle.

L'homme voit la femme comme un simple objet sexuel parce que le charisme de la femme pure, de l'épouse et de la mère a disparu, affirme Ana Bergareche. Désormais, elle travaille et n'a donc plus besoin de la protection masculine. Elle est au contraire devenue l'antithèse de l'image que l'homme se faisait d'elle. Libre très jeune, souvent dès la puberté, elle devient « sale, aimant le sexe, gagnant son argent qu'elle dépense comme elle l'entend en loisirs et en vêtements ». Ainsi, le cercle se referme, laissant libre cours à la violence.

Selon Ana Bergareche, les solutions devraient d'abord être cherchées sur le plan communautaire et personnel au lieu de prétendre changer le monde : « Les besoins sont trop pressants pour qu'on attende que les années passent et que la situation politique évolue. » Dans cette dynamique contradictoire, il y aurait néanmoins un point positif dans la mesure où la femme se donne de plus en plus d'importance au fil du temps. Si elle s'estimait davantage, elle serait moins vulnérable aux agressions.

Mais parvenir à être assez forte est une entreprise à haut risque.

Au milieu des années 1990, la main-d'œuvre des maquiladoras de Ciudad Juárez était constituée d'une population migrante venue dans sa grande majorité d'États limitrophes ou situés plus au sud, dans l'espoir de trouver de meilleures conditions de vie. Les fils et les filles d'une population qui avait voyagé jusque dans le Chihuahua vingt-cinq ans plus tôt travaillaient également dans les usines.

À l'époque, les maquiladoras embauchaient des ouvriers âgés de 14 à 35 ans mais préféraient les plus jeunes. 53 000 ouvriers avaient moins de 19 ans et occupaient 42 % de la totalité des postes dans l'industrie de sous-traitance.

Avant 1984, la main-d'œuvre était essentiellement composée de femmes, mais dans les années 1990, l'industrie de sous-traitance a attiré beaucoup d'hommes (45 % des effectifs) dans le secteur.

Les obstacles à l'embauche de femmes mariées ou de mères célibataires avaient diminué. Dans ces années-là, 29 % seulement des femmes travaillant dans l'industrie de la sous-traitance étaient célibataires et sans enfants. Les ouvrières étaient donc pour la plupart des femmes mariées ou des mères. Le pourcentage de mères seules (célibataires, divorcées ou veuves) a augmenté. Les ouvrières sont désormais pour un tiers des femmes indépendantes.

À la fin du XXe siècle, la violence contre les femmes était un trait distinctif de la société de Ciudad Juárez. De ce côté de la frontière, le délit de viol les affectait principalement, mais touchait aussi les hommes.

Entre 1996 et 1999, 20 % des victimes étaient du sexe masculin. Il s'agissait souvent de mineurs de moins de 10 ans agressés sexuellement par leur père ou leur beau-père dans des familles recomposées, pauvres, privées d'une éducation basique.

Dans une étude intitulée *Víctimas de crímenes sexuales*, Julia Estela Monárrez Fragoso affirme que le crime sexuel « peut être défini comme tel lorsque le ou les assassins ont des pulsions sexuelles sadiques et que la victime devient un objet sexuel pour ses bourreaux ». Dans une relation de ce type, l'homme est le « sujet, ce qui est réel et essentiel », alors que la femme est « l'autre, ce qui est irréel donc non essentiel ». S'approprier le sexe féminin, torturer et disposer d'un corps relève ainsi d'une stratégie sexiste où le crime devient une forme d'érotisme.

Les crimes sexuels contre des femmes seraient donc des possibilités définies par la culture, qui primerait alors sur le fait que les auteurs de ces agressions soient des êtres malades ou déments. Julia Estela Monárrez Fragoso remarque par ailleurs que les crimes sexuels se caractérisent par l'image du corps de la femme nue, dont le cadavre est jeté comme une ordure : « Le corps de la femme est placé et exhibé dans des positions gynécologiques, comme pour être pris en photo. »

Julia Monárrez Fragoso souligne le fait que, dans ces cas de figure, la femme est moins qu'une femme, moins qu'un être humain ; elle devient un objet auquel on refuse son expérience subjective. La stratégie de domination masculine s'approprie le corps féminin tout en disposant de l'espace public.

Dans son analyse de la violence exercée sur les femmes à Ciudad Juárez, Israel Covarrubias González a remarqué que les corps étaient jetés dans l'espace public. Dans sa thèse, *Frontera y anonimato*, il déclare que « les lieux où la violence a été possible se situent dans des zones bien définies en terme d'espace, dans le nord de la ville et au sud (Lote Bravo). Pourtant, les crimes ont eu lieu dans d'autres secteurs géographiques ».

Il en déduit que « la géographie nord-sud est le territoire de la police, de l'armée ou des trafiquants de drogue, d'autant plus quand on parle de vastes étendues. Lorsque la zone est plus réduite, elle est plutôt le fief des gangs, des petits trafiquants de drogue qui se livrent au *« tráfico hormiga »* ou « trafic de fourmis », des revendeurs d'armes ou de voitures. Dans le dernier cas, il nous faut pondérer le lien existant entre lieu, appartenance et groupes générateurs de violence ».

De même, ce chercheur détaille les perceptions symboliques que l'on peut avoir du désert lorsqu'on y fait de macabres découvertes. Il apparaît alors comme un espace inhospitalier, sans eau, torride, entièrement libre, et s'oppose par conséquent à la culture, aux valeurs civilisées et à l'identité urbaine.

Le désert, conclut Covarrubias González, serait donc un espace appropriable, du moins pendant un certain temps, par des groupes générateurs de violence. Avant même d'entrevoir cette perspective, il faut préciser qu'à Ciudad Juárez, l'espace public a des propriétaires en plus de ses occupants temporaires. À titre d'exemple, Lomas de Poleo, où l'on a découvert beaucoup de cadavres de femmes, est l'un des bidonvilles de la zone d'Anapra, d'une superficie de près de 7 190 000 mètres carrés. Les registres municipaux révèlent que ce territoire compte quatre propriétaires : Pedro Zaragoza Fuentes, Alfredo Urías, Oscar Cantú et la famille Lugo, cités dans le *Diario de Juárez* du 26 mai 1999. L'endroit est stratégique depuis la création du boulevard Fronterizo, une zone d'urbanisation ultramoderne située au carrefour international de San Jerónimo et de Santa Teresa, à la frontière du Chihuahua et du Nouveau-Mexique, à l'ouest de Ciudad Juárez.

Cela signifie donc que l'usage et la prise de possession de l'espace public dans les affaires de meurtres de femmes à Ciudad Juárez n'est pas seulement l'apanage de groupes exerçant une violence illégale, mais qu'ils relèvent aussi de la stratégie d'emprise territoriale de cette frontière. En d'autres termes, l'origine et la croissance du capital, le développement urbain, les entreprises de construction, les spéculations immobilières et l'industrie maquiladora en sont également responsables, de même que les fortunes historiques d'une poignée de familles qui possèdent les grands établissements nocturnes de la ville, contrôlent la vente de bière, d'alcools forts et de sodas, détiennent les services d'infrastructure basique tels que le gaz naturel ou les médias.

Ce panorama de Ciudad Juárez dessiné par Covarrubias González se rapproche du schéma urbain que Mike Davis fait de Los Angeles dans son ouvrage *City of Quartz* [1] : une sorte « d'écologie du Diable [...] les promoteurs défrichent le terrain, le nivellent, y tracent des routes, tirent des canalisations depuis l'aqueduc le plus proche [...], construisent des murs de sécurité et branchent leur "produit" sur les lignes électriques. [...] Pour ces investisseurs, le désert n'est qu'une abstraction de plus où la poussière vaut de l'or».

À Ciudad Juárez, le crime organisé est parvenu à cohabiter avec le pouvoir économique. Les bénéfices sont mutuels. L'un sert l'autre. Leurs querelles aboutissent souvent à des accords : la politique est une guerre électorale financée par les deux camps.

Pedro Zaragoza Fuentes, l'un des propriétaires de Lomas de Poleo, a été cité dans la presse nord-américaine après qu'on eut « découvert que des camions de son entreprise familiale avaient servi à faire passer de la cocaïne aux États-Unis », comme le signale Andrés Oppenheimer dans son livre *Ojos vendados* (« Les Yeux bandés »). Ce journaliste affirme aussi que Mariano Herrán Salvatti, chargé de la lutte contre les drogues de 1997 à 2000, lui a fait savoir qu'il n'existait aucune charge fédérale contre Pedro Zaragoza, mais qu'une « enquête concernant son cousin, Miguel Zaragoza, était en cours ».

Le 6 avril 2000, dans le quotidien *Reforma*, le journaliste Abel Barajas interviewait Pedro Cital, chargé des Projets et programmes d'urbanisation de Ciudad Juárez, qui déclarait que la superficie de la ville s'étend à cause de l'accroissement de la population, de l'invasion de nouveaux « colons » et de la stratégie des responsables de la politique de développement, qui « délocalisent les services et en introduisent de nouveaux dans des lieux qui sont à l'écart de la zone urbanisée ». Ce fonctionnaire faisait remarquer que dans les quinze prochaines années, Ciudad Juárez s'étendrait davantage vers le sud et le sud-est, soit près du périmètre où l'on a retrouvé

1. Traduit de l'anglais par Michel Dartevelle, éditions La Découverte, 1997.

le plus de corps de femmes assassinées (Lote Bravo, Zacate Blanco, Granjas Santa Elena).

À la fin du XXe siècle et à l'aube du XXIe, la population de Ciudad Juárez a subi l'impact dissolutif des institutions traditionnelles comme un stigmate qui, au travers de la mort anonyme et féminine, marque l'espace public. La cause de ce climat de rupture et de dispersion est à chercher entre autres choses dans l'isolement séculaire de ces terres, leur éloignement du cœur du Mexique et, surtout, de la capitale. Cette distance a valu à Ciudad Juárez d'être surnommée ironiquement par les gens du Nord « Chilangópolis », appellation infamante pour sa population qui serait constituée de *chilangos*, autrement dit de gens fourbes, voleurs, excessifs.

Les symboles s'imposent.

La notion de Nord, d'appartenance à une latitude extrême presque oubliée par le centre du Mexique et par là même forte et entière, dédaigneuse de l'idée de nationalité attribuée par hégémonie aux pouvoirs centraux de la Fédération, est essentielle pour les habitants de Ciudad Juárez. Dans cette identité du Nord, les maux viennent en principe de l'extérieur, et en particulier du Sud, autrement dit d'en bas, de ce qui est bas, du sud de l'État et de la République, donc de la croissance urbaine inéquitable, subite et vertigineuse que connaît Ciudad Juárez depuis les années 1970 du fait des flux migratoires, de la population flottante attirée par la force magnétique d'une ville qui est aussi un lien, un pont.

Le pont en tant que symbole premier : Paso del Norte, frontière avec les États-Unis, point situé au-dessus de tous les autres lieux de la République. À l'époque de la globalisation, les *maquilas* sont le deuxième symbole de Ciudad Juárez après celui du pont. La population migrante s'est établie dans des conditions précaires dans la Sierra de Juárez, à l'ouest de la ville, d'où elle peut contempler les promesses qui miroitent de « l'autre côté », aux États-Unis. Le troisième symbole de Ciudad Juárez est la voiture, outil de déplacement obligé et image de la prospérité.

Francisco Javier Llera Pacheco, directeur de recherches à l'Université autonome de Ciudad Juárez, affirmait en 1997 qu'il était important d'admettre que les problèmes de la frontière nord n'étaient pas liés à des causes locales, mais à des « forces extérieures » représentant l'échec de la stratégie nationale de développement du Mexique. Il ajoutait que pour résoudre l'immigration excessive, la concentration de la population, le manque d'infrastructures, l'aménagement précaire du territoire et la dégradation de l'environnement, des changements radicaux dans les politiques nationales et régionales s'avéraient nécessaires.

En conclusion, Juárez est un territoire véhiculaire et intense dans tous les sens du terme, un pont, une enclave de l'économie multinationale dont l'industrie de sous-traitance impose un paradigme qui pénètre et ordonne le corps de la société. Seule la récession mondiale de 2001 a gravement affecté l'économie frontalière.

Le Nord est la terre des réalités et des charmes imaginaires. Juárez, qui se veut la ville la plus au nord du Mexique, se situe entre ces deux eaux.

Économiquement et socialement, à la fin du XXe siècle, le nord du Mexique aurait épuisé la suggestion d'images et de représentations multiples de la mexicanité la plus forte depuis que la culture *chicana* s'est répandue dans les années 1960 et 1970. Dans cette géographie difficile, le choix de vivre à la manière des trafiquants de drogue, dans le non-respect des lois et l'oisiveté nocturne (pour une école, il y a cinq bars à Ciudad Juárez, sans oublier des centaines de *picaderos* ou points de vente de drogues dures au détail) est de plus en plus fréquent. Cela prouve encore une fois que l'histoire est un paysage complexe issu de la géographie et de la culture, ce qu'évoquent Los Dinámicos del Norte dans un *corrido* local, une chanson d'amour populaire, intitulé *Contrabando de Juárez* :

Bonito Juárez querido
yo desde aquí te diviso
lástima que aquí en El Paso
tenga ciertos compromisos.
Son las once de la noche
oigo música en los bares,
mi querida allá me espera,
en una calle de Juárez.
Güerita de ojos azules,
no le puedo dar la mano,
porque me tiene enjuiciado
el gobierno americano.
Qué bonito es el Río Bravo,
ya nadie podrá negarlo,
porque el contrabando pesa,
cuando se pasa nadando.

Mon beau Juárez chéri,
je te vois de là où je suis,
dommage qu'ici, à El Paso,
j'aie certaines obligations.
Il est onze heures du soir,
j'entends la musique dans les bars,
ma chérie m'attend quelque part,
dans une rue de Juárez.
Petite blonde aux yeux bleus,
je ne peux lui tendre la main,
parce que je vais être jugé
par le gouvernement américain.
Que le Río Bravo est beau,
personne ne dira le contraire,
car la contrebande est lourde,
quand on la passe à la nage.

Une jeune fille au pays de nulle part

Le lundi 14 août 1995, Elizabeth Castro García sortit de chez elle à 5 heures.

Comme tous les matins, cette jeune fille de 17 ans quittait son domicile familial, au 1829 de la rue Bronce, pour aller travailler à la maquiladora Procon. Après son service, à 15 h 30, elle se rendit à l'institut de formation ITEC, à l'angle des rues Lerdo et Mejía, où ses cours d'informatique commençaient à 17 heures. Elle partit de l'école à 19 heures avec une amie, María Angélica Contreras, qui parcourut quelques rues en sa compagnie. On perdit sa trace à un carrefour du centre de la ville.

La famille fit tout de suite imprimer un avis de recherche sur lequel figurait son numéro de téléphone et un court texte indiquant qu'Elizabeth avait disparu le 14 août, à 19 heures, entre les rues Vicente Guerrero et Juárez. Elle portait un T-shirt blanc. Le visage d'Elizabeth photographié de face occupait presque toute la feuille.

Deux piétons l'avaient vue marcher à côté d'un homme grand, brun, qui portait une valise noire.

Deux semaines plus tôt, sa sœur Patricia l'avait vue descendre d'une voiture noire aux vitres polarisées, comme beaucoup de véhicules à Ciudad Juárez. Selon son autre sœur, Eunice, Elizabeth avait eu trois petits amis : Daniel « N », Nicolás Herrera et Jorge Zamora. D'après elle, un chauffeur d'autobus la courtisait également.

Dans les trois jours qui suivirent sa disparition, les membres de la famille d'Elizabeth reçurent d'étranges appels. Quand ils décrochaient, ils entendaient une *ranchera*[2] de Vicente Fernández ou de Selena, la chanteuse de musique tex-mex, auteur du tube *Bidi, bidi, bom, bom* qui venait d'être assassinée.

À l'époque, Francisco Molina Ruiz était procureur général de l'État de Chihuahua ; Javier Benavides, commandant de la police judiciaire ; Hernán Rivera dirigeait le Service d'instruction préparatoire ; Jorge López Molinar était à la tête du Bureau du procureur adjoint de la zone nord. Francisco Minjárez s'occupait du Groupe des enquêtes spéciales et Antonio Navarrete était agent de police judiciaire à Ciudad Juárez. Ils formaient à eux tous un cercle de fonctionnaires et de policiers qui reviendrait souvent dans les affaires d'homicides féminins commis dans cette ville.

Le 15 août au matin, Eunice Castro se rendit au Bureau du ministère public avec deux autres témoins, Gloria Pérez et Susana Montes Pérez, pour dénoncer la disparition d'Elizabeth car elles étaient persuadées qu'il lui était arrivé quelque chose de grave. Au préalable, elles avaient téléphoné à l'usine, où on leur avait dit qu'Elizabeth n'était pas allée travailler.

Eunice, 25 ans, décrivit sa sœur Elizabeth à l'agent du ministère public : une jeune fille au teint clair, aux longs cheveux, mesurant un mètre soixante quinze, vêtue discrètement. Elle ignorait où Elizabeth pouvait se trouver.

Après la procédure de rigueur, la plainte fut enregistrée comme « délit de disparition » et communiquée le jour même au Groupe des enquêtes spéciales. Les agents de police judiciaire Francisco Javier Cervantes Torres et Jonathan Tovar López, chargés de l'enquête, se rendirent au domicile de la jeune disparue, Colonia Juárez.

Sa famille leur rappela les circonstances de sa disparition et leur fit une description détaillée des habits que portait la jeune fille : jean vert, chemisier blanc, chaussures noires à bouts ronds, chaussettes à galons. Les proches d'Elizabeth Castro García leur fournirent les mêmes caractéristiques physiques que celles mentionnées dans les dépositions de ses amies Sandra Landeros et Yadira Rodríguez.

2. Genre musical populaire mexicain.

Le lendemain, l'instruction préparatoire 0301/15852/95 s'ouvrit devant Hernán Rivera, chef de ce service. À cette date, les agents à qui l'enquête avait été confiée parlaient déjà d'un « homicide » alors qu'on n'avait pas encore retrouvé le corps.

Le 16 août, les policiers se rendirent à nouveau au domicile d'Elizabeth pour interroger sa mère, Irma Mari García Díaz, qui était rentrée de Bañón (municipalité de Villa de Coss, État de Zacatecas) dès qu'elle avait été informée de la disparition de sa fille. Elle n'avait pas vu Liz, ainsi qu'elle la surnommait, depuis deux mois. Elle précisa que le T-shirt d'Elizabeth portait l'inscription « California », que ses cheveux lui arrivaient presque jusqu'à la taille et qu'ils étaient châtain foncé, qu'elle avait de grands yeux marron foncé, le visage allongé, le nez fin, une bouche régulière aux lèvres charnues.

Elle trouvait sa fille très triste ces derniers temps, mais elle n'en avait pas discuté avec Liz. Toujours prête à l'accompagner partout auparavant, Elizabeth se montrait désormais plus rebelle. La dernière fois qu'elles étaient sorties ensemble, elle se rappelait que Liz lui avait fait remarquer la disparition d'une jeune fille dans le magasin de chaussures 3 Hermanos de la rue Velarde.

Il s'agissait en effet de Silvia Elena Rivera Morales, disparue le 11 juillet 1995, dont le corps sera découvert le 11 septembre de la même année à Lote Bravo. Étudiante, elle travaillait chez 3 Hermanos. Quant à Liliana Holguín, dont on retrouvera le cadavre en l'an 2000, à Cerro Bola, elle aussi avait été vue pour la dernière fois dans ce même magasin.

Les policiers demandèrent à la mère d'Elizabeth de comparaître au Bureau du ministère public. Irma Mari García Díaz, âgée de 47 ans, femme au foyer, mère de deux autres filles, Eunice et Patricia, signa sa déposition. Par ailleurs, elle remit aux policiers des photographies de sa fille. Sur l'un des clichés, Liz enlace un ami dans le parc Juárez. Elle a l'air confiant, mais semble rechercher sa protection. Chaque fois qu'elle pose, elle répète ce geste qui consiste à se rapprocher de ses compagnons.

Appelée à approfondir son témoignage, Eunice précisa à l'agent du ministère public qu'elle se rappelait parfaitement les vêtements que portait sa sœur le jour de sa disparition, car cette dernière les avait préparés et repassés. Elle ajouta qu'elle connaissait toute sa lingerie, et que si elle n'avait pas idée de la culotte et du soutien-gorge qu'Elizabeth avait choisis ce jour-là, c'est qu'elle n'avait pas inspecté les pièces qui manquaient. Elle affirma également que, le vendredi, Elizabeth allait dîner avec ses amies, qu'elle ignorait si elle avait un fiancé et que, selon ses sources, sa sœur n'avait pas l'intention de se marier ou de partir en voyage. Elizabeth avait un passeport en règle mais se rendait peu souvent à El Paso.

La famille vécut dans l'angoisse durant plusieurs jours. Aux amis qui demandaient des nouvelles, on répondait invariablement par la négative.

Le 19 août, la police fit la découverte d'un corps de femme gisant au milieu d'arbustes et de détritus, au kilomètre 5 de la route qui mène à Casas Grandes, sur un terrain semi-désertique situé à Granjas Santa Elena.

Ce corps fut classé dans la catégorie des homicides dolosifs. L'instruction préparatoire 16142/95-1101 indique que le cadavre était à plat ventre, la tête tournée vers le nord, le bras droit replié sous l'abdomen, le gauche à demi fléchi, les jambes écartées. La mort par strangulation fut confirmée. Les cheveux étaient attachés par un « ruban ou un élastique marron ». Le corps était encore vêtu d'un T-shirt blanc portant l'inscription « California. The Golden State ». Il était relevé au-dessus des seins, de même que le soutien-gorge de couleur blanche. Sous le cadavre, on a trouvé un jean vert maculé de taches de sang sur lequel on a relevé la présence de faune cadavérique. Sur la gauche, à hauteur de la cuisse, on a remarqué la présence d'une chaussure sans lacet et d'une culotte blanche. Excepté la chaussure, estampillée 3 Hermanos, aucun vêtement ne comportait d'étiquette ou de marque visible.

Selon le rapport d'enquête, le corps était en « état de décomposition avancée », ce qui compliqua les examens des experts et des médecins légistes, mais on releva cependant la présence d'« une blessure de forme triangulaire causée par un instrument tranchant dans la région du coccyx, englobant une partie des fesses, et la dilatation de l'anus ».

Le rapport faisait également remarquer que « deux lacets ont été attachés au poignet gauche, l'un des deux étant assez lâche pour avoir enserré la main droite ».

Au stade préjuridictionnel, le rapport du ministère public décrit la découverte du cadavre dans les termes suivants : « À une vingtaine de mètres de la route d'asphalte, dans une dépression, on relève la présence d'un cadavre de femme d'approximativement 17 ans. Le corps est en décubitus ventral, la tête tournée vers le nord, les membres inférieurs orientés à l'opposé, les pieds légèrement en dehors, le bras droit replié vers le thorax, le gauche fléchi. Ce cadavre présente des signes de mort manifeste et non récente. Rigidité cadavérique complète, conservation complète. »

L'acte consigne ensuite des renseignements essentiels : « Le corps mesure environ 1,60 mètre, de complexion régulière, teint mat, cheveux châtain, front régulier, yeux marron, traits du visage difficiles à distinguer du fait de l'état de décomposition avancée, T-shirt blanc. »

Vingt-cinq clichés ont été pris et on a enregistré le corps sous le numéro 118/95.

Le docteur Julio César del Hierro Ochoa, chef du Département d'identification criminelle et du Service d'expertise et de médecine légale, a fait les examens habituels. Entre autres détails techniques, il a relevé que le corps mesurait un mètre soixante-trois.

Dans son rapport, il est certifié que dès sa découverte, le cadavre avait « déjà été identifié comme étant celui d'Elizabeth Castro García, âgée de 17 ans ». Il a par ailleurs fait remarquer que l'endroit où le cadavre a été retrouvé « n'est pas celui où la victime a été assassinée ». Elizabeth Castro García a été étranglée ailleurs et la mort ne date pas du 19 août, mais a été donnée cinq ou six jours avant. Après avoir analysé une trace de sang présente sur le pantalon retrouvé sous les jambes de la victime, il a conclu qu'il était du groupe « A », différent de celui d'Elizabeth, qui était du groupe « O ».

Patricia, la sœur d'Elizabeth, Marcos Castro Valdez, son père, et Alfonso Cuauhtémoc Córdova Díaz, son oncle, avaient reconnu le corps. La mère de la jeune fille affirma l'avoir identifié à ses mensurations, à sa complexion, à ses cheveux longs châtain foncé, à la forme de ses pieds et aux vêtements qu'on lui avait montrés en lui disant qu'elle les portait.

Le corps était en état de décomposition avancée. Aucun rapport d'expert en criminalistique, aucune preuve technique ne venait étayer les témoignages des membres de la famille.

Le 21 août, le Bureau du ministère public convoqua Patricia Castro García. Mariée, âgée de 26 ans, Patricia déclara qu'elle avait vu sa sœur pour la dernière fois dans la soirée du dimanche 13 août.

– Et ensuite ? lui demanda l'agent chargé de prendre sa déposition.

– Je sais seulement qu'un peu avant 5 heures du matin, José Alfredo, mon beau-frère, l'a accompagnée à pied jusqu'au viaduc Díaz Ordaz pour qu'elle prenne l'autobus.

José Alfredo l'avait vue monter dans l'autobus qui transporte les employés de Procon. D'après sa sœur, Elizabeth se rendait désormais seule à l'école après l'usine, car Yadira Rodríguez, l'amie qui l'accompagnait auparavant, ne travaillait plus chez Procon. María Angélica Contreras fit plusieurs fois ce trajet avec Elizabeth.

Le lundi 14, sur le coup de 21 heures, trouvant son retard anormal, ses proches s'inquiétèrent et pensèrent qu'il était arrivé quelque chose à la jeune fille. Les heures passèrent mais Elizabeth n'était toujours pas de retour chez elle.

– Qu'avez-vous fait ? demanda l'employé du ministère public à Patricia.

– Nous avons commencé par nous renseigner au centre de

détention préventive, puis au centre de détention pour mineurs et, enfin, nous avons contacté le chauffeur de l'autobus, dont je ne connais que le prénom, Martín. Il nous a dit qu'il l'avait déposée devant la maquiladora et qu'après son travail, il l'avait conduite dans le centre de Ciudad Juárez. Le 15 août, à 6 heures, nous sommes allés signaler sa disparition.

Patricia ajouta que ses proches avaient eux aussi téléphoné à l'usine pour vérifier « qu'elle avait pointé le 14 août » mais, dans sa déclaration, elle ne précisait pas la réponse qu'on lui avait fournie.

– Le 15 août, dans l'après-midi, nous avons discuté avec le professeur de ma sœur, qui nous a dit avoir vu Elizabeth sortir de l'école en compagnie d'une autre élève, María Angélica Contreras. Le vendredi 18, une certaine Ana María Castro m'a informée que le mardi ou le mercredi de la même semaine, un de ses gendres avait vu Elizabeth au bord de la route, à un rond-point, en compagnie d'un homme. Ils faisaient de l'auto-stop avec deux autres personnes. Elle n'a pas précisé si c'étaient des hommes ou des femmes. Ils allaient vers le sud, comme s'ils partaient en voyage…

– Comment était l'homme qui l'accompagnait ?

– Pas très grand, brun… il avait l'air d'un voyou.

Selon Patricia, le gendre d'Ana María les avait vus entre 12 et 13 heures en revenant de la décharge. Elizabeth et ceux qui se trouvaient avec elle lui avaient fait signe de s'arrêter, mais il avait continué sa route.

Le témoin déclarait avoir vu le groupe faire de l'auto-stop près des bureaux de la police fédérale de la route. Ils se passaient une bouteille d'eau. Il précisa qu'Elizabeth avait bu au goulot.

Patricia Castro García affirma dans la même déclaration que ses proches avaient demandé à un agent de la police fédérale de la route, dont elle ignorait le nom et l'unité à laquelle il appartenait, s'il avait remarqué la présence d'Elizabeth dans les parages. Sur une photographie, l'agent reconnut la jeune fille qu'il avait vue le 9 août dans le supermarché del Río.

– Un enfant qui lavait les pare-brise et dont j'ignore le nom, que nous avons croisé à la station-service du rond-point, nous a dit qu'il avait vu ma sœur avec un homme qui portait une valise noire, enchaîna Patricia Castro García. Il les avait vus assis dans la station, mais il ne nous a pas précisé quand… Dans la même station, trois hommes en camion ont affirmé avoir vu ma sœur à Colonia Virreyes, mais ils ne nous ont pas fourni plus de renseignements.

Un autre enfant croisé dans la station-service leur aurait dit avoir aperçu Elizabeth dans un « autobus bleu », mais il était incapable de leur dire à quelle date et ignorait si elle était seule ou accompagnée.

En dehors de sa déclaration, Patricia mentionna oralement le journaliste Sergio Melgar, du *Diario de Juárez*, qui, deux semaines avant la disparition de sa sœur, avait vu cette dernière sortir d'une voiture noire aux vitres polarisées. Patricia aussi. Quand elle avait demandé à Elizabeth qui l'avait reconduite ce jour-là, sa sœur lui avait répondu que c'était son amie Sandra. Quand Patricia lui fit remarquer que cette voiture n'était pas celle de Sandra, Elizabeth garda le silence.

Au dire de Yadira Rodríguez, Elizabeth avait eu un fiancé qui s'appelait Jorge Zamora et habitait Colonia Virreyes. « Ils se retrouvaient dans le centre de Ciudad Juárez », déclara la jeune femme. Patricia lui connaissait un autre fiancé : Ángel Ambriz, « le seul à savoir quelle école fréquentait ma sœur et l'heure à laquelle elle sortait de cours ». Patricia décrivit physiquement Jorge, un jeune homme au « teint mat, de taille moyenne, âgé de 20 ans environ », et ajouta qu'elle n'avait jamais vu Ángel.

– Pourriez-vous nous fournir d'autres renseignements sur ces deux hommes ? lui demanda l'agent du ministère public.

– On raconte que Jorge Zamora a été renvoyé de la maquiladora Procon parce qu'il avait voulu embrasser une femme de force.

Les agents de police Cervantes Torres et Tovar López rencontrèrent Jorge Zamora à son domicile, Colonia Virreyes. Âgé de 18 ans, le jeune homme reconnut avoir rencontré Elizabeth à l'usine, mais précisa qu'il n'avait commencé à la fréquenter qu'au mois d'avril, lors d'un concert des Temerarios aux Jardines de Carta Blanca. Elizabeth était avec une amie et son fiancé. Ils avaient bavardé, puis il l'avait invitée à danser sur un air disco. Elizabeth avait accepté. Il avait bu deux bières et elle avait mangé des chips. En dansant, ils s'étaient embrassés et le garçon lui avait caressé les seins. Ils étaient restés aux Jardines de Carta Blanca jusqu'à 4 heures ou 4 heures 30 du matin. Il l'avait ensuite accompagnée jusqu'à un arrêt de minibus. Dans la rue, ils s'étaient enlacés, mais quand il avait voulu la caresser à nouveau, elle l'en avait empêché en lui disant « qu'elle voulait d'abord mieux le connaître ».

Dans le même entretien, Jorge Zamora se rappela aussi que peu après, Santiago Valdez, un collègue de la maquiladora, lui avait raconté qu'il avait eu une liaison avec Elizabeth et qu'elle bougeait comme une « couleuvre ». *La culebra*... titre d'une chanson à la mode à l'époque. Santiago Valdez l'avait également informé qu'elle était sortie avec d'autres garçons qui travaillaient chez Procon. Zamora déclara qu'il avait revu Elizabeth au Salón Diver's, avenue Juárez, mais qu'il l'avait évitée « à cause de tout ce qu'on [lui] avait dit sur elle ».

Les policiers eurent ensuite un entretien avec Eunice Castro García et l'interrogèrent sur les habitudes de sa sœur. Eunice, qui travaillait chez Procon depuis mai 1995, répondit qu'à partir du mois de juillet, Elizabeth avait commencé à sortir avec des amies originaires du même village qu'elle, dans l'État de Zacatecas. Quand ces jeunes filles étaient reparties s'y installer, Elizabeth se mit à fréquenter d'autres collègues de la maquiladora, comme Yadira Rodríguez, Miriam Martínez, Sandra Landeros, « Alma »... Ensemble, elles allaient danser avenue Juárez. Eunice savait que sa sœur avait eu d'autres petits amis : Daniel, Nico, Ángel, en plus de ceux dont elle ne connaissait pas le prénom.

La police demanda à Jorge Zamora de témoigner devant le ministère public. Le jeune homme répéta ce qu'il avait déjà dit aux policiers en enrichissant sa déclaration d'un nouvel épisode qui avait eu lieu le soir où il était sorti avec Elizabeth.

– Je l'ai ramenée dans le centre et l'ai laissée devant la cathédrale pendant que j'allais aux toilettes. En revenant, je l'ai trouvée en train de discuter avec un garçon qui est parti quand il m'a vu. Je lui ai demandé qui c'était, s'il l'avait embêtée. Elle m'a répondu que non, qu'il voulait simplement se rendre dans une rue qu'il ne connaissait pas. Ensuite, je l'ai accompagnée à l'arrêt d'autobus pour qu'elle rentre chez elle.

Jorge Zamora ajouta qu'Elizabeth avait « beaucoup de problèmes avec les autres filles de la maquiladora », et particulièrement l'une d'entre elles, qui s'appelait Miriam et disait qu'elle faisait les yeux doux à son fiancé, Óscar, employé dans une cafétéria. « Une fois, Elizabeth et Miriam sont allées se battre aux toilettes », précisa le jeune homme. Une autre collègue, Caro, s'était disputée avec Elizabeth, qui aurait dit du mal d'elle. Selon Jorge Zamora, Eunice, la sœur d'Elizabeth, se plaignait de son comportement : « Elle disait qu'elle allait souvent danser, qu'elle rentrait tard chez elle et que si elle continuait, elle l'emmènerait avec ses parents dans un endroit dont le nom m'échappe. »

Jorge Zamora, surnommé El Zamora, accepta de faire une prise de sang. Il était du groupe O positif. Quand on lui demanda pourquoi il avait des égratignures sur le bras et au visage, il se montra extrêmement nerveux :

– La semaine dernière, un chat m'a griffé au bras droit. Je ne me rappelle plus comment je me suis fait l'égratignure que j'ai sur le cou. Quand je fais la fête, il m'arrive de boire jusqu'à un litre d'alcool fort. Je suis très soûl et je ne me souviens plus de ce que je fais. À l'usine, j'étais souvent ivre et je ne me maîtrisais plus…

– Où étiez-vous les 14 et 15 août 1995 ? lui demanda l'agent du ministère public.

– C'était un lundi et un mardi. Je suis resté chez moi, je ne suis pas sorti.

Il avait passé ces deux jours en famille. Ses proches confirmèrent sa déclaration concernant ses égratignures.

L'agent du ministère public interrogea de nouveau Eunice Castro García afin d'en savoir davantage sur les habitudes et les fréquentations de sa sœur.

Cette fois, Eunice se rappela qu'Irene, une de ses amies, lui avait un jour demandé si Elizabeth avait une liaison avec le chauffeur d'autobus qui la conduisait à la maquiladora, car elle avait remarqué que la jeune fille et son amie Lourdes Mesta bavardaient souvent avec lui. Elizabeth avait répondu à sa sœur que le chauffeur en question, Martín, était le fiancé de Lourdes. À la piscine de La Rosita, Eunice avait vu Elizabeth discuter avec Martín, un jeune homme mince de 25 ans qui mesurait un mètre soixante-quinze et avait le teint clair. Eunice confirma les disputes qu'Elizabeth avait eues avec ses collègues pour des histoires de jalousie.

Francisco Minjárez, qui dirigeait l'enquête, déclara à la presse que « deux des jeunes filles assassinées fréquentaient le même lieu avec régularité, où elles avaient parfaitement pu être remarquées, puis enlevées ».

Le policier jetait ainsi les bases du raisonnement qu'allaient suivre les autorités au sujet de ces meurtres en série : les victimes étaient des femmes menant une double vie ou ayant des mœurs dissolues ; tueurs et victimes se croisaient dans les mêmes établissements nocturnes.

Le 6 octobre, María Angélica Contreras Padilla, âgée de 24 ans, déclara aux autorités qu'elle n'avait côtoyé Elizabeth que pendant un ou deux mois. Elle la décrivit comme étant une personne « gaie, mais pas vulgaire ». Elle ajouta qu'elle portait souvent des baskets blanches, un sac à main et une grande pochette où elle rangeait ses fournitures scolaires, sur laquelle elle avait collé une feuille avec une maxime écrite à la machine. Elle ne se rappelait plus la phrase en question. Elle lui avait dit qu'elle avait un petit ami à l'usine mais ne lui avait pas révélé son prénom. Elle lui avait aussi raconté qu'il lui arrivait de boire de l'alcool.

– Au point de se soûler ? voulut savoir l'agent du ministère public.

María Angélica Contreras Padilla l'ignorait. Elle déclara qu'Elizabeth lui avait parlé d'autres petits amis et d'un garçon qu'elle aurait rencontré dans le Zacatecas.

– Mais elle ne m'a jamais donné de noms, précisa la jeune fille… En revanche, elle mentionnait souvent Juan, un collègue de l'usine.

– Vous a-t-elle parlé d'une liaison plus poussée sexuellement ?

– Nous n'avons jamais abordé la question et à ma connaissance, personne ne l'importunait avec ce genre de chose.

– Quand l'avez-vous vue pour la dernière fois ?

– Le lundi 14 août. Ce jour-là, elle m'a raconté sa vie dans son lieu d'origine, sa famille. Depuis quand elle s'était inscrite à l'institut et travaillait à l'usine. À la fin des cours, vers 19 heures, nous avons marché dans la rue Lerdo jusqu'à la rue Abraham González. De là, nous avons pris la rue Juárez et tourné à gauche dans la direction de Vicente Guerrero. Après, je suis partie à gauche pour aller rue Ahumada.

– Et elle ?

– Je ne sais pas où elle est allée…

María Angélica décrivit la tenue que portait Elizabeth ce jour-là : un jean bleu, un T-shirt blanc frappé d'une inscription.

– Tenait-elle un dictionnaire d'anglais dans sa main ?

– Nous n'en utilisons pas à l'école…

– Vous êtes sûre ?

– Oui, et je n'en ai jamais vu dans ses affaires.

Trois jours plus tôt, la police avait arrêté l'Égyptien Abdel Latif Sharif Sharif, ancien résident aux États-Unis qui fréquentait les bars de Ciudad Juárez depuis son arrivée quelques semaines auparavant. Les autorités s'employaient à monter un dossier dans les règles visant à le désigner comme le tueur en série.

Criminologues voyageurs

Fin octobre 1995, une équipe d'experts de la capitale se rendit à Ciudad Juárez. Dénommé « groupe interdisciplinaire du Bureau du procureur général », il était dirigé par le criminologue René González de la Vega et se proposait d'apporter un soutien technique aux autorités locales car on supposait qu'un même comportement criminel était à l'origine des nombreux meurtres de femmes commis à Ciudad Juárez, tristement célèbres depuis deux ans.

Le 25 octobre, à 10 heures, ces experts eurent leur première réunion de travail avec des fonctionnaires du Bureau du procureur général de l'État de Chihuahua. Les autorités de cet État leur fournirent un dossier d'information contenant des photographies, quelques rapports d'autopsie et le compte rendu des premières démarches effectuées par le ministère public du Chihuahua. Certains chefs de la police judiciaire expliquèrent en détail les enquêtes qui avaient été menées.

Dans l'après-midi, le groupe interdisciplinaire eut accès au dossier d'instruction préliminaire. L'objectif consistait à étendre et à approfondir l'information obtenue jusqu'alors. À 23 heures, au cours d'une deuxième réunion, les experts du district fédéral firent quelques recommandations à leurs collègues en vue d'une amélioration du travail de la police locale. Il leur semblait que, de toute évidence, les dossiers ne respectaient ni les formes ni la rigueur requises dans ce genre d'affaire.

Le lendemain, à la première heure, une troisième réunion de travail fut organisée entre les fonctionnaires de l'État de Chihuahua et des spécialistes du FBI. Ils avancèrent des hypothèses et échangèrent leurs points de vue.

Vers 11 heures, le groupe interdisciplinaire se rendit dans les différents endroits où l'on avait découvert les corps ou les restes des victimes des semaines passées. La reconnaissance des lieux se termina à 17 h 30. Une heure plus tard, il y eut une autre réunion où il fut décidé que deux membres de l'équipe resteraient à Ciudad Juárez et que les autres regagneraient Mexico par un vol de nuit.

Le groupe interdisciplinaire formula une série de conseils aux autorités de l'État de Chihuahua concernant « l'organisation, l'administration et la supervision » des enquêtes et tout ce qui avait trait à l'instruction préparatoire ou relevait du domaine de la criminalistique. Le groupe interdisciplinaire fut renseigné oralement sur le procès de Latif Sharif Sharif et sur l'existence d'un « cahier d'enquête » du ministère public. Les autorités locales proposèrent de fournir une copie des documents transmis par le ministère public au pénal et du détail de l'instruction préliminaire.

Le groupe interdisciplinaire conseillait avant tout la formation d'une « unité spéciale » chargée d'enquêter sur les homicides de femmes à Ciudad Juárez. Placée sous le contrôle d'une seule personne, cette unité devait bénéficier de moyens suffisants et du soutien de tous les services du Bureau du procureur général. On suggéra de réduire l'équipe pour plus d'efficacité, pour une action et une couverture optimales. Composée de deux « cellules » de six enquêteurs dirigés par un agent du ministère public, elle ne devait répondre de ses actes que devant le procureur adjoint de la zone nord.

Il fut par ailleurs recommandé que les policiers soient sous les ordres des agents du ministère public, censés être toujours actifs au cours des enquêtes préliminaires.

Un autre point important prévu par le groupe interdisciplinaire était la constitution d'une « unité d'analyses criminologiques » dont seraient chargés un chef et deux analystes. On prévoyait ainsi d'actualiser l'information criminalistique et criminologique obtenue par les cellules d'enquête. Cette unité serait responsable des renseignements qui seraient rendus publics par l'intermédiaire d'un « chef de communication sociale ».

En outre, on soulignait l'importance de la présence d'un responsable de la logistique qui se chargerait des problèmes administratifs tels que l'utilisation de véhicules, les bons d'essence, les frais de déplacement, les salaires et autres paperasseries. Il fallait par ailleurs disposer d'un « coordinateur général » placé sous la direction d'un agent du ministère public, qui ait à son service un corps de conseillers techniques en criminalistique et en médecine légale. Ces derniers s'occuperaient de distribuer des tâches aux cellules et aux services concernés en appliquant la méthode de l'information « compartimentée » ou restreinte et en arrêtant un plan de travail propre à chaque enquête préliminaire, créant ainsi un pôle général d'investigation comprenant des unités spécialisées pour les besoins de chaque enquête.

Le groupe interdisciplinaire estimait nécessaire de multiplier ses recommandations au point de proposer une sorte de règlement pour l'organisation du travail afin de disposer d'une méthodologie logique et juridique, d'aller du général au particulier, d'éviter les idées préconçues et de travailler sur de multiples hypothèses à partir des preuves existantes, autant d'éléments destinés à enrichir les théories ultérieures pour, plus tard, prouver les faits. On insistait sur le respect indispensable des trois principes de base de toute enquête : mobile, occasion et moyens de qui commet un délit. Tout ce qui, en termes de criminalistique et de criminologie, était étranger à ce plan de travail ne devait pas être pris en compte.

Comme il fallait s'y attendre, le groupe interdisciplinaire éveilla la réticence des fonctionnaires du Chihuahua. Au cours des enquêtes locales, on refusait d'avoir à faire le moindre examen. Les suggestions du groupe interdisciplinaire concernant la confidentialité, la vérification des faits, le contrôle d'éléments variables de l'enquête et la façon de se livrer à un interrogatoire constituaient un jugement adverse – quoique implicite et respectueux – sur les actions désordonnées menées par le Bureau du procureur général de l'État de Chihuahua.

Le document qui rend compte des recommandations des membres du groupe interdisciplinaire explique clairement que lors des interrogatoires, il faut « toujours éviter de transmettre aux témoins une sensation d'insécurité personnelle ». Il est plutôt conseillé de leur offrir une protection, de ne pas chercher à les influencer dans leurs déclarations, qu'il convient de filmer en vidéo. L'enquête doit être menée de façon systématique et exhaustive, et le public informé du temps que chaque homme a passé à faire des recherches sur les crimes. Pour ce faire, des évaluations hebdomadaires sont requises dans chaque service. Il est également conseillé d'exploiter les « modèles types d'enquêtes sur des homicides dont disposent déjà les fonctionnaires de l'État de Chihuahua ».

À la fin de ce compte rendu sont énoncés certains distinguos criminalistiques mettant en évidence le caractère violent des meurtres. Le corps n°118, celui d'Elizabeth Castro García, « ne présente pas de lésions indiquant qu'il y a eu lutte ». On en déduit qu'« elle a dû être surprise par son agresseur, qui s'est placé derrière elle et s'est servi de ses mains pour l'étrangler ».

Sur le corps n°122, celui d'une femme non identifiée, les experts remarquent que « l'absence de lésions ou de traces de lutte permet de supposer que la victime a été surprise par son meurtrier. Placé derrière elle, il l'a frappée alors qu'elle était manifestement à plat ventre et a tiré sa nuque en arrière. Postérieurement, elle est placée en décubitus dorsal et il la blesse avec un instrument pointu et tranchant. Il la mutile (au niveau de la luxation traumatique des vertèbres cervicales, on relève la présence d'hématomes et manifestement d'infiltrations hématiques) ».

Sur le corps n°133, celui de Silvia Elena Rivera Morales, on remarque « le même type de lésions que sur le corps n°118, mais la victime est en décubitus ventral, ce qui a permis à son agresseur de la soumettre plus facilement et de lui attacher les mains dans le dos ».

Sur le corps n°137, celui d'une femme non identifiée, on observe que « l'agresseur n'a pas pu surprendre sa victime car on relève des traces de lutte, ce qui laisse supposer que pendant l'agression, le meurtrier a momentanément perdu son arme blanche et a tenté par la suite de l'étrangler avec un objet constrictif ».

Dans ce cas, il est probable que « lorsque la victime était à demi ou totalement inconsciente, mais encore en vie, à plat ventre, l'agresseur lui ait saisi la tête, mordu le lobe de l'oreille gauche pour ensuite tirer violemment la nuque en arrière en posant peut-être un genou dans la région scapulaire (au niveau des vertèbres thoraciques). Ensuite, comme dans d'autres meurtres, il a sans doute imprimé une brusque torsion au cou de la victime. Il est possible qu'il ait commencé son agression en frappant la partie droite du visage. La mutilation a été effectuée *post mortem.* »

Le corps n°138, celui d'une femme non identifiée, a subi le même type d'agression. La victime est placée en décubitus ventral, le meurtrier l'étrangle puis la met sur le dos alors qu'elle est à demi ou totalement inconsciente. L'agresseur la blesse ensuite avec un instrument pointu et tranchant. En retournant le corps, il fracture le sternum et la première côte droite en lui donnant des coups de pied.

Dans ses dernières lignes, le rapport du groupe de conseillers relève que « bien que deux des victimes aient été plus âgées que les trois autres, il est important de préciser que les vêtements retrouvés sur les cinq corps étaient des tenues décontractées appréciées par les jeunes. Tous les habits des victimes présentent les mêmes caractéristiques. Il n'est donc pas exclu que les deux femmes plus âgées aient paru plus jeunes qu'elles ne l'étaient en réalité ».

Fin avril 1996, le docteur David Trejo Silecio me recevait dans son bureau du département de pathologie de l'hôpital de Xoco, à Mexico, entouré de flacons remplis de formol ambré contenant des fœtus et autres curiosités et anomalies organiques. Trejo Silecio, un homme barbu âgé d'une quarantaine d'années, robuste, cordial et d'une grande intelligence, avait accepté de me fournir certains détails sur les mortes de Juárez.

Après un appel de Francisco Minjárez, chef de la police locale, Trejo Silecio s'était rendu à Ciudad Juárez le 15 septembre 1995.

L'objectif de son voyage était d'examiner les corps des femmes assassinées, de relever les lésions, de préciser la cause du décès et d'aider dans son travail un anthropologue légiste (le docteur H. Gill-King – University of North Texas). Selon Trejo Silecio, le scientifique nord-américain avait été invité par le policier Jesús Terrones, surnommé Chuy, car six ou sept ans auparavant, il avait collaboré à une enquête sur une série de meurtres analogues commis au Texas.

Le pathologiste déclara que les autorités lui avaient montré cinq corps de femmes, mais qu'elles n'avaient pas procédé aux examens de rigueur. Les rapports indiquaient que les femmes avaient été « violées » ou « étranglées » sans qu'aucune preuve ne vienne étayer ces affirmations.

Trejo Silecio se rappelait très bien le corps n° 122, celui d'une femme non identifiée, car certains examens n'avaient pas été faits. Il avait remarqué la nuque fracturée et la luxation des vertèbres et avait envisagé l'hypothèse selon laquelle, pendant le viol de la victime, son agresseur lui avait probablement brisé le cou au moment de l'orgasme et avait éprouvé du plaisir pendant les convulsions qui avaient précédé la mort de la victime.

Trejo Silecio avait ensuite fait partie du groupe interdisciplinaire – qu'il avait surnommé la Palomilla (« la Bande ») – qui s'était déplacé quelques semaines plus tard jusqu'à Ciudad Juárez afin de conseiller le Bureau du procureur adjoint de la zone nord de l'État de Chihuahua. Trejo Silecio avait souligné les difficultés de cette affaire, et plus particulièrement les lacunes scientifiques des policiers et des équipes chargées de l'enquête, ainsi que le non-respect des normes et des procédés adéquats pour résoudre de tels crimes. Il avait l'impression que l'improvisation et l'inefficacité régnaient en maîtres. Les conseillers du groupe interdisciplinaire avaient très vite remarqué les limites des autorités locales et leurs réticences à coopérer.

En privé, le chef des médecins légistes locaux, Julio César del Hierro, s'interrogeait entre deux boutades sur les capacités des conseillers de Mexico. Malgré une bonne entente générale, les fonctionnaires et les policiers de l'État de Chihuahua considéraient les commentaires et les suggestions du groupe interdisciplinaire comme une intromission malvenue dans leur travail.

Leur participation relevait, du moins formellement, de conventions d'échanges entre le Bureau des procureurs des États et celui du district fédéral. Ces accords exigeaient entre autres choses qu'il soit procédé à des examens essentiels, comme les tests ADN, qui requéraient des moyens techniques dont ne disposaient pas les États.

Trejo Silecio s'interrogeait par exemple sur le côté équivoque qui consiste à conclure au viol sur des corps en état de décomposition avancée, des os ou des lambeaux de peau ne permettant d'arrêter aucune conclusion de ce type. Il s'opposait aussi à l'idée que l'assassin ait pu laisser des traces idiosyncrasiques, ce qui avait été évoqué dans la presse. Dans ces affaires, le fait que les chaussures des victimes aient été placées à côté des corps ne devait pas être interprété comme un geste fétichiste. Le pathologiste jugeait ce détail accessoire : l'agresseur porte un corps dans ses bras et tient les chaussures de sa victime à la main, entre l'index et l'annulaire, avant de jeter la totalité de son fardeau par terre. Il signalait par ailleurs que les méthodes normalement observées pour la levée des corps et la sauvegarde des pièces à conviction n'avaient pas été respectées. Il ajoutait que les clichés pris sur la scène des crimes étaient presque toujours inutilisables car mal cadrés ou mal éclairés, quand on n'avait pas tout simplement oublié d'y faire figurer le numéro de l'enquête préliminaire correspondante, détails fondamentaux pour un pathologiste spécialisé en criminalistique. Sur certaines images, il était impossible de déterminer de quel corps il s'agissait, affirmait-il en nous montrant les copies des clichés jointes aux dossiers des meurtres commis entre l'été et l'automne 1995.

D'un geste résolu, professoral, le docteur Trejo Silecio déploya sur son bureau ces photographies de corps décomposés dans la nature. C'étaient des images terribles.

Il insista sur le fait que lorsqu'on avait découvert ces cadavres, on avait protégé les meurtriers en négligeant des témoignages et certains indices. Il nous raconta une anecdote concernant l'examen par le groupe interdisciplinaire de l'endroit où avait été retrouvé le corps dont on avait déterminé par la suite qu'il s'agissait de celui d'Elizabeth Castro García, au kilomètre 5 de la route de Casas Grandes, à Granjas Santa Elena. Le pathologiste se rappelait que selon leurs renseignements, ce corps était resté une journée dans un lieu différent de celui où l'habitant de Granjas Santa Elena l'avait découvert. Il avait dû être exposé environ six heures à l'air libre, tout près de la route d'asphalte. Les meurtriers s'étaient débarrassés du cadavre de la jeune fille entre 3 et 5 heures du matin. Comme c'était un endroit où passait beaucoup de monde, il n'avait pas tardé à attirer l'attention.

Trejo Silecio demanda s'il y avait des garages automobiles dans les environs et fut surpris d'entendre un mécanicien déclarer qu'il avait entendu à l'aube le moteur d'une camionnette, des rires et les voix d'au moins deux hommes. Le témoin affirma qu'il avait eu peur de regarder à l'extérieur mais qu'il avait pu identifier le type de véhicule utilisé par ces individus grâce au bruit du moteur. La police ne jugea pas utile d'exploiter cette piste.

Trejo Silecio pensait que deux hommes au moins avaient pu transporter le corps, voire participer à l'assassinat de certaines des jeunes filles dont on avait retrouvé les corps. Il reconnut qu'à la lueur des faits déjà existants, d'autres cadavres risquaient d'apparaître, d'autres meurtres similaires à ceux qu'il avait pu étudier.

Robert K. Ressler était d'accord avec lui sur ce point. « Plus on tarde à identifier une victime, moins on a de chances de trouver une piste qui conduise au meurtrier », déclarait le *profiler*. En d'autres termes, l'impunité servirait d'aphrodisiaque aux assassins.

Des mois plus tard, au printemps 1997, fut publié le rapport sur la victime n°87 de la série de crimes commis à la frontière depuis 1993. Le 15 mai, dans une zone désertique des environs de Ciudad Juárez, on découvrit le corps d'une autre jeune femme cruellement meurtri, dont on avait abusé sexuellement. Le corps de la victime était décharné, à demi nu, mais les traces de strangulation étaient encore visibles. Il avait été exposé pendant quinze jours dans le lit d'un ruisseau et fut trouvé par un paysan qui s'était rendu dans cet endroit afin d'y rechercher des animaux égarés.

L'organisation locale Femmes contre la violence exigea qu'on constitue une équipe spécialisée afin d'enquêter sur ces crimes. Celle-ci devait comprendre un personnel technique incluant des chimistes, des anthropologistes et des criminologues.

On comptait deux fillettes parmi les dernières victimes. Au mois de juin, deux adolescentes de 15 ans disparaissaient.

Les autorités fédérales et celles de l'État de Chihuahua tentèrent de minimiser les faits. Quelques jours avant la découverte du dernier corps, le président de la République, Ernesto Zedillo Ponce de León, s'était rendu à Ciudad Juárez sans faire la moindre déclaration concernant les homicides de femmes et la violence dont celles-ci étaient victimes à la frontière.

Les médias non plus ne semblaient pas accorder beaucoup d'importance aux crimes de nature misogyne commis à Ciudad Juárez.

Les autorités de l'État de Chihuahua avaient inculpé certains individus au terme de procès bancals dès le départ (pressions exercées sur les témoins, preuves nulles ou fragiles, fausses déclarations, négligence dans les pratiques criminalistiques, etc.).

Mais le pire, c'est qu'en dépit de toutes ces accusations, de nouveaux corps continuaient d'apparaître. Le mépris, l'amnésie des autorités étaient devenus des arguments politiques. Pendant ce temps, les « féminicides » se poursuivaient.

Dans leur ouvrage *The Politics of Woman Killing*, Jane Caputi et Diana E. H. Russell écrivent que dans le cadre des sociétés anglaise et nord-américaine, où le sexisme est le même que dans d'autres pays tels que le Mexique, la misogynie ne se traduit pas seulement pas la violence exercée à l'encontre des femmes, mais a des répercussions sur la façon dont les médias relatent les crimes.

Selon ces féministes, « les meurtres de femmes, les viols et les mauvais traitements sont ignorés de multiples manières ou traités avec sensationnalisme par la presse selon la race de la victime, sa catégorie sociale et ses attraits physiques (des critères typiquement masculins) ». La police et les mass media deviennent plus nébuleux dès lors qu'il s'agit de crimes contre les femmes de couleur, pauvres, lesbiennes, prostituées ou droguées. En général, l'apathie est étroitement liée à l'usage de stéréotypes dénigrants qui conduisent à rejeter la faute sur les victimes.

Les propos de Jane Caputi et E. H. Russell se vérifient dans l'affaire des mortes de Juárez, de jeunes anonymes issues pour la plupart de familles pauvres, travaillant souvent à l'usine. Autant que leur famille, les victimes ont connu le mépris ou été accusées de négligence, d'imprudence ou même d'avoir mené une double vie qui les a exposées à des risques criminels. Plus d'une fois, les fonctionnaires de police judiciaire ont sermonné les familles, qu'ils accusaient d'avoir « manqué à leurs obligations » préventives auprès des mineures placées sous leur responsabilité. À la douleur d'avoir perdu une fille, à l'impunité révoltante dont jouissent les meurtriers et à l'inefficacité policière ou ministérielle est venue s'ajouter l'humiliation publique.

Les indices des crimes portent à croire que l'auteur des meurtres agit selon le même schéma organisé. Les mortes de Juárez constituent un bon exemple de la vulnérabilité décrite par John E. Douglas dans son ouvrage *Crime Classification Manual* : ce sont des filles jeunes sans grande force physique, célibataires, employées, vivant souvent seules. Elles sont des « victimes à bas risque » qui trouvent la mort parce qu'elles croisent la route de l'assassin lorsque celui-ci cherche une proie.

Dans une zone frontalière comme Ciudad Juárez, le flux migratoire et le nomadisme culturel accroissent ces probabilités, le principal problème de cette ville étant sa surpopulation mobile. Excès de gens, excès de désert, vulnérabilité extrême des femmes.

Face aux carences de la loi, aucune intégrité symbolique ne vient faire contrepoids au sein de la société, ni comme ensemble, ni comme frein au crime. D'autant moins dans le cas des mortes de Juárez où le crime extrême symbolise l'horreur, les pulsions malignes, étranges et inquiétantes dirigées contre les femmes.

Au printemps 1996, ce qui préoccupait le plus le docteur David Trejo Silecio était le fait que les autorités locales cessent de « mener correctement leurs enquêtes » ou inventent des coupables.

« Si l'affaire de l'Égyptien et des Rebeldes a été inventée, disait-il, songeur, il y a de quoi avoir peur…»

Peu à peu, le pressentiment du pathologiste – un expert capable de voir le monde depuis l'intérieur – allait devenir une réalité.

À la fin du XXe siècle, le Mexique tendait à être une zone crépusculaire où tout pouvait arriver – la *twilight zone* dont parle Robert K. Ressler.

Le Mexique est une nation-frontière qui a vu croître le fléau du crime, de l'impunité, de la perte du respect de la vie, de la disparition d'êtres humains comme une industrie exterminatrice. En octobre 1998, la sous-culture de la violence était particulièrement développée dans ce pays. En Basse-Californie, 19 personnes trouvèrent la mort lors de conflits liés au trafic de drogue. Quelques temps plus tard, 6 personnes furent assassinées en recevant le « coup de grâce ». À cette période, on comptait 260 homicides à Tijuana.

Dans la ville de Mexico, on releva 6 exécutions pour le mois d'octobre 1998, plusieurs *encobijados* (corps enroulés dans des couvertures), des *encajuelados* (corps abandonnés dans des coffres de véhicules) et de nombreuses victimes d'agressions furent retrouvées. Cette tendance allait s'accentuer à l'avenir.

De tous les délits enregistrés dans le pays en 1998, 10 % étaient commis à Mexico contre 7 % dans l'État de Chihuahua.

La même année, dans un rapport intitulé *Todo lo que debería saber sobre el crimen organizado en México* (« Tout ce que vous devriez savoir sur le crime organisé au Mexique »), l'Institut mexicain d'études de la criminalité organisée relevait qu'en général, le « crime est organisé au sein même de l'État, protégé par l'État et défendu par l'État face aux exigences des victimes – autrement dit la société – de mettre fin aux agressions commises par les groupes de délinquants. D'ailleurs, les "mafias" mexicaines vivent au cœur de l'État ».

Le bilan paraissait exagéré, mais il faisait référence à des phénomènes débilitants au sein des institutions mexicaines – l'un des auteurs de ce rapport, Lucio Mendoza, avait dirigé la Direction générale de recherche et de sécurité nationale de 1986 à 1991, organisme alors chargé des services de renseignements du pays, avant de devenir l'adjoint d'Alejandro Gertz Manero, ministre de la Sécurité publique sous le gouvernement de Vicente Fox.

À l'époque, le Mexique souffrait particulièrement de ses inégalités ancestrales et du désastre économique. Il connaissait le déclin du présidentialisme autoritaire et la lente relève d'un nouveau modèle politique. Derrière l'éclat de la criminalité étatique, la corruption policière, judiciaire et liée au trafic de drogue était à son apogée ainsi que tous les commerces lucratifs comme les enlèvements, les vols de véhicules, de marchandises et d'outils de production, les hold-up sur la route, les braquages de banques, le trafic d'armes et de personnes.

Les frontières mexicaines ont subi les nombreuses conséquences d'une érosion multiple due à la fois au pacte national et à l'insécurité publique. La situation économique critique de ce pays frontalier couvait depuis plus d'une génération, lorsque le gouvernement avait proposé d'unir les frontières en leur faisant connaître « un développement stabilisateur ». Le Programme national frontalier (1961-1965), destiné à doter les frontières d'une infrastructure urbaine et à créer de meilleures conditions de vie à travers le tourisme, ou le Programme industriel de la frontière (1965-1995), qui proposait une politique d'intégration entre le Mexique et les États-Unis, allaient déboucher sur les processus globalisateurs de la fin du XXe siècle.

Les limites de la stratégie nationale de développement mexicaine planaient comme une ombre paralysant le présent et l'avenir : le tourbillon modernisateur parti de la pyramide du pouvoir central avait ensuite gagné les frontières pour les remodeler avant de revenir à son point de départ. Son retour au centre avait entraîné çà et là une série d'inconvénients et de dissolutions.

À la fin du XXe siècle, le Mexique a vécu des événements violents et bouleversants, comme le soulèvement armé pro-indigéniste de 1994 dans le Chiapas, au sud du pays ou, la même année, l'assassinat de Luis Donaldo Colosio, candidat du Parti révolutionnaire institutionnel (PRI) à la présidence, dans la ville biculturelle de Tijuana, porte californienne s'ouvrant sur les États-Unis. Ou encore la guerre entre les cartels de la drogue au milieu des années 1990. Les cartels du Golfe, de Tijuana, de Juárez, constituaient une sorte de rupture frontalière par voie terrestre ou maritime, qui allait s'étendre jusqu'au centre du pays.

Dans son recueil de chroniques, *Bordertown*, Barry Gifford écrivait en 1998 que les villes de la frontière nord du Mexique étaient construites sur un territoire imprécis entre quelque chose et le néant. Mais ce trait d'incertitude tendait à s'accentuer avec la « frontérisation » imprévue des grandes villes, faisant craindre une situation peu souhaitable : celle du jour où tout le Mexique deviendrait un territoire situé à mi-chemin entre quelque chose et le néant.

La mémoire et le destin se rejoignaient.

Au mois de mars 1989, à Matamoros (État de Tamaulipas), disparaissait Mark Kilroy, un jeune Nord-Américain originaire de Brownsville, localité voisine située au Texas. On ne retrouva son corps que le 3 avril, lorsque la police locale arrêta le propriétaire d'un ranch près de Matamoros, où l'on découvrit 13 cadavres mutilés, des restes d'offrandes rituelles, des fétiches, des récipients, des taches de sang sur les murs, des dépouilles d'animaux. Mark Kilroy avait été victime d'un sacrifice rituel.

L'homme que l'on avait arrêté déclara faire partie d'un groupe satanique de trafiquants de drogue dirigé, d'après la police, par Adolfo de Jesús Constanzo et Sara María Aldrete Villarreal. Leurs adeptes se surnommaient les « rayés » car ils portaient des marques rituelles sur la peau. Peu après, Constanzo se suicida avant d'être capturé par la police.

En accomplissant ces rituels, les membres du groupe satanique cherchaient semble-t-il à obtenir l'immunité et l'invisibilité en s'inspirant de la *santería*[3] cubaine appelée Palo de Mayombe (« Bâton de Mayombe »).

L'enquête conduisit à la découverte et au démantèlement d'un vaste réseau d'intérêts et de clients faisant pour la plupart partie du monde du spectacle et du milieu homosexuel le plus marginal. La presse publia toutefois une autre version et avança que la police judiciaire du district fédéral avait transformé les faits afin de détourner l'attention des liens qu'Adolfo de Jesús Constanzo entretenait avec les chefs de la police. On avait du reste retrouvé chez l'un des meurtriers des photos de ce sorcier et trafiquant de drogue en compagnie de Fausto Valverde Salinas, alors directeur de l'Unité antidrogue de la police judiciaire fédérale ; de Carlos Armendáriz, ancien commandant de la police judiciaire du district fédéral ; de Guillermo González Calderoni, ancien commandant de la police judiciaire fédérale, qui allait s'enfuir aux États-Unis en 1992 afin d'échapper à des accusations pour enrichissement illicite et à des enquêtes après que la Commission nationale des droits de l'homme eut déposé plainte contre lui pour tortures et meurtres. On l'accusait aussi d'avoir combattu les cartels de la drogue de la côte pacifique mexicaine alors qu'il respectait le cartel du Golfe, dirigé à l'époque par Juan García Abrego. Des récits effrayants circulaient sur cette affaire où des actes d'une violence extrême avaient été commis sous la protection de la police.

Pour décrire l'affaire des « narcosataniques », Pablo Cabañas Díaz énumérait en 1989 des antécédents culturels qui remontaient à l'époque coloniale et au XIXe siècle, évoquait la sorcellerie et la *santería* pratiquées dans une zone frontalière qui allait de Las Cruces (Nouveau-Mexique), El Paso (Texas) et Ciudad Juárez (Chihuahua) jusqu'à Brownsville (Texas) et Matamoros (Tamaulipas).

« Le rapport au monde, considéré comme une transformation à réaliser sur terre et non dans un ciel symbolique, précisait Cabañas

3. Pratiques dérivées de la religion Yoruba dans laquelle dominent un dieu puissant et des demi-dieux de forme humaine.

Díaz, permet de supposer que le trafiquant de drogue trouve un allié de choix dans la sorcellerie, puisque cette tradition culturelle favorise le développement de groupes sociaux qui agissent dans la clandestinité et dont les pratiques sont secrètes. » Le lien entre sorcellerie et trafic de drogue prend donc des dimensions inédites qui vont bien au-delà du simple fait divers.

L'abîme dans lequel était tombé Mark Kilroy s'appelait Rancho Santa Elena. Des années plus tard, à Ciudad Juárez, des disparitions et des homicides de femmes conduiraient à un autre ranch du même nom.

La triade formée par le satanisme, le trafic de drogue et les sacrifices humains était considérée par l'opinion publique comme un signe effrayant et lourd de présages. Dans les années 1990, la société mexicaine ne parlait que de cela. Cet imaginaire élevé au rang d'emblème influença Barry Gifford. Dans son roman *Perdita Durango* (1991), adapté ensuite au cinéma, il relate la fuite d'un couple de délinquants qui sacrifient un enfant de 10 ans lors d'un rituel de *santería*.

De temps à autre, on a révélé la présence de rites sataniques au Mexique. Ce genre d'information circulait surtout dans la rubrique des faits divers, où l'on mentionnait des restes de cérémonies rituelles dans des terrains vagues ou des maisons abandonnées, des cadavres d'animaux égorgés et vidés de leur sang.

Du côté nord-américain de la frontière, on a également donné libre cours à toutes sortes de fictions délirantes, comme celle que reflète le film de Robert Rodríguez, *Une nuit en enfer* (1996), où des délinquants séquestrent un pasteur et sa famille et les conduisent dans un village du Mexique composé de quelques ranchs, dont le bâtiment principal est un établissement nocturne de forme pyramidale qui abrite d'étranges vampires. Rodríguez transpose les vieux mythes hollywoodiens au Mexique, un territoire libre où tout type d'excès et de dispersions corporelles est permis. Des affaires louches et de grandes richesses y attendent les aventuriers les plus intrépides. C'est le pays des routes sans lois et des bandits caciques, de la violence illimitée où l'écho de l'anthropophagie démoniaque des Aztèques résonne encore. À ces images et à ces représentations stéréotypées porteuses de terreur dans la culture anglo-saxonne protestante, viennent s'ajouter la sombre légende de la culture hispanique et la barbarie mexicaine.

Joel Norris, auteur de la biographie *Henry, The Shocking True Story of America's Most Notorious Serial Killer*, fait observer que Lucas, l'un des plus grands *serial killers* de tous les temps, est entré en contact dans le Maryland avec une secte secrète de nature satanique appelée la Main de la Mort. Ses membres exigeaient des enfants et de jeunes personnes pour les sacrifier ou faire des vidéos pornographiques. On suppose qu'ils accueillaient des jeunes filles pubères, qu'ils les entouraient de soins, les maquillaient, les habillaient et les préparaient à des prestations uniques qui se concluaient par leur assassinat. Au dire du tueur en série, la Main de la Mort existait dans de nombreuses localités des États-Unis et avait des ramifications au Mexique.

« J'ai fait plus de trente-cinq voyages au Mexique, déclare Henry Lee Lucas dans ce livre. Chaque fois, j'amenais trois ou quatre enfants. Et je peux te dire exactement à quel endroit je les laissais. C'est un ranch assez grand, avec plusieurs bâtiments, à l'intérieur des terres. Les chefs de la secte me disaient combien il leur en fallait et quel genre d'enfant ils appréciaient le plus. En général, ils avaient entre 4 et 11 ans. Je touchais 1 000 dollars pour chaque chargement. »

Lucas ajoutait que les corps sacrifiés portaient des marques. « Parfois, elles sont rondes ; parfois, ce sont des traits ou un "Z" écrit au stylo. » Il arrivait aussi qu'on dessine une croix sur la poitrine des victimes.

L'assassin précisa qu'un jour, à la demande de la secte, il avait enlevé une fille rousse à Denver, puis l'avait conduite jusqu'au Mexique pour faire une vidéo. Cette adolescente de 13 ans, prostituée et droguée, fit le voyage sous héroïne et ne se douta jamais du terrible destin qui l'attendait. Pendant près de un an, Lucas et son complice Ottis Toole se consacrèrent à ce genre d'activité.

Bien qu'on ait attribué l'histoire de la Main de la Mort à la mythomanie de Henry Lee Lucas, le doute persiste, révélateur de l'incroyable dimension fantastique que constitue le Mexique, sa sauvagerie mythique et la corruption de ses autorités.

Si les éléments sataniques semblent se recouper dans l'affaire des « narcosataniques » et celle de la Main de la Mort, il s'agirait cependant de sectes différentes. Dans le cas mexicain, la triade formée par le satanisme, le trafic de drogue et les sacrifices humains au cœur du pays est toujours liée à un pouvoir violent disposant de grandes ressources économiques.

En avril 2001, les autorités arrêtèrent Gilberto García Mena, l'un des chefs du cartel du Golfe. Dans sa villa de Guardados de Abajo, village situé dans l'État de Tamaulipas, cet individu possédait une cabane qui lui servait de chapelle où adorer la Sainte Mort. À l'intérieur, il y avait un squelette vêtu d'une robe longue et portant l'auréole divine. On l'invoquait, le priait et l'entourait de cierges afin d'obtenir pouvoir et protection.

L'existence de ce culte dans le milieu de la délinquance n'était pas une nouveauté. Marginale ou annexe, la Sainte Mort était peut-être un fil conduisant à un pouvoir invisible probablement plus étendu.

En novembre 1998, Víctor Manuel Soto Camacho, vice-président de la Commission de sécurité publique de l'Assemblée législative du district fédéral, révéla certains traits structurels ou de langage, des usages et des pratiques observés dans le milieu du crime organisé de Mexico. Il affirma que ce milieu était protégé par des policiers occupant des postes moyennement élevés et ajouta que police et délinquants étaient unis par des rituels d'initiation. L'intronisation de nouveaux membres au sein de cette confrérie criminelle consistait entre autres choses à commettre un méfait ou à participer à des cérémonies de nature « narcosatanique » au cours desquelles on consommait de la drogue.

Interrogé à ce sujet, un informateur qui a préféré garder l'anonymat, ancien agent de la police judiciaire fédérale et initié à la magie rituelle, a confirmé l'existence d'une fraternité entre policiers et délinquants, qui trouve sa raison d'être dans la Sainte Mort.

L'arrestation du criminel Daniel Arizmendi López en 1998 permit de révéler au grand jour le réseau complexe d'un des gangs de kidnappeurs les plus cruels du pays, dont les membres tranchaient une oreille à leurs victimes. Dans leur repaire, ils possédaient un autel qui suscita la surprise et l'inquiétude car ils y vénéraient la Sainte Mort. D'après ses déclarations, le mode opératoire d'Arizmendi López consistait en partie à prier la Sainte Mort. Ce culte correspond à un phénomène syncrétique contemporain qui relie d'anciennes traditions du culte catholique à la *santería*, au vaudou et à d'autres croyances plus modernes. Des éléments issus du satanisme y sont mêlés, comme les sacrifices et tout ce qui peut nuire en invoquant des forces négatives par des moyens radicaux. Ce culte expliquerait la part ésotérique de certains comportements criminels caractérisés par leur degré élevé de violence. À travers ce culte, on entretient des liens et on signe des pactes de sang et de silence sur tout ce qui concerne le fonctionnement de la délinquance afin de jouir d'une impunité constante.

Le 3 février 1999, à Mexico, le premier commandant José Francisco Sánchez Naves fut criblé de balles devant les locaux du Bureau du procureur général de la République. Il s'agissait de toute évidence d'un règlement de comptes. Sánchez Naves avait été délégué adjoint de la police judiciaire fédérale dans les États de Sinaloa, Oaxaca, Nuevo León, Mexico district fédéral, Sonora et Chihuahua. Dans le Chihuahua, il était placé sous les ordres d'Arturo Chávez Chávez, qui deviendrait par la suite procureur général de cet État. Dans la première moitié des années 1990, le cartel de Juárez vivait son époque de gloire. Après sa mort, on découvrit que Sánchez Naves était un agent double au service du Bureau du procureur général de la République et du cartel de Juárez, et qu'il adorait la Sainte Mort.

Les liens entre ce type de culte païen et le milieu de la délinquance revêtent une importance que les autorités mexicaines ont bien souvent sous-estimée (en août 2002, lors d'une enquête sur un sacrifice réalisé par des trafiquants de drogue et des sorciers, le Bureau du procureur général de la République a dû reconnaître avoir déjà eu affaire à vingt-cinq cas similaires, pour lesquels aucune instruction sérieuse n'avait été ouverte). À cette époque, longtemps après l'affaire des « narcosataniques » d'Adolfo de Jesús Constanzo, la *santería* était à son apogée. Amado Carrillo Fuentes, le chef du cartel de Juárez, allait voir des sorciers lorsqu'il se rendait à Cuba. José de Jesús Amezcua faisait de même. Il fut arrêté en 1998 pour avoir fait du trafic de métamphétamines et d'éphédrine à grande échelle avec ses frères, et était en 2001 passible d'extradition vers les États-Unis. Il affirmait être un adepte de la *santería*. Lors de son arrestation, il revenait du marché de Sonora, à Mexico, avec des herbes et des objets destinés à la pratique de son culte. Même si les membres du cartel de Tijuana et les frères Arellano Feliz nièrent avoir été en rapport avec lui, les autorités firent état des liens étroits qu'ils entretenaient.

En enquêtant sur les meurtres de femmes à Ciudad Juárez, les autorités avaient écarté l'hypothèse selon laquelle les assassinats avaient peut-être été commis lors de rituels d'un groupe satanique. Pourtant, les corps retrouvés semblaient être plus nombreux à des dates aux résonances magiques : le 21 mars, début du printemps ; la nuit du 30 avril au 1er mai, connue comme la Nuit de Walpurgis ou de Valpurge (selon les légendes populaires germaniques, les sorcières et les démons se réunissent à cette date) ; la nuit du solstice d'été, du 21 au 22 juin.

En mars 1996, María Guadalupe Del Río Vázquez disparut à Ciudad Juárez. Elle était allée faire des courses dans le centre de la ville. Elle ne rentra jamais chez elle. Ses proches et amis firent des recherches. Un témoin déclara qu'il l'avait vue discuter avec un homme et une femme dans un autobus. Son absence se prolongeant, les membres de sa famille et ses amis décidèrent de passer

Lomas de Poleo au peigne fin. Un jour, ils découvrirent une cabane en bois abandonnée. À proximité, ils trouvèrent des bougies noires et rouges, des bouts de bois parmi lesquels ils remarquèrent une grande planche de deux mètres de haut sur un mètre cinquante de large. Elle était couverte de dessins réalisés par une main habile.

Rosa Isela Pérez, journaliste au quotidien *Norte*, déclare qu'un scorpion était dessiné au centre de la planche, à côté de trois femmes nues. Elles avaient des cheveux longs et étaient assises sur des bancs, le regard tourné vers le scorpion. En dessous figurait une femme dévêtue, allongée, les mains attachées. Elle avait une expression de tristesse et les yeux fermés.

La journaliste ajoute qu'à droite du scorpion, il y avait cinq ou six soldats debout derrière des buissons qui ressemblaient à du cannabis. Le bas de la planche était occupé par le même type de végétation. Les visages couverts de capuches de quatre hommes étaient visibles entre les feuilles. Dans la partie supérieure de la planche, Rosa Isela Pérez se rappelait la présence de l'as d'épées. Il y avait un autre dessin au verso du premier : trois femmes allongées, nues, les jambes pliées et écartées.

« Dans la partie supérieure, il y avait un as de trèfle, déclare la journaliste, et un dessin représentant deux filles dont le corps s'arrêtait à la taille. Elles semblaient sourire. Toutes les femmes avaient des cheveux longs et des traits fins. La partie inférieure de la planche était tachée de cire noire et rouge. On y avait gravé des chiffres et des lettres qui paraissaient correspondre aux plaques d'immatriculation de trois véhicules. Au centre, le dessin d'un Indien portant une gabardine et un chapeau. Selon des témoins, tous les dessins étaient "admirablement exécutés". À l'intérieur de la cabane, les murs étaient couverts de traces de lèvres, le sol de cire noire, de vêtements féminins et de taches apparemment laissées par du sang frais. »

Le lendemain de cette découverte, des agents de la police judiciaire de l'État de Chihuahua exigèrent que les proches de María Guadalupe leur remettent la planche. Ces derniers refusèrent. Ils la confièrent à Victoria Caraveo, coordinatrice auprès des organisations locales de Ciudad Juárez, qui la fit porter au Bureau du procureur adjoint de la zone nord de l'État. Peu après, les autorités déclarèrent que la planche avait été envoyée dans « une autre ville » pour y être analysée. Depuis, on n'a plus jamais entendu parler de cette pièce à conviction.

Le 28 mars 1996, les agents de police annoncèrent qu'ils avaient identifié le corps de María Guadalupe Del Río Vázquez, âgée de 17 ans. Le sein gauche avait été mutilé et le cou présentait des traces de strangulation. Le corps avait été retrouvé à Lomas de Poleo.

Tout au long des années 1990, le scorpion fut le symbole des trafiquants de drogue mexicains. Il apparaît d'ailleurs dans le film *Trafic* (2001) de Steven Soderbergh. Rosa Isela Pérez a du reste appris que Magdaleno Coronel, un trafiquant de drogue assassiné en 1993 à Guadalajara deux jours après l'attentat qui avait coûté la vie au cardinal Juan Jesús Posadas Ocampo (dont le véhicule s'était par hasard trouvé au milieu d'un règlement de comptes entre trafiquants de drogue), avait un scorpion tatoué sur le poignet gauche. Cet individu faisait partie du cartel de Juárez et était le frère d'Ignacio Coronel, autre trafiquant de la frontière nord du pays établi dans l'État de Jalisco et proche de Juan José Esparragoza, alias El Azul (« le Bleu »). Cela suffit à démontrer que rituels sataniques et trafiquants de drogue sont intimement liés.

En août 2000, on découvrit à Cerro Bola un triangle constitué de pierres de 3 mètres de côté environ, tout près de l'endroit où l'on avait retrouvé les corps d'Amparo Guzmán Caixba et de Liliana Holguín de Santiago, assassinées dans des circonstances similaires à celles des autres disparues de Ciudad Juárez.

Selon Rosa Isela Pérez, ce triangle comportait 46 pierres de chaque côté, mais certaines étaient plus grandes que les autres en quatre endroits différents, et à sa base, une ouverture de 1 mètre environ avait été pratiquée. Le sommet était orienté vers le sud ; l'ouverture de la base vers le nord. Ce triangle se trouvait à 5 mètres du lieu où l'on avait retrouvé le corps d'Amparo Guzmán le

1er avril 2000 et à environ 500 mètres de l'endroit où l'on avait découvert celui de Liliana Holguín de Santiago le 28 juin 2000. 491 mètres séparaient les corps des deux victimes. La superficie intérieure du triangle avait été désherbée. Sur le côté, la journaliste se rappelait avoir remarqué la présence d'un foyer rempli de cendres.

Comme les autorités avaient écarté les liens pouvant exister entre ces homicides et ceux qui les avaient précédés, le procureur spécial de l'Unité chargée des crimes contre les femmes, Suly Ponce, minimisa l'importance des pièces à conviction qui attestaient que des rites sataniques avaient eu lieu à cet endroit. Lorsqu'elle s'était occupé des meurtres de femmes précédents, en 1998, elle déclara n'être jamais entrée en possession d'une planche découverte par des habitants du lieu deux ans auparavant ou d'un document l'analysant. Selon elle, il n'y avait aucune raison de croire à toutes ces histoires. Le doute s'installait à nouveau et on laissait libre cours aux conjectures. L'impunité redonnait plus d'énergie au crime et excitait l'imagination.

D'autres faits furent ignorés par les experts dans les affaires de crimes contre les femmes à Ciudad Juárez, comme l'hypothèse selon laquelle les crimes avaient pu être commis pour enrichir l'industrie pornographique des *snuff movies* (il se trouve que la pornographie mettant en scène des mineurs est très appréciée de ce côté de la frontière). L'étude la plus sérieuse en la matière, *Gods of Death*, de Yoran Svoray (1997), relate une expérience qui mérite d'être citée.

Svoray s'est infiltré à New York dans ce type de projection. Le public était constitué d'une dizaine d'hommes d'affaires âgés de 30 à 50 ans. Il raconte que « deux hommes avaient des rapports sexuels avec une jeune fille brune, d'origine hispanique ou latino-américaine [...] La fille avait la tête penchée au bord du lit pendant qu'un homme la pénétrait. L'autre homme a brandi un couteau et s'est agenouillé près du visage de la fille. En quelques secondes, tout était fini ». Chaque spectateur avait payé 1 500 dollars pour regarder la vidéo. Son côté exceptionnel justifiait le tarif élevé. Sans copie, c'était une machine à faire de l'argent.

À une époque où l'on idolâtre les images, il serait étrange que ceux qui commettent des crimes sexuels n'envisagent pas d'enregistrer leurs forfaits. Il est d'ailleurs prouvé qu'au Mexique, certains criminels filment leurs actes de violence.

Le 14 mai 1998, un prédateur laissa s'échapper une jeune fille. Le lendemain, toute l'horreur susceptible de rapprocher la capitale de la frontière et de marginaliser le centre du pays s'étalait au grand jour. Âgée de 17 ans, Penélope Marlene Tellezgirón Quiroz, après quatre heures de captivité, était parvenue à s'enfuir d'une maison située Colonia Malinche, au nord-est de Mexico. Elle porta plainte au commissariat. Les autorités se rendirent au n° 4209 de la rue Norte 80-A, où la victime identifia son agresseur, José Lázaro Bouchán Velázquez, âgé de 40 ans. L'homme fut immédiatement arrêté.

La veille au soir, dans la rue, Bouchán Velázquez avait menacé Penélope avec une arme à feu. Il l'avait conduite chez lui et obligée à prendre un médicament. Lors d'un moment d'inattention de son kidnappeur, la jeune fille avait sauté par la fenêtre et s'était échappée.

La police interrogea Bouchán Velázquez et fouilla son domicile. Elle découvrit les corps enterrés, en état de décomposition avancée, de deux étudiantes du voisinage : Tania Alejandra Covantes Mercado (25 ans) et Ana María de la Cruz Sánchez (19 ans). La première avait été étranglée ; la seconde, tuée d'une balle dans la tête.

À cette date, la police avait enregistré six disparitions de femmes dans le quartier. D'importantes fouilles chez Bouchán Velázquez permirent de découvrir l'existence d'une double cloison derrière laquelle les policiers trouvèrent à côté d'ossements un sac en plastique transparent qui contenait une cassette vidéo portant l'inscription : « Viol d'Ana María ». Sur les images, Bouchán Vázquez, en compagnie d'un autre individu, se livrait à des actes violents sur la jeune femme. Le deuxième homme, dont les autorités déclarèrent connaître l'identité, avait manifestement aidé Bouchán Vazquez à filmer ces terribles images.

Par la suite, on arrêta le frère de José Lázaro, Miguel Ángel Bouchán Velázquez, propriétaire de la maison. Les policiers annoncèrent qu'ils fourniraient ultérieurement plus de détails à la presse concernant les images. Quelques semaines plus tard, José Lázaro fut condamné à la peine maximale. Faute de preuves suffisantes contre lui, son frère resta en liberté. La police avait fait son travail avec tant de hâte que, pour la première fois, le complice d'un criminel n'était pas écroué.

Cette affaire faisait du Mexique tout entier une zone frontalière, un tissu de forces centrifuges se dressant contre les normes et les institutions, un territoire suspendu entre quelque chose, le néant et la spoliation d'une minorité.

Vive le Nord !

Au XXe siècle, Ciudad Juárez fut à l'origine d'au moins deux légendes nocturnes toujours présentes aujourd'hui.

La première est pittoresque puisqu'il s'agit de l'invention du cocktail Margarita, le 4 juillet 1942 (jour de l'indépendance des États-Unis), par Francisco Morales, dit Pancho, barman à Ciudad Juárez. La seconde, incriminable, concerne une zone de tolérance aussi agreste que festive aux abords du vieux pont international.

Dans son ouvrage *Ciudad Juárez : el auge de una ciudad fronteriza a partir de 1848* (« Ciudad Juárez : l'expansion d'une ville frontalière à partir de 1848 »), Óscar J. Martínez rapporte que John W. Dye, consul général des États-Unis à Mexico, disait que Juárez était « le lieu le plus immoral, le plus dépravé et le plus pervers que j'aie vu ou dont j'aie entendu parler au cours de mes voyages. Des meurtres et des vols y sont commis quotidiennement. On s'y adonne continuellement à des jeux de hasard. On y consomme et on y vend des drogues héroïques, on y boit à l'excès et les mœurs y sont dépravées. [...] C'est la Mecque des criminels et des dégénérés de chaque côté de la frontière ».

Un article publié dans le quotidien de Mexico *El Universal Gráfico*, le 5 juin 1922, signalait que « durant son séjour dans la ville de Ciudad Juárez, Fernando Félix, inspecteur général de la Direction de l'immigration dans la région nord, rencontra de grosses difficultés pour parvenir à faire interdire par les autorités de la ville l'entrée dans notre pays de femmes de mauvaise vie, qui arrivent en grand nombre des États-Unis afin d'exploiter leurs charmes dans les cabarets ».

Avec de tels antécédents, la vie nocturne à Ciudad Juárez connut une période d'éclat dans les années 1940 pour s'éteindre peu à peu au début de la décennie suivante.

En 1980, l'historien Antonio Saborit enregistra les commentaires d'un témoin de ces années fastueuses : « Il ne reste plus rien. Il y a deux ou trois ans seulement, l'un des derniers établissements nocturnes datant des années 1940 a été brûlé. Ce n'était pas le plus prestigieux. L'avenue Juárez, l'un des quartiers les plus vivants de la ville, concentrait toutes sortes de bars, d'hôtels où se produisaient des choristes, de bureaux où l'on venait se marier ou divorcer, d'excellents cabarets et des boutiques en tous genres. [...] Au début de l'avenue Juárez, il y avait deux bars qui existent encore : le Nueva York, qui appartenait à un homme appelé Barrios et, juste en face, El Espíritu de San Luis. Le Cristal Palace, restaurant où l'on servait une cuisine délicieuse, se trouvait devant le pont international Santa Fe, à la fin de l'avenue Juárez. Le Liz Follies, un cabaret qui a été ravagé par un incendie, était au deuxième étage. Toute la vie nocturne se déroulait là. L'avenue Juárez était pour ainsi dire le plus grand axe de la ville. Elle était large, à double sens, divisée par le tramway qui reliait Ciudad Juárez à El Paso. »

Cette ambiance de triomphalisme était animée par des militaires, des filles blondes, la musique de Glenn Miller et de Cole Porter, les boléros d'Agustín Lara, les chanteurs du groupe la Voz de la América latina (diffusés par la chaîne de radio XEW, dont le siège se trouvait à Mexico) ou par des comiques comme Germán Valdés, dit Tin Tan, des crooners, des chanteurs de *rancheras*, des mariachis, des célébrités venues d'Hollywood et même des toreros. Tous suivaient la mode populaire des *pachucos*, qui portaient des pantalons bouffants serrés à la cheville, des montres à gousset, avaient les cheveux gominés, des vestes jusqu'aux genoux, des chaussures à talons cubains.

Dans les halls des vieux hôtels, l'élégance cosmopolite des messieurs en costumes noirs et blancs était de mise ainsi que les cravates Wembley et les chemises Arrow. Les dames portaient des robes de soirée, des chapeaux et des gants fins.

À la frontière résonnent encore les noms de Pancho Villa ; Al Capone ; José Vasconcelos ; Adolfo López Mateos ; Lilia Prado, Yolanda Montes, dite Tongolele ; Fermín Espinosa, alias Armillita ; Juan Manuel Fangio ; Felice Bonetto. Les puissants moteurs des voitures de Piero Taruffi vrombissaient sur la route Panamericana…

Les enseignes et marquises multicolores des restaurants et des bars égayent les souvenirs de ceux qui les ont connues : le Spanish Town, le Submarino, le Manhattan, la Puerta del Sol, la Gota de Agua, Los Compadres, Aquí es Jalisco, Amanecer Tapatío, le Gallo Club, Las Mañanitas, le Tenampa, le Pasadena Club, la Despedida, le Manolo's Bar, le Reno Bar, le Gato Félix, le Stork, le Gambrinus Bar, la Gruta, le Florida, le Panamerican Garden, le Partenón étaient les établissements en vogue à l'époque. Il y avait aussi des cabarets comme le Lobby n° 2 ; le New Tívoli ; l'Aloha ; le 1,2,3 ; le Chinese Palace ; le Casino ; le Club Sorosis, le Botón Rojo.

Cette période de splendeur est révolue, mais la dissipation perdure. Elle fait partie de l'histoire et de la culture de Ciudad Juárez.

À partir des années 1950, les autorités locales encouragèrent l'ouverture de bars et de restaurants populaires en délivrant de nombreuses licences.

« Depuis la fondation de la mission de Nuestra Señora de Guadalupe, en 1659, déclarait l'historien local Ignacio Esparza Marín à Ignacio Alvarado, on produisait et on consommait du vin et de l'alcool à Ciudad Juárez, ce qui lui a valu une bonne réputation auprès des contrebandiers, des délinquants ou des simples quidams portés sur la boisson. Après la fondation de cette mission, le développement de la région connut un ralentissement. Pourtant, la culture du raisin permit rapidement de produire de l'eau-de-vie et du vin. Près de deux cents ans plus tard, en 1824, l'alcool était extrêmement répandu. Quand Paso del Norte fut fondé, la population vivait de ce commerce. À la fin du XIXe siècle, ce dernier connut un essor considérable avec l'arrivée du chemin de fer à El Paso, qui s'appelait Franklin à l'époque. »

L'affluence de travailleurs qui arrivaient par le train entraîna à Paso del Norte l'ouverture d'hôtels, de restaurants, de dancings et de bars ainsi que l'augmentation constante de la consommation de vin et d'alcool. Modernité et tradition s'unissaient.

À la fin du XXe siècle, pour les nouveaux loisirs des ouvriers de l'industrie maquiladora, de grandes discothèques comme le Bandolero, le Globos ou l'Afro furent construites en dehors du vieux quartier proche du pont international (où affluait le vendredi et le samedi soir un demi-million de personnes).

Des bars minuscules firent également leur apparition. Des musiciens y étaient engagés et l'on pouvait y danser jusqu'à 2 heures, nouvel horaire de fermeture des établissements nocturnes, qui fermaient leurs portes à 5 heures avant octobre 1998.

Cette mesure imposée par le gouvernement local eut trois conséquences : elle favorisa la clandestinité ou la poursuite de la fête hors du quartier traditionnel, les extorsions et les soudoiements entre autorités et transgresseurs et, enfin, l'augmentation de la consommation de boissons faiblement alcoolisées (la bière en particulier).

Les autorités municipales estimaient en revanche que le taux de délits avait baissé de 30 % depuis que cette mesure avait été prise.

Dans ce nouveau quartier nocturne dominé par deux nationalités, tout le monde cherche l'aventure qui lui correspond : femmes, hommes, travestis, ivresse, chansons, amitié, drague, bagarre, drogue ou danse. Là, on croise des bandes de *cholos* en pantalons si amples qu'ils semblent cacher des échasses, ou des individus qui portent des jeans serrés, des bottes en peau d'autruche, des pendentifs en argent et des chemises à franges. Dans la pénombre, des vigiles douteux guettent les moments d'inattention des distraits sous les néons des publicités de bière et les phares de voitures et de camionnettes rutilantes.

Des airs de heavy metal que des conducteurs écoutent dans leur véhicule envahissent par instants la rue et viennent se mêler à l'ambiance belliqueuse et théâtrale des loisirs urbains de la frontière. Les eaux sales et nauséabondes des égouts forment de petits ruisseaux, la poussière s'accumule en croûtes sur les trottoirs et les murs. Modernité et décrépitude s'assemblent. Une odeur douceâtre envahit la nuit et vient se mêler aux relents d'essence, de marijuana et de gaz d'échappement des centaines ou milliers de véhicules qui circulent à cet endroit.

Au Río Bravo, les travailleurs de moins de 20 ans se cachent sous des chapeaux trop enfoncés sur leur tête. Ils frottent affectueusement les franges de leur chemise contre les coudes et les côtes de leurs compagnons de boisson, et les talons de leurs bottes résonnent sur le plancher de la piste de danse.

Ils crânent en jeans de marque surchargés de motifs brodés qui évoquent ce qu'ils ont perdu : sur les chemises ou les pantalons s'étale par exemple en lettres gothiques l'anagramme de Durango (DGO), État voisin du Chihuahua.

On surnomme *cheros* (abréviation de *rancheros*) ces jeunes gens chapeautés qui, dans ce dancing du centre de Ciudad Juárez, crient « Viva Durango ! » au milieu des cartons de bière en écoutant les chansons du groupe Límite, qui cherche à reproduire une ambiance d'agitation réelle pour le plus grand plaisir des danseurs évoluant sur la piste. Il s'agit d'un mélange de ballade, de cumbia, de salsa, de rock, de mélodies du nord du Mexique à l'accordéon, de gémissements déchirants, de rythmes entraînants, de bruits percussifs d'éperons, d'airs joués au tuba ou interprétés par d'autres cuivres. Ce sont les mêmes chansons que celles qu'on entend dans les discothèques de Mexico ou d'autres villes du pays.

Dans la seconde moitié des années 1990, on a assisté au triomphe d'une sensibilité « du Nord », d'une culture de masse issue du monde du spectacle et des prospères industries discographiques nord-américaine et mexicaine, véhiculée par les stars du petit et du grand écran et financée pour l'essentiel avec l'argent des trafiquants de drogue.

Le goût des bottes et des ceintures en peau d'autruche ou de vipère s'est ainsi répandu, tout comme la vogue des chemises en soie de couleur criarde avec des pointes métalliques sur le col, des chaînes et des bracelets en or. On adore impassiblement et indifféremment Dieu et les armes à feu (celle qui remporte la palme étant le fusil d'assaut soviétique AK-47 – surnommé Cuerno de Chivo (« Corne de Bouc ») à cause de la forme incurvée de son chargeur –, fréquemment utilisé par les trafiquants de drogue).

Cette mode implique le financement et le patronage de fêtes locales et régionales par de l'argent malhonnête qui a permis l'essor, à la fin des années 1980, de la *onda grupera*, un genre musical qui mêle tradition et modernité, cosmopolitisme et valeurs paysannes, acoustique et électronique.

Ces groupes et ces *tecnobandas* ont laissé quantité de *corridos*, chansons populaires qui retracent des exploits et exaltent des combats primaires pour le bien ou le mal, encensent les prouesses des trafiquants ou trafiquantes de drogue ou de leurs adversaires politiques et militaires. Sur des mélodies douces, les chanteurs lancent des admonitions et encouragent le mépris brutal. Les paroles font l'éloge du délit et célèbrent la survie ou la mort des violents, comme dans *Pacas de a kilo* (« Flics au kilo ») du groupe Los Tigres del Norte :

Me gusta andar por la sierra,
me crié entre los matorrales ;
y yo aprendí a hacer las cuentas
nomás contando costales ;
me gusta romper las redes
que ponen los federales…

J'aime marcher dans la montagne,
j'ai grandi au milieu des buissons ;
et j'ai appris à compter
en m'exerçant sur des côtes ;

j'aime déjouer les pièges
tendus par les fédéraux...

Les groupes suivants ont connu de véritables succès : Los Tucanes de Tijuana (*Mis tres animales*) ; Los Invasores de Nuevo León (*El Barón del Golfo*) ; Los Incomparables de Tijuana (*El temible Cuerno de Chivo* – « Le terrible Corne de Bouc ») ; Los Originales de San Juan (*La Peda* – « La soûlerie ») ou Los Leones del Norte (*La Muerte de un Federal*)...

Ces *corridos* illustrent bien un phénomène mercantile reflétant le plaisir qu'on éprouve à porter de beaux habits et à afficher une virilité élevant les hommes au rang de stéréotypes. Le désir de gagner beaucoup d'argent en s'adonnant à des activités illicites et en rusant transparaît dans ce cliché. L'accent est mis sur les vêtements de marque (surtout Versace), les vestes de vison, les chaînes en or, les automobiles de luxe (comme la Ford Grand Marquis ou les fourgonnettes Suburban). L'architecture mêle la modernité à la tradition : couleurs pastel ou abricot ; immeubles de bureaux aux vitres vert sombre polarisées ; ornements liés au rodéo, néomexicanisme de villas où tout respire le luxe, la privacité, la sécurité poussée à l'extrême pour favoriser d'éventuelles orgies. On apprécie aussi les appareils sophistiqués de télécommunication et les animaux exotiques. Cette mode implique l'emploi de mots désuets : on se livre au jeu des expressions rustiques et hautes en couleurs côtoyant les inversions héritées de l'anglais.

Lors de son arrestation, le 22 juin 1995, Héctor Palma, trafiquant de drogue de Sinaloa (surnommé El Güero — « le Blond »), avait sur lui 779 000 dollars en liquide et deux pistolets de calibre 45. Sur la crosse de l'un étaient gravés des palmiers en or incrustés de diamants, de rubis et d'émeraudes. En 1992, Amado Carrillo Fuentes s'était fait monter en pendentif par Tomás Colsa McGregor, son joaillier, un diamant de type Marquis Baguette de 19 carats (qui coûtait un million de dollars), et avait fait l'acquisition d'une montre Piaget Empereur de 46 carats sertie de

250 000 dollars de diamants. Au total, ses bijoux atteignaient une valeur de 3 millions de dollars.

Les trafiquants de drogue disposent par ailleurs d'un vocabulaire qui leur est propre, dont l'exemple le plus primaire est le lexique animalier pour faire allusion à la drogue : *el gallo* (« le coq ») pour la marijuana ; *el perico* (« le perroquet ») pour la cocaïne ; *la chiva* (« la chèvre ») pour l'héroïne. Ils utilisent aussi beaucoup de tournures régionales provenant surtout de l'État de Sinaloa, qui finissent par faire partie intégrante de l'argot.

Les jeunes gens qui fréquentent le Río Bravo sont étrangers à l'ostentation des « barons » ou « grands seigneurs » de la drogue et à leur brassage de l'argent. Cet endroit est réservé aux individus graciles à l'ossature fine, au charme adolescent, à la peau mate. Ils sont soucieux d'entretenir un corps appelé à leur échapper dans un avenir si proche qu'on se demande s'il a jamais existé.

Ils se caractérisent par une sensualité acrobatique et des déhanchements combatifs. Ils font marteler leurs talons et dansent en respectant la coutume populaire qui consiste à placer ses mains sur les hanches et à esquisser des pas de côté ou en avant. Ils sont souriants, poussent des cris de joie et aiment la musique des groupes Bronco, Los Temerarios, Erika y el Ruedo, Ruth et son album *El Toquecito*, ou la chanson *La Culebra*, interprétée par les Machos :

¡Huyé José, huyé José !
Ven pa'cá.
Cuidado con la culebra que muerde los pies…

Fuis, José ; fuis José !
Viens par ici.
Attention à la couleuvre qui mort les pieds…

Selon la presse, c'est cette chanson qu'on entendait dans la rue lorsque le candidat à la présidence Luis Donaldo Colosio est mort à Tijuana, en 1994, victime d'un attentat.

Roulements de hanches et bottes marchant dans les deux sens connaissent un point culminant lorsque l'homme *quiebra* (« brise ») la femme. La *quebradita* est un style de danse qui symbolise la cour d'un homme à une femme, les allées et venues, l'abandon et l'orgasme partagé lorsque la femme glisse et que son dos tombe en arrière, soutenu par le bras de l'homme : *¡Quiébrate, mi amor !* (« Brise-toi, mon amour ! »).

Immergées dans une géographie aussi réelle que fantastique, les adolescentes de 15 ou 16 ans brillent après une semaine épuisante passée à l'usine ou dans des entreprises de services. Le modèle autoritaire patriarcal s'affiche comme une entité exigeant du rendement. Les jeunes filles s'oublient dans la danse, qui joue de plus en plus un rôle amnésique contre l'ordre requis quotidiennement au travail. Elles se précipitent sur la piste, où elles font le pari de paraître plus que leur âge, mais leurs corps fragiles trahissent leur attachement infantile au fétiche. Elles sont prêtes à céder à la curiosité et à affronter les risques de la nuit. Elles portent des chemisiers blancs en Lycra dont les manches sont comme des fleurs ouvertes, des jeans noirs, des pendeloques argentées à la ceinture, des bracelets, des T-shirts laissant leur nombril à découvert et de faux tatouages.

Elles aiment danser sur des *rancheras* nostalgiques et s'imaginent devenir cow-girls dans un Far West mexicain où abondent les cactus qu'on voit dans les vidéoclips des émissions télévisées consacrées à la musique du nord de ce pays.

Serrées dans leurs minijupes, avec leurs téléphones portables et leurs bippers fixés à la ceinture, leurs sandales aux lanières dorées ou argentées, leurs parfums entêtants, elles sont représentatives de la société industrielle et de ses loisirs. Leurs regards d'obsidienne offerts à la nuit et à la sexualité, elles sont soudain effrayées par leur propre beauté.

Tels sont les styles adoptés par les futurs *brownies* [4], les futurs « dos mouillés » appelés à devenir des sans-papiers aux États-Unis,

4. Terme raciste employé par les Nord-Américains pour désigner les Mexicains, comparés à ce gâteau en raison de la couleur de leur peau.

des Latino-Américains dont le sort dépend toujours de « l'autre côté ». La géographie qui les dévore accepte comme ultime horizon la notion de déracinement et l'abandon de la mémoire communautaire d'une terre qui les a expulsés. Ils sont à la recherche d'une nouvelle identité nomade où le milieu d'origine, la famille, les amis restent en arrière pour être remplacés par un univers vertigineux de technicité et de productivité, de marchandises et de calculs qui implique pour certains l'exploitation, la survie et l'espoir.

« Vive Durango ! », « À bas Mexico ! » crient-ils tous, encouragés par un animateur.

« Vive le Nord ! » répètent-ils, enthousiastes, encore à l'abri des risques nocturnes et de la férocité urbaine, du désert et de la mort qui les attendra peut-être lorsqu'ils tenteront de traverser la frontière. « Vive le Nord ! » crie la foule, parmi laquelle certains, à cause de l'exode salarial, essayeront de passer aux États-Unis. Pour eux, le Nord est toujours plus loin, sans doute impossible à atteindre, mirage d'une vie qui se mesure parfois en secondes.

La malédiction de la sorcière

À quelques kilomètres du Caire, sous le soleil du désert, s'élevait au milieu du XXe siècle une maison entourée de champs de coton.

C'était la propriété d'Abd-el-Latif, un homme travailleur et endurci, à la sagesse innée, analphabète, respectueux des préceptes du Coran. Il mesurait 2 mètres et était capable de porter près de 150 kilos. Son fils, Abdel Latif Sharif Sharif, hériterait par la suite de sa corpulence et des traits de son visage. Né le 19 septembre 1946, il était fils unique. À sa naissance, son père avait 50 ans et sa mère, Basima Ganem, 25 ans. En tant que troisième épouse, elle vivait dans la troisième maison.

D'ascendance turque, Basima lisait beaucoup et avait étudié la chimie. Blonde aux yeux verts, grande, patiente, douce et affectueuse, Basima avait appris à lire, à écrire et à compter à son fils. Elle lui avait également transmis des chansons qu'il fredonne encore parfois dans la solitude de sa cellule.

Son père refusait qu'il fasse des études mais pourvoyait généreusement aux besoins de sa troisième femme et de son fils. Grâce à l'enseignement que lui avait dispensé sa mère, Sharif Sharif put entrer directement au CE1. Un jour, contrairement à ses habitudes, son père vint le chercher à l'école. Il lui annonça que sa mère était morte et ajouta qu'à l'avenir, il vivrait avec lui.

Sharif Sharif se souvient de son père comme d'un homme simple et rude.

Après la mort de sa mère, l'enfant se réfugia dans ses devoirs, éleva des pigeons voyageurs et pêcha au bord de la rivière, où il adorait nager. Il ne se lassait pas de la compagnie de ses chiens.

À 12 ans, selon la tradition, son père arrangea son mariage avec une de ses cousines âgée de 10 ans. Trois ans plus tard, Sharif Sharif rompit l'engagement et décida de divorcer parce qu'il voulait poursuivre ses études. Cette rupture lui attira les foudres de sa famille. Un cousin jura de le tuer. Une tante, la mère de son ex-promise, lança une malédiction contre lui.

Parfois, Sharif Sharif revoit encore le visage de cette femme déformé par la colère, proférant ses imprécations. Un an plus tard, son père mourut.

Sharif Sharif étudia l'ingénierie chimique inorganique à l'université du Caire. Il avait une moyenne de 9,9/10. Il enseigna ensuite dans une école préparatoire et à l'université, puis se rendit en Union soviétique afin de participer à un programme de recherche financé par le gouvernement égyptien.

Il y resta un an et y apprit beaucoup. Il avait du succès auprès des femmes, souhaitait partir aux États-Unis. Dans les années 1970, beaucoup de jeunes gens considéraient ce pays comme le centre du monde.

« Quand je suis arrivé à New York, se souvient Sharif Sharif, je devais être comme tous ces immigrants qui sont prêts à payer le prix pour s'intégrer à la société américaine, s'approprier les rues, les gratte-ciel et – pourquoi pas ? – être l'un de ces milliardaires qui se promènent dans de grosses voitures et dilapident leurs dollars, fument le cigare et dirigent le monde d'un simple claquement de doigts. »

Le jeune homme aimait se faire photographier devant les monuments en compagnie de jolies filles. Il envoyait ensuite les clichés à ses amis, qui se contentaient de mener au pays une vie ennuyeuse et sédentaire.

Brillant, Sharif Sharif décrocha des postes dans l'industrie cosmétique et la pétrochimie, des usines de peinture, des firmes de traitement de la fourrure, des compagnies minières. Il faisait surtout de la recherche scientifique, gagnait bien sa vie et était apprécié par ses employeurs. Pourtant, malgré une vie trépidante et de nombreux voyages, il se sentait très seul. Pour calmer son angoisse, il se mit à boire de la vodka.

Sharif Sharif se rappelle que tout lui souriait mais que ses collègues se méfiaient de lui. 26 brevets en pétrochimie avaient été déposés grâce à lui, ce qui suscita leur jalousie. « Je les fuyais en fréquentant des gens superficiels, j'ai suivi une pente descendante dont je n'avais pas toujours conscience. C'est à cette époque que j'ai commencé à boire de la vodka. Pour moi qui suis assez orgueilleux, c'était un moyen d'oublier la solitude intérieure qui me rongeait », déclare-t-il.

Les femmes l'obsédaient. Resté vingt et un ans aux États-Unis, il s'est marié deux fois et a eu cinq compagnes avec lesquelles il a longtemps vécu. Il déclare avoir de bons souvenirs de chacune d'elles, « car tout n'était pas si noir. Le fait d'avoir traversé de mauvaises passes ne gomme pas toutes les périodes de bonheur que j'ai vécues quand je pensais en avoir fini avec la solitude ».

Sharif Sharif reconnaît qu'il aimerait bien parler des femmes qu'il a aimées, mais il craint qu'à partir de ces histoires, on n'invente un « autre film d'horreur ». Il se montre disposé à décrire les « antécédents délictuels » qu'on lui connaît aux États-Unis. Il estime que tout ce qu'on a révélé sur son passé tient plus de la conspiration que de la réalité.

« Je vais vous parler de cinq femmes afin de vous prouver que les autorités de l'État de Chihuahua, incapables de mener correctement une enquête, m'ont fait endosser les centaines de meurtres de femmes commis à Juárez », dit Sharif en se plaignant qu'on cite toujours son passé pour éveiller la fascination morbide du public, le mépris et la xénophobie, alors que les crimes perpétrés près de la frontière demeurent impunis.

« J'admets ne pas avoir eu une conduite exemplaire, mais je refuse qu'on m'accuse de meurtres que je n'ai pas commis. »

Sharif Sharif a consigné dans un manuscrit les délits auxquels il a été mêlé aux États-Unis :

Affaire 8103-1225, 3 mars 1981
Joanne Collins Poldesmink
North Palm Beach, Florida

« Cette femme était ma fiancée, nous nous sommes disputés alors que nous buvions dans mon appartement. Je l'ai insultée mais jamais frappée, comme l'ont déclaré les autorités de Ciudad Juárez et comme le prouve le procès-verbal, qui révèle que Joanne Collins Poldesmink a retiré sa plainte. Je n'ai pas été arrêté. Il s'agit d'un délit mineur. »

Affaire 8108-4771
Janet Stroven
Agression sexuelle

« J'ai rencontré cette femme dans le bar d'un hôtel où j'assistais à un congrès. Nous avons bavardé et bu un verre, puis je l'ai invitée à la maison. Elle a accepté, mais une fois dans ma voiture, elle m'a annoncé le prix de ses prestations. Je me souviens avoir éclaté de rire et je lui ai dit que je pensais qu'elle travaillait dans l'industrie pétrolière et que j'étais loin d'imaginer qu'il s'agissait d'une vulgaire prostituée. Elle était indignée. Le soir même, elle a porté plainte pour agression. Quand je me suis présenté devant le juge, je lui ai tout expliqué. "Vous avez raison, m'a-t-il dit, mais il ne faut jamais dire à une prostituée qu'elle en est une." J'ai payé une amende dont je ne me rappelle plus le montant. »

Affaire 8105-2568, 2 mai 1981
Molly Fleming
Agression sexuelle

« C'était ma voisine dans un groupe d'immeubles où j'habitais. Nous nous connaissions de vue. Un jour, elle est venue me trouver dans mon appartement ; je lui ai dit d'entrer. Nous avons bu un verre, puis Molly a décidé de regagner son domicile parce qu'elle se sentait un peu ivre. J'avais beaucoup de travail à l'époque ; je l'ai donc laissé partir sans insister. Quelques minutes plus tard, elle m'a téléphoné en me demandant de monter chez elle. Elle m'attendait dans l'encadrement de la porte, vêtue d'un *babydoll* très suggestif. Bien sûr, je suis entré et nous avons fait l'amour. Ensuite, elle a appelé son fiancé et lui a demandé de venir. Hors d'elle, elle m'a chassé. En arrivant, son fiancé s'est rendu compte de tout ce qui s'était passé. Elle lui a expliqué que j'avais dû mettre un narcotique dans son verre. Il a contacté la police, qui est arrivée presque aussitôt. Ce jour-là, je me suis réjoui de ne pas être une fée du logis car nos verres étaient encore sur la table. Les agents de police les ont emportés pour les faire analyser et n'ont trouvé qu'un fond de vodka. Je ne sais pas ce qu'est devenue Molly. Je ne l'ai jamais revue dans le voisinage. À cause de cette histoire, j'ai été pendant cinq ans en liberté conditionnelle. »

Affaire 83-4231, 3 mars 1983
Susan Wait
Coups et blessures

« Étudiante à l'époque des faits, cette femme partageait mon appartement et avait accepté dès le départ que nous ayons des rapports sexuels. Elle m'avait dit qu'elle était célibataire. Comme moi, elle avait des problèmes d'alcool. Un jour que j'étais en voyage d'affaires, je lui ai téléphoné. Le ton de sa voix était très bizarre. J'ai entendu d'autres voix et lui ai demandé avec qui elle était. Elle m'a fait une réponse évasive, mais voulait à tout prix savoir quand je rentrerais. Je lui ai dit que je ne serais pas de retour avant deux jours et que je l'appellerais pour qu'elle vienne me chercher à l'aéroport. En rentrant, j'ai trouvé mon lit défait, comme après une longue activité sexuelle. Des verres contenant des restes d'alcool traînaient un peu partout. Susan a cependant nié catégoriquement les faits. Le lendemain, après un dîner bien arrosé, nous nous sommes disputés. Elle a reconnu qu'elle avait reçu un homme la veille. J'avoue l'avoir frappée, mais ensuite, nous nous sommes réconciliés et avons fait l'amour. À l'aube, elle m'a réveillé en se plaignant d'avoir mal à l'oreille. Je l'ai immédiatement conduite à l'hôpital et j'ai attendu jusqu'à ce qu'une infirmière vienne me trouver pour me dire que Susan ne voulait plus me voir. Je suis rentré chez moi. Le lendemain, un policier est venu m'arrêter. Je suis passé en jugement. Le juge m'a reconnu coupable de coups et blessures alors que j'étais encore en liberté conditionnelle. Il m'a condamné à douze ans de prison. J'ai purgé ma peine pendant cinq ans et 4 mois. En détention, je donnais des cours d'arabe aux détenus d'origine musulmane. Thomas Wilson, technicien de laboratoire dans la société pour laquelle je travaillais, venait trois fois par semaine suivre mon enseignement avec l'autorisation de la firme. J'ai fait de cet homme, qui allait occuper une place prépondérante dans ma vie, un chimiste. »

Affaire CRB-20-863
Midland, Texas
Nancy Díaz
Agression sexuelle

« C'était le 31 octobre, le jour d'Halloween. J'avais décidé de fêter cette date si importante aux États-Unis. Ce soir-là, j'ai fait la connaissance de Nancy Díaz et de sa cousine. À la fermeture du bar où je les ai rencontrées, j'ai proposé à Nancy d'aller chez moi. Elle a accepté. Elle m'a tenu compagnie jusqu'au petit matin et nous avons fait quatre fois l'amour. Nous avons dormi quelques heures, puis Nancy m'a demandé de la raccompagner chez elle. À quelques mètres de son domicile, apercevant la voiture de son mari, elle m'a demandé de la laisser descendre. Elle m'avait pourtant dit qu'elle était divorcée, mais ce n'était pas le moment de lui demander des explications. Je n'ai plus jamais eu de ses nouvelles jusqu'au jour où son mari s'est présenté chez Benchmark Research Co., où je travaillais, en me réclamant 20 000 dollars pour « réparer l'outrage que j'avais fait à sa femme ». Si je lui versais cet argent, il ne porterait pas plainte. J'ai refusé parce que je n'avais rien à me reprocher. Il a vu mon avocat, qui ne s'est pas laissé abuser par son chantage et lui a conseillé de porter plainte, ce qu'il a fait. J'ai immédiatement versé une caution de 15 000 dollars pour accélérer la procédure. Faute de preuves, le juge a conclu au non-lieu. Après cette histoire, j'ai décidé de me faire interner dans une clinique de Dallas pour suivre une cure de désintoxication. Je ne pouvais pas continuer ainsi. J'avais conscience d'être alcoolique. J'avais été arrêté quatre fois alors que je conduisais en état d'ébriété et je devais être jugé pour obstruction à la justice. Si j'avais été sobre, je n'aurais jamais commis la moindre infraction au code de la route. J'avais l'intention de faire appel parce qu'on voulait m'expulser des États-Unis, puis j'ai renoncé. Telle est mon histoire et je n'en suis pas fier. Je reconnais mes fautes, j'admets avoir eu un comportement antisocial parce que je buvais trop, mais j'ai été puni pour cela. Vais-je devoir passer le reste de ma vie dans une cellule pour obtenir le pardon ? Mes antécédents seront-ils toujours un obstacle pour que je puisse devenir un homme neuf et différent de celui que j'étais ? Je ne comprends pas : on te met en prison parce que tu as commis une faute, mais quand tu sors, ta faute te poursuit. Quel est l'intérêt de la liberté dans ce cas ? Tels sont mes antécédents. Ce qui a été ajouté ensuite par les autorités de l'État de Chihuahua a été inventé de toutes pièces. »

*

Sharif Sharif se souvient que Jorge López Molinar, procureur adjoint, a affirmé que « 14 accusations pour viol » contre lui n'avaient pas encore été jugées et qu'il était « responsable du meurtre d'une femme à Odessa, au Texas ». Un employé du département de police de Gainsville, en Floride, a déclaré à une journaliste que lorsqu'il avait été arrêté après avoir frappé Susan, « 8 femmes étaient venues porter plainte contre lui ». « Pourquoi m'accuse-t-on devant la police et ne vient-on jamais me trouver pour formuler des griefs contre moi ? se demande Sharif Sharif. Que sont devenues ces plaintes et les femmes qui m'ont accusé ? Si les agressions dont elles ont été victimes étaient vraies, elles ne se seraient pas volatilisées pour ressurgir dix-huit ans plus tard. »

Sharif Sharif espère qu'on le libérera et se rappelle que pendant les trente jours où il a été interné à l'hôpital de Dallas, on lui a fait passer toute une série d'examens et personne n'a jamais conclu qu'il était psychopathe. Quand il en est sorti, Wayne, son supérieur hiérarchique, et Mary Key, sa secrétaire, sont venus le chercher. Ils ont ensuite pris l'avion privé de la société pour se rendre à El Paso. Son avocat, Paul Douglas, et son associé de Ciudad Juárez, Mario Chacón Rojo, les attendaient. De là, ils sont allés au consulat des États-Unis de Ciudad Juárez pour que Sharif Sharif signe sa sortie volontaire du territoire nord-américain.

« Pour moi, c'en était fini du rêve américain. Je me suis brûlé les ailes face au monstre, victime de mirages. Je ne voulais plus toucher à l'alcool mais commencer une nouvelle vie. »

Entre août et septembre 1995, Sharif Sharif s'est consacré à son travail. Il s'est rendu pendant deux jours dans la ville de Mexico afin de régulariser sa situation. Le dimanche 2 octobre, il se rappelle être allé dans un bar du centre de Ciudad Juárez, le Joe's Place, un endroit « mal fréquenté, mais avec de la bonne musique ».

Sharif Sharif adorait participer à des concours de danse et se perdre dans la foule de manière anonyme. Il invitait souvent des femmes à boire un verre, et il leur arrivait de lui vendre leurs charmes. Le 2 octobre, Sharif Sharif a quitté le Joe's à l'heure de la fermeture. Il s'est dirigé vers sa voiture quand deux hommes habillés comme des *cholos* l'ont agressé et frappé. Ils ont déchiré sa chemise avant de prendre la fuite. En montant dans son véhicule, il a aperçu à un coin de rue l'une des filles qui lui avaient réclamé de l'argent. Il s'est arrêté pour la faire monter. La scène était selon lui « pathétique » car elle inhalait « je ne sais quelle drogue » tout en le regardant saigner du nez. Ils sont allés chez lui, où il a ouvert deux canettes de bière avant d'aller se coucher en ignorant la présence de la jeune femme. Sharif Sharif déclare que tous deux se sont douchés séparément et qu'il a prêté une paire de chaussettes et une chemise à la fille qui, plutôt que de lui demander un petit déjeuner, lui réclamait de la drogue et de l'argent. Voyant qu'il refusait, elle est devenue agressive et s'est blessée en frappant du poing contre une fenêtre. Ensuite elle est partie. « Une heure plus tard, je suis sorti pour aller manger et je l'ai vue discuter avec une autre femme dans la rue. Je l'ai appelée pour la conduire jusqu'à un arrêt d'autobus, mais elle a refusé en me disant qu'elle allait faire un scandale. De retour chez moi, j'ai constaté qu'elle m'avait volé de l'argent. Après, alors que je rangeais mon appartement, deux policiers ont frappé à la porte et m'ont arrêté ».

Sharif Sharif raconte qu'il a eu très peur en arrivant dans les locaux de la police judiciaire de l'État de Chihuahua. Des agents ont aussitôt fait cercle autour de lui, tous parlaient en même temps sans qu'il comprenne ce qu'ils disaient. Un journaliste lui a alors expliqué en anglais qu'on l'accusait d'être le tueur en série de Ciudad Juárez.

« Je me rappelle très bien qu'un des policiers est arrivé en haletant, dégoulinant de sueur. Il s'épongeait le visage et ne cessait de répéter : "Nous le tenons, nous le tenons..." J'ai ensuite appris qu'il s'appelait Antonio Navarrete. »

C'était le 3 octobre 1995. Blanca Estela Carmona Díaz accusait Abdel Latif Sharif Sharif de viol, séquestration et coups et blessures. On l'a enfermé au Centre de réadaptation sociale, dans une cellule de « haute sécurité », un lieu humide, sale et malodorant. C'est là que Sharif Sharif a fait la connaissance de Cricket, un chef de gang qui parlait anglais. Peu à peu, ce détenu est devenu son traducteur et lui lisait les journaux. « Quand il avait fini de lire, il hochait la tête de droite à gauche en me disant d'un ton très cérémonieux : *"You're fucked, my friend"* (« Tu es foutu, mon pote »). Et il avait raison ».

Très vite, on a analysé le sang, la salive, le sperme, les poils pubiens et la dentition du chimiste égyptien. Sharif Sharif a pu entrer en contact avec ses avocats et dénoncer devant un juge les irrégularités commises par la police. Le magistrat a exigé qu'on lui remette ces analyses faites contre son gré. Les résultats de la comparaison de sa dentition avec des traces de dents retrouvées sur le corps de certaines victimes (Adriana Márquez, Silvia Elena Rivera et Elizabeth Castro García) se sont révélés négatifs.

Le 13 octobre, l'opinion publique se déchaînait contre lui. Dans le *Diario de Juárez* et *Norte*, le procureur adjoint Jorge López Molinar disait entre autres affirmations mensongères qu'il avait fui la justice nord-américaine.

Sharif Sharif déclarait que si tel avait été le cas, il n'aurait pas pu quitter le territoire nord-américain. Quand il s'était présenté au bureau des services d'immigration afin de faire connaître sa décision de s'installer au Mexique, il avait indiqué pour quelle entreprise il travaillait et avait fourni toutes les informations le concernant.

« Quelques jours après avoir été arrêté pour un délit que je n'avais pas commis, j'étais déjà le criminel le plus terrible de tout le continent. »

Sharif Sharif regrette que certaines dirigeantes de groupes féministes se soient ralliées à l'avis des médias, répétant les mensonges des autorités. Esther Chávez Cano et Astrid González ont eu une entrevue avec Francisco Minjárez, le chef de la police locale, qui leur a certifié la culpabilité du chimiste égyptien et leur a demandé de lui laisser le temps de présenter les « preuves physiques » qu'il avait rassemblées au cours de son enquête. « Depuis, des années ont passé sans que le policier ait fourni la moindre preuve », constate Sharif Sharif en ajoutant qu'il redoutait de recevoir des journalistes dans ce climat d'hostilité. Un jour, un reporter de Houston lui a demandé s'il aimait la viande. Surpris, le chimiste a voulu savoir pourquoi il lui posait cette question. « C'est drôle car les vampires ne mangent pas de viande », lui aurait rétorqué le journaliste en le regardant fixement. « J'avais les larmes aux yeux devant de telles stupidités », conclut Sharif Sharif.

Les accusations formulées contre l'Égyptien sortaient nettement du cadre de l'affaire de Blanca Estela puisque les autorités le rendaient désormais responsable du meurtre de quatre femmes : Silvia Elena Rivera, Adriana Márquez, Olga Alicia Carrillo et Elizabeth Castro García.

Selon Sharif Sharif, faire de fausses déclarations, inventer des témoins, imiter les signatures ou faire comparaître des personnes dont on n'entend ensuite plus jamais parler est une pratique très répandue au Mexique. Qu'elle soit physique ou psychologique et bien que son existence soit démontrée, la torture continue d'exister.

« En vérité, je tombais à pic. J'étais le bouc émissaire idéal : étranger, sans famille, sans racines dans cette société, célibataire avec de bons revenus et, surtout, des antécédents pénaux aux États-Unis. »

Sharif Sharif ajoute qu'en janvier 1996, il a reçu la visite de deux hommes qu'il n'avait jamais vus : Víctor Valenzuela Rivera, ancien indicateur de la police judiciaire de l'État de Chihuahua, et Ramiro Gómez Romero, agent de la police judiciaire fédérale. Ils venaient de la ville de Chihuahua et avaient demandé un rendez-vous à Francisco Molina Ruiz, alors procureur général de l'État de Chihuahua, qui avait refusé de les recevoir. Ils souhaitaient lui donner leur version des meurtres de femmes à Ciudad Juárez.

Quelque temps plus tard, Sharif Sharif révélerait leur conversation lors de sa conférence de presse du 19 avril 1996, où il lancerait des accusations formelles contre Alejandro et Melchor Máynez.

Après son entrevue avec Sharif Sharif, Valenzuela avait quitté Ciudad Juárez car il avait reçu des menaces de mort. Il devait réapparaître trois ans plus tard, s'obstinant dans sa version des faits et résolu à se faire entendre des autorités. Le chimiste égyptien ne l'a revu qu'en janvier 1999, au centre de détention où Valenzuela purgeait une peine pour vente de cocaïne. Son ami Ramiro Gómez Romero avait été retrouvé mort quelques mois plus tôt.

En février 1996, le gouverneur Francisco Barrio Terrazas a déclaré que 320 témoins accusaient Sharif Sharif du meurtre de 7 femmes. « Pourquoi des déclarations aussi stupides ? se demande encore Sharif Sharif. Quand on connaît la lourdeur bureaucratique des services d'instruction préparatoire, on imagine le temps que cela aurait pris de recueillir les déclarations de 320 témoins. Le gouverneur cherchait ainsi à satisfaire l'opinion publique. Au total, il n'avait en sa possession que 20 témoignages concernant 4 affaires différentes, et aucun ne m'accusait directement. »

Il s'agissait manifestement de témoignages fabriqués de toutes pièces. Selon Sharif Sharif, Molina Ruiz avait menti à son ami Barrio Terrazas et profité de la confiance de ce dernier.

Fin février 1996, Barrio Terrazas revenait sur ses déclarations et reconnaissait que Sharif Sharif n'était pas accusé de 7 homicides, mais de 4. Plus tard, il affirma que la police avait localisé deux de ses complices : un cousin de Sharif Sharif et un Nigérian. Quelques jours plus tard, le gouverneur déclarait que ces complices étaient en réalité deux Nord-Américains d'origine mexicaine.

Le 16 avril, le chef de la police locale, Francisco Minjárez, a organisé une rafle dans les bars du centre de Ciudad Juárez afin « d'approfondir l'enquête sur les meurtres de femmes ». 150 hommes et femmes ont été arrêtés. À la fin de la nuit, une femme et 14 hommes sont restés en garde à vue sur ordre ministériel et non en vertu d'un mandat délivré par un juge. Cette procédure était on ne peut plus arbitraire. Les autorités ont déclaré à la presse que cette opération était l'aboutissement d'une enquête qui avait duré huit mois, « comme au FBI », selon le procureur général du Chihuahua, Arturo Chávez Chávez, qui venait de remplacer Francisco Molina Ruiz dans ses fonctions, celui-ci ayant été muté à l'Institut national de lutte contre les drogues.

Les détenus étaient des membres du gang des Rebeldes, qu'on a présentés comme étant les complices de Sharif Sharif. « Ma situation se compliquait, déclare l'Égyptien. J'étais considéré comme le cerveau des Rebeldes et on disait de moi que j'avais rencontré leur chef, Sergio Armendáriz, alias El Diablo, au Joe's Place. Je l'aurais contacté de ma cellule pour qu'il assassine des jeunes femmes afin de brouiller les pistes tout en clamant mon innocence. »

Les autorités ont affirmé que Sharif Sharif versait aux Rebeldes 1 500 dollars pour chaque jeune femme assassinée et que c'était pour cette raison que les crimes continuaient.

Les Rebeldes étaient en prison mais on découvrait de nouveaux corps de femmes. Le 23 avril, le procureur adjoint, López Molinar, annonçait la présence d'un « troisième psychopathe dans la ville ». Les autorités s'emberlificotaient dans des explications fumeuses. « À croire que les psychopathes organisaient des congrès à Ciudad Juárez », ironisait Sharif Sharif.

Trois ans plus tard, en 1999, la police a eu recours au même type de procédé en arrêtant des membres du gang des Choferes (« les Chauffeurs »). Malgré son esprit rationnel, Abdel Latif Sharif Sharif pense qu'il est tombé dans un cercle vicieux et se demande si sa tante n'était pas réellement une sorcière.

Bain de sang à la frontrière

Le 4 juillet 1997, on apprit la mort d'Amado Carrillo Fuentes, surnommé El Señor de los Cielos (le « Seigneur des Cieux »), chef du cartel de Juárez. Selon les informations officielles, il avait subi une opération de chirurgie plastique à l'hôpital Santa Mónica de Mexico, où il était entré sous le faux nom d'Antonio Flores Montes. Des chirurgiens habiles devaient lui modeler une nouvelle physionomie afin de lui permettre d'échapper à la justice. Son nez, son menton, ses paupières et la couleur de ses yeux avaient été modifiés et on lui avait fait une liposuccion au niveau de l'abdomen et du thorax.

Les médecins étaient entrés au bloc à 9 h 30 afin d'effectuer cette opération qui dura huit heures. Vers minuit, le patient se plaignit de douleurs intenses et demanda un médicament. On lui administra un antalgique contre-indiqué dans son cas. Il mourut à l'aube d'un arrêt cardiaque. Dans l'acte de décès, il est fait état d'un arrêt du myocarde. Accidentel ou dolosif, il s'agissait d'un homicide.

En janvier 1997, comprenant que la police le poursuivrait sans relâche, Amado Carrillo avait proposé un arrangement au gouvernement. Cette proposition constituait une menace pour ceux qui, au sein des institutions publiques et privées, le protégeaient et étaient ses complices. Les règlements de comptes qui eurent lieu par la suite partirent de là. À compter de ce moment, la vie du baron du cartel de Juárez ne tint plus qu'à un fil.

La Drug Enforcement Agency s'empressa de déclarer à la presse (avant les autorités mexicaines) que l'homme décédé à l'hôpital Santa Mónica était Amado Carrillo Fuentes. Cette hâte malvenue provoqua une vive réaction de la part de Jesús Silva Herzog, ambassadeur du Mexique aux États-Unis, qui traita Thomas Constantine, le directeur de la DEA, de « crétin ».

Les médias émirent des doutes toujours récusés par le Bureau du procureur général fédéral. La presse ne croyait pas à la mort de Carrillo Fuentes. Le corps enterré à Sinaloa aurait été celui d'un autre homme.

Après avoir pratiqué l'autopsie et examiné le corps pendant des jours, les autorités mexicaines le rendirent à sa famille, qui l'identifia comme étant celui d'Amado Carrillo Fuentes. Il fut inhumé à Guamuchilito, dans l'État de Sinaloa. Le coût des funérailles s'élevait à 50 000 dollars.

Des semaines plus tard, la rumeur courut que le Seigneur des Cieux s'était installé au Chili avec ses plus proches collaborateurs. Ils seraient entrés dans ce pays sous de fausses identités, auraient fait des investissements et organisé des fêtes avec des mariachis et des spécialités culinaires mexicaines. En apprenant la mort du trafiquant de drogue, les autorités chiliennes se montrèrent sceptiques. Au Chili, l'enquête sur le cartel de Juárez était toujours ouverte.

Il y eut ensuite une série de meurtres dans l'État de Chihuahua. Des dizaines de trafiquants de drogue, influents ou subalternes, furent assassinés. Tout le monde voyait dans ces crimes des actes punissant la négligence dont auraient fait preuve les médecins pour opérer leur célèbre patient. On raconta aussi qu'il s'agissait de règlements de comptes au sein du cartel de Juárez, ou qu'on avait voulu supprimer des témoins gênants. Quatre médecins qui avaient participé à l'opération du Seigneur des Cieux furent retrouvés morts. L'ombre du trafic de drogue s'étalait sur tout le pays en exposant ses méthodes.

Le lendemain du décès d'Amado Carrillo Fuentes, Tomás Colsa McGregor, joaillier et chef d'entreprise chargé du blanchiment d'argent du cartel de Juárez, fut assassiné. Il avait été torturé pendant deux jours, puis étouffé à l'aide d'un sac en plastique enfilé sur sa tête et étranglé avec un fil de fer enroulé autour d'un tube de métal. Ce supplice coupe le souffle et la circulation du sang pour provoquer ensuite une fracture de la trachée. En mars et en mai 1997, il avait témoigné devant le Bureau du procureur général fédéral. Les autorités s'étaient appuyées sur ses déclarations pour poursuivre les membres du cartel de Juárez, opération entreprise dès le 6 février 1997 avec l'arrestation du général de l'armée mexicaine qui dirigeait l'Institut national de lutte contre les drogues, accusé d'être la pièce maîtresse d'un réseau de protection du trafic de stupéfiants qui impliquait d'autres hauts dignitaires de l'armée.

Les jours suivants, diverses personnes travaillant pour le cartel de Juárez furent assassinées : Salvador Morales García ; Irma Lizzette Ibarra et Héctor Ixtláhuac Gaspar à Guadalajara (Jalisco).

Le 8 juillet, à Ciudad Juárez, Javier Estrada mourait d'une balle dans la tête. Le 14 juillet, on retrouva dans le coffre d'une voiture les corps sans vie de Juan Alberto Pasillas et María de Lourdes Villaseñor. Le 15, Nelson Ramiro Sánchez Meléndez fut criblé de balles de mitraillette dans une localité proche de Ciudad Juárez. Le 17, Ernesto Saldierna fut assassiné, puis Eugenio Juan Rosales Ortiz (dit El Genio), trouva la mort dans sa maison du quartier de Juárez, Misión de los Lagos.

Quelques jours plus tard, un commando fit irruption dans le restaurant Maxfim, près des arènes de Ciudad Juárez, et tira sur le trafiquant de drogue de Durango Lino Herrera, puis sur Teresa Elida Rey, Héctor Arturo Jiménez Holguín, María Eugenia Martínez Job et David Ramírez Rojas. Les meurtriers étaient au moins trois. Ils pénétrèrent dans l'établissement à 21 h 30, tirèrent tout d'abord sur deux personnes puis sur le reste du groupe. En cherchant à empêcher les assaillants de s'enfuir, Armando Olague Hernández, sous-chef des gardiens du Centre de réadaptation sociale, fut tué.

Le 17 août, les transporteurs de bananes Fernando Cuevas Córdoba et Juan Manuel Aragón furent enlevés à Ciudad Juárez. On retrouva leurs cadavres ligotés et bâillonnés. Dans un autre quartier de la ville, Darío Rivas, Luis Fong, Carlos Fong Ruiz et Heliodoro Herrera furent également kidnappés.

Cinq jours plus tard, les médecins colombiens qui dirigeaient l'hôpital Guernica de Ciudad Juárez (Freddy Paternina Grandete, Lamec Villalobos, Javier Quintero Heredia et Tabaré Flores González) furent assassinés. On retrouva leurs corps près du parc El Chamizal.

Le 31 août, José Ignacio Guzmán Niebla, Carlos Valmaña et José Elías Carrillo tombèrent dans le bar Gerónimo's. Le 15 novembre, José Loya López fut tué par balle dans le restaurant Kinsui, à Ciudad Juárez. C'était le trente-neuvième homme exécuté depuis le début de l'année. Fin 1997, Ciudad Juárez comptait 918 victimes d'agressions violentes, d'exécutions, d'accidents de la route et d'overdoses.

Pour la ville de Mexico, sur la même période, ce chiffre s'élevait à 1 688.

Le 15 septembre 1997, dans le quotidien *Reforma*, Roberto Zamarripa signalait la disparition quelques semaines auparavant d'un commandant de la police judiciaire du district fédéral, Jorge Francisco Palacios Hernández, surnommé El Chiquilín (« le Petit »).

Le 25 août 1997, David Vicenteño, journaliste à *Reforma*, fut enlevé, frappé et menacé de mort s'il ne cessait pas d'enquêter sur la disparition de cet agent, qui avait travaillé comme gardien dans l'une des résidences de Carrillo Fuentes à Mexico.

Les proches de Palacios Hernández allèrent au commissariat où il travaillait sans parvenir à obtenir de réponses satisfaisantes. En plus d'être gardien, cet homme était le « double » ou le « bouclier » d'Amado Carrillo Fuentes car il lui ressemblait de manière frappante.

La rumeur courut que le Seigneur des Cieux était encore vivant, qu'il avait quitté le Mexique et ne risquait plus d'être inquiété par la police. Francisco Barrio Terrazas, alors gouverneur de l'État de Chihuahua, exprima ses doutes quant au certificat de décès qui avait été délivré.

La fureur meurtrière des invisibles redoublait tandis que le doute s'installait. Comme cela fut démontré par la suite, les affaires d'Amado Carrillo Fuentes s'étendaient jusqu'aux États-Unis, en Colombie, au Chili, en Argentine et dans d'autres pays du continent. Ses liens avec la mafia russe furent également prouvés.

Le développement du trafic de drogue, du crime organisé et de l'économie parallèle obéissait à une stratégie d'envergure qui impliquait l'État mexicain. Les trafiquants de drogue avaient bâti leur empire avec l'aide des institutions judiciaires, de l'armée, des policiers fédéraux ou locaux.

Dans son ouvrage *Mitología del « narcotraficante » en México*, Luis A. Astorga a étudié l'origine de ces pratiques dans le pays ainsi que la corruption de l'État. Il décrit certains phénomènes culturels qui, depuis des années, sont associés au trafic de drogue dans les institutions locales et régionales, particulièrement sur la côte nord du Pacifique, dans les États de Sinaloa, Sonora, Basse-Californie. Selon lui, un tel état de fait a favorisé l'essor d'une catharsis collective qui se traduit par un champ lexical, des modes, des usages et des coutumes liés au trafic de drogue. On peut citer à titre d'exemple le culte populaire voué au bandit et saint Malverde, les multiples chansons louant la contrebande, qui constituent une véritable industrie sous-culturelle.

Ce chercheur souligne la nécessité d'être prudent face aux autorités qui utilisent les symboles des trafiquants de drogue afin d'asseoir leur respectabilité. Cette pratique courante cache cependant une réalité plus douloureuse : les autorités civiles et militaires chargées d'écrire la loi et de la faire respecter, de poursuivre les délinquants, n'ont plus d'identité propre.

« Le paradoxe des trafiquants de drogue, c'est qu'ils n'agissent pas dans une complète illégalité, écrit Astorga. Pour mener à bien leurs activités, ils ont recours à ceux qui représentent l'autorité chargée de les poursuivre ou non, mais qui n'ont pas forcément les mêmes objectifs qu'eux. » Astorga ajoute que les représentants de l'ordre qui deviennent les complices des délinquants continuent d'occuper leurs fonctions, même si « d'après la loi, ils se placent du côté de l'illégalité ».

À la fin du XXe siècle, le crime organisé au Mexique a construit un théâtre de fantômes et de simulations qui perdure au XXIe siècle. La corruption généralisée a usé jusqu'à les rendre inutiles les plus hautes institutions judiciaires, militaires et policières du pays. Inutiles dans leur raison d'être, elles restent fonctionnelles pour les manœuvres scéniques et le jeu d'apparences dont dépend encore aujourd'hui le développement du trafic de drogue par le biais d'un réseau de complicités et de protections.

Dans les quinze ou vingt dernières années, le trafic de drogue a prospéré tandis que l'État renonçait à ses obligations élémentaires comme la défense de la loi, de la souveraineté, de la paix sociale et la lutte contre le monopole de la violence. En échange, au travers d'un processus visant à interchanger les identités, à prolonger la fantasmagorie qui couvre la main noire des pouvoirs publics et lui permet d'agir, on a placé l'appareil étatique au service du plus important des commerces illicites.

En 1997, on estimait que le blanchiment de l'argent issu du trafic de drogue s'élevait à 15 000 millions de dollars par an, soit 3 ou 4 % du produit intérieur brut du Mexique. Selon les données officielles, 15 *cents* pour chaque dollar blanchi au Mexique se répartissent à parts égales entre trois acteurs : celui qui fournit le capital, celui qui l'écoule dans un pays où le secret bancaire est préservé et celui qui le reçoit ou invente des investissements pour convertir le dollar en monnaie nationale.

Des présidents de la République, des politiciens, des banquiers, des chefs d'entreprise, des gouverneurs, des ecclésiastiques, de hauts dignitaires de l'armée ou de la police sont entrés dans une danse macabre orchestrée par le grand capital et la prolongation d'un ordre illégal. Ils ont franchi un seuil où les corrompus ont directement accès aux corrupteurs et où la dialectique réductionniste entre ce qui est légal ou illégal est dépassée.

Dans son livre intitulé *La Bataille perdue contre la drogue*, le journaliste français Jean-François Boyer affirme que dans les années 1980, sous le gouvernement de Miguel de la Madrid, les autorités financières du pays ont conclu un accord pour que les trafiquants de drogue investissent au Mexique en échange d'une protection mutuelle et d'une répartition des gains.

Dans son ouvrage *El negocio. La economía de México atrapada por el narcotráfico*, Carlos Loret de Mola A. cite un rapport du Centre de recherche et de sécurité nationale qui indique que « si le trafic de drogue était éradiqué, l'économie nord-américaine chuterait de 19 à 22 %, et l'économie mexicaine de 63 % ».

Le 2 juin 1999, Tim Golden, journaliste au *New York Times*, a publié un article dans lequel il reproduit des actes officiels faisant allusion à des pots-de-vin s'élevant à des millions de dollars, versés par le cartel de Juárez à Liébano Sáenz, originaire de l'État de Chihuahua, alors secrétaire particulier du président de la République Ernesto Zedillo Ponce de León. Ce fonctionnaire, qui nia tout à l'époque, était l'un des proches collaborateurs et le porte-parole de Luis Donaldo Colosio, le candidat du PRI à la présidence assassiné en 1994.

Le Bureau du procureur général fédéral récusa ces accusations en bloc. Mais l'agent spécial Héctor Rodríguez Armendáriz, qui travaillait dans les services de lutte contre la délinquance organisée et avait enquêté sur les liens de Liébano Sáenz avec le trafic de drogue, fut retrouvé mort dans un terrain vague à Hermosillo (Sonora) le 22 juin 1999. Il avait les mains menottées et on lui avait tiré trois balles dans la tête. Avant de trouver la mort de cette façon, il avait été menacé. Il avait cherché en vain la protection du Bureau du procureur général fédéral.

Le 16 avril 2000, l'émission de télévision nord-américaine 60 Minutes accusait Enrique Cervantes Aguirre, ministre de la Défense, de protéger le trafic de drogue. Les autorités déclarèrent à nouveau que ces révélations étaient fausses, mais aucune enquête ne fut menée. Cervantes Aguirre avait reçu le rapport sur Liébano Sáenz en 1995 et fait stopper les recherches des services de l'armée le concernant.

Dans son rapport intitulé *La Géopolitique mondiale des drogues, 1998-1999*, l'Observatoire géopolitique des drogues, organisme international dont le siège est à Paris, écrit qu'en dépit « des saisies "historiques" annoncées par le gouvernement mexicain et d'arrestations à haut niveau, dans une certaine mesure "normales" dans le cadre d'élections, le Mexique reste l'un des centres les plus importants au monde du commerce lié à la drogue. Il est probable que dans les années à venir la production, le trafic et le blanchiment d'argent soient indispensables à son économie, puisque les trafiquants de drogue continueront en toute impunité de financer les activités politiques ».

Ce commerce illégal s'appuie aussi sur le concours de politiques de désinformation, la dissimulation de certains faits, la propagande visant à s'autojustifier ou à semer la confusion. Les autorités sont parvenues au point extrême qui consiste à répandre au sein des médias une sorte de substance délinquante omniprésente, insaisissable, toute-puissante, qui se contente de nommer de manière abstraite des actions qui devraient se concrétiser par des résultats. Ces médias, surtout électroniques, sont tombés dans le piège en se référant aux versions officielles comme si celles-ci étaient d'incontestables vérités. Personne ne souhaite faire de recherches en empruntant d'autres voies que les sources officielles.

Pendant ce temps, les meurtres liés aux règlements de comptes entre trafiquants de drogue se multiplient. Dans les soixante dernières années, 15 000 personnes ont ainsi trouvé la mort au Mexique.

Fin 1997, le président de la République s'est adressé au pays dans le but de combattre l'impunité. Les habitants de Ciudad Juárez savaient très bien que les criminels ne seraient pas arrêtés pour autant. Alors que diverses organisations locales chiffraient le nombre d'homicides à 100 près de la frontière, les autorités n'en relevaient que 79. Ces différences dans les chiffres ne seraient pas gommées à l'avenir.

Les autorités refusaient par ailleurs de reconnaître les liens existant entre de nombreux crimes. Bien que le Bureau du procureur général de l'État de Chihuahua ait mis les coupables présumés en prison (Sharif Sharif et le gang des Rebeldes), les meurtres se poursuivaient. Les chiffres se contredisaient mais les faits semblaient braver l'indifférence des autorités.

De 1993 à 1997, on a retrouvé des dizaines de corps de femmes assassinées, victimes pour la plupart de la même sauvagerie. Des jeunes filles et même des fillettes étranglées, nues ou à demi nues, certaines avec les mains attachées, portant toutes des traces de coups, mutilées ou torturées. Leurs cadavres continuaient d'apparaître dans les mêmes lieux désertiques ou semi-désertiques des environs de Ciudad Juárez : Lote Bravo, Lomas de Poleo, Cerro Bola.

D'après la presse, le mode opératoire du ou des assassins était presque toujours identique, mais les autorités refusaient de l'admettre. Le registre des homicides demeurait dans la « zone crépusculaire » ou « quatrième dimension » évoquée par Robert K. Ressler. Vie et mort se perdaient dans le va-et-vient des chiffres et, comme ces derniers, les dates auxquelles les tueurs avaient perpétré leurs crimes ne correspondaient pas d'une source à l'autre.

Le Groupe 8 de Marzo et d'autres organisations locales ont tenu des comptes dès janvier 1993. Beaucoup des meurtres qui figurent dans leurs registres relèvent de la catégorie des crimes en série. Il s'agit par conséquent de crimes reliés entre eux, commis par un même individu ou groupe d'individus à une période donnée et suivant un modèle similaire.

Les autorités n'ont pas voulu considérer ces meurtres sous cet angle et ont préféré minimiser les faits en qualifiant par exemple ces assassinats de « crimes passionnels ».

En 1910, dans son livre *Matadores de Mujeres* (« Tueurs de femmes »), Carlos Roumagnac définissait ainsi les crimes passionnels : « Le criminel passionnel est obsédé par la crainte qu'on le dépossède de la chose qu'il croit être à lui, une idée fixe à laquelle s'ajoute pour mieux le torturer l'élément imaginatif qui le pousse à se rappeler certains détails et à en inventer d'autres qu'il ressasse (qu'ils soient vrais ou non) et enjolive sans cesse. Cette conduite n'est pas volontaire. Au contraire, elle le dépasse car sa volonté est faible. En d'autres termes, on peut dire qu'il manque d'énergie dans certains centres cérébraux alors qu'on remarque une hyperexcitabilité dans d'autres. » Et Roumagnac de conclure : « Comme toute activité cérébrale doit se traduire par des manifestations externes motrices et chercher un dérivatif susceptible de rétablir l'équilibre, le sujet peut en arriver à commettre un crime aveugle, brutal, féroce. »

À la fin du XXe siècle, Ernesto García, porte-parole du Bureau du procureur adjoint de l'État de Chihuahua, refusait d'admettre que certains crimes avaient un rapport entre eux. Il ne faisait aucune différence entre ce que la presse qualifiait de « meurtres en série » et ce que lui considérait comme des « crimes passionnels ». Il ajoutait que les médias grossissaient les faits au nom de revendications politiques.

Esther Chávez Cano, présidente du Groupe 8 de Marzo, pensait en revanche qu'il s'agissait bel et bien de crimes en série. Elle s'appuyait sur des arguments sociologiques : les victimes étaient des anonymes ou issues de familles pauvres ; elles travaillaient toutes dans des maquiladoras. Elle reprochait en outre aux autorités d'avoir décrété que les victimes disposaient de leur temps libre comme elles l'entendaient et en profitaient pour « aller en discothèque ou dans les bars ». Elle faisait remarquer qu'après l'arrestation d'Abdel Sharif Sharif et des Rebeldes, entre le printemps 1996 et l'automne 1997, d'autres femmes avaient été assassinées de la même manière que les précédentes.

Le Bureau du procureur général de l'État de Chihuahua déclara que les assassinats commis en 1995 et 1996 étaient des meurtres en série et avaient été résolus avec l'arrestation de Sharif Sharif et des Rebeldes, mais qualifiait les autres, postérieurs, de « crimes isolés » liés à des causes diverses.

Ces meurtres ne représentaient qu'une partie des délits commis quotidiennement contre les femmes à la frontière. Ils n'étaient qu'un élément infime du climat d'extrême violence qui régnait à Ciudad Juárez et dans l'ensemble de l'État de Chihuahua.

Le ministère de la Santé a consigné 306 homicides dans cet État en 1990, contre 431 en 1996. En 1995, Ciudad Juárez avait le deuxième taux d'homicides le plus important du Mexique après le district fédéral, dont la population était dix fois supérieure avec 8 236 960 habitants (alors que celle de Ciudad Juárez s'élevait à 797 697 habitants).

En plus de ces meurtres de femmes, Ciudad Juárez avait connu en 1997 une année particulièrement sanglante avec de nombreux règlements de comptes entre trafiquants de drogue et une insécurité publique désastreuse qui se traduisait par des enlèvements, des échanges de coups de feu dans des restaurants ou des bars et des disparitions.

L'Association des amis et des proches de personnes disparues, créée en juillet 1997 à El Paso, signalait que de 1995 à 1997, 61 personnes avaient été enlevées ou avaient disparu à Ciudad Juárez. Dès le 16 novembre 1997, cette association a alerté les Nord-Américains sur le danger de se rendre à Juárez. Le gouvernement nord-américain n'a pris aucune mesure. Il a en revanche insisté sur les risques qu'il y avait à circuler en taxi dans la ville de Mexico.

Esther Chávez Cano, dont le groupe fait partie de la Coordination des organisations non gouvernementales pour la défense de la femme à Ciudad Juárez (créée en 1999), explique qu'elle a depuis longtemps attiré l'attention des autorités de l'État de Chihuahua sur les violences croissantes commises contre les femmes. « Quand des corps de femmes non identifiées ont commencé à apparaître en 1993, nous étions alarmés », déclare-t-elle. Elle avait eu à l'époque un entretien avec Francisco Villarreal, membre du PAN (Parti d'action nationale) et président municipal, qui lui avait offert son soutien et promis d'agir. Mais constatant que la situation s'aggravait, Esther Chávez Cano est allée trouver le procureur général de l'État, Francisco Molina Ruiz qui, selon elle, n'a jamais reconnu la violence dont les femmes étaient victimes à Juárez. La police lui faisant toujours la même réponse, à savoir que « des enquêtes étaient en cours », les membres du Groupe 8 de Marzo ont alors décidé de prendre les choses en main en demandant la création d'une unité spéciale dépendant du ministère public. « Quand les autorités ont été informées de notre décision, elles nous ont rétorqué que puisque les recherches de l'Unité spéciale chargée de résoudre le meurtre de Luis Donaldo Colosio n'avaient rien donné, il était inutile de s'acharner. Cette réponse m'a donné envie de leur rire aux nez et de me battre. Elles nous racontaient des mensonges et nous prenaient pour des idiots. »

Esther Chávez Cano espérait surtout que le Bureau du procureur de la République se sentirait obligé d'intervenir comme l'avait demandé le Groupe 8 de Marzo lors de réunions avec des femmes d'autres États du Mexique. Elles supposaient que des mesures d'ordre fédéral seraient plus efficaces.

Mais les homicides étant des délits de droit commun dont la responsabilité dépend du gouvernement des États, les autorités fédérales ne pouvaient traiter les dossiers que si ceux-ci concernaient des délits fédéraux tels que le trafic de drogue.

Peu après, plus d'un indice révéla que certains homicides étaient liés au milieu de la drogue, mais le Bureau du procureur de la République refusait d'intervenir. « S'ils ne prennent pas de mesures au niveau fédéral, rien ne sera résolu, insistait Esther Chávez Cano. Nous ne pouvons qu'accuser l'absence de valeurs morales dont parlent constamment les membres du PAN. Comme l'a dit récemment le chef de la police, Jorge Ostos : "S'il y a autant de violence dans cette ville, c'est parce qu'on ne croit plus en la Vierge de Guadalupe". Qu'attendre de ce genre d'affirmation ? »

Bien que l'État de Chihuahua soit gouverné par le PAN, le Congrès vota un projet de loi sur la violence domestique ou intrafamiliale visant à améliorer les conditions de vie des femmes dans le Chihuahua.

Les associations locales déploraient non seulement l'inefficacité des autorités, mais aussi le fait qu'on ait emprisonné des innocents comme Sergio Armendáriz, du gang des Rebeldes, qui, un an après son arrestation, avait accepté de recevoir des journalistes dans une pièce exiguë du Centre de réadaptation sociale de Ciudad Juárez. « Depuis ma plus tendre enfance, ma mère m'a appris qu'il faut respecter les femmes, avait-t-il déclaré en tirant calmement sur sa cigarette. Pourquoi m'accuse-t-on d'en avoir tué ? Je n'ai jamais frappé une femme. Nous avons été victimes de l'inefficacité policière », concluait cet homme accusé de viol, de meurtre et d'enlèvement. Il ajoutait que son procès avait été bourré de contradictions et que dès le départ, ses droits n'avaient pas été respectés. « Les accusations portées contre moi disparaissent les unes après les autres. » Selon Armendáriz, d'autres membres de sa bande ont connu un sort meilleur : un juge avait innocenté Fernando Rubén Germes ; Erika Fierro, la seule femme mêlée à cette affaire, avait été relâchée sous caution ; José Luis Rosales Juárez avait pu être libéré et deux autres membres du gang avaient été renvoyés devant le tribunal des mineurs. Arméndariz disait garder espoir, mais il craignait qu'on le condamne à plusieurs années de prison.

À l'automne 1997, Abdel Latif Sharif Sharif reçut un journaliste dans sa petite cellule du quartier de haute sécurité du Centre de réadaptation sociale de Ciudad Juárez. En fin de journée, il accueillit son visiteur en lui préparant du café. Devant la porte ouverte s'étalait une flaque d'eau causée par une fuite. Les détenus qui passaient dans le couloir lui adressaient un petit salut ou entraient. Le chimiste égyptien avait à l'évidence forcé le respect des autres prisonniers.

Pendant que le café passait, Sharif Sharif cherchait des papiers dans des cartons. Il finit par trouver des carnets où il avait noté la fréquence des meurtres de femmes à Ciudad Juárez. Son espagnol s'était amélioré depuis la conférence de presse qu'il avait donnée l'année précédente. Sa cellule ne comportait qu'un lit, un vieux poste de télévision, quelques cassettes vidéo et des ouvrages de chimie, pour la plupart en anglais. Sharif Sharif était enthousiaste, presque euphorique de pouvoir parler à un journaliste. Il décrivit les faits de manière assez théâtrale, ménageant un certain suspense, et précisa que les corps de femmes étranglées avaient commencé d'apparaître bien avant son arrivée à Ciudad Juárez et que les crimes s'étaient poursuivis après son arrestation.

Il montra fièrement la liste des brevets de procédés industriels auxquels il avait travaillé et ajouta qu'il était un scientifique. D'après lui, le véritable criminel était Alejandro Máynez, qu'il avait dénoncé lors de sa précédente conférence de presse. Bien qu'il eût désigné cet homme devant le ministère public, aucune enquête ne fut ouverte car il bénéficiait selon lui de la protection de la police. Sharif Sharif insista sur le fait qu'Antonio Navarrete, l'ancien chef des Homicides de la police judiciaire de l'État, était l'un des meilleurs amis d'Alejandro Máynez.

Le 23 janvier 1997, le Tribunal suprême de justice de l'État de Chihuahua avait confirmé au chimiste égyptien une sentence absolutoire concernant ses sept chefs d'inculpation pour les meurtres commis en 1995, dont on l'avait accusé en 1996. Il n'attendait plus qu'un non-lieu pour le meurtre d'Elizabeth Castro García. L'étiquette de tueur en série dont les autorités de l'État de Chihuahua l'avaient affublé en public n'avait plus de raison d'être.

Sharif Sharif, contre qui on avait déjà déposé quatorze plaintes pour viol et attentat à la pudeur aux États-Unis, clamait son innocence et disait être victime de l'inefficacité du Bureau du procureur général de l'État de Chihuahua. « Personne ne veut rien faire pour ces pauvres femmes, concluait-il. Pour la plupart seules au monde avant d'être tuées, elles n'ont pas droit à la justice et personne ne se soucie de faire respecter leur mémoire. »

Sharif Sharif, qui avait lu la presse avec attention, savait que le premier corps, qui marquait le début d'une longue série d'homicides, avait été découvert en 1993. Le 2 décembre 1997, le gouverneur Francisco Barrio Terrazas affirmait que le pourcentage de femmes assassinées à Ciudad Juárez était « normal ». Pourtant le criminel courait toujours, répétait avec opiniâtreté Sharif Sharif en traçant au stylo bleu la courbe des crimes ayant été commis à des dates déterminées. Selon l'Égyptien, ces meurtres présentaient les mêmes caractéristiques. Si les autorités les considéraient sous cet angle et réexaminaient correctement les preuves, elles ne pourraient qu'en être convaincues.

Avant de répondre à l'appel du soir, Sharif Sharif déclara qu'il chercherait sans répit à prouver son innocence et que sa formation de scientifique l'y aiderait. Il écrivait un livre à ce sujet. Il prenait ses carnets, chaussait ses lunettes, enthousiaste. Il était persuadé qu'on finirait par le libérer. Il comptait à l'avenir traquer le meurtrier qui lui avait fait passer de si nombreuses années en prison. Un livre de Tom Clancy trônait sur sa table de chevet, intitulé *Sans aucun remords*.

Peu après 20 heures, après avoir répondu à l'appel lancé par trois gardiens qui le traitaient amicalement, Sharif Sharif chercha à prolonger l'entretien en racontant des anecdotes et des plaisanteries et en proposant plus de café et une collation.

Celui qui vient du dehors, d'une autre ville, et qui évolue librement, apporte avec lui un peu de tout ce que regrettent les détenus : une histoire personnelle en échange d'un rêve de liberté pendant que les gardiens ferment les grilles et verrouillent les portes. À l'extérieur, la nuit tombe sur le désert.

Un superdétective dans la quatrième dimension

À l'automne 1998, le corps d'une femme âgée d'une vingtaine d'années fut retrouvé dans une décharge de Ciudad Juárez.

Les autorités avaient déjà découvert des cadavres à cet endroit. Comme la plupart des autres mortes, la dernière victime était une femme mince aux cheveux longs. On lui avait frappé le crâne avec une pierre, puis une voiture était passée sur son corps au point de le rendre impossible à identifier.

En janvier 1997, alors que le PAN était encore au gouvernement, une Unité spéciale chargée des crimes contre les femmes avait été créée.

Ce dernier crime apparaissait comme une provocation du ou des meurtriers à l'égard du nouveau gouvernement de l'État de Chihuahua, désormais dominé par le PRI (Parti révolutionnaire institutionnel).

L'affaire des mortes de Ciudad Juárez, complexe en soi de par sa localisation frontalière, se traduisait aussi par un phénomène sinistre typique dans ce genre de meurtres en série : l'effet *copycat*, la prolifération d'imitateurs dont les actes étaient favorisés par l'inefficacité des autorités policières et judiciaires, et qui pouvaient donc perpétrer leurs crimes en toute impunité.

Plus qu'un effet *copycat*, il s'agissait en réalité d'une déferlante de parasites, de prédateurs humains. Comme l'affirme Michel Serres, « le parasite ne s'arrête jamais ». Il ne cesse de manger ou de boire, devient de plus en plus présent, prend la fuite et revient, envahit et occupe l'espace, fait du bruit et déclenche la fureur, le tumulte dans l'incompréhension la plus totale, l'asymétrie. Il se montre violent et tue.

Le 3 octobre 1998, la police d'El Paso arrêtait un homme âgé de 25 ans, soupçonné d'avoir assassiné quatre femmes à Ciudad Juárez, dont Hester van Nierop, une jeune Hollandaise. Dans les premiers rapports de police, il fut établi qu'elle avait 18 ans, mais des corrections ultérieures portèrent ensuite cet âge à 22 ans.

La police fit savoir qu'Hester van Nierop était allée en septembre 1998 à Nayarit pour voir sa sœur. De là, elle partit à Juárez, curieuse de visiter les bas-fonds de cette ville frontalière dont elle connaissait selon les autorités le fort taux de criminalité. Elle s'attarda surtout dans les bars situés à proximité du pont international. D'après la police, elle y aurait rencontré un homme non identifié qui la conduisit à un hôtel du quartier après qu'ils eurent passé la soirée au Norma's. Douze heures plus tard, on retrouva son corps à demi égorgé dans une des chambres, sous le lit.

La police soupçonnait l'homme arrêté à El Paso, Juan Carlos Ortiz Huerta, d'avoir assassiné en février Elva Verónica Olivas Luévano et Perla Patricia Sáenz, dont on supposait qu'elle se livrait à la prostitution. Le corps de cette dernière avait été « caché » à l'hôtel Juárez où la jeune Hollandaise fut tuée quelques mois plus tard.

Les différentes versions des autorités ne se recoupaient pas. En mars 1998, la police avait interpellé Juan Carlos Ortiz Huerta avant de le relâcher faute de preuves suffisantes contre lui. La femme du suspect et un pasteur avaient témoigné en sa faveur. Sous prétexte d'avoir trouvé d'autres « éléments susceptibles de démontrer sa culpabilité », les autorités du Chihuahua demandèrent à la police texane de l'arrêter début octobre.

Selon elles, cet homme avait deux complices : El Cholo et El Negro. Le suspect nia connaître ces deux hommes et rejeta les accusations de la police de l'État de Chihuahua. Pourtant, à Ciudad Juárez comme à El Paso, il fut présenté de manière spectaculaire comme étant non seulement le meurtrier d'Elva Verónica et de Perla Patricia, mais aussi celui de la jeune Hollandaise.

Le même type de propagande devait à nouveau être déployé par la suite : faute de résultats, on recourait à la presse à sensation pour réduire à néant ou tout au moins diminuer l'impact auprès du public de la découverte de nouveaux corps de femmes à Ciudad Juárez.

La particularité de ces informations divulguées par la police dans les médias est de paraître pour la plupart vraisemblables. Mais d'une source à l'autre, elles diffèrent, allant parfois jusqu'à se contredire dans les détails.

Hester s'appelait peut-être Haester. Elle était probablement morte étranglée et non à demi égorgée. Il fut également dit qu'elle était arrivée au Mexique comme touriste et qu'elle était étudiante à El Paso. Quelques semaines plus tôt, on lui aurait volé ses papiers d'identité à Los Angeles. À en croire la police, elle était de « corpulence moyenne », mesurait un mètre soixante et avait les cheveux châtains. On racontait aussi qu'elle était arrivée à l'hôtel Juárez avec un homme athlétique âgé d'une trentaine d'années, à la peau blanche et aux cheveux noirs avec une petite cicatrice sur la joue droite. L'homme parlait l'espagnol avec un fort accent nord-américain et avait payé cinq nuitées d'avance. Il avait demandé à ce que personne ne les dérange. Les affaires d'« Haester » avaient été retrouvées à l'intérieur d'une taie d'oreiller, chambre 121.

Ce dernier crime rendit tristement publique l'affaire des mortes de Juárez dans le monde entier, mais les autorités fédérales du Mexique, et particulièrement la présidence de la République, restèrent indifférentes. Peut-être se gardaient-elles de prendre des mesures parce que les victimes étaient issues de familles pauvres et que seuls quelques parents, proches ou associations, réclamaient qu'on leur rende justice.

De nombreux journaux, magazines, chaînes de radio et de télévision du monde entier envoyèrent des journalistes à Ciudad Juárez pour enquêter sur ces crimes. Au mois d'octobre, la BBC annonça qu'elle comptait faire un documentaire sur cette affaire pour la télévision européenne.

Le gouvernement sortant de l'État de Chihuahua (constitué principalement de membres du PAN) dut avouer son impuissance à résoudre la plus grande affaire criminelle du pays. Dans les mois qui suivirent, il fit cependant une campagne de propagande en faveur des enquêtes qui avaient été menées et de ses prises de position. Arturo Chávez Chávez, procureur général, insista sur l'efficacité des services de police, sur le soin qu'ils avaient mis à effectuer leurs recherches et l'instruction préparatoire. Les doutes qu'on émettait sur la qualité de son travail le mettaient mal à l'aise.

Le Bureau du procureur adjoint de la zone nord avait enregistré 27 crimes de femmes en 1997, dont seuls 15 avaient été « résolus » et 12 étaient encore en cours d'instruction. 10 seulement avaient été classés dans la catégorie des crimes « avec violences sexuelles ».

Dans une interview à *Reforma* datée du 29 novembre 1997, Chávez Chávez décrétait que « l'origine ou les causes de la violence » relevaient de problèmes de culture, d'éducation et de manque de respect vis-à-vis d'autrui. Mais il reconnaissait que les mesures locales prises par les autorités ne reposaient pas toujours sur des valeurs morales. Concernant les homicides de Lote Bravo et de Lomas de Poleo, il disait détenir des « preuves irréfutables » et ajoutait que les membres du gang des Rebeldes s'étaient accusés les uns les autres. Il citait des exemples : l'ADN qui avait été relevé dans la voiture de l'un d'entre eux correspondait à celui qui avait été retrouvé sur le corps d'une des victimes ; un poignard coïncidait également avec les blessures infligées à l'une des jeunes filles dont on avait découvert le corps ; l'empreinte des dents d'un des accusés était la même que celle retrouvée sur l'un des cadavres. Il ajoutait que la police avait fait des tests au luminol (produit utilisé pour révéler des traces infimes de sang). Il soutenait par ailleurs que Sharif Sharif était coupable, qu'il avait été « condamné à trois reprises pour viol aux États-Unis », qu'il était « interdit de séjour dans ce pays » et qu'il avait fait subir à ses victimes une « violence croissante ».

Il transformait les faits.

Chávez Chávez déclarait que 80 % des crimes commis dans l'État de Chihuahua avaient été résolus, mais s'empressait d'ajouter : « Cela ne signifie pas que les meurtriers ont été arrêtés, mais que nous les avons identifiés. » Comme si le mandat d'amener dégageait la police de toutes ses responsabilités.

Des mois plus tard, dans une interview à *Reforma* le 29 mars 1998, le procureur avançait d'autres chiffres pour l'année 1997 : 22 instructions préparatoires avaient été ouvertes pour des homicides de femmes. 5 corps avaient disparu des archives officielles. Il ajoutait que 11 personnes avaient été assignées en justice et que 6 corps n'avaient pas été identifiés, que 7 affaires étaient résolues et que dans 3 d'entre elles, on avait retrouvé les criminels mais qu'ils étaient en cavale. Restaient 12 affaires à résoudre.

Il se contredisait de manière flagrante.

Avec le temps, les juges déclarèrent que les rapports entre Sharif Sharif et le gang des Rebeldes étaient impossibles à prouver, démantelant ainsi le fondement des arguments des autorités. Ce type de méthode consistant à déclarer des affaires résolues à partir de simples suppositions bureaucratiques était courant lors des enquêtes officielles.

Concernant les chiffres qui ne concordaient pas entre eux, Chávez Chávez déclara qu'il s'agissait de ceux du registre civil et que, par ailleurs, les corps et les tombes étaient faciles à compter. Il niait le fait que l'institution pour laquelle il travaillait ait pu maquiller ces données. Et de conclure : « Nos sources sont ouvertes à tous ceux qui souhaitent les consulter ». Il doutait de l'exactitude des chiffres avancés par les organisations locales, qui s'appuyaient depuis 1993 sur ceux cités dans la presse alors que c'était la police qui procédait à la levée des corps.

Enfin, ce fonctionnaire reconnaissait que le Bureau du procureur général de justice de l'État de Chihuahua ne pouvait « résolument pas tout contrôler ».

En mai 1998, le gouverneur Francisco Barrio Terrazas accusa les médias de donner une mauvaise image de Ciudad Juárez. Le même mois, un groupe de députées fédérales de la Commission d'équité et du statut de la femme avait signé une convention comprenant 16 clauses avec les autorités du Chihuahua pour « tenter d'en finir » avec la violence dans cette ville. À force de faire pression, les associations de femmes locales, des États et fédérales, étaient enfin parvenues à éveiller l'intérêt de la Commission nationale des droits de l'homme dans cette affaire.

Après avoir enquêté de façon approfondie sur les meurtres de femmes à Ciudad Juárez, la commission critiqua les autorités de l'État de Chihuahua et reconnut les irrégularités qu'elles avaient commises. La Recommandation 44/98 de cet organisme indique que « les rapports d'instruction préparatoire fournis par le Bureau du procureur général de l'État de Chihuahua présentent de multiples déficiences concernant des aspects fondamentaux des enquêtes [...] Dans la plupart des cas, le Bureau du procureur général fait preuve d'une trop grande lenteur, ce qui est alarmant compte tenu du contexte de ces crimes datant de 1997, mais qui ont déjà connu des précédents en 1995 et 1996 ».

Cette affirmation concerne la période où Francisco Molina Ruiz puis Chávez Chávez étaient procureurs généraux de l'État de Chihuahua.

La Recommandation 44/98 stipule par ailleurs que « lorsque les actes des autorités – tel est le cas de l'instruction préparatoire déjà mentionnée – ne sont pas assez motivés et manquent de preuves suffisantes pour établir juridiquement une quelconque culpabilité, la garantie de sécurité publique s'en trouve diminuée ».

En d'autres termes, la Commission nationale des droits de l'homme affirmait que les autorités de l'État de Chihuahua ne respectaient ni la constitution de la République, ni la loi organique du pouvoir exécutif, ni celle du ministère public de l'État de Chihuahua. La commission conseillait d'enquêter sur Chávez Chávez, le procureur adjoint Jorge López Molinar et d'autres fonctionnaires du Bureau du procureur adjoint de la zone nord de Ciudad Juárez.

Mais le gouvernement de Francisco Barrio Terrazas ne tint pas compte de ces recommandations sous prétexte que la commission ne disposait pas de « renseignements suffisants » et répondait aux « attentes politiques de différents groupes ou acteurs sociaux ».

Le 1er juillet, la Commission d'équité et du statut de la femme de la Chambre des députés de la LVII législature pressa les autorités de poursuivre leurs enquêtes sur les meurtres de femmes à Ciudad Juárez. La présence de membres du PAN à la Commission de sécurité du Sénat de la République poussa des individus comme Francisco Molinar Ruiz (ancien procureur du Chihuahua durant les trois premières années du mandat de Barrio Terrazas) à dépêcher à Ciudad Juárez un criminologue de Barcelone : José Antonio Parra Molina. Ce dernier approuva les enquêtes qui avaient été menées jusqu'alors et se distingua par ses positions misogynes vis-à-vis des victimes, ainsi que le dénonça le Groupe 8 de Marzo.

En septembre 1998, sur l'invitation du Bureau du procureur général de la République, le célèbre *profiler* Robert K. Ressler se rendit à Ciudad Juárez. L'annonce de son arrivée fit beaucoup de bruit. Alma Vucovich, députée du PRD (Parti de la révolution démocratique) et coprésidente de la délégation de la Commission d'équité et du statut de la femme de la LVII législature, déclara : « Lors des réunions que nous avons eues, le procureur de l'État de Chihuahua a admis que les autorités locales n'avaient pas la capacité d'obtenir des résultats dans l'affaire des meurtres de femmes de Juárez. Elles mettent à présent tout leur espoir dans un homme comme Ressler. » La députée considérait le passage de Ressler à la frontière nord comme un progrès : « Si l'on considère que les services de police de l'État sont très corrompus, cette mesure est satisfaisante. C'est une preuve de bonne volonté que les autorités n'avaient pas eue jusqu'alors. Mais il me semble contradictoire d'attribuer à des intérêts électoraux les recommandations de la Commission nationale des droits de l'Homme. »

Ressler se montra prudent dès le départ. Quelques jours avant de partir pour Ciudad Juárez, il accepta l'entretien téléphonique que lui proposait *Reforma* et confirma sa visite, mais ne voulut pas en préciser la date, car il appartenait selon lui aux autorités de l'État de Chihuahua de l'annoncer.

La venue de Ressler avait été décidée dans un accord signé le 12 mai entre le procureur général Chávez Chávez et la délégation de la Commission d'équité et du statut de la femme de la Chambre des députés.

La clause 13 de l'accord précisait qu'il était nécessaire de « renforcer en tous points le travail du Bureau du procureur général de l'État de Chihuahua, en s'aidant de l'opinion de spécialistes internationaux en criminologie comme Robert K. Ressler et José Antonio Parra Molina (diplômé de la faculté de criminologie de l'université de Barcelone) afin qu'ils procèdent à l'identification de facteurs générateurs de violence contre les femmes dans la ville de Ciudad Juárez ».

En 1991, quand il avait renoncé à ses fonctions au sein de l'Unité des sciences du comportement, Ressler mettait un terme à dix-huit ans de service au FBI. Diplômé de l'université du Michigan en criminologie et administration policière, il avait été instructeur et criminologue à l'Académie du FBI de Quantico (Virginie) dès 1974. Il avait par ailleurs enseigné à l'université de Virginie et à celle du Michigan, et été chercheur à l'université de Pennsylvanie. Avant d'entrer au FBI, il avait travaillé dix ans dans l'armée comme officier de police et chercheur, puis avait obtenu le grade de colonel. Ressler s'était intéressé à des disciplines aussi pointues que la négociation avec les délinquants, la psychologie des conduites anormales et, surtout, l'analyse des profils criminologiques.

L'un de ses plus grands apports dans le combat mené contre le crime contemporain fut son initiative consistant à dire que l'établissement de profils criminologiques est un processus essentiel dans une enquête. Il contribua aussi à la création du National Center for the Analysis of Violent Crime (« Centre national pour l'analyse des crimes de sang) du FBI, où furent élaborés des programmes d'enseignement et d'apprentissage (tels que le Violent Criminal Apprehension Program ou « Programme d'étude des crimes de sang »).

Lorsqu'il arriva à Ciudad Juárez, Ressler venait de publier *I Have Lived in the Monster* (1998) et avait été conseiller privé dans des affaires de crimes délicates au Japon, en Autriche, en Angleterre et en Afrique du Sud. Il était parti cinq jours dans ce dernier pays et avait soigneusement consigné son travail quotidien dans son agenda : étude des lieux du crime ; survol de ces lieux en hélicoptère ; étude des rapports médicaux-légaux et des expertises, des photographies, analyse des dossiers ; cours rapide aux policiers ; présentation d'un rapport écrit et conférence de presse. Au terme de ce voyage, Ressler avait pu définir un profil criminel qui permit aux autorités d'inculper Moses Sithole, accusé d'avoir assassiné 36 femmes. On attendait de lui un travail similaire à Ciudad Juárez.

Dans son ouvrage *I Have Lived in the Monster*, il écrivait : « À notre époque, la violence continue entre individus inclut des actes individuels de perversion de mineurs et des crimes, comme dans le cas du Japonais Miyazaki, mais aussi des assassinats multiples commis par des tueurs en série tels que Colin Ireland, Andréi Chikatilo, Jeffrey Dahmer ou Norman Simons. Le fait que ces actes violents se multiplient jour après jour dans le monde et gagnent en intensité est la preuve que nos sociétés entraînent des déformations de plus en plus virulentes. »

Robert K. Ressler se rendait à présent à Ciudad Juárez, une zone frontalière qu'il qualifiait de « quatrième dimension ». Mais les autorités de l'État de Chihuahua lui réservaient quelques surprises, comme par exemple la consultation partielle des dossiers des crimes concernés et la présence d'un interprète chargé de le surveiller, qui rendraient difficile le dialogue entre l'ancien agent du FBI et ses interlocuteurs.

Ressler apporta cependant tout son soutien aux autorités de l'État de Chihuahua. Le 19 juin 1998, lors d'une conférence de presse, il affirmait qu'il était à Juárez sur invitation du gouvernement de Chihuahua et du Bureau du procureur général. Selon lui, Carlos Licón et Jorge Ostos l'avaient reçu « sans le gêner dans son travail » et « s'étaient montrés très ouverts ». Il avait procédé à une reconnaissance du terrain, consulté des dossiers, parlé avec les médecins légistes. La veille, il avait dispensé un cours à 60 agents de la police judiciaire du Chihuahua. « Il les a félicités pour leurs procédés, bien meilleurs que ceux utilisés aux États-Unis », déclara son traducteur.

Contredisant les éloges précédents, Ressler raconta qu'il avait conseillé aux autorités du Chihuahua d'avoir recours au modèle de rapport criminel du Violent Criminal Apprehension Program, utilisé dans les services de police du monde entier. Ce modèle présentait des avantages méthodologiques et sur le terrain, car il impliquait un champ de 180 domaines de recherche au lieu des 60 en vigueur dans le Chihuahua.

Il ajouta que les techniques employées par les autorités de Ciudad Juárez étaient « bonnes », mais qu'il avait certaines suggestions à faire pour ce qui concernait les expertises médico-légales. Il leur conseilla aussi de comparer leurs données avec celles d'autres pays pour le même type de crimes et déplora le fait que dans 40 affaires, les corps des victimes n'aient pas été identifiés et qu'on n'ait procédé à aucune autopsie. Quand on l'interrogea sur la culpabilité de Sharif Sharif, il déclara qu'il n'était pas sûr que cet homme soit un assassin, mais que « sa personnalité et ses antécédents pénaux aux États-Unis en faisaient un suspect probable ».

Il déclara par deux fois qu'il croyait à la présence de plus d'un tueur en série à Ciudad Juárez et conseilla aux femmes de cesser de se mettre en « situation de risque ». « La plupart des victimes allaient en discothèque et rentraient tard dans la nuit ou sortaient de chez elles très tôt le matin afin de se rendre à leur travail. Il faut éduquer les gens pour faire en sorte que le père, un frère ou un ami de ces jeunes filles les attende ou les accompagne. » À la journaliste Diana Washington Valdez, du *El Paso Times*, qui citait des rapports de police où les autorités déclaraient que les victimes avaient « provoqué le meurtrier en portant des minijupes ou autres tenues vestimentaires légères », Ressler répondit : « Si vous ou moi voyons une fille en minijupe, elle nous semble séduisante. Mais le psychopathe a d'autres motivations. Ses pulsions sexuelles ne sont pas normales ; sa structure mentale et morale est différente de la nôtre. La tenue vestimentaire en soi ne provoque pas forcément un meurtre. »

Pour finir, Ressler demanda à la presse d'éviter les articles ou reportages sensationnalistes pour ne pas inciter d'autres tueurs à se lancer dans des imitations criminelles.

Après cette conférence de presse, le gouvernement du PAN fit largement usage des propos de Ressler en les déformant dans plusieurs médias : on put lire ainsi que Sharif Sharif avait commis « plus de 70 assassinats » alors qu'à l'époque, l'Égyptien attendait de passer en jugement pour un meurtre, celui d'Elizabeth Castro García.

Ressler revint à Juárez au mois de juin et rencontra Sharif Sharif à la demande de ce dernier. Il en conclut que le chimiste égyptien était « très intelligent et très créatif » et qu'il avait certainement été « dupé », reconnut-il plus tard, par les autorités de l'État de Chihuahua, qui ne s'étaient pas « comportées correctement à son égard ». Il ajoutait que selon son expérience, il envisageait la présence de trois psychopathes aux tendances sadiques à Ciudad Juárez. Deux étaient selon lui « organisés », et le troisième, « désorganisé ». D'après lui, ils n'étaient pas d'origine mexicaine mais peut-être nord-américaine. En 2002, il déclara que « le ou les assassins pouvaient être d'origine hispanique ou latino-américaine, mais qu'ils vivaient probablement à El Paso et passaient la frontière pour commettre leurs crimes ».

En 1998, Ressler lança l'idée selon laquelle les maquiladoras pourraient créer un fonds permettant de verser une récompense de un demi-million de dollars à toute personne connaissant l'identité du ou des assassins. « L'argent, ça marche toujours », disait-il. Les hypothèses les plus fréquemment avancées concernant les mobiles des meurtres de femmes à Ciudad Juárez et le profil de l'assassin étaient alors les suivantes : 1) trafic d'organes ; 2) tueur d'origine nord-américaine selon le criminologue de Ciudad Juárez Óscar Máynez ; 3) bagarres entre gangs ; 4) crimes liés à l'immigration clandestine.

La possibilité que ces crimes soient liés aux activités d'une secte ou de trafiquants d'images pornographiques violentes n'était pas écartée, mais Ressler qualifiait ces hypothèses d'« idioties d'étudiants ».

Ressler, qui a toujours estimé que son travail devait se fonder sur l'expérience, se contenta dans l'affaire de Ciudad Juárez d'examiner les enquêtes qui avaient été menées par la police locale. Il ne parlait pas l'espagnol, ne connaissait ni les rouages de la police mexicaine, ni le contexte sociopolitique de Ciudad Juárez. Après avoir examiné les conclusions de l'expert nord-américain, la féministe Esther Chávez Cano déclara : « Il n'a pas fait beaucoup avancer les choses, si ce n'est pas du tout, et a surtout exprimé des idées paternalistes. »

Habitué à raisonner en fonction de la particularité d'un crime, Ressler soulignait par ailleurs l'influence du crime organisé au Mexique et le rôle des associations de malfaiteurs (surtout liées au trafic de drogue) à Ciudad Juárez, ainsi que leur connexion avec la police et les fonctionnaires du gouvernement. Il se montra discret car il n'était que l'émissaire de la culture anglo-saxonne sur des terres dangereuses.

Quelques mois plus tôt, la sénatrice nord-américaine Dianne Feinstein avait déclaré que malgré les présomptions du Département d'État de son pays au sujet des « résultats encourageants et des progrès notoires » du Mexique dans son combat contre le trafic de drogue, le cartel de Juárez était plus puissant que jamais. Pire, il se développait de plus en plus aux États-Unis. À partir de l'information fournie par des agences nord-américaines, la sénatrice énumérait les villes où opérait Amado Carrillo Fuentes : El Paso, Houston, McAllen, Midland, Odessa et San Antonio (Texas) ; Los Angeles, San Diego, Sacramento (Californie) ; Las Vegas (Nevada) ; Chicago (Illinois) ; New York et Miami.

Pendant ce temps, les autorités de l'État de Chihuahua continuaient de faire croire au public que Ressler était venu cautionner leurs recherches qui, ainsi que l'affirmait Chávez Chávez, le procureur général, étaient aussi pointues que celles effectuées dans « le monde occidental ».

Le 28 juin 1998, alors que Robert K. Ressler allait et venait entre la Virginie et Ciudad Juárez, le corps d'une jeune fille fut retrouvé à Lote Bravo. Il fut identifié comme étant celui de Brenda Patricia Méndez Vázquez, âgée de 15 ans. Le corps portait des marques de strangulation et des traces de viol anal et vaginal. Sa famille avait déclaré sa disparition quatre jours avant qu'on découvre son cadavre. C'était la vingtième victime de l'année.

Tueurs en série, imitateurs ou assassins perpétrant leurs crimes en solitaire, organisés ou désorganisés, ces individus symbolisaient l'effet en cascade et la prédation parasitaire.

Dans la quatrième dimension, les faits commençaient à devenir confus, même pour les experts.

La petite Hollandaise

Le 20 septembre 1998, l'unité 203 de la police judiciaire de l'État de Chihuahua se rendit à l'hôtel Plaza, rue Ugarte, situé aux abords du pont international Paso del Norte, une zone de vieux immeubles, de restaurants et de bars, d'hôtels qui furent un jour des établissements luxueux pour touristes et où se développe aujourd'hui le commerce du sexe. On y respire un air de quai décadent qui peut avoir un charme désuet et hors du temps, mais c'est aussi un quartier de recoins lugubres où règnent les fantômes d'une splendeur révolue, le temps où les politiciens, les personnalités de la radio et du cinéma, les toreros et les coureurs automobiles venaient s'y divertir.

Aujourd'hui, les soirées animées du quartier rassemblent des anonymes en quête d'une dispersion qui les aide à survivre ou à assouvir des désirs illimités. Les toxicomanes, les prostituées, les groupes de fêtards, les touristes mexicains ou étrangers y abondent ainsi que les habitants de la zone, qui se caractérisent par un regard dur, une attitude complaisante, indifférente ou silencieuse face à l'argent. Ce quartier est l'arène de la violence ou son terrain de chasse.

L'unité 203 était dirigée par Joel Téllez et Antonio Conde, qui avaient sous leurs ordres les agents Ríos et Valenzuela. Tous faisaient partie de l'Unité spéciale chargée des crimes contre les femmes, dirigée par Antonio Navarrete.

Quelques heures plus tôt, l'unité 204 avait reçu un message téléphonique d'un des gérants de l'hôtel Plaza, disant qu'on avait retrouvé le cadavre d'une femme chambre 121. Il s'agissait de la Néerlandaise Hester van Nierop, âgée de 28 ans.

La police inspecta la scène du crime, fit enlever le corps et procéda à quelques relevés d'empreintes et de fibres. L'affaire fut enregistrée sous le n° 1102-20250/98. Sur d'autres documents officiels, elle apparaît aussi classée sous le n° 20520/98. Le rapport d'autopsie établit que la jeune fille est morte étranglée.

Le lendemain, l'unité 203 récupéra les affaires d'Hester van Nierop et interrogea la réceptionniste. Dans ses déclarations ultérieures, elle décrivit l'individu qui était arrivé avec la jeune fille le 19 septembre : un homme de 35 ans environ, athlétique, à la peau claire, aux cheveux châtains et ondulés, grand (un mètre soixante-seize), les yeux en amande, le nez droit. Il avait selon elle une cicatrice sur la joue droite et le visage grêlé d'acné. Il avait pris la chambre sous le nom de Roberto Flores.

Les agents commencèrent par chercher dans les archives de la police mais ne trouvèrent personne sous ce nom. Ils enquêtèrent ensuite au Norma's, un bar situé à proximité de l'hôtel Plaza, où un employé leur avait dit avoir vu l'homme en question, qui ressemblait à un catcheur, mais avait ensuite refusé de confirmer cette déclaration.

Le 23 septembre, la police fit des recherches dans d'autres hôtels du centre de Ciudad Juárez. À l'hôtel Koper, avenue Juárez, deux employés pensaient avoir déjà vu l'homme que lui décrivirent les agents. Il descendait souvent à leur hôtel et aimait occuper la chambre 21. Il y avait séjourné les 1er et 2 septembre sous le nom de Roberto et Roberto Hernández.

Selon le témoignage d'une employée de l'hôtel, cet homme était souvent accompagné de femmes et ne passait que quelques heures dans sa chambre avant de quitter les lieux. Une fois, il avait demandé au personnel de l'hôtel de lui faire crédit pour louer une suite, mais il s'était heurté à un refus.

La police se rendit dans plusieurs hôtels du quartier comme le Condesa, le San Carlos, le Sureste et le Burciaga. Personne ne reconnut le mystérieux Roberto, dont le prénom était pourtant inscrit au registre du Burciaga à la date du 19 septembre.

D'autres recherches dans les archives policières révélèrent la présence dans les registres des fiches de Roberto Flores Belmonte et Roberto Flores Reyes. Âgé de 18 ans, le premier fut écarté en tant que suspect. Le second avait 28 ans lorsqu'il avait été arrêté (il avait agressé sur le Río Bravo des travailleurs sans papiers en transit pour les États-Unis), et les policiers lui trouvèrent une certaine ressemblance avec le portrait-robot de l'homme qui avait accompagné Hester à l'hôtel Plaza. Mais il avait donné une fausse adresse à la police et demeura introuvable.

La police fit le rapprochement entre le meurtre d'Hester et celui de Perla Patricia Hernández, commis au printemps de la même année. Le corps de cette dernière avait été retrouvé dans le bungalow n° 25 du motel Fronterizo, sous le lit, comme celui de la jeune Néerlandaise. Perla Patricia avait succombé à des blessures infligées par un instrument tranchant et pointu. La dernière fois qu'on l'avait vue en vie, elle montait dans une voiture (une Mazda ou une Datsun de couleur grise immatriculée au Texas ou au Nouveau-Mexique). Les descriptions que firent les témoins de l'homme qui était avec elle correspondaient à celles qu'avaient recueillies les policiers.

Depuis octobre 1998, l'Unité spéciale chargée des crimes contre les femmes avait sollicité la collaboration de la police d'El Paso.

En janvier 1999, en réponse à une demande d'information de l'ambassadeur du Mexique aux Pays-Bas, le groupe fit le point sur les enquêtes menées jusqu'alors, qui n'avaient quasiment pas progressé depuis trois mois. Sur les instances des services diplomatiques, d'autres agents furent envoyés à l'hôtel Burciaga, après quoi les autorités adressèrent à l'ambassadeur le courrier suivant, daté du 27 janvier 1999 : « Roberto Hernández a pris pour la dernière fois une chambre dans cet hôtel le 18 janvier, à 1 heure. Selon le registre d'entrée, il était accompagné d'une femme et a quitté l'hôtel trois heures plus tard. » En d'autres termes, le suspect serait retourné sur les lieux du crime au nez et à la barbe des autorités. « Il faut mentionner que nous avons localisé un individu correspondant aux caractéristiques physiques décrites par les témoins, déclarait la police dans cette lettre. Son véhicule et son domicile ont été identifiés et placés sous surveillance afin d'observer les mouvements des habitants des lieux. Des voisins du suspect ont été interrogés et ont confirmé que l'homme est athlétique et qu'il possède une salle de gymnastique au deuxième étage de sa maison. »

L'Unité spéciale insistait sur le fait que tous les hôtels du centre de Ciudad Juárez étaient surveillés, mais taisait l'arrestation de Juan Carlos Ortiz Huerta par la police d'El Paso, qui avait eu lieu au mois d'octobre. Les autorités avaient pourtant déclaré que ce jeune homme de 25 ans était au moins responsable de l'assassinat de deux femmes en plus de celui d'Hester van Nierop. Après tant de publicité, on avait oublié Ortiz Huerta et nul ne sait si la police disposait de preuves suffisantes pour l'inculper du crime de la Néerlandaise.

En avril 1999, répondant cette fois à l'ambassade des Pays-Bas au Mexique, la police déclarait que le 24 février 1999, elle avait localisé une femme du nom de Rosa González, serveuse dans un restaurant proche de l'hôtel Plaza, qui avait servi un individu dont la description correspondait à celle de Roberto Flores. Elle précisa qu'il avait sur le bras un tatouage représentant une femme nue et qu'une de ses oreilles était déformée. Cet homme était revenu plusieurs fois au restaurant où elle travaillait et avait demandé à être servi par elle. En discutant avec lui, elle avait découvert qu'il était de nationalité nord-américaine et qu'il vivait dans une ville située à une heure de vol d'El Paso. Il lui aurait dit qu'il fuyait les États-Unis parce qu'il avait tué accidentellement un membre de sa famille. Il voulait s'installer à Ciudad Juárez et monter un restaurant. Il lui proposa d'y travailler mais la serveuse refusa car son emploi actuel lui plaisait. L'homme disait s'appeler Robert Flores, surnommé Roberto ou Beto.

La police déclara qu'après avoir recueilli ce témoignage, elle avait intensifié ses recherches avec l'aide des autorités nord-américaines, mais n'avait rien obtenu au cours des mois qui suivirent.

D'après Felipe Pando, ancien chef du département des homicides de la police locale devenu par la suite fonctionnaire de la police municipale de Ciudad Juárez, un autre suspect possible était Pedro Padilla Flores. Il avait été incarcéré en 1986 pour avoir violé et assassiné des femmes et une adolescente de 13 ans (il jetait les corps de ses victimes dans le Río Bravo). En 1991, il s'était évadé de prison et était en cavale. Toxicomane, Padilla vivait à Ciudad Juárez, dans le quartier Mariscal, lorsqu'il avait été arrêté.

Les rapports de police concernant Hester van Nierop se distinguent par leur absence de détails sur la victime : ils ne contiennent aucune description de son attitude ou de sa tenue vestimentaire quand elle est arrivée à l'hôtel. On ne sait pas grand-chose de son comportement vis-à-vis de l'homme qui l'accompagnait, à croire qu'elle n'avait jamais mis les pieds à l'hôtel Plaza avant de mourir.

Le mystère entourait sa personne.

Elle était née le 24 septembre 1970 et était morte avant de fêter ses 28 ans. Son père, Roeland Zeeger van Nierop, était propriétaire d'un magasin de luminaires et d'objets de décoration. Sa mère, Arsène van Nierop, travaillait dans la communication pour la société ICT Pink Roccade, à La Haye, d'où elle et son mari étaient originaires. Ils avaient tous deux fait des études de sociologie avant de changer d'orientation (lui était devenu architecte d'intérieur et elle s'était inscrite dans une école de stylisme). À 27 ans, Roeland avait commencé à travailler pour le père de sa femme. Hester avait une sœur, Melissa, de deux ans sa cadette, et un frère adoptif, Germán Villafane, un Péruvien qui avait cinq ans de plus qu'elle. La jeune fille était agréable, sympathique, ouverte. Elle avait été à l'école dans la banlieue de La Haye. Après le secondaire, elle était partie seule en Italie, où elle était restée six mois. Elle avait fait des études d'italien et d'histoire de l'art, parlait anglais, allemand et français. De retour d'Italie, elle s'était inscrite à une préparation au concours d'architecture et avait bouclé en un an deux années de cursus. Elle avait beaucoup d'amis, détestait la violence et adorait lire. Elle se fâchait rarement mais savait défendre ses idées. Elle s'entendait très bien avec ses parents. Les van Nierop étaient une famille très unie. Ils partaient ensemble pendant les vacances d'été, faisaient du camping et du canoë. Ils avaient visité de nombreux pays d'Europe (France, Espagne, Luxembourg, Portugal, Suède, Norvège, Turquie, Maroc).

Hester était très charismatique. Elle invitait souvent ses amis et aimait se faire des relations. Son allure juvénile lui donnait un charme particulier. Elle coupait et cousait elle-même ses vêtements, était très habile de ses mains, sculptait, peignait, jouait de la flûte avec une amie. Quand elle était en voyage, elle donnait constamment de ses nouvelles à sa famille, à qui elle envoyait des cartes postales. Hester était partie trois mois en Chine avec l'un de ses petits amis, emportant une somme d'argent plutôt maigrelette. Quand elle décida de se rendre aux États-Unis et au Mexique, elle n'avait pas de fiancé et se réjouissait à l'idée de voyager seule pendant huit mois.

Elle voulait réussir son projet de fin d'études à l'université de Delft. C'était une élève brillante et ambitieuse d'un point de vue intellectuel. Son projet concernait la réalisation d'un immeuble communautaire de cinq étages à Amsterdam, qui devait comprendre un jardin de pierres où les gens pourraient se ressourcer. Elle partait aux États-Unis dans la ferme intention d'étudier les gratte-ciel, mais comptait auparavant retrouver sa sœur Melissa, qui vivait à Playa Platanitos (Nayarit) depuis avril 1998. Après avoir travaillé six ans en Hollande, Melissa s'occupait de la protection des tortues sur la côte pacifique. Quand elles se furent retrouvées, Hester et Melissa partirent à Mexico, visitèrent Teotihuacán et les musées de la capitale. Leurs parents, qui venaient de faire un séjour à Cancún, vinrent les rejoindre. Hester était très impressionnée par les ruines et voulut découvrir avec ses parents la sierra Tarahumara et le canyon du Cuivre (Chihuahua) tandis que Melissa regagnait Nayarit. La famille visita aussi Estación Creel et les sources chaudes de la sierra. Elle passa deux nuits à l'hôtel Margarita avant d'aller à Ciudad Cuauhtémoc. Hester voulait ensuite visiter les ruines et voir la céramique de Casas Grandes, mais ses parents devaient regagner Mexico pour prendre leur avion.

Arsène et Roeland ont d'excellents souvenirs du Mexique, mais avaient été surpris par la présence de nombreux policiers dans les rues de la capitale, qu'ils préféraient éviter de nuit.

Hester, qui mesurait un mètre cinquante-cinq, était petite et jolie. Mince, elle avait de longs cheveux blond foncé et pesait 50 kilos. Elle était spontanée, pleine de santé et séduisante. Le premier jour de son séjour au Mexique avait mal commencé car elle avait perdu ses papiers d'identité et son sac à main. L'ambassade des Pays-Bas lui avait fourni des documents provisoires. Hester croyait que Ciudad Juárez était le meilleur endroit pour traverser la frontière. Elle ne savait rien de particulier sur cette ville. Quelques semaines plus tôt, elle avait visité Tijuana (Basse-Californie), qui lui avait paru désagréable, sous tension, angoissante. Voulant éviter cette ville, elle avait choisi Ciudad Juárez sans savoir qu'elle allait y creuser sa tombe.

Arsène et Roeland van Nierop prirent congé de leur fille à Cuauhtémoc le jeudi 17 septembre, à 13 h 30. Hester comptait se rendre à Casas Grandes le vendredi, y passer la nuit et gagner la frontière nord-américaine le samedi par Ciudad Juárez. Elle était enthousiaste.

Le lundi suivant, ses parents rentrèrent à La Haye. Le mardi soir, ils racontèrent leur voyage à leur fils adoptif Germán, qui alla se coucher peu après. À minuit, Arsène et Roeland reçurent un appel téléphonique de la police néerlandaise leur apprenant que leur fille avait été assassinée au Mexique et les engageant à se mettre en contact avec l'ambassade des Pays-Bas dans ce pays. Constatant que personne ne répondait à ce numéro, Arsène obtint celui de la police de Ciudad Juárez. On lui expliqua que le corps de sa fille avait été retrouvé nu sous le lit d'une chambre d'hôtel, une serviette éponge autour de la taille. Une femme de ménage l'avait découvert le dimanche 20 septembre. La mort remontait à la veille.

Arsène et Roeland van Nierop reçurent par la valise diplomatique un rapport officiel sur le meurtre de leur fille ainsi qu'une copie du rapport d'autopsie, mais le langage de la bureaucratie mexicaine était pratiquement impossible à traduire. Les informations étaient mal rédigées, confuses et contradictoires.

Les autorités néerlandaises conseillèrent à la famille d'éviter tout contact avec les autorités de l'État de Chihuahua. Les affaires d'Hester avaient été égarées ; le ministère public ne remit à la famille que son sac à main, qui contenait ses lunettes, un carnet, un livre en anglais. On lui rendit également son passeport et son permis de conduire. Ces derniers étaient sales, tachés de boue comme s'ils avaient séjourné dans une poubelle. On ne renvoya jamais aux parents d'Hester son sac à dos et ses vêtements (en particulier une robe noire qu'elle adorait, des diapositives et des copies de ses travaux d'architecture, qu'elle tenait à emporter aux États-Unis pour des raisons professionnelles, son appareil photo Pentax, son baladeur, ses disques compacts et ses chèques de voyage).

L'ambassade des Pays-Bas aux États-Unis fit rapatrier le corps, qui arriva à La Haye neuf jours après la mort de la jeune femme. Le manque de soin des services funéraires mexicains ne permit pas aux parents de voir le corps de leur fille une dernière fois. Son frère Germán fit un faire-part sur lequel s'étalait en photo toute la vie d'Hester. Plus de 500 personnes assistèrent à la cérémonie funèbre. Certains de ses amis reçurent des cartes postales qu'elle leur avait envoyées avant de mourir.

Quelques jours plus tard, Arsène van Nierop rêva de sa fille. Elle lui disait qu'elle allait bien, qu'elle ne devait pas se faire de souci pour elle. Dans un autre rêve, la famille passait une journée en plein air à côté du Mur de Berlin. Tous étaient conscients qu'Hester était morte, mais ils étaient à nouveau réunis. Hester devait passer de l'autre côté du Mur, mais Arsène lui proposait d'attendre quelques jours. Hester lui souriait, radieuse, avant de franchir le Mur derrière lequel elle disparaissait. Pour Hester van

Nierop, la frontière entre les États-Unis et le Mexique avait été un billet sans retour.

On n'apprit rien de plus sur son meurtrier, qui reste un portrait-robot aux traits flous sur une feuille de papier.

UNE INFINITÉ DE MORTES

« Avis de recherche. Toute personne ayant des renseignements est priée de nous contacter. »

Quand quelqu'un disparaît, le processus de deuil commence dès qu'on imprime les avis de recherche qui laissent présager le pire et marquent le début de l'hésitation entre l'espoir et la crainte de la mort.

Sur ces simples feuilles volantes, les visages miméographiés ou photocopiés sont difficiles à distinguer. En général, il s'agit d'enfants ou d'adolescents dont les traits luttent pour échapper à l'encre trop forte ou trop claire. Leurs caractéristiques physiques deviennent bien souvent des taches, les noms se confondent ou se superposent.

En principe, chaque avis de recherche insiste sur l'âge, le teint, la taille, la couleur des yeux, un trait aussi distinctif qu'une cicatrice ou une invalidité lorsque celle-ci existe. La vie d'un être est ainsi résumée en une dizaine de lignes typographiées ou manuscrites.

Pour les membres des familles comme pour les inconnus qui lisent ces avis dans la rue, l'image de ces disparus bien souvent perdus à jamais est au cœur d'une intrigue hostile : celle d'une foule en mouvement dans une zone frontalière, un pays, une terre, une ville.

Disparaître équivaut à rester en suspens dans le temps qui mène aux limbes, le terrain où les illusions sont confrontées à la violence, où l'exploitation détruit l'identité d'origine pour en construire une nouvelle, une géographie éthérée et mouvante d'où l'on ne revient jamais mais qui n'apporte aucune certitude quant à la mort et ne permet pas de faire son deuil ou même de souffrir pour une raison déterminée. Les barrières de la fatalité, de la providence l'entourent, si ce n'est la main de Dieu, précipitant la vie dans le néant.

Les avis de recherche sont devenus une métaphore de la vie urbaine presque toujours identique dans le monde entier. Avant, on se perdait sur un sentier, en mer, à la montagne, dans le désert... Aujourd'hui, on se perd dans les villes qui apparaissent comme des océans, des sommets en altitude ou des latitudes désertiques. On se perd sur les routes, dans les banlieues, les décharges, les terrains vagues, les coins de rue au cœur des villes, les mansardes, les quartiers où l'on pratique la prostitution, les lieux de divertissement où se retrouvent les jeunes, les ponts qui relient deux pays.

Les pas d'une personne disparue sont comme l'encre sympathique : ils ne se révéleront qu'à ceux qui connaissent les règles du jeu. Dans les villes et particulièrement dans les zones frontalières, il faut faire si attention à soi qu'il est à peine possible de regarder ce qui se passe autour.

À Ciudad Juárez, les avis de recherche sont placardés sur les poteaux en face de la clinique de la Sécurité sociale, dans les gares routières de banlieue, à l'entrée des supermarchés, à la porte des lieux de culte, dans les commissariats, sur les autobus, à l'aéroport, sur les murs à côté des commerces ou des restaurants bon marché.

Quelques semaines ou quelques jours après qu'on les a collés, ces bouteilles à la mer représentatives des tourments contemporains, ces ex-voto placardés dans l'attente d'un vague miracle ou ces papiers éparpillés dans le vent sont recouverts de nouveaux avis qui seront à leur tour remplacés par d'autres dans une succession spectrale de visages, de caractéristiques physiques, de taches indiscernables.

Pour les proches des victimes de Ciudad Juárez, la disparition et la mort d'un être aimé mettent en lumière l'insensibilité avec laquelle la police traite chaque affaire. Malgré les dépôts de plaintes immédiats, les autorités restent inactives. Elles s'en tiennent à la règle qui consiste à laisser passer quelques jours ou se montrent agressives en affirmant que les jeunes femmes disparues menaient une double vie, se prostituaient, aimaient faire la fête ou ont fugué avec un ami. L'inaction de la police profite aux meurtriers.

Au début du printemps 1999, quatre viols furent enregistrés (deux des victimes n'avaient que 9 ans). On retrouva aussi le corps d'une jeune fille âgée de 18 ans, svelte, avec de longs cheveux. Elle avait été dénudée, étranglée, violée, puis on avait tenté de l'incinérer en la plaçant au milieu de pneus. Le 21 mars, une autre jeune femme fut portée disparue.

Quatre jours plus tôt, à Mexico, un groupe de députées fédérales avait exigé que le ministère de l'Intérieur intervienne afin d'élucider les crimes contre les femmes à Ciudad Juárez. Jesús Murillo Karam, sous-secrétaire à la Sécurité publique, avait accepté de s'engager sur ce point.

Mais l'horreur se renouvela à Ciudad Juárez : le 18 mars, les autorités avaient révélé que la jeune Nancy Villalba González, âgée de 13 ans, ouvrière de la maquiladora Motores Generales, avait été enlevée par l'homme qui remplaçait le chauffeur de l'autobus assurant le transport des employés. Cet individu l'avait conduite dans les environs de Granjas Santa Elena, au kilomètre 17 de la route menant à Casas Grandes, où l'on avait déjà découvert une dizaine de corps. Là, il avait dénudé, violé et étranglé l'adolescente, qu'il avait laissée pour morte.

Mais Nancy Villalba González survécut à l'agression. Elle parcourut des kilomètres et atteignit un groupe de maisons. Elle dénonça le chauffeur qu'elle identifia comme étant Jesús Manuel Guardado Márquez, âgé de 25 ans. La police déclara qu'il s'agissait d'un ancien agent de la police judiciaire de l'État de Chihuahua, avant de se rétracter.

Des rumeurs qui circulaient dans les couloirs des services de police disaient que le suspect, surnommé El Tolteca, El Chacal ou Dracula, fut arrêté par hasard à Durango à la fin du mois de mars. On l'accusa immédiatement de sept meurtres et de la tentative de meurtre de Nancy.

Début avril 1999, les autorités firent le rapprochement entre Guardado Márquez, qui reconnaissait être un violeur mais pas un assassin, et un gang dont deux de ses frères étaient membres selon la police municipale. Mais le plus insensé est qu'on accusait Abdel Latif Sharif Sharif de diriger ce gang depuis sa cellule. L'arrestation de Jesús Manuel Guardado Márquez fit beaucoup de bruit et constituait sans doute la réponse du gouvernement local au sous-secrétaire d'État Murillo Karam face aux députées. Ce dernier leur avait en effet promis de mettre en place une « stratégie d'enquête en une semaine ». Les résultats ne s'étaient pas fait attendre.

Patricio Martínez, gouverneur de l'État de Chihuahua, avait offert au mois de février de la même année une prime de 5 000 dollars à qui fournirait des renseignements sur les crimes contre les femmes. Il déclara à la presse que « l'arrestation de la bande des Choferes mettait un terme à un cauchemar qui était un véritable bain de sang ». Triomphal, il s'adressait surtout à « l'industrie internationale » de la sous-traitance. « Ciudad Juárez retrouve la paix et laisse derrière elle des jours d'angoisse. Les graves problèmes d'insécurité qu'a connus cette ville dans les années précédentes sont enfin terminés. » Tel était le discours d'un gouverneur soucieux de commencer une nouvelle ère en se contentant de faire des déclarations. La réalité ne tarderait pas à démentir ses affirmations.

Le secrétaire du gouvernement et d'autres fonctionnaires affichèrent les mêmes positions afin de s'attirer les bonnes grâces de la presse. Tous firent des déclarations optimistes et contradictoires qui ne tenaient pas compte du secret de l'instruction.

Esther Chávez Cano, du Groupe 8 de Marzo, exprima ses doutes quant aux annonces des autorités. Elle insistait sur le fait que la violence exercée contre les femmes était la conséquence de lacunes dans l'éducation tant des délinquants que des policiers. Elle rappelait que pour des raisons politiques ou électorales, le gouvernement précédent de l'État de Chihuahua, dominé par le PAN, avait « menti, manipulé et caché les chiffres des disparues » pendant que les enquêtes étaient en cours. À présent, le gouvernement du PRI semblait se comporter de la même manière.

Concernant les arrestations du mois d'avril 1999, Esther Chávez Cano se montrait sceptique, disait que cela ne changeait rien à la situation et que les crimes se poursuivraient exactement comme après l'arrestation des Rebeldes. « Nous pensions que tout était réglé, mais nous avons constaté par la suite qu'il n'en était rien. »

Elle ajoutait que les crimes n'avaient pas cessé depuis début 1993. En 1999, ils s'élevaient à 200 d'après les chiffres avancés par les associations de femmes. Le mode opératoire changeait, la mort étant causée par strangulation, coups, ligotage, mutilations, supplices, coupures, incinération.

Le 21 janvier 1999, le Collège national de criminologie annonça qu'il aiderait les autorités de l'État de Chihuahua dans ses enquêtes sur les meurtres de femmes. Peu après, des porte-parole de cet organisme déclarèrent à la presse qu'ils avaient renoncé à ce soutien parce que les services de police de Ciudad Juárez ne les y avaient pas encouragés.

En février, le procureur spécial Suly Ponce affirma que sur 184 homicides enregistrés par le Bureau du procureur général de l'État de Chihuahua, 24 avaient été commis par le même assassin et qu'il y avait des « imitateurs ».

Le 3 mars, les autorités déclarèrent pouvoir compter sur le soutien de plusieurs experts du FBI. Quelques jours plus tard, elles annoncèrent que le FBI avait estimé que la plupart des crimes étaient sans rapport les uns les autres. Le 24 avril, le bureau du FBI d'El Paso démentit les affirmations de Suly Ponce, notamment celle où elle prétendait qu'Abdel Latif Sharif Sharif était un « psychopathe ».

Les crimes contre les femmes à Ciudad Juárez attirèrent d'autres experts, comme le professeur Candice Skrapec, de l'université de Fresno (Californie), qui arriva avec un groupe de criminologues au début du mois de juin 1999 afin de séjourner deux mois dans la ville.

Les homicides de femmes impliquaient une fureur misogyne. Du fait de l'incompétence des services de police et judiciaires, l'affaire, qui ne concernait jusqu'alors que des crimes sporadiques, était devenu un fléau collectif à cause de l'effet en cascade de prédateurs tapis dans l'ombre, attendant pour tuer de manière discontinue, mais efficace. Les environs de Ciudad Juárez étaient devenus le territoire de la mort suburbaine.

Du début de l'année à fin mars 1999, la police judiciaire de l'État de Chihuahua avait enregistré 85 disparitions et reconnaissait que 22 étaient sur le point d'être résolues. Dans la plupart des cas, les autorités disaient que les disparitions étaient liées à des conflits familiaux ou à des escapades amoureuses. Le fait de banaliser ces affaires servait à couvrir et à favoriser les crimes. Les services de police condamnaient d'avance et affichaient une attitude méprisante envers les femmes.

Amparo Tejo, journaliste à *Reforma*, a recueilli à l'époque une série de témoignages d'ouvrières de l'industrie maquiladora sur la violence quotidienne : « Victoria fait partie des nombreuses femmes qui, à l'aube, vont à l'usine. Elle ignore que si elle possédait un sifflet, elle pourrait donner l'alerte en cas de danger, et elle ne pense pas qu'on viendrait lui porter secours si elle appelait. Elle parcourt quotidiennement trois cents mètres en solitaire pour se rendre à son travail. Par instinct de survie, elle marche dans le sens contraire à celui de la circulation. »

D'après la journaliste, la maquiladora pour laquelle travaille Victoria ne dispose d'aucun moyen pour éviter une éventuelle agression. Seules les ouvrières qui travaillent de nuit peuvent bénéficier d'un transport.

« Il y a trois jours, un garçon a mordu et frappé Queta. Une de mes collègues s'est fait voler son sac », déclare Victoria, qui vit depuis cinq ans avec Artemia, dans la Colonia El Mirador, un quartier d'ouvrières. Sur leur trajet quotidien se trouvent cinq écoles, et la jeune femme se souvient qu'une de ses collègues s'est fait voler son sac par un garçon qui allait aux cours du soir. Dans son récit, la violence est omniprésente. « Hier soir, j'ai vu un contrôleur qui fait le trajet jusqu'à Mirador, le même que celui qu'effectuait El Tolteca. Il disait à une fille qu'il voulait servir à l'église et essayait de la séduire. » « Je l'ai vu. Cet homme est le diable ! » dit Artemia en écarquillant ses yeux marron clair.

Cependant, les ouvrières reconnaissent que malgré leur peur constante, elles aiment vivre à Juárez. « Quand quelqu'un frappe à leur porte, elles sont pétrifiées et se regardent sans bouger », écrit Amparo Trejo. « Il y a trois mois, au premier étage (inoccupé) de la maison qu'elles louent, des *cholos* qui portaient les vêtements noirs et amples qui les caractérisent, ont fait du bruit jusqu'à l'aube. Quand elles sont sorties, elles ont découvert que leur maison était couverte de graffitis noirs. « Nous pensions nous acheter un pistolet, mais nous savons que ce ne sera pas suffisant en cas d'agression. » Victoria et Artemia payent un loyer de 500 pesos par mois sans avoir la garantie d'être tranquilles chez elles. « Beaucoup de mes amies ont choisi de vivre avec une femme car tous leurs compagnons les ont quittées », confie Victoria à la journaliste. « Victoria a été orpheline à 14 ans et a dû élever seule ses cinq sœurs cadettes. Pour subvenir aux besoins de sa famille, elle est partie à Juárez et a vécu dans un foyer. Quand elle a rencontré Artemia, elles sont devenues inséparables. » « Nous aimerions aller travailler un moment dans le Nebraska, déclarent-elles à Amparo Trejo. On nous a dit qu'il y avait beaucoup de travail là-bas, mais ensuite, nous voudrions revenir ici. »

Elles envoient constamment de l'argent dans leurs familles, restées à Durango et à Torreón, et espèrent pouvoir bientôt investir 1 000 dollars dans une voiture. Deux ans plus tôt, elles fréquentaient la Madelón, une discothèque pour homosexuels située dans le centre de Ciudad Juárez, mais elles ont cessé de s'y rendre régulièrement. « Pourquoi sortir ? se demande Victoria. Tu t'achètes un ticket de bus pour te faire tuer parce qu'il arrive qu'on tire sur les bus de nuit, dans lesquels il y a parfois des enfants. » « Il y a trois ans, nous allions danser, explique Artemia. Aujourd'hui, nous préférons aller au cinéma ou nous promener. Nous ne mettons plus les pieds dans le centre de la ville depuis que les meurtres de femmes ont commencé. Nous n'allons qu'à des fêtes privées. »

À Ciudad Juárez, la survie est un cadeau suprême.

Depuis qu'en 1995, les homicides de femmes de Ciudad Juárez avaient éveillé l'attention de la presse nationale et internationale, les journalistes interviewaient fréquemment Irma Pérez, dont la fille, Olga Alicia Carrillo Pérez, militante du PAN, avait été assassinée le 9 septembre. Ses restes avaient été retrouvés éparpillés dans un rayon de 60 mètres, 3 kilomètres à l'ouest du marché local. Son chemisier était déchiré. Elle avait été identifiée grâce à ses vêtements et à une analyse odontologique.

Sa mère s'obstina à obtenir des entretiens avec les services de police, à faire des déclarations à la presse, à rassembler les proches d'autres victimes ou à établir des contacts avec d'autres associations de femmes.

Quatre ans après la disparition de sa fille, elle traquait toujours les autorités et invitait chacun à « venir discuter avec les jeunes filles du groupe ». Le samedi, en milieu d'après-midi, Voces sin Eco (« Voix sans Écho »), la petite association qu'elle avait créée, se réunissait chez elle. Elle se composait de mères, de tantes et d'autres membres de familles qui avaient perdu des fillettes ou des adolescentes.

Irma Pérez habite la Colonia Bellavista, un petit quartier de maisons de plain-pied situé entre deux avenues où le trafic est dense. Les rues portent des noms de métaux aux résonances fantastiques dans cette zone ouvrière qui a bénéficié des années plus tôt d'une politique d'urbanisation efficace.

Irma habite rue Oro (rue de l'Or), dans une maison conçue pour deux ou trois personnes. Elle vit depuis des dizaines d'années à la frontière et a toujours refusé de passer « de l'autre côté », où elle a pourtant de la famille. Elle gagne sa vie en vendant des hot-dogs devant chez elle.

La pièce principale est meublée simplement. Une photo colorisée d'Olga Alicia en première communiante est punaisée au mur.

Les nappes et les rideaux donnent une impression sépulcrale mais somme toute chaleureuse.

Vêtue d'un pantalon de survêtement et d'un T-shirt, Irma invite les jeunes femmes à s'exprimer. Guillermina González Flores (22 ans) est une jeune fille menue et jolie qui travaille à l'usine où était employée sa sœur, María Sagrario, disparue le 16 avril 1998 et retrouvée morte le 29 avril. Elle se plaint de l'indifférence des autorités et de la société, et déplore que les enquêtes n'aboutissent pas.

Le groupe Voces sin Eco a été créé par sept familles de victimes, qui se sont ensuite mises en contact avec d'autres familles ayant connu un drame similaire. Guillermina González Flores ajoute que les proches des victimes sont fatigués et ont peur. Les services de police ont perdu toute crédibilité à leurs yeux car « lorsqu'on signale une disparition, aucune recherche n'est effectuée ». Quand des corps sont découverts, la police « croit faire son travail en se contentant de les remettre aux familles, mais elles n'agissent pas quand cela s'avère nécessaire ».

Guillermina rappelle que sa sœur, âgée de 17 ans, a disparu à 15 heures après avoir terminé son service. Les membres de sa famille l'ont aussitôt cherchée dans les hôpitaux et les cliniques avant d'aller signaler sa disparition au commissariat, où on leur a demandé si elle était sortie avec son fiancé ou des amies. Les agents leur ont même dit qu'elle allait bientôt rentrer. Quatorze jours plus tard, on retrouvait son corps. Elle avait été poignardée et étranglée. « Ils ne lèvent pas le petit doigt alors que dans les vingt-quatre heures qui suivent une disparition, il est encore temps d'agir », conclut la jeune fille. Elle met également en cause le fait que la police n'ouvre une enquête qu'à compter du moment où le corps de la victime a été retrouvé, puis cherche ensuite des suspects au sein même des familles alors que le véritable criminel est toujours en liberté. Guillermina González Flores raconte que quand sa famille a décidé de quitter Durango pour s'installer à Ciudad Juárez, elle connaissait le fort taux de criminalité de cette ville et était inquiète car chez elle, les femmes sont majoritaires.

Ses yeux noirs se posent çà et là ; elle cherche les mots justes : « En arrivant, nous nous sommes rendu compte que les autorités et les gens disaient que les femmes se faisaient tuer parce qu'elles tentaient le diable. De telles affirmations sont fausses. Pas seulement dans le cas de ma sœur, mais de celui de toutes les victimes. » Et elle ajoute que le fait de mener une double vie ne justifie pas qu'on se fasse assassiner. « Quand ils trouvent un corps, avant même de savoir le nom de la morte, les services de police décrètent qu'il s'agit d'une prostituée. C'est toujours l'explication qu'ils donnent. »

En septembre 1998, dans les dernières années du mandat de gouverneur de Francisco Barrio Terrazas, Voces sin Eco a organisé une manifestation. Quand le nouveau gouvernement de l'État de Chihuahua a été constitué, l'association a décidé de coopérer avec les autorités afin d'attirer davantage l'attention du public, au risque d'être manipulée par la propagande officielle.

Voces sin Eco se proposait de mettre sur pied un réseau de communication visant à informer préventivement la jeunesse et faire en sorte que les familles qui signalaient une disparition obtiennent une réponse immédiate de la part des autorités. Désireuse de faire bouger les choses et d'élucider le crime de sa sœur (dont avait été accusé Guardado Márquez, puis la police s'était rétractée et avait reconnu qu'il était peu probable qu'il ait croisé la route de la victime), Guillermina González Flores est enthousiasmée par ce projet.

Irma Pérez espère que les membres de son association ne baisseront pas les bras. Elle s'exprime sans élever le ton, accueillant les participantes et s'inquiétant des absentes. Elle a l'air heureuse d'avoir rassemblé une nouvelle famille autour d'elle.

À Ciudad Juárez, la vie tient à un fil qui peut se briser lors d'un simple déplacement ou disparaître dans l'anonymat. En 1999, on comptait 350 délits par jour, dont 80 % n'étaient jamais déclarés à la police car les gens estimaient cette mesure inutile. Ce mal ravageait le pays tout entier.

Dans *Criminalidad y mal gobierno* (« Criminalité et mauvais gouvernement »), Rafael Ruiz Harrel écrit que dans la première moitié des années 1990, le taux moyen d'impunité dans la ville de Mexico s'élevait à 96,2 % pour 1 000 délits, résolus dans 38 % des cas. « L'efficacité de nos services de police, déclarait le criminologue, laisse franchement à désirer. Alors que nous résolvons 2,58 % des affaires criminelles, ce pourcentage s'élève à 15,96 % à Rio de Janeiro et à 31,4 % à Londres, ce qui signifie qu'à Rio, on résout 618 affaires contre 100 à Mexico, 713 à New York, 900 à Madrid et 1 216 à Londres. »

À Ciudad Juárez, les gens perdent leur identité et leur visage dans la spirale de la délinquance, bien qu'ils aient un corps et un esprit autonomes. Cela est valable pour les victimes comme pour les bourreaux. Leur existence se déroule dans le flou et le mouvement. Nombreuses sont les femmes qui trouvent la mort en attendant l'autobus ou ont été vues pour la dernière fois alors qu'un véhicule circulait dans les parages. La disposition de leurs chaussures et de leur corps laisse libre cours à toutes sortes de fantasmes qui font d'elles des êtres consommables à merci ou des fétiches. La mort surgit de manière aussi hasardeuse qu'une voiture. Le malheur s'abat sur elles rapidement et sauvagement. L'âpreté du désert est étroitement liée à la barbarie de l'asphalte.

Pour améliorer ce sombre tableau (surtout pour les travailleuses), Esther Chávez Cano attendait beaucoup des mesures de prévention et, surtout, comptait sur la participation des maquiladoras, « qui ont assez d'argent pour protéger leurs employées, mais refusent de prendre leurs responsabilités ».

Dans le cas de Nancy Villalba González, les responsables de l'usine où la jeune fille travaillait s'étaient montrés gênés car elle avait falsifié son acte de naissance afin d'être embauchée. « En tout cas, elle a été violée et criblée de coups, concluait Esther Chávez Cano, révoltée. L'un des apports du célèbre *profiler* Robert K. Ressler a été de nous dire que les meurtres de femmes se poursuivraient car elles sont laissées sans protection. » Et d'ajouter, après avoir constaté que les quartiers où vivent les ouvrières ne sont pas surveillés, que si le gouvernement veut mettre un terme à la violence, « il doit un peu laisser la politique de côté et infiltrer par exemple des agents dans les maquiladoras ou les autobus ». Esther Chávez Cano est une femme mûre, ironique et intelligente. Elle a quitté Mexico quelques années plus tôt pour travailler dans les services administratifs d'une entreprise frontalière. Elle déplore que les dirigeants de l'un ou l'autre parti adoptent des mesures de nature politique plutôt que de s'intéresser à la police ou aux services judiciaires. Si les membres du PAN ne l'ont pas « écoutée », ils l'ont « du moins entendue », alors que le gouvernement formé par le PRI, « répressif et mafieux », a cherché à faire taire les réclamations des associations, à les diviser, à minimiser ou à réduire leurs efforts à néant. « Ils ont réussi à nous faire taire, mais d'autres associations seront créées, précise-t-elle. Entre-temps, d'autres femmes seront tuées. »

Également directrice du Centre de crise Casa Amiga, créé en février 1999 pour soutenir les victimes de viols ou de violences familiales, Esther Chávez Cano reconnaît que plus que des spécialisations ou des rapports, des mesures pratiques doivent être adoptées par la police. « Il faut non seulement former les gens sur des aspects techniques, mais également leur inculquer le respect de la femme. Cela les aidera à éviter d'avoir des attitudes machos et des préjugés qui freinent l'application de la loi et de la justice. »

Pour Esther Chávez Cano, la négligence des autorités est due à un double inconvénient : les victimes sont du sexe féminin et pauvres.

Quelque temps plus tard, les différentes associations affichaient des désaccords et une méfiance internes. Voces sin Eco se plaignit d'avoir été manipulé politiquement par d'autres organismes, dont le Groupe 8 de Marzo. Esther Chávez Cano attribuait cette situation au climat malsain fomenté par les autorités. Découragée, l'association Voces sin Eco annonça sa dissolution le 9 juillet 2001.

Presque quatre ans après la découverte du corps identifié comme étant celui d'Elizabeth Castro García, le 3 mars 1999, le juge Armando Jiménez Santoyo annonça qu'Abdel Latif Sharif Sharif (alors âgé de 52 ans) était condamné à trente ans de prison pour ce meurtre.

L'accusé et son avocate, Irene Blanco, considéraient cette condamnation aberrante. Irene Blanco, une femme de caractère, déclara en mai 1999 que le juge lui avait confié dans une conversation privée que la sentence prononcée contre Sharif Sharif n'était pas fondée et qu'il n'existait aucune preuve sérieuse justifiant qu'il soit incarcéré si longtemps. Le juge ajouta qu'il ne disposait pas d'éléments suffisants pour inculper l'Égyptien. Puis le verdict était tombé. L'avocate affirmait que le juge lui avait dit qu'il craignait que l'opinion publique lui « tombe dessus » s'il prononçait une sentence absolutoire car, « pendant trois ans, le régime de Francisco Barrio Terrazas avait présenté Sharif Sharif comme un monstre ».

Lorsqu'il fut emprisonné pour la première fois, Sharif Sharif était accusé d'enlèvement, de coups et blessures et de viol. Les deux premiers chefs d'inculpation avaient rapidement été retirés. L'année suivante, le juge avait prononcé une sentence absolutoire concernant le viol. Pendant trois ans, les autorités s'étaient acharnées à rendre l'Égyptien responsable de 149 délits (qui allaient de l'association de malfaiteurs au viol en passant par l'inhumation et l'exhumation de cadavres), mais le juge en charge du dossier avait prononcé un non-lieu en seconde instance.

Lorsque Sharif Sharif obtint enfin sa mise en liberté, on l'arrêta pour le meurtre d'Elizabeth Castro García. Irene Blanco affirma que pour le condamner, on s'était fondé sur les déclarations du gang des Rebeldes. « Lors des procès précédents, il avait pourtant été établi que l'Égyptien n'avait jamais été en contact avec les membres du gang, poursuivait l'avocate. Le juge a utilisé des déclarations que ces derniers avaient faites lors d'interrogatoires auxquels mon client et moi-même n'avions pas assisté. Il n'avait donc pas d'avocat pour le représenter, ce qui est contraire à la Constitution. » À un moment donné, on a demandé aux témoins à charge d'étayer leurs déclarations, mais ceux qui accusaient directement Sharif Sharif avaient disparu après avoir donné de fausses adresses. Selon Irene Blanco, ces accusations ont été inventées de toutes pièces par le Bureau du procureur général de l'État de

Chihuahua, à l'époque où Francisco Molina Ruiz, puis Arturo Chávez Chávez, étaient procureurs généraux.

Les autorités dépendant du gouvernement suivant avaient repris l'affaire sans rien modifier : « Dans certains rapports, déclare Irene Blanco, Sharif Sharif a été vu dans trois bars le même jour, à la même heure, portant des tenues différentes. »

L'avocate de l'Égyptien précisait que son client n'avait jamais eu aucun rapport avec les Rebeldes, dont les membres ne se connaissaient du reste pas entre eux : « Ce gang est une invention. En outre, les caractéristiques physionomiques d'Elizabeth Castro García et celles du corps identifié comme étant le sien présentent d'énormes différences. »

L'avocate ajoutait qu'en plus d'avoir interjeté appel de cette décision en seconde instance, elle avait déposé plainte devant la Commission nationale des droits de l'homme en Égypte et au Mexique. Elle était persuadée que le fait que Sharif Sharif ait été étranger, qu'il n'ait ni amis, ni membres de sa famille au Mexique, avait influencé la décision du juge. Elle reconnaissait que les antécédents de l'Égyptien aux États-Unis avaient contribué à ternir son image, mais que ces délits étaient considérés comme « mineurs ».

Selon elle, Sharif Sharif avait été arrêté lorsque « la psychose liée aux meurtres de femmes à Ciudad Juárez atteignait son point culminant ». Le gouverneur Barrio Terrazas avait déclaré que l'Égyptien avait des complices d'origine mexicaine vivant aux États-Unis, mais il s'était corrigé au bout de quelques jours : « Les coupables sont un Nigérian et un cousin égyptien d'Abdel Latif Sharif Sharif. » Deux semaines plus tard, les services de police organisaient une rafle et arrêtaient une centaine de jeunes, dont une dizaine fut mise en garde à vue sur ordre ministériel, en affirmant que cela était le résultat de « huit mois de recherches ». Pourquoi toutes ces versions ne se recoupaient-elles pas ?

Cette enquête allait dans le sens de la propagande dénigrante déployée dans les médias.

Depuis l'arrestation de Sharif Sharif, en 1995, jusqu'en 1999, 80 femmes furent assassinées. Irene Blanco supposait qu'on « faisait porter le chapeau à Sharif Sharif parce que Jesús Manuel Guardado Márquez, alias El Tolteca, était emprisonné ». Le temps allait lui donner raison. Elle trouvait insensé de présenter son client comme étant le chef du gang des Rebeldes qui, au dire des autorités de l'État de Chihuahua, avait commis 20 meurtres. Toutes ces accusations avaient été portées contre Sharif Sharif afin de le condamner à trente ans de prison et de conclure à la « résolution » de l'affaire des meurtres de femmes, faisant ainsi taire les réclamations nationales et internationales. Après une instruction « fantasque où l'on avait influencé les témoins », on couvrait les véritables coupables, à savoir les trafiquants de drogue et les policiers de Ciudad Juárez.

Le 2 avril 1999, lors d'une conférence de presse, Sharif Sharif disait : « J'ai la sensation de revoir toujours le même film où l'on m'accuse d'avoir participé à des crimes avec les membres du gang des Rebeldes. »

Trois jours plus tard, pour l'empêcher de faire d'autres déclarations, les autorités transférèrent l'Égyptien de la prison de Ciudad Juárez à celle de Chihuahua, dans un quartier de haute sécurité. On lui confisqua ses notes et ses analyses concernant les mortes de Juárez. Désormais, il serait privé de toute communication.

La loi s'appliquait étrangement.

En juin 1999, le Bureau du procureur général de l'État de Chihuahua accusa des députés fédéraux du PAN et du PRD (Parti de la révolution démocratique) d'avoir politisé les crimes contre les femmes à Juárez.

Pendant l'été, la recherche et l'arrestation de Rafael Reséndez Ramírez (connu aussi sous le nom d'Ángel Maturino Reséndez), surnommé « le tueur en série du train », firent croire à beaucoup qu'il pouvait également s'agir du meurtrier de Ciudad Juárez. Mais les services de police mexicains et nord-américains écartèrent cette hypothèse (bien que certains experts aient conseillé d'exploiter cette piste).

Le 23 juillet 1999, Asma Jahangir, rapporteuse spéciale des Nations unies sur les exécutions extrajudiciaires, sommaires ou arbitraires, se rendit à Ciudad Juárez et eut un entretien avec l'Unité spéciale chargée des crimes contre les femmes et les porte-parole d'associations locales pour la défense de ces dernières. Elle se promit d'étudier l'affaire des homicides dans cette ville et estima que l'injustice et l'impunité sélective étaient une affaire politique au Mexique.

Quelques jours plus tard, le FBI déclarait que le cartel de Juárez était trois fois plus puissant qu'auparavant.

Le 4 octobre 1999, lors du forum Sepultadas en la frontera (« Ensevelies à la frontière »), organisé à Las Cruces par l'université du Nouveau-Mexique, Javier Benavides, chargé de la sécurité publique de la ville de Ciudad Juárez, demanda aux associations locales de cesser de « magnifier » les crimes contre les femmes.

Sacrifier des femmes reflète un désir de gloire qui se veut clandestin et anonyme, la réalisation de fantasmes sanglants sur un territoire dominé chaque jour davantage par la peur, où les femmes émergent afin de construire elles-mêmes leur propre vie. Les femmes assassinées apparaissent comme l'emblème de la Mexicaine vivant à l'intérieur des terres : jeune, brune, persévérante.

Dans cette zone frontalière, sans doute la plus mexicaine du Nord de par son folklore et ses coutumes, la haine des origines est très forte. Beaucoup cherchent à faire le grand saut pour échapper à leur ombre dans le souci de parvenir à une régénération perverse et destructrice.

Les crimes contre les femmes, qu'ils soient des meurtres en série ou isolés, commis par un ou plusieurs individus, des gangs urbains ou des trafiquants de drogue, sont l'une des facettes caractéristiques du monde moderne : celle de la résonance spectaculaire.

Les mortes de Juárez laissent transparaître une réalité qui concerne le pays tout entier : la difficulté de faire régner la justice et le poids de l'inertie et de la corruption. Mais ce fléau qui ravage la frontière a fini par se propager au-delà des limites d'un État pour s'étendre peu à peu à tout le territoire mexicain.

LES MOBILES DU PRÉDATEUR

Le 18 juin 1999, le quotidien *Reforma* publia un témoignage atroce. Un informateur affirmait qu'un policier se cachait derrière la plus grosse affaire criminelle de l'histoire contemporaine du Mexique et sans doute du monde entier.

L'informateur disait connaître le secret des meurtres de femmes à Ciudad Juárez. Les nombreuses fillettes, adolescentes et femmes qui depuis dix ans avaient été enlevées, violées, mutilées puis assassinées auraient été victimes d'un groupe de trafiquants de drogue et de bijoux bénéficiant du soutien de policiers et de fonctionnaires de l'État de Chihuahua. L'informateur déclarait qu'ayant vécu avec ces derniers, il connaissait leur identité et les avait entendus se vanter de leurs crimes. Il souhaitait à présent les dénoncer ainsi qu'il l'avait déjà fait trois ans plus tôt.

L'hypothèse avancée par cet homme remettait en cause les accusations portées contre des individus qui croupissaient en prison, comme Abdel Latif Sharif Sharif, les membres du gang des Rebeldes, Jesús Manuel Guardado Márquez (El Tolteca) ou le gang des Choferes, responsables selon les autorités d'une série de meurtres. Le doute s'étendait sur les dossiers et les certitudes officielles.

Le témoignage en question démolissait la thèse défendue par les services de police de l'État de Chihuahua et les propos colportés par la plupart des journaux, la radio, la télévision mexicaine et étrangère.

L'informateur, Víctor Valenzuela Rivera, était un ancien indicateur étroitement lié aux services de police judiciaire du Chihuahua.

Originaire de Parral, il avait 37 ans et était incarcéré à Ciudad Juárez. Il proposait de révéler des noms, des faits et des lieux.

Des journalistes le rencontrèrent le 26 mai 1999, par une chaleur suffocante. Parmi les centaines de détenus, deux avaient le même patronyme. Le premier était un homme grand et mince qui suivit les gardiens dès qu'on lui annonça de la visite. Il purgeait une peine pour vol et était âgé d'une trentaine d'années. Il était étonné que deux inconnus viennent le voir et semblait nerveux. Quelques questions suffirent pour se rendre compte qu'il ne s'agissait pas de la bonne personne.

Dix minutes plus tard, un homme brun, moustachu, sérieux, se présenta dans le bureau du directeur. Il portait un jean et un gilet bleu. Réservé, il s'assit, une main sur la taille, l'autre sur la cuisse. Il était calme mais son attitude trahissait la tension qui gagne toute personne qui s'apprête à discuter avec des inconnus. Il avait l'air résigné et courageux. Il avait décidé de parler bien avant d'être emprisonné. Il confirma certaines versions et répondit à toutes les questions qu'on lui posa, restant évasif sur certains aspects qu'il ne souhaitait manifestement développer que lorsqu'il serait en confiance.

Víctor Valenzuela Rivera déclara sans hausser le ton mais d'une voix ferme que les autorités devaient rapidement enquêter sur Alejandro Máynez et son cousin Melchor, qui étaient selon lui responsables de multiples assassinats. Tout en lançant ces accusations, Valenzuela Rivera était attentif aux réactions de ses interlocuteurs.

Les protecteurs des criminels étaient deux hauts fonctionnaires de la police de l'État de Chihuahua : Antonio Navarrete, alors chef des opérations sur le terrain de la police municipale de Ciudad Juárez, et Francisco Minjárez, qui occupait depuis des années le poste de commandant du Groupe spécial anti-enlèvements de la police judiciaire de l'État de Chihuahua. Ils étaient en première ligne dans cette affaire à laquelle d'autres personnes étaient mêlées. Les sources de Valenzuela Rivera lui permettaient de remonter jusqu'à Mexico et au Sénat, voire plus haut.

Ces deux policiers avaient été chargés des enquêtes sur les meurtres de femmes depuis 1993 ou avaient eu accès aux documents qui y avaient trait. Les assassins avaient ainsi pu bénéficier de leur protection. Valenzuela Rivera espérait que les autorités ouvriraient une instruction après ses révélations.

Il ajoutait qu'il connaissait les liens entre Melchor Máynez et Sergio Armendáriz, alias El Diablo, chef présumé du gang des Rebeldes, ancien agent de sécurité qui avait été accusé d'avoir tué des femmes en 1996. Il y avait là un écheveau à démêler. Valenzuela Rivera précisait par ailleurs qu'Alejandro Máynez et Francisco Minjárez « non seulement se connaissaient, mais qu'ils étaient associés ».

Le 19 avril 1996, Abdel Latif Sharif Sharif avait déjà désigné Alejandro et Melchor Máynez comme étant les véritables meurtriers. Les autorités n'avaient pas réagi. Trois ans plus tard, Valenzuela Rivera, en prison, insistait sur le fait qu'il fallait enquêter sur ces deux hommes.

Le 1er octobre 1998, le PAN avait remplacé le PRI au gouvernement de l'État de Chihuahua. Valenzuela Rivera comprit alors qu'il était temps de recouvrer la mémoire et décida de se rendre au bureau du procureur spécial, Suly Ponce, pour enquêter sur les meurtres de femmes. Il déclara que les Máynez étaient coupables et révéla le nom de leurs protecteurs. Mais il ne reçut aucune réponse, et Suly Ponce lui conseilla de revenir le lendemain. Alors qu'il quittait son bureau, il fut interpellé par deux agents de la police judiciaire de l'État de Chihuahua, qui connaissaient son nom et l'arrêtèrent en prétendant qu'il avait vendu de la drogue (l'un deux avait en fait caché quelques grammes de cocaïne dans ses vêtements). On le conduisit dans les services de la police judiciaire fédérale, puis il fut incarcéré à la prison de Ciudad Juárez. Il y retrouva Sharif Sharif, à qui il raconta que par vengeance, un policier dont il ne mentionna pas le nom l'avait accusé de revendre de la drogue.

En prison, Valenzuela Rivera était selon lui « dans le meilleur endroit qui soit » pour poursuivre ses recherches puisqu'il y côtoyait les membres des Rebeldes et des Choferes. Le temps formait une boucle pour Valenzuela Rivera qui, en 1996, était entré de son plein gré dans le centre de détention afin de s'y entretenir avec Sharif Sharif. Les mêmes éléments de son enquête le conduisaient à présent à y être incarcéré. En trois ans, après avoir connu des gouvernements dominés par deux partis différents, le courage et la ténacité de cet homme n'avaient pas faibli, et il comptait toujours révéler les détails et les noms des acteurs de cette affaire dans laquelle Antonio Navarrete et Francisco Minjárez revenaient trop souvent.

Sharif Sharif accusait ce dernier d'avoir « préparé » son arrestation en avril 1995 ainsi que les chefs d'inculpation, en avril 1996, contre le gang des Rebeldes.

Valenzuela Rivera disait avoir entendu Minjárez, Navarrete et Máynez parler des femmes que ce dernier aurait assassinées. Quand Sharif Sharif avait été arrêté, Máynez avait dit à Valenzuela Rivera qu'il n'y avait plus de « souci à se faire car l'Égyptien allait être écroué pour tous les meurtres ». Associés dans des affaires de contrebande de drogue et de bijoux, Máynez et Navarrete avaient tenu le même genre de propos au sujet des Rebeldes.

Les faits commençaient à se recouper.

En mai 1999, Martín Salvador de Arce, ancien lieutenant de la police municipale de Juárez, avait accusé le commandant Navarrete devant le Bureau du procureur général de la République de trafic de drogue. De Arce reçut des menaces de mort suite à sa dénonciation.

Le Bureau du procureur général de la République refusa de fournir des informations sur cette affaire qui n'a fait jusqu'à la date d'aujourd'hui l'objet d'aucune enquête.

Le récit de Valenzuela Rivera était riche de détails. Il était mieux informé sur Melchor Máynez que sur Alejandro, car en 1992 ou en 1993, Melchor l'avait « invité » à participer au viol d'une femme. Valenzuela Rivera avait refusé mais il apprit ensuite, en lisant les journaux, que des femmes avaient été violées et assassinées à Ciudad Juárez. Il avait alors compris que les Máynez étaient des meurtriers qui tuaient ensemble au début, puis s'étaient séparés. Melchor était originaire d'El Paso et traversait « à pied » le pont qui séparait cette ville de Ciudad Juárez. Il travaillait dans un centre commercial au Texas. Valenzuela Rivera précisa que tous deux enlevaient leurs victimes à l'aube, jetant leur dévolu sur des « filles pauvres pour éviter de s'attirer des ennuis ». Ils les tuaient en leur brisant la nuque. L'informateur ajouta qu'à l'époque, il avait confié ces renseignements au commandant Paredes, de la police judiciaire fédérale, et à Arturo Tovar, de la police locale, qui lui avaient conseillé de ne pas se « mêler de ces histoires ». Valenzuela Rivera avait alors pris conscience qu'il marchait sur un terrain glissant et risquait de perdre la vie.

Lors de son entretien avec des journalistes en mai 1999, alors que le temps pressait, Valenzuela Rivera prit soudain congé de ses interlocuteurs. Prudent, il mesurait l'impact qu'auraient ses révélations.

Ses accusations étaient cohérentes et sensées. Les journalistes de *Reforma* cherchèrent à entrer en contact avec le procureur spécial Suly Ponce, mais cette dernière refusa de s'exprimer sur cette affaire.

Peu après, Diana Washington Valdez, journaliste à *El Paso Times*, localisa Melchor Máynez, qui nia la version des faits de Valenzuela Rivera. Diana Washington Valdez alla interroger la famille d'Alejandro Máynez à Ciudad Juárez, qui déclara ignorer où ce dernier habitait. Tout le monde parlait de lui mais personne ne savait où le trouver. Il avait vécu « de l'autre côté », à Los Angeles, sous le nom d'Armando Martínez. Il s'était évaporé dans la nature mais ressurgissait parfois sous le nom de Paco (diminutif de Francisco) Villanueva.

Le témoignage de Valenzuela Rivera était fragile car il émanait d'un prisonnier, d'un quidam, et reposait sur les confidences d'assassins présumés et de délinquants. Sans le soutien des autorités, il n'aboutirait à rien.

Après avoir refusé de recevoir les journalistes de *Reforma*, les autorités fédérales et de l'État de Chihuahua se gardèrent de formuler publiquement des commentaires sur l'article publié le 18 juin 1999. La thèse de Valenzuela Rivera n'était qu'une version parmi d'autres des crimes contre les femmes à Ciudad Juárez. Mais les indices qu'il avançait étaient intéressants. Des mois plus tard, ils seraient mentionnés lors d'une enquête menée par les services de police fédéraux et nord-américains. Les soupçons pèseraient alors à nouveau sur les fonctionnaires de police du Chihuahua.

Le 26 mai 1999, le criminologue Óscar Máynez (qui n'avait aucun lien de parenté avec Alejandro et Melchor) déclara dans un café de Ciudad Juárez qu'en 1993, quand il était instructeur à la police judiciaire du Chihuahua, il avait attiré l'attention de ses supérieurs sur de nombreux crimes en série à la frontière nord. Il avait alors proposé la création d'un groupe d'enquête spécial, mais personne ne l'avait pris au sérieux. Ce criminologue, professeur de criminologie et de droit à l'université de Washington DC, exprimait sa déception. Il n'était pas d'accord avec Robert K. Ressler quant aux éventuelles origines nord-américaines du ou des assassins car il lui semblait difficile, voire impossible, que les déplacements d'un étranger passent inaperçus dans les endroits où les corps avaient été découverts, un territoire occupé par les gangs, les trafiquants, les policiers et les militaires mexicains.

Óscar Máynez, qui devait être nommé deux ans plus tard chef des médecins légistes au Bureau du procureur adjoint de la zone nord de l'État de Chihuahua, affirmait qu'en rassemblant les articles parus dans la presse, on comptabilisait 56 homicides de femmes commis selon le même mode opératoire entre 1993 et 1999. En 2001, il suggérait l'existence de deux criminels « organisés » pour un nombre de crimes croissant.

En mai 1999, Nahúm Nájera Castro, ancien procureur adjoint de l'État de Chihuahua, déclara que les crimes contre les femmes à Ciudad Juárez n'avaient pas été résolus par manque « d'éthique, de volonté politique et d'honnêteté » de la part des services de police et de la justice, des médias et des organisations non gouvernementales. La faute leur incombait à tous.

Avocat renommé à la frontière, Nájera Castro se consacrait à nouveau au droit et avait installé son cabinet dans la maison qui lui servait de lieu d'habitation. L'ancien procureur adjoint de l'État de Chihuahua, qui était resté peu de temps en poste sous le nouveau gouvernement, reconnaissait l'existence de complicités entre policiers et délinquants. Il ajoutait que ces liens étaient faciles à prouver et citait un exemple tiré de son vécu. Fin 1998, trois agents fédéraux accusés d'enlèvement avaient été écroués et avaient manifesté leur étonnement de la façon suivante : « Si Minjárez est au courant de nos activités, où est le problème ? » Ils considéraient que l'accord entre certains policiers et les délinquants avait été rompu.

Les mobiles du prédateur de Ciudad Juárez transparaissaient dans les services de la police judiciaire du Chihuahua et ceux de la police municipale, qui se livraient au commerce lucratif consistant à protéger des assassins et des violeurs, des trafiquants de drogue et des kidnappeurs. À la même époque, un proche de l'ancien gouverneur Francisco Barrio Terrazas révéla en gardant l'anonymat qu'une « mafia à laquelle il ne vaut mieux pas avoir affaire » se cachait derrière le meurtrier. « Telle est la vérité. Il jette les corps de ses victimes sur la voie publique pour faire pression sur le gouvernement. » Ce témoignage indiquait clairement que des accords avaient été conclus entre le gouvernement et la mafia en question.

Les témoins avaient raison d'être prudents. La veille de la publication dans *Reforma* des révélations de Valenzuela Rivera, Eduardo Rivas Blanco, âgé de 28 ans et fils d'Irene Blanco, l'avocate de Sharif Sharif, fut victime d'un attentat dont il sortit miraculeusement indemne.

Ancienne militante du PAN et ex-collaboratrice de Barrio Terrazas quand il était président municipal de Ciudad Juárez avant de devenir gouverneur (de 1992 à 1998), Irene Blanco avait reçu plusieurs menaces de mort. Elle entendait souvent des interférences sur sa ligne téléphonique et se demandait si elle n'avait été mise sur écoute, ce qui est considéré comme un délit par le code pénal fédéral.

Le mercredi et le jeudi avant l'attentat, elle avait rencontré la journaliste Diana Washington Valdez et l'envoyé spécial de *Reforma*, qui souhaitaient l'interroger sur la façon dont elle organisait la défense de Sharif Sharif et connaître la progression des enquêtes sur les meurtres de femmes à Juárez. Le Bureau du procureur général de l'État de Chihuahua venait d'accuser l'Égyptien d'avoir payé le gang des Choferes pour assassiner d'autres femmes tout en se déclarant innocent face aux autorités. Cette histoire absurde était impossible à prouver. Elle avait été inventée pour satisfaire le sensationnalisme de la presse et sans doute aussi protéger ceux qui voulaient rester dans l'ombre.

Irene Blanco avait insisté pour que les journalistes entendent Valenzuela Rivera, ce qu'ils feraient un peu plus tard. Le lendemain de l'entrevue, le fils de l'avocate conduisait la camionnette de la famille en compagnie d'un ami, Iván Molina, quand un autre véhicule se mit en travers de sa route. L'un des deux agresseurs tira douze balles de calibre 9 sur Eduardo Rivas Blanco. La camionnette était criblée de trous. Les deux jeunes hommes se baissèrent aussitôt et ne virent rien de plus. Malgré une grave hémorragie, Eduardo put arriver à temps à l'hôpital au volant de son véhicule.

La police judiciaire n'arrêta jamais les coupables. Cet attentat dissimulait sans doute un réseau complexe de relations. Mais alors que le tireur avait raté sa cible, Valenzuela Rivera atteignait la sienne, derrière laquelle le sang coulait à flots.

POLICIERS SUSPECTS

Le 27 novembre 1999, Ciudad Juárez s'éveilla avec une nouvelle qui fit le tour du monde.

Le Mexique et les États-Unis avaient entrepris une action commune. Près de 200 policiers, 600 agents mexicains et 65 agents du FBI y participaient.

Il s'agissait de rechercher la centaine de corps qui, selon les sources des deux pays, étaient enterrés dans divers ranchs appartenant à des trafiquants de drogue de Ciudad Juárez.

Certains disaient qu'il y avait plus de 200 corps, dont ceux de personnes portées disparues ou victimes d'enlèvements des années plus tôt. De 1993 à 1999, selon l'Association des parents et des proches de personnes disparues, plus de 200 individus de nationalité mexicaine ou étrangère avaient disparu à Ciudad Juárez.

Malgré le sensationnalisme et les attentes des médias, les résultats des enquêtes ne furent guère concluants. Après un peu plus d'un mois de recherches conjointes, Mexicains et Nord-Américains n'avaient retrouvé que 9 corps. Cela tenait peut-être au fait que les trafiquants de drogue faisaient disparaître les restes de leurs victimes en utilisant de la *lechada*, un mélange de chaux et de produits chimiques qu'ils jetaient dans les fosses où ils avaient placé les cadavres pour dissoudre les tissus organiques. Il ne doit pas rester de traces, ainsi que l'indique une chanson de l'époque.

Pourtant, les corps qu'on recherchait sous terre étaient apparus tout au long de la décennie, mais à ciel ouvert. Il s'agissait des dizaines de victimes assassinées ces dernières années. Certaines furent retrouvées à proximité des ranchs où le FBI et le Bureau du procureur général de la République avaient concentré leurs recherches entre novembre 1999 et janvier 2001. Il s'agissait du ranch Tiradores del Norte, au kilomètre 4,5 de la route menant à Casas Grandes ; du ranch La Campana, au kilomètre 27 de la même route ; des ranchs Santa Elena et Santa Rosalía, dans la localité d'Ascensión. Il ressortirait des travaux d'investigation des équipes des deux pays que leurs attentes déçues n'étaient pas sans rapport avec l'affaire des mortes de Juárez. Pourtant, aucun rapprochement ne fut établi par les autorités même si les faits parlaient d'eux-mêmes.

Selon le registre d'organisations locales de la ville, on avait découvert le 11 janvier 1994 le corps d'une femme non identifiée âgée de 25 à 30 ans à Granjas Santa Elena. Le corps d'Araceli Rosaura Martínez Montañez (19 ans) fut retrouvé au même endroit le 4 juillet 1995, et le 19 août, les services de police examinaient les restes d'une femme qu'on identifia comme étant Elizabeth Castro García, au kilomètre 5 de la route de Casas Grandes, à 500 mètres du ranch Tiradores del Norte. Trois jours plus tard, on retrouva à 4 kilomètres au sud du kilomètre 6 de la route de Casas Grandes les cadavres de deux adolescentes non identifiées.

Le 11 novembre 1995, le corps découvert à Granjas Santa Elena fut identifié comme étant celui d'Adriana Torres Márquez (15 ans) et, non loin de là, gisaient les restes d'Ignacia Morales Soto (23 ans), retrouvés le 23 novembre. Le 15 décembre 1995 apparaissait le corps de Rosa Isela Quintanilla (14 ans) aux abords du kilomètre 5 de la route de Casas Grandes. Le 9 mars 1996, on retrouva le corps non identifié d'une fillette âgée de 9 à 12 ans au kilomètre 27 de la route de Casas Grandes, tout près du ranch La Campana.

Des fêtes somptueuses étaient organisées dans les ranchs de La Campana et de Tiradores del Norte dans les années 1990. D'après les témoignages de voisins, des policiers ou des trafiquants de drogue venaient y garer leurs véhicules luxueux et participaient à des fêtes ou à des orgies (et aussi à l'exécution puis à l'inhumation de victimes).

Le 9 juin 1996, on découvrit près de Granjas Santa Elena le corps non identifié d'une autre adolescente et, le lendemain, les restes d'une jeune fille à 2 kilomètres du ranch La Campana. Le 1er décembre 1997, on retrouva à 5 kilomètres de la route de Casas Grandes le cadavre d'Aracely Núñez Santos.

Nus ou à demi nus, portant des traces de violences sexuelles, mutilés et étranglés, la plupart des corps de femmes assassinées à partir de 1993 furent découverts dans ce périmètre.

Les équipes mexicaines fédérales et nord-américaines, qui ne reçurent jamais le soutien des autorités locales, avaient décidé d'effectuer ces recherches à partir des informations fournies par Mario Silva Calderón, surnommé El Animal, ancien commandant de la police judiciaire fédérale qui avait également été garde du corps et tueur à gages pour le cartel de Juárez.

En dépit des déclarations du gouverneur de l'État de Chihuahua, Patricio Martínez, qui affirmait que l'affaire des mortes de Juárez relevait du passé, des corps continuaient d'apparaître dans la localité malgré la présence de policiers mexicains et nord-américains. Ces équipes croyaient au témoignage de Víctor Valenzuela Rivera qui, le 26 mai 1999, avait révélé l'existence d'un groupe de policiers et de délinquants qui faisaient du trafic de drogue, enlevaient des gens et assassinaient des femmes à la frontière nord du Chihuahua.

Le 18 juin 1999, *Reforma* avait publié une partie – sous réserve d'enquêter sur le reste – des révélations de Valenzuela Rivera, qui désignait Alejandro Máynez et son cousin Melchor comme étant les véritables responsables des crimes contre les femmes à Ciudad Juárez. Valenzuela avait également dénoncé Francisco Minjárez (chef du Groupe spécial anti-enlèvements) et Antonio Navarrete (chef de la police municipale de Ciudad Juárez), dont il savait qu'ils avaient été les complices et les protecteurs des deux hommes.

Bien que les autorités du Chihuahua aient refusé de se prononcer sur cette affaire, on apprit que les équipes mexicaines et nord-américaines enquêtaient sur les deux hommes.

Valenzuela Rivera avait fait ses déclarations en présence de la députée fédérale Alma Vucovich (membre du PRD et présidente de la Commission d'équité et du statut de la femme de la LVII législature) et du député fédéral originaire de Juárez Carlos Camacho, du PAN. La journaliste Diana Washington Valdez, du *El Paso Times*, et l'envoyé spécial de *Reforma* avaient enregistré les révélations de Valenzuela Rivera, qui affirmait que les victimes de ce groupe étaient enterrées aux abords du ranch Santa Elena et du ranch de Villa Ahumada, localité située au sud de Ciudad Juárez. Le ranch Santa Elena, proche de la ville frontalière du même nom, fut désigné sous le nom de « point n° 3 » par les équipes du FBI et de la police judiciaire fédérale.

Le 16 décembre 1999, on annonça la découverte dans ce ranch d'un laboratoire clandestin de drogues et d'ossements enterrés. Les faits confirmaient les révélations de Valenzuela Rivera.

À la même époque, Jaime Hervella, directeur de l'Association des parents et des proches de personnes disparues, déclara que les autorités devaient enquêter pour complicité ou négligence sur Arturo Chávez Chávez, ancien délégué d'État au Bureau du procureur général de la République, ancien procureur général et supérieur hiérarchique de Francisco Minjárez. Hervella reprochait à Minjárez son inertie après le signalement des disparitions et l'accusait d'avoir ainsi favorisé l'impunité des coupables.

Lors des fouilles dans les ranchs mentionnés plus haut, les noms des fonctionnaires et policiers de l'État de Chihuahua furent évoqués, ce qui confirmait le lien entre cette affaire et celle des mortes de Juárez. Il existait bel et bien des dossiers noirs qui revenaient trop souvent.

Valenzuela Rivera avait par ailleurs déclaré que la bande de délinquants qu'il dénonçait bénéficiait de la protection directe du sénateur du PAN, Francisco Molina Ruiz, alors président de la Commission de sécurité publique du Sénat de la République, ancien chargé de mission de l'Institut national de lutte contre les drogues et ancien procureur général de justice de l'État de Chihuahua.

Quand on l'interrogea à ce sujet, Molina Ruiz nia les faits, déclara qu'il ne connaissait pas Valenzuela Rivera et que le groupe créé sous la direction de Francisco Minjárez était « au-dessus de tout soupçon ». Il ajoutait que Valenzuela Rivera avait cherché à le rencontrer trois ans plus tôt dans la ville de Chihuahua et que ni Minjárez, ni aucun agent de la police judiciaire n'avait jamais eu d'informateurs. « Je doute que cet homme soit connu des services de police. » Pourtant, interrogé sur cette affaire le 8 décembre 1999, Francisco Minjárez affirma qu'il savait qui était Valenzuela Rivera. Il s'étonnait des accusations que ce dernier portait contre lui, qui était un policier « honnête et efficace » ayant résolu toutes les affaires d'enlèvements dont il avait été chargé de 1994 à 1999, non seulement dans le Chihuahua, mais aussi dans d'autres États comme Sinaloa, Jalisco, Coahuila et Sonora.

Le policier ajoutait qu'à l'époque de l'opération menée par le groupe d'experts mexicains et nord-américains, il avait temporairement cessé d'exercer ses fonctions de commandant du Groupe spécial anti-enlèvements de l'État de Chihuahua.

Depuis 1997, Francisco Minjárez se vantait auprès des journalistes d'avoir le taux le plus élevé de sauvetages de victimes d'enlèvement de tout le pays. Il disait que son efficacité était due à la « cohésion » de son groupe, à l'appui de la compagnie de téléphone Telmex, qui lui fournissait le listing des appels passés par les suspects.

Pour expliquer le nombre élevé de disparitions à la frontière, il disait que les gens se contentaient de signaler l'absence de leurs proches et ne donnaient plus de nouvelles par la suite, qu'ils « rapportaient les faits sans fournir d'éléments réellement susceptibles de nous aider dans nos recherches ».

Il déclarait qu'il s'était occupé de l'affaire des mortes de Juárez de juin 1995 jusqu'à l'arrestation de Sharif Sharif, le 8 octobre de la même année, puis qu'il avait été dessaisi de l'enquête car une autre unité créée spécialement par le Bureau du procureur général de l'État avait pris la relève. Minjárez niait le fait que l'arrestation de l'Égyptien ait été « préparée à l'avance », ainsi que l'affirmait Irene Blanco. « Les juges ont d'ailleurs conclu que l'enquête avait été rondement menée. » Il se montrait cependant plus nuancé quant aux chefs d'inculpation contre Sharif Sharif, particulièrement celui qui le désignait coupable du meurtre d'Elizabeth Castro García : « En tant qu'enquêteur, on est souvent sûr de la culpabilité d'un individu, mais lorsqu'on passe à l'étape judiciaire, les choses sont différentes et l'on s'aperçoit qu'on ne dispose pas de preuves suffisantes pour que le juge déclare le suspect coupable. »

Sur les liens éventuels révélés à la presse entre Sharif Sharif et le gang des Choferes (dont les membres avaient été présentés par la police comme étant des violeurs et des assassins), Minjárez disait s'en tenir aux déclarations des témoins. Interrogé sur la protection qu'il aurait fournie aux Máynez, il affirma qu'il ne connaissait ces derniers que depuis qu'ils avaient séquestré Guillermo Máynez, un de leurs parents, libéré par les autorités à El Fuerte (Sinaloa). Selon Víctor Valenzuela Rivera, Minjárez aurait pourtant protégé Alejandro Máynez depuis que celui-ci aurait tué une adolescente prénommée Silvia au début des années 1990. L'informateur certifiait qu'ils avaient tous deux été mêlés à des « affaires de trafic de drogue et de bijoux ». D'après Minjárez, Valenzuela Rivera était entré en contact avec les services de police en exigeant d'être nommé commandant de la police judiciaire de l'État en échange de ses révélations. « Bien sûr, nous avons refusé. Nous n'acceptons pas de recevoir des pots-de-vin. » D'après Minjárez, l'information fournie par l'ancien indicateur avait été vérifiée et s'était révélée fausse. « Il disait tenir ses sources de propos tenus dans un restaurant, rien de plus. »

L'enquête n'était pas allée plus loin. Minjárez concluait l'entretien en disant que c'était surtout « le manque de renseignements » qui retardait la résolution des affaires de disparitions. Il refusa catégoriquement de parler du trafic de drogue, qui n'était pas de son ressort. Enfin, il déclara ne pas être informé des accusations lancées contre lui, selon lesquelles il aurait protégé des agents fédéraux responsables d'enlèvements ou d'extorsions. « Cela est si peu fondé que j'ai déjà envoyé certains de mes détracteurs en prison. » Cette accusation provenait cependant de Nahúm Nájera Castro, l'ancien procureur adjoint de la zone nord du Chihuahua.

Quelques jours après la publication des déclarations de Minjárez dans *Reforma*, le Bureau du procureur général de l'État de Chihuahua défendit ce fonctionnaire et le travail qu'il avait accompli en tant que chef du Groupe spécial anti-enlèvements. Arturo González Rascón, le procureur général, innocenta également Francisco Molina Ruiz. Ainsi, les autorités du PRI lavaient de tout soupçon les anciens fonctionnaires du PAN. Quant au Bureau du procureur général de la République, il refusait de se prononcer à ce sujet.

En 1999, le gouverneur Patricio Martínez avait insisté sur le fait que la violence à Ciudad Juárez relevait du passé en feignant d'ignorer les règlements de comptes entre trafiquants de drogue. Par la suite, Patricio Martínez demanda au président de la République des crédits plus importants afin de lutter contre le crime à Ciudad Juárez. Le pouvoir exécutif envoya dans le Chihuahua une commission de lutte contre la violence dont l'action fut inefficace.

Gustavo Elizondo, président municipal de Ciudad Juárez, organisa une campagne pour « améliorer l'image de la ville, ternie par les exécutions, les disparitions, les viols et les meurtres de femmes » constamment évoqués dans la presse. Il demanda et obtint que le Bureau du procureur général de la République cesse de faire référence au cartel de Juárez et désigne celui-ci sous le nom de cartel de Carrillo Fuentes. Dans leur obstination à gommer les traits négatifs de la ville, les autorités de l'État de Chihuahua cherchaient vraisemblablement à étouffer les liens entre le trafic de drogue et les membres du gouvernement, les personnalités influentes et les entrepreneurs locaux, ou à faire obstruction aux enquêtes sur des policiers et des fonctionnaires soupçonnés de corruption.

En tant que président de la Commission de sécurité publique du Sénat de la République, le sénateur Francisco Molina Ruiz fit barrage aux recherches effectuées par le groupe d'experts mexicains et nord-américains en prétextant qu'elles portaient atteinte à la souveraineté nationale. Il déclara que lorsqu'il était procureur, il n'avait jamais été informé de l'existence de ranchs où l'on transformait des drogues.

Le 19 janvier 2000, on retrouva le corps d'une femme de 20 ans près de Cerro Bola. Ses vêtements étaient disposés à côté d'elle comme dans de nombreux autres cas. On présumait qu'elle avait été violée.

Le 15 octobre 1999, le cadavre d'une jeune fille âgée de 15 à 17 ans avait été découvert dans un terrain vague proche des locaux de Pemex (société chargée de l'extraction et du traitement du gaz et du pétrole), entre la route de Casas Grandes et la rue Barranco Azul. Le lendemain, les autorités revinrent sur la description des faits, qu'elles présentèrent de manière assez peu crédible, en déclarant que la femme était en réalité âgée de 40 à 45 ans et que la mort remontait à vingt ou trente jours. Le 17 novembre, le crâne d'une jeune femme âgée de 19 à 22 ans fut retrouvé.

Le 1er décembre, les services de police judiciaire annoncèrent qu'ils allaient passer cette zone au peigne fin. Des groupes de bénévoles qui avaient découvert des restes à Lomas de Poleo les aidèrent dans cette entreprise dont les résultats ne furent jamais rendus publics.

Selon le témoignage de la journaliste de la capitale Sonia del Valle, du Centre de recherches sur la femme, Héctor Mejía, conseiller auprès du Bureau du procureur général de l'État de Chihuahua, avait écrit un rapport sur les meurtres de femmes à Ciudad Juárez. Il avait reçu la journaliste en février 1999 et lui avait montré une photographie aérienne de Lote Bravo (étendue désertique immense au sud de Ciudad Juárez, près de l'aéroport, traversée par la route Panaméricaine). Le cliché révélait la présence d'un chemin au milieu du désert conduisant à un ranch imposant entouré d'arbres. Tandis que Sonia del Valle s'étonnait de découvrir cette construction au milieu de nulle part, le fonctionnaire déclara : « C'est là qu'on amenait les jeunes femmes enlevées. » Et d'ajouter que certains fonctionnaires du Bureau du procureur général étaient mêlés à ces meurtres. Plus tard, les supérieurs d'Héctor Mejía exigèrent qu'il remette son rapport à Francisco Minjárez. Il reçut l'ordre de ne plus en parler aux journalistes. Il avait effectué ces recherches lorsque Nahúm Nájera Castro était encore procureur adjoint de la zone nord, lequel fut muté peu après l'entrevue entre Mejía et Sonia del Valle.

Les versions officielles étaient inattaquables. Víctor Valenzuela Rivera avait fait des révélations sur des histoires concernant la police dont plus personne ne voulait reparler, déclarant notamment que Francisco Minjárez et Antonio Navarrete avaient inventé de toutes pièces l'affaire Ana Luisa Benavides, accusée en 1992 d'avoir assassiné le joaillier Carlos Maldonado, sa femme Lourdes Murillo et leur bébé Carlos Alexis, âgé de trois mois. La police municipale avait trouvé dans le coffre d'une voiture garée dans le centre de Ciudad Juárez douze sacs en plastique contenant des membres découpés, la tête de Lourdes Murillo et celle de Carlos Alexis. Le corps du joaillier fut découvert chez lui, découpé en quinze morceaux placés à l'intérieur de sachets en plastique.

Serveuse, ancien mannequin ayant renoncé à ses études de médecine, Ana Luisa Benavides (alors âgée de 21 ans) fut inculpée des trois meurtres et condamnée à quarante ans de prison. Elle affirma plus tard qu'on l'avait obligée en la menaçant de mort à dépecer le corps des trois victimes avec deux couteaux de cuisine. Les meurtriers étaient quatre trafiquants de drogue. Carlos Maldonado leur devait 70 000 dollars pour un bijou que ces derniers lui avaient fourgué. Le nom d'Alejandro Máynez fut mentionné dans la presse comme étant celui du véritable commanditaire de l'assassinat de la famille Maldonado Murillo.

Valenzuela Rivera accusait par ailleurs Francisco Minjárez, Antonio Navarrete et le chef de la police municipale Javier Benavides (qui n'avait aucun lien de parenté avec Ana Luisa) d'être responsables de la mort du policier Felipe Lardizábal Hernández, surnommé El Negro. Son cadavre avait été abandonné à Lote Bravo le 16 novembre 1994. Depuis un an et demi, Lardizábal Hernández enquêtait en secret sur les affaires louches auxquelles étaient mêlés ses collègues et sur leurs liens avec Carrillo Fuentes, le chef du cartel de Juárez. Les membres de la famille de Lardizábal Hernández considèrent toujours que Francisco Molina Ruiz, Arturo Chávez Chávez et Javier Benavides sont coupables de la mort du policier.

Jean Rivelois, chercheur français de l'Institut de recherche pour le développement, relate les faits de la façon suivante dans son livre *Drogue et pouvoirs : du Mexique au paradis* : « Lardizábal a remis personnellement les résultats de son enquête au chef de la police judiciaire de l'État de Chihuahua. Il y révélait que la plupart des commandants et agents de ce corps de police avaient des relations avec des trafiquants de drogue. Non seulement ils couvraient leurs transactions, mais les aidaient à transporter des stupéfiants dans des véhicules de police. » D'après Rivelois, Lardizábal fut trahi par les responsables de la police et certains membres du gouvernement car il compromettait leurs intérêts.

Le « contact » de Lardizábal au Bureau du procureur général de l'État de Chihuahua fut nommé par la suite au Bureau du procureur général de la République sans qu'aucune enquête le concernant soit ouverte. Il pouvait s'agir d'Arturo Chávez Chávez ou d'Hernán Rivera, chef du Service d'instruction préparatoire du ministère de la Justice de 1992 à 1996, puis délégué du Bureau du procureur général de la République.

Lardizábal avait été vu pour la dernière fois à l'hôtel Montecarlo, connu comme ayant été un lieu de réunions clandestines de la police judiciaire dans les années 1990.

Une nuit, des clients entendirent s'élever dans la chambre voisine les cris de douleur d'une femme. Peu après, une voiture se gara devant l'hôtel. Des policiers en descendirent, pénétrèrent dans l'hôtel et en ressortirent aussitôt, chargés d'un corps enveloppé dans une couverture qu'ils déposèrent dans le coffre.

Selon Víctor Valenzuela Rivera, il existait dans l'un des bars que fréquentait Alejandro Máynez situé avenue Vicente Guerrero une chambre secrète avec un miroir sans tain. Minjárez et Navarrete s'y retrouvaient régulièrement et y auraient séquestré des femmes. Alejandro Máynez lui aurait un jour déclaré qu'il aimait « les vierges car elles n'avaient pas de maladies ».

Valenzuela Rivera avait révélé que des policiers et des fonctionnaires du Chihuahua assuraient la protection de trafiquants de drogue et de bijoux. L'informateur avait mentionné tout particulièrement Javier Benavides. Des mois plus tard, ce dernier porta plainte pour diffamation contre les journalistes de Ciudad Juárez Jesús Antonio Pinedo Cornejo et Luis Villagrana, qui l'accusaient de corruption, d'avoir protégé des trafiquants de drogue et assassiné des policiers.

Au début des années 1980, Arnulfo Saldaña, alias El Ojinaguita (littéralement : « Originaire d'Ojinaga »), avait désigné Benavides comme étant le policier qui, en 1985, avait volé des bijoux de grande valeur appartenant à un fonctionnaire du gouverneur Oscar Ornelas Küchle (1980-1985). Benavides avait milité au PAN. En 1986, quand les membres du PAN dénoncèrent des fraudes électorales lors des élections locales, Javier Benavides s'était enchaîné à l'une des colonnes du palais du gouvernement. Cet acte de « résistance civile » lui avait valu une certaine renommée.

En portant plainte contre les journalistes (plainte qu'il retira d'ailleurs par la suite), Benavides cherchait à éviter de ternir son prestige : on parlait déjà de son éventuelle intégration dans l'équipe de Francisco Molina Ruiz, avocat et ancien procureur général du Chihuahua qui tentait avec l'ex-gouverneur Francisco Barrio Terrazas de se faire nommer au sein du cabinet du président Vicente Fox.

Les Bureaux des procureurs généraux de l'État de Chihuahua et de la République témoignèrent en faveur de Javier Benavides. Les deux institutions déclarèrent qu'elles « n'avaient pas de preuves suffisantes » concernant les rapports qu'entretenait le policier avec les trafiquants de drogue.

Il n'y avait rien à répondre à cela. On faisait table rase du passé et les réputations étaient sauves.

La défense impossible

Irene Blanco a milité au PAN pendant quinze ans. Deux fois de suite, elle s'est présentée comme candidate à la députation mais a échoué parce qu'elle est une femme, divorcée de surcroît. Elle a dû d'autre part affronter les critiques d'un parti traditionaliste de droite qui n'approuvait pas ses tendances « gauchisantes ».

L'avocate est devenue une militante active en 1982, lorsque Francisco Barrio Terrazas briguait la présidence municipale de Ciudad Juárez. Sa candidature était appuyée par un groupe d'amis et, en 1983, il gagna les élections. Durant de nombreuses soirées passées devant les comités électoraux, Irene Blanco a appris à défendre le vote citoyen contre les agressions du PRI, le parti officiel. « Je me souviens qu'un jour, ils nous ont envoyé des chiens pour nous intimider. Nous étions seules à protéger les urnes. Les hommes attendaient dans les camionnettes et nous "surveillaient". Quand j'y pense, je me dis que je n'avais pas idée à l'époque de la façon dont ils manipulaient les femmes », déclare-t-elle.

À la fin de son mandat, Francisco Barrio Terrazas se lança dans la course électorale pour devenir gouverneur de l'État de Chihuahua. En 1986, le PRI fut accusé d'avoir commis des fraudes électorales, ce qui favorisa la candidature de Barrio Terrazas, qui joua un rôle actif au sein du Comité de résistance civile. Avec l'aide de conseillers philippins, il prônait la « non violence active » et voulait « changer tout ce qui était corrompu » dans le pays. Le manifeste qu'il fit placarder dans le Chihuahua disait : « Je ne payerai plus jamais d'impôts. » En se remémorant cette époque, Irene Blanco dit que pour finir « tout cela a été oublié et renégocié ».

Malgré ses déceptions, Irene Blanco cite toujours en exemple Luis H. Álvarez, Francisco Villarreal Torres et Víctor Manuel Oropeza, aujourd'hui décédés. En 1992, Barrio Terrazas fut élu gouverneur de l'État de Chihuahua. Comme d'autres membres du parti, Irene Blanco découvrit que le pouvoir peut faire changer les gens.

En 1999, elle assurait la défense d'Abdel Latif Sharif Sharif, alors accusé d'avoir assassiné Elizabeth Castro García.

Installée à Ciudad Juárez depuis trente-cinq ans, elle se demande parfois ce qu'elle y fait, se sent enlisée « comme sur un banc de sable » dont elle ne peut se dépêtrer afin de faire respecter la justice. « Je suis seule », conclut-elle.

Elle a fait la connaissance de Sharif Sharif après son incarcération. Elle était alors chargée des relations publiques à la présidence municipale, dirigée par Francisco Villarreal Torres.

« Tout le monde critiquait Villarreal Torres sous prétexte qu'il n'était pas un politique. Pour moi, c'était un grand avantage car il ne s'est jamais laissé déborder par la politique politicienne. Il ne s'est jamais vendu. Il disait que lutter pour la justice impliquait d'être confronté à tout type de pouvoir, de se faire traiter de fou et harceler, et qu'on vieillit avant d'avoir redressé la barre », déclare-t-elle.

Irene Blanco raconte que lorsque Sharif Sharif fut arrêté, le 3 octobre 1995, Francisco Villarreal Torres était presque arrivé au terme de son mandat. L'avocate est entrée en contact avec l'Égyptien grâce à sa fille, Cristina Rivas Blanco, psychologue au centre de détention. Avec le temps, elle est devenue son amie et a décidé de se charger de sa défense. « Quand Villarreal a appris que Sharif Sharif souffrait de ne pas voir sa chienne, il m'a proposé de la lui amener à la prison. Sharif Sharif ne se tenait plus de joie. Comme il ne parlait pas espagnol, j'ai commencé à l'aider, à traduire ses propos. J'ai surtout dit à Villarreal que la langue qui échappait à ce prisonnier n'était ni l'anglais, ni l'espagnol ou l'arabe, mais celle de la politique », se souvient-elle.

L'avocate se rappelle qu'à partir de 1992, l'insécurité, le trafic de drogue, la violence touchaient Ciudad Juárez plus que par le passé. « Villarreal était préoccupé par la situation. Il a interrogé à ce sujet les fonctionnaires de l'État et de la municipalité chargés de la sécurité publique. Très vite, il a eu la certitude que l'homme qu'on avait accusé de ces crimes était innocent. Il m'a chargée d'aller le voir en prison en me disant que si je ne l'aidais pas, il allait être massacré et que les crimes demeureraient impunis. »

Persuadées d'avoir arrêté le tueur de femmes en série, les autorités convoquèrent la presse. Mais l'un des chefs de la police, Francisco Minjárez, ne croyait pas à la culpabilité de l'Égyptien alors qu'Hernán Rivera, qui dirigeait le Service d'instruction préparatoire, était convaincu du contraire. Sharif Sharif fut emprisonné pendant un an, accusé de viol, de séquestration et de coups et blessures par Blanca Estela Carmona Díaz. On le relâcha ensuite car ces chefs d'inculpation n'étaient pas fondés.

L'avocate précise que concernant les meurtres de femmes à Ciudad Juárez, Francisco Molina Ruiz avait des intentions bien définies et que sa position n'a pas changé. Selon ses déclarations dans la presse, il considérait Sharif Sharif comme un « étranger venu dans notre pays pour y commettre des crimes ». Irene Blanco dit en outre que « lorsque Arturo Chávez Chávez est devenu procureur général de l'État de Chihuahua, il ignorait les tenants et les aboutissants de cette affaire. L'interview qu'il a accordée à *Reforma* en 1998 est un bon exemple de son inefficacité. Il y affirme beaucoup de choses idiotes, dit que Sharif Sharif a influencé le juge en affirmant que Blanca Estela Carmona Díaz était une prostituée. En fait, il ne s'était jamais penché sur son dossier, qu'un de ses employés lui a peut-être résumé ». D'après Irene Blanco, les autres fonctionnaires de l'État de Chihuahua ne cessaient de se contredire dans leurs propos. Chaque fois que Sharif Sharif était sur le point d'être relâché, les médias se déchaînaient contre lui. « Quand il a été libéré, en 1996, faute de preuves contre lui,

Antonio Navarrete l'a arrêté près du Bureau des services d'immigration en lui disant qu'il n'allait "pas s'en sortir comme ça". »

Víctor Valenzuela Rivera avait déjà dénoncé ce policier, mais selon l'avocate, « personne n'a jamais enquêté sur lui ». « J'ai eu un entretien avec Gustavo Elizondo quand il était le représentant du gouverneur, précise l'avocate. Lorsque je l'ai interrogé sur les chefs d'inculpation qui pesaient sur Sharif Sharif, il m'a répondu que la police d'El Paso les aidait, qu'ils avaient déposé plainte dans cette ville, mais qu'ils ne pouvaient rien faire tant qu'Alejandro Máynez était à El Paso et que la police texane ne l'aurait pas arrêté. »

Peu après, Irene Blanco apprit qu'aucune plainte n'avait été déposée à El Paso et qu'Antonio Navarrete n'avait jamais été inquiété. « Je trouve incroyable qu'on voie tant de choses dans ce pays et qu'on les considère comme normales, naturelles. »

Le jour où Antonio Navarrete fut accusé de se livrer au trafic de drogue, Gustavo Elizondo garda le silence. Apparemment, Navarrete était intouchable. Irene Blanco déclare que lors de son entrevue avec le futur gouverneur Patricio Martínez, celui-ci lui avait dit que les autorités avaient « exagéré » en « prétextant d'éventuelles relations entre Sharif Sharif et le gang des Rebeldes ». Quand elle le revit cinq mois plus tard, il ne tenait plus du tout le même discours et appuyait la thèse selon laquelle l'Égyptien aurait commandité des meurtres depuis sa cellule en faisant appel à des membres du gang. Il considérait Sharif Sharif comme un homme « extrêmement intelligent et extrêmement dangereux ».

Irene Blanco est convaincue que l'erreur de Sharif Sharif a été de trop parler et de citer des noms, d'avoir dénoncé la corruption de certains policiers et fonctionnaires. « Il est interdit de porter ce genre d'accusations ici. Il n'a pas mesuré toutes les conséquences de ses actes et c'est la raison pour laquelle on cherche à l'incriminer sans raison ».

Irene Blanco relève aussi de nombreuses contradictions dans le dossier de son client. Tout d'abord, elle estime improbable qu'une ouvrière qui travaille dans une maquiladora huit heures par jour ait la force et l'envie de mener une double vie, ainsi que l'ont affirmé les autorités au sujet d'Elizabeth Castro García. En second lieu, l'avocate déclare que les caractéristiques physiques d'Elizabeth et celles du corps présenté par la police à la famille à des fins d'identification ne correspondaient pas. D'après le rapport de police, le corps mesurait un mètre soixante (un mètre soixante-trois selon le médecin légiste) alors qu'en réalité, la taille d'Elizabeth était d'un mètre soixante-quinze. L'avocate a étayé cette affirmation en faisant figurer au dossier la photographie de la jeune fille à côté d'un réfrigérateur haut d'un mètre soixante-dix. Elizabeth se tient à côté et le dépasse légèrement. Irene Blanco remarque aussi des invraisemblances entre la date de la disparition d'Elizabeth et celle à laquelle remonte la mort du corps découvert par les autorités. Enfin, la police a déclaré avoir procédé à des analyses d'ADN qui n'ont jamais été versées au dossier. L'avocate estime que ces tests n'ont pas conclu à l'identification du corps retrouvé comme étant celui d'Elizabeth Castro García. Elle relève par ailleurs des contradictions dans les déclarations de certains témoins. En les comparant, elle aboutit à la conclusion suivante : « Mon client aurait été vu dans trois endroits différents à la même heure. » D'après elle, l'enquête sur Sharif Sharif « n'a pas été menée avec professionnalisme. Aucun élément scientifique n'y figure ; on n'a procédé à aucun examen réel des corps ou des lieux où ils ont été retrouvés. Quant aux déclarations des témoins, elles sont contradictoires et vagues ».

Elizabeth Castro García a disparu un lundi. Les témoins ont affirmé l'avoir vue avec Sharif Sharif un jeudi. Pourtant, la famille de la jeune fille a déclaré qu'Elizabeth rentrait tous les soirs chez elle et qu'elle n'était jamais en retard, ce qui n'a pas empêché le juge de conclure à la culpabilité de Sharif Sharif sous prétexte qu'il aurait été vu en compagnie d'Elizabeth.

La dernière personne à avoir vu Elizabeth en vie, une jeune fille qui suivait des cours dans la même école qu'elle, ne cautionne pas davantage la version des autorités. Selon Irene Blanco, « les juges se sont fondés sur des témoignages peu sûrs pour condamner un homme à trente ans de prison ». « Le délit d'homicide n'a jamais été prouvé, ajoute Irene Blanco. Les pièces qui figurent au dossier sont vagues ; les témoins qui ont fait des déclarations contre mon client apparaissent aussi dans d'autres affaires. Si cela n'a pas attiré l'attention des juges, c'est que dans cette affaire, on ne se soucie pas d'enquêter sur un crime ou de retrouver les meurtriers. »

Pour Irene Blanco, les choses sont claires : les accusations portées contre Sharif Sharif visaient avant tout à protéger quelqu'un d'autre. Les mensonges sur certains aspects de l'enquête, le fait de déformer les antécédents de l'accusé et de réunir des témoignages douteux à défaut de procéder à des examens scientifiques le prouvent. « Je possède le dossier d'Elizabeth Castro García, que je me ferai un plaisir de remettre à tout avocat désireux de le consulter ou à un groupe de criminologues, ajoute Irene Blanco. Je ne le cacherai à personne, bien au contraire, car il est intolérable qu'on en soit arrivé à de tels extrêmes dans cette affaire. »

Quand Sharif Sharif a été transféré du centre de détention de Ciudad Juárez à celui de Chihuahua parce qu'il avait soi-disant été le complice de Jesús Manuel Guardado, surnommé El Tolteca, Irene Blanco lui a dit de ne pas s'inquiéter pour « ce genre d'idiotie ». « C'est à cause de ce genre d'idiotie que je suis en prison depuis trois ans et demi », lui a rétorqué l'Égyptien. Il avait raison.

Irene Blanco estime que l'affaire de Sharif Sharif est avant tout de nature politique. C'est Víctor Anchondo Paredes, secrétaire du gouvernement de l'État de Chihuahua, qui a le premier rendu publics les contacts qu'auraient eus le chimiste égyptien et le gang des Choferes. Les membres du gang qui ont fait des déclarations à la presse avaient le visage meurtri, comme s'ils avaient été frappés à seule fin d'obtenir des aveux.

Des rumeurs circulaient sur les « millions de dollars » que possédait Sharif Sharif aux États-Unis. On racontait aussi qu'il avait d'immenses propriétés et que ses brevets lui rapportaient toujours beaucoup d'argent. Aucune preuve n'étayait ces affirmations.

Un matin, alors que Suly Ponce, procureur spécial de l'Unité chargée des crimes contre les femmes, s'étendait sur ce genre de ragots à la télévision, Sharif Sharif contacta la chaîne sur laquelle était diffusé le « Magazine del 5 ». Il proposa à Suly Ponce qu'ils passent tous deux au détecteur de mensonges pour déterminer « qui mentait » et ajouta que toutes ces histoires sur sa supposée fortune étaient des inventions.

C'était la goutte d'eau qui faisait déborder le vase : Sharif Sharif fut aussitôt transféré à la prison de Chihuahua.

Entre-temps, les autorités s'acharnaient à prouver qu'un des membres du gang des Choferes avait rendu visite à l'Égyptien en prison. Cette tentative se révéla infructueuse car Abelardo González, le directeur du centre de détention, déclara qu'aucun des noms mentionnés dans les médias ne figurait dans ses registres. Irene Blanco affirme qu'on a tenté de soudoyer ce fonctionnaire pour qu'il falsifie les listes de visiteurs et y fasse inscrire les noms mentionnés par les autorités. Son refus lui valut d'être renvoyé.

Le 2 avril 1999, Sharif Sharif organisa une conférence de presse pour démentir les rumeurs répandues par les autorités. Trois jours plus tard, il était transféré à Chihuahua et privé de toute communication avec le monde extérieur.

« Les autorités soutenaient que Sharif Sharif avait eu des contacts avec un homme surnommé El Narco. Mon client affirmait que ce surnom avait été inventé au cours de l'enquête, déclare Irene Blanco. Sharif Sharif lui aurait demandé s'il connaissait un "violeur ou un toxicomane" capable de tuer deux femmes par semaine. El Narco lui aurait répondu qu'il connaissait quelqu'un que Sharif Sharif aurait chargé de commettre ces crimes. Au dire des autorités, Sharif Sharif aurait ajouté qu'il voulait que la presse parle de ces meurtres et aurait exigé qu'on lui apporte les petites culottes des victimes en échange de 1 200 dollars. »

Les autorités ne présentèrent aucun numéro de compte, aucun prête-nom, aucune preuve de virements effectués par Sharif Sharif.

Elles déclarèrent par la suite qu'un prisonnier du nom de Newton van Druner, accusé d'être un faux-monnayeur, lui aurait fourni de faux dollars pour financer ses crimes.

« On disait beaucoup de choses sans jamais rien prouver, conclut l'avocate. Suly Ponce, le procureur général et le chef du Service d'instruction préparatoire se sont contentés de faire des déclarations à la presse. Je m'interroge sur le montant des sommes versées aux journalistes pour financer ces articles mensongers. Aucun particulier n'aurait été en mesure de leur faire de l'ombre. »

Au centre de détention de Chihuahua, Sharif Sharif fut enfermé dans un quartier de haute sécurité et considéré comme un prisonnier très dangereux. Au début, l'Égyptien refusa de se soumettre à des examens psychologiques, médicaux, psychiatriques, et fut placé dans un état d'isolement complet.

« Je suis légalement désignée pour assurer la défense de Sharif Sharif dans le dossier d'Elizabeth Castro García, mais il m'est difficile de le voir car on change constamment les règles afin de m'en empêcher. Parfois, j'arrive et on me dit que je n'ai pas les pièces justificatives me permettant de lui rendre visite. »

Son isolement se révélant insupportable, Sharif Sharif a finalement demandé à ce qu'on lui fasse subir un examen psychiatrique. Devant l'insistance des médias, les autorités ont accepté de convoquer une conférence de presse au cours de laquelle le chimiste égyptien n'a cessé d'insister sur la corruption généralisée des fonctionnaires du Chihuahua.

Les autorités ont raconté aux médias que Sharif Sharif était un grand consommateur de cannabis et de psychotropes alors que Renato Garza, le psychologue de la prison, déclarait le contraire et affirmait que l'Égyptien était un « homme parfaitement sain mentalement », sachant distinguer le bien du mal. Cela n'a pas empêché Suly Ponce de le traiter publiquement de « psychopathe » et de taxer les membres du gang des Choferes de « dégénérés ».

Coupé du monde, Sharif Sharif a commencé une grève de la faim afin de faire pression sur les autorités et d'obtenir une entrevue avec le gouverneur Patricio Martínez, qui lui a toujours été refusée. Irene Blanco a présenté un recours devant la Commission d'État des droits de l'homme et porté plainte pour « isolement ». Elle est parvenue à un assouplissement de la discipline à laquelle on soumettait son client. Cependant, son droit de visite n'était toujours pas respecté. « On me demande toujours un formulaire précis prouvant que je suis bien son avocate. Je passe au tribunal pour me procurer le document en question, mais on ne me laisse pas entrer sous prétexte que le dimanche, les visites sont interdites aux avocats. Je leur dis que je suis une amie, mais ils me rétorquent que dans ce cas, je dois les prévenir deux jours à l'avance. »

Irene Blanco n'a pu voir son client avant septembre 1999 pour découvrir alors qu'il n'était plus celui qu'elle avait connu, tenait les propos incohérents d'un individu privé de ses facultés mentales. Il ne prenait pas soin de lui, ne se lavait plus. En balbutiant, il lui a dit qu'on lui faisait prendre des médicaments, s'est plaint d'être persécuté, menacé de mort, systématiquement accusé de tous les maux de la terre. Après cette visite, l'avocate s'est empressée d'envoyer un courrier au gouverneur de l'État de Chihuahua en lui décrivant les conditions de détention de son client. Elle a présenté en vain un nouveau recours devant la Commission d'État des droits de l'homme. Elle a juste obtenu comme un privilège le droit de poursuivre ses visites à la prison à condition que celles-ci ne durent pas plus de vingt minutes, sous surveillance.

« Se rendre dans cette prison, c'est comme aller en enfer, déclare-t-elle. C'est un endroit inhospitalier situé dans la périphérie de la ville de Chihuahua. »

Ni la Commission nationale des droits de l'homme, ni Amnesty international ne sont intervenus dans cette affaire. La première a refusé sous prétexte de ne pas vouloir porter atteinte à l'autonomie de l'État de Chihuahua. La seconde a tout simplement gardé le silence. Seule la Commission de solidarité et de défense des droits de l'homme, organisation locale, l'a soutenue sans trop de résultats dans ses actions.

Dans le Chihuahua, on nage en eaux troubles.

Irene Blanco se rappelle aussi que parallèlement aux mesures adoptées pour limiter son droit de visite, les autorités utilisaient la presse à sensation pour multiplier les diffamations à l'encontre de Sharif Sharif. Dans *The Forth Worth Star-Telegram*, on se fondait sur de simples suppositions pour l'accuser d'un crime commis en Pennsylvanie vingt et un ans plus tôt. « Je vis en ayant peur, reconnaît l'avocate, mais je vis aussi en ayant peur de me taire. Quelle peur l'emportera ? Que dois-je faire ? Il semblerait qu'il ne me reste plus qu'à me faire de la publicité en me déclarant coupable. »

Persuadée que dans l'affaire Sharif Sharif, l'enquête n'a fait l'objet d'aucune recherche scientifique, Irene Blanco évoque un forum qui s'est déroulé à Las Cruces, au Nouveau-Mexique. « Quand on a demandé à Suly Ponce où étaient les affaires ayant appartenu aux femmes assassinées, celle-ci a répondu qu'il n'existait pas de dépôt, que ses supérieurs hiérarchiques lui avaient dit qu'il était inutile de conserver leurs effets personnels. » Détruire de telles preuves paraît relever du domaine de l'inconcevable, comme si l'on cherchait ainsi à ne jamais aller au fond des choses et à laisser les criminels libres de continuer d'agir en toute impunité.

Le code de procédure pénale de l'État de Chihuahua prévoit pourtant que pour les besoins d'une enquête, on conserve les « instruments du délit » et les objets qui s'y rapportent. Ne pas respecter cet article constitue une infraction à la loi.

Interrogée sur l'attentat dont son fils a été victime, Irene Blanco déclare que le 13 mai 1999, elle est rentrée de Chihuahua à 18 h 30. Elle se trouvait seule chez elle quand elle a reçu vers 20 heures un appel téléphonique on ne peut plus explicite. « Fais très attention, parce que nous allons frapper là où ça te fera le plus mal », lui a dit une voix masculine.

Elle venait juste d'organiser une conférence de presse au cours de laquelle elle avait remis aux médias les copies des plaintes qu'elle avait déposées à la Commission d'État des droits de l'homme. La presse était son dernier refuge et elle comptait s'en servir pour clamer et prouver l'innocence de Sharif Sharif. Le 21 mai, une camionnette se mettait en travers du chemin de son fils.

Pour illustrer la négligence des autorités, Irene Blanco raconte que lorsqu'elle est allée à l'hôpital, son fils était enregistré sous le nom d'Eduardo Blancas. « On ne se soucie même pas de recopier correctement le nom d'un jeune homme qu'on vient de cribler de balles. » La nouvelle a été annoncée aux informations télévisées des chaînes 56 et 44 comme « un règlement de comptes entre trafiquants de drogue au croisement des avenues Charro et Álamos de San Lorenzo ». « Avant même qu'une enquête ait été ouverte, l'information filtrait dans la presse, où l'on continuait d'écorcher le nom de mon fils. En outre, les tirs avaient eu lieu au croisement des avenues Raza et Lago Monitoga, et non avenue Álamos de San Lorenzo comme ils l'ont indiqué », conclut l'avocate. Ces deux endroits sont très éloignés l'un de l'autre, mais la police judiciaire tenait à divulguer de faux renseignements. Pour les besoins de l'enquête, les autorités ont confisqué le véhicule que conduisait Eduardo Blanco. On n'a permis à sa mère de le récupérer qu'une semaine plus tard. Celle-ci a constaté qu'on avait volé de l'outillage, des cassettes audio, l'extincteur, l'alternateur. « On avait même retiré le réservoir d'essence ! » s'exclame-t-elle. De retour chez elle, elle a remarqué que les balles étaient encore incrustées dans la carrosserie. Par la suite, les autorités se sont corrigées en déclarant qu'il ne s'agissait pas d'un règlement de comptes, mais d'une « agression ».

« J'aimerais qu'on m'explique ce terme, dit l'avocate. Est-on victime d'une "agression" lorsque quelqu'un vous empêche de rouler et vide sur vous le chargeur d'un pistolet ? Pourquoi la police affirme-t-elle qu'un témoin lui a décrit les agresseurs alors que l'ami de mon fils a déclaré qu'ils avaient seulement vu un pick-up gris ? »

Les enfants d'Irene Blanco ont proposé à leur mère de quitter Ciudad Juárez. « J'ai déjà annoncé aux autorités que s'il arrivait quelque chose à mes enfants, j'en rendrais responsables les autorités de l'État de Chihuahua. Quand je suis allée porter plainte après avoir reçu des menaces de mort, le procureur m'a dit qu'il considérait que le personnel du ministère public était insoupçonnable, alors que j'affirmais simplement que les auteurs de ces menaces travaillaient probablement au sein du Bureau du procureur général. »

Après l'attentat contre son fils, l'avocate eut l'impression d'être impuissante. Le choc émotionnel risquait d'avoir raison de ses convictions.

Le courage trouve ses limites là où commence l'imprudence, si bien qu'Irene Blanco a préféré quitter la ville avec ses enfants.

La famille heureuse

En 2000, Vicente Fox Quesada (candidat du PAN, le « parti du changement ») remporta les élections présidentielles. Il n'avait obtenu que 16 millions de voix car 21 millions de Mexicains n'étaient pas allés aux urnes. Le président élu n'avait été soutenu que par un quart du spectre politique du pays. Le Mexique découvrait à la lueur des votes une carte électorale marquée par sept décennies de gouvernements autoritaires dominés par le PRI.

La situation reflétait bien ce qui avait cessé d'exister, ce qui allait être fait et ce qu'il faudrait désormais éviter. Le pays était en phase de reconstruction. Le gouvernement de Vicente Fox devait tout d'abord garantir la sécurité publique et procéder à une réforme de la justice. Mais ses promesses inquiétaient la société, qui se demandait qui mènerait à bien une tâche aussi stratégique.

Quelques jours après la constitution du nouveau gouvernement, l'ancien procureur général de l'État de Chihuahua, Francisco Molina Ruiz, espérait encore faire partie du cabinet ministériel. Vicente Fox l'avait laissé de côté. Le Bureau du procureur général resterait entre les mains d'un groupe de militaires de haut niveau. On freinait les ambitions politiques de Molina Ruiz parce qu'il avait fait du tort à de nombreuses personnes.

Quelques jours avant l'entrée en fonction du nouveau cabinet ministériel, le juriste Miguel Sarre, conseiller de l'équipe de transition du président sortant et chercheur à l'Institut technologique autonome de Mexico, déclarait qu'il fallait cesser d'appliquer la loi comme une arme politique, un principe qui n'avait jusqu'alors pas été respecté dans les États par les différents gouvernements de transition. Il ajoutait que la culture juridique du pays était à l'image des textes de loi obsolètes et de nature autoritaire encore en vigueur au Mexique, issus d'une « tradition fasciste ».

« Les avocats qui ont suivi cet enseignement sont de tous bords politiques. Il n'y a aucun changement culturel de ce côté-là », disait Miguel Sarre en précisant que la résistance la plus virulente au changement se trouvait chez les avocats et résultait de leur formation. Selon lui, la réforme de la justice mexicaine n'était possible qu'à condition de réduire les attributions de type juridictionnel du ministère public, dont « le rôle n'est pas de se prouver à lui-même qu'il faut punir tel ou tel délit, mais de porter l'affaire devant le juge afin que ce dernier établisse l'existence ou l'absence de délit. Si l'on conduit directement un accusé devant le juge, aucune instruction préparatoire n'aura été faite. Il faudrait modifier le régime de la détention préventive ». Pour ce faire, Miguel Sarre suggérait de changer le système pour que certains individus puissent être jugés sans avoir été incarcérés, ce qui aurait réduit de moitié le nombre de prisonniers dans les centres de détention.

Miguel Sarre dénonçait par ailleurs certaines pratiques de la police judiciaire mexicaine : « Nos services de police sont très corrompus. La police judiciaire s'est accordé un immense pouvoir, un pouvoir qui n'est pas contrôlé et qu'aucune institution extérieure ne limite. »

Miguel Sarre préconisait l'existence d'un ministère public autonome, d'un nouveau système de justice pénale où l'affaire serait directement portée devant le juge. Le ministère public perdrait ainsi la prérogative de décider de la procédure à suivre et de présenter une affaire préfabriquée au juge. De son côté, la police judiciaire serait soumise au ministère public et ses prérogatives se limiteraient à l'enquête pure et simple. Elle cesserait donc d'occuper le terrain de prévention du délit. Dans ce cas, toute la structure de la police parallèle au ministère public serait démantelée : chefs de groupes, commandants, etc. « Au Mexique, un commandant de police a plus de pouvoir qu'un ministre de la Cour suprême, ce qui est inacceptable », concluait le juriste.

L'arrivée de Vicente Fox à la présidence de la République permit la réalisation de certaines des mesures préconisées par Miguel Sarre. Les procureurs des États se montrèrent réticents lorsque le gouvernement de transition leur proposa la constitution d'un ministère public indépendant du pouvoir exécutif. Un ministère de la Sécurité publique fut néanmoins créé et l'on projeta de faire du Bureau du procureur général de la République une agence d'investigation capable de lutter efficacement contre le crime organisé. Un Conseil de sécurité nationale vit également le jour, chargé de coordonner les différentes actions dans ce domaine.

Le 25 juin 2000, Francisco Molina Ruiz et José Luis Reyes Vázquez, devenus coordinateurs de la justice et de la sécurité publique au sein du nouveau gouvernement, annoncèrent les lignes directrices de leur programme de lutte contre la délinquance. Les journaux publièrent les différentes fonctions que Molina Ruiz avait exercées au cours de sa carrière : procureur général de l'État de Chihuahua de 1992 à 1996 ; bref passage à l'Institut de lutte contre les drogues (1996) ; sénateur représentant le PAN de 1997 à 2000 ; président de la Commission de sécurité publique du Sénat et secrétaire technique du groupe de contact entre le Mexique et les États-Unis.

Les journalistes avaient cependant oublié de signaler le plus important : la qualité de sa gestion aux postes qu'il avait occupés et l'examen plus approfondi de sa trajectoire professionnelle. Certaines personnes – comme José Luis Barraza González, président de la Confédération patronale de la République du Mexique dans l'État de Chihuahua – lui apportaient un soutien inconditionnel, estimant qu'il avait toujours été « très transparent et très efficace ». José Luis Barraza González trouvait logique que Molina Ruiz ait exhumé de vieilles affaires qui avaient été classées et ajoutait qu'à sa connaissance, « Molina n'avait jamais eu de contacts avec les trafiquants de drogue » et « qu'aucune preuve » ne permettait de lancer de telles affirmations. José Luis Rodulfo, directeur de l'Association des maquiladoras du Chihuahua, disait que

Molina Ruiz et Barrio Terrazas avaient fait preuve de « loyauté et d'honnêteté » lorsqu'ils avaient été fonctionnaires d'État, qualités qu'il jugeait « indispensables quand on représente les intérêts de la société ».

Mais certaines personnes qui avaient travaillé avec Molina Ruiz ou avaient souffert par sa faute le considéraient comme un homme négligent et insensible. L'Association des parents et des proches de personnes disparues avait notamment porté plainte contre Molina Ruiz. Les membres de cette association se proposaient de retrouver 196 disparus à la frontière nord du Mexique, parmi lesquels 22 ressortissants nord-américains. Jaime Hervella, qui avait fondé l'association en juillet 1997, affirmait que lorsque Molina Ruiz était procureur général, il n'avait jamais donné suite à leurs requêtes. Il rappelait qu'après un week-end particulièrement sanglant à Ciudad Juárez, il avait demandé à Molina Ruiz ce qu'il comptait faire. Ce dernier lui avait répondu d'un ton méprisant que toutes les victimes étant des « trafiquants de drogue ou des homosexuels », il ne se sentait pas obligé d'agir. Selon Hervella, Molina Ruiz avait « ouvert les portes au crime organisé ».

Hervella considérait la présence de Molina Ruiz aux côtés de Vicente Fox comme une grave insulte. Il avait perdu son filleul et l'épouse de celui-ci (Saúl Sánchez et Abigail Martínez de Sánchez), agressés dans leur voiture le 24 mai 1994, quand Molina Ruiz était procureur général de l'État de Chihuahua. Spécialiste en télécommunications dans la marine nord-américaine, Saúl Sánchez avait inventé un appareil permettant de localiser des appels téléphoniques. Hervella racontait qu'à l'époque, son filleul était entré en contact avec les services du Bureau du procureur général de la République en leur proposant d'acquérir son invention, si efficace qu'elle permit de faire capoter plusieurs négociations entre des trafiquants de drogue. Hervella croyait que son filleul avait été enlevé pour cette raison. Il précisait qu'Arturo Chávez Chávez, qui avait succédé à Molina Ruiz en tant que procureur général, ne lui avait guère été plus utile que ce dernier. Chávez Chávez aurait même déclaré lors d'une conférence de presse qu'il n'avait pas été informé de l'enlèvement de Saúl Sánchez et d'Abigail Martínez de Sánchez, ce qui constituait pour Hervella un aveu de complicité. Malgré les difficultés qui se dressaient sur son chemin, Jaime Hervella était alors fermement résolu à demander l'extradition d'Arturo Chávez Chávez aux États-Unis pour le faire comparaître devant un juge afin qu'il reconnaisse sa responsabilité dans l'affaire des ressortissants nord-américains disparus dans le Chihuahua.

Interrogé sur l'opération de recherches de corps effectuée par des experts nord-américains et mexicains à Ciudad Juárez en janvier 1999, Hervella déclarait que les ranchs où l'on exécutait des gens et où l'on procédait à la transformation des drogues étaient apparus sous le gouvernement de Francisco Barrio Terrazas. Il ajoutait que Molina Ruiz « était particulièrement corrompu et qu'il n'avait jamais fait l'objet d'aucune enquête ».

Pour Jaime Hervella et ses compagnons, que le Bureau du procureur général de la République et le gouvernement nord-américain considéraient comme leurs interlocuteurs, Francisco Molina Ruiz représentait la farce et l'humiliation, le manque de respect à l'égard des victimes, qu'il taxait de délinquants ou de trafiquants de drogue avant même l'ouverture des enquêtes. Les 2 000 dossiers non résolus qui avaient été classés quand Molina Ruiz et Chávez Chávez étaient procureurs généraux du Chihuahua en étaient la preuve.

Hervella allait encore plus loin dans son raisonnement en estimant que le manque de volonté des autorités dans la recherche des corps des disparus visait à « protéger le groupe de Francisco Barrio Terrazas ». Hervella ajoutait d'ailleurs qu'il existait un document officiel certifiant que Barrio Terrazas avait reçu de l'argent du cartel de Juárez.

Ce document était des plus compromettants. Dans les pièces du procès contre le cartel de Juárez, Francisco Barrio Terrazas est en effet cité pour avoir protégé des trafiquants de drogue en échange de « fortes sommes d'argent ». Publié le 15 octobre 2000 dans

El Paso Times par Diana Washington Valdez quelques semaines avant que Vicente Fox prenne ses fonctions, ce document (classé sous la référence PGR/UEDO n°157/98) fit grand bruit. Il y est écrit que Francisco Barrio Terrazas aurait reçu de l'argent d'Amado Carrillo Fuentes, le chef du cartel de Juárez.

Le 25 mars 1997, Tomás Colsa McGregor, joaillier et ami de Carrillo Fuentes, avait révélé aux autorités que ce dernier bénéficiait de la protection des gouverneurs des États du Yucatán, Quintana Roo, Campeche, Sonora et Chihuahua. Il précisait que Barrio Terrazas avait du reste « abusé en exigeant que Carrillo Fuentes lui verse des sommes très élevées, ce qui avait embarrassé ce dernier », et qu'Amado Carrillo Fuentes était très ami avec le gouverneur de Morelos, Jorge Carrillo Olea.

Colsa McGregor fut séquestré, torturé et assassiné le 5 juillet 1997 à Mexico. Le ministre de la Défense, Enrique Cervantes Aguirre, avait été informé des liens entre Carrillo Fuentes et Barrio Terrazas grâce aux services de renseignements de l'armée mexicaine.

Le témoignage de Colsa McGregor permit aux autorités fédérales de retirer les chefs d'inculpation contre des dizaines de personnes impliquées dans l'affaire du cartel de Juárez. Beaucoup furent libérées faute de preuves. Grâce aux révélations du bijoutier, les généraux de l'armée mexicaine Francisco Humberto Quirós Hermosillo et Mario Arturo Acosta Chaparro furent incarcérés. Mario Villanueva Madrid, ancien gouverneur de l'État de Quintana Roo, prit la fuite et fut capturé par la suite.

Martha Sahagún, chargée de communication du président sortant (qu'elle devait épouser quelques mois plus tard), se contenta de déclarer que « Francisco Barrio Terrazas est une personne à la moralité sans faille, un homme honorable à la carrière irréprochable ». Elle préféra ne pas se prononcer sur le témoignage de Colsa McGregor, dont elle avait pourtant une copie sur son bureau.

Barrio Terrazas, qui avait gardé le silence quand *El Paso Times* avait publié les accusations de Colsa McGregor, s'empressa de tout nier et de traiter le témoin de « délinquant ». Vicente Fox déplora la publication de ce témoignage, qu'il taxa de « déclarations opportunistes et sans fondements visant à discréditer un homme qui travaille avec transparence et honnêteté ». Il ne voulut rien savoir de plus à ce sujet et refusa de faire ouvrir une enquête. Au contraire, il annonça que Barrio Terrazas, dont il défendait la « grande moralité », ferait partie de son cabinet ministériel.

Le 1er décembre 2000, l'ancien gouverneur du Chihuahua prit la direction du Secrétariat de la vérification et du développement administratif, institution fédérale chargée de lutter contre la corruption et l'impunité des fonctionnaires.

Le Bureau du procureur général avait déjà innocenté Jorge Carrillo Olea en déclarant qu'aucune enquête n'avait été menée sur les liens entre l'ancien gouverneur de l'État de Morelos et le cartel de Juárez, mais au sujet de Francisco Barrio Terrazas, le procureur préféra garder le silence.

L'existence de contacts entre Barrio Terrazas et les trafiquants de drogue avait déjà été abordée en 1998. Dans l'ouvrage *Todo lo que debería saber sobre el crimen organizado en México* (« Tout ce que vous devriez savoir sur le crime organisé au Mexique »), l'Institut mexicain d'études sur la criminalité organisée (dirigé par un ancien fonctionnaire des services de renseignements fédéraux), avait révélé qu'Héctor Valdés, le pilote privé de Barrio Terrazas, était proche du cartel de Juárez. Il se chargeait d'organiser le transport aérien de la drogue d'Amado Carrillo Fuentes. Ce livre circulait sans que le gouverneur s'y soit opposé légalement.

À la suite des accusations de Colsa McGregor contre Barrio Terrazas, José Trinidad Larrieta, chargé au niveau fédéral de diriger les opérations de lutte contre la drogue, fit savoir qu'il ne comptait pas se prononcer à ce sujet.

Carlos Becerril, porte-parole du procureur de la République, déclara que hormis le gouverneur de l'État de Quintana Roo, aucun des autres gouverneurs mentionnés dans le témoignage de Colsa McGregor n'était mêlé au trafic de drogue. Cependant, les autorités fédérales certifièrent que des enquêtes étaient en cours.

Le document publié par *El Paso Times* provenait du volumineux dossier d'extradition de Lucio Cano, un avocat de Ciudad Juárez résidant à El Paso, que les autorités mexicaines avaient voulu extrader en septembre 2000. Un juge d'El Paso les avait déboutées.

Ce dossier, qui comptait plus de 2 000 pages, avait été envoyé à la cour par l'ambassade des États-Unis au Mexique et le Département d'État nord-américain. Le témoignage de Colsa McGregor avait déjà été cité dans la presse, mais c'était la première fois qu'on le publiait sous forme de fac-similé. L'origine de cette source était indiscutable.

Le témoignage est cité dans *La Historia secreta del narco. Desde Navolato vengo* (« L'histoire secrète du trafic de drogue. Je viens de Navoleto ») de José Alfredo Andrade Bojorges, publié début 1999. Ainsi que le révélèrent les faits par la suite, divulguer les dessous des procès contre le cartel de Juárez n'était pas sans danger.

Le 20 juillet 1999, Andrade de Bojorges se rendit dans un restaurant de la Zona Rosa, à Mexico, avec des amis avocats. Une voiture lui barra le passage alors qu'il sortait de l'établissement en compagnie d'un ami, qui eut à peine le temps de voir un homme descendre du véhicule et y faire monter de force Andrade de Bojorges avant de prendre la fuite. Andrade de Bojorges avait sur lui un dossier contenant ses archives personnelles. Il est toujours porté disparu et a laissé un livre inachevé dont la publication était déjà annoncée dans la presse. Il révélait dans cet ouvrage les activités louches de l'ancien procureur général de la République, Enrique Álvarez del Castillo, et de l'ex-procureur adjoint, Javier Coello Trejo, qui gravitaient autour d'Alejandro Gertz Manero, alors secrétaire à la Sécurité publique du district fédéral, qui devint par la suite ministre de la Sécurité publique sous le gouvernement de Vicente Fox.

Francisco Molina Ruiz avait bénéficié pendant des années de l'amitié de Francisco Barrio Terrazas. Son expérience en tant que procureur général du Chihuahua lui avait valu d'être considéré au sein du PAN comme un expert pour tout ce qui avait trait à la justice et à la sécurité publique. De là sa promotion sous le gouvernement de Vicente Fox, tempérée cependant par un inconvénient majeur : des résultats sinon nuls, tout au moins polémiques.

Le 3 décembre 1996, Antonio Lozano Gracia, procureur du PAN, renonça à ses fonctions. Francisco Molina Ruiz cessa dans le même temps de diriger l'Institut de lutte contre les drogues. L'année suivante, le Bureau du procureur général de la République prouva avec chiffres à l'appui que les actions menées par Molina Ruiz à la tête de l'Institut étaient bien moins efficaces que celles de son successeur. En mars 1997, la sénatrice nord-américaine Dianne Feinstein critiqua le fait que malgré l'arrestation des chefs du cartel du Golfe, le Mexique avait refusé de poursuivre le cartel de Juárez : l'un était tombé pour favoriser l'essor de l'autre.

Pendant la campagne de Vicente Fox, Francisco Molina Ruiz, qui espérait ainsi gagner un siège de sénateur (que pour finir il n'obtint pas), porta plainte contre les militaires de la garnison d'Ojinaga (Chihuahua). Il accusait notamment le général Domiro García Reyes, ancien chef d'escorte de Luis Donaldo Colosio, le candidat du PRI à la présidentielle assassiné en 1994, d'avoir favorisé le commerce de la drogue.

Des mois plus tard, quelques semaines avant l'entrée en fonction du président élu, Francisco Molina Ruiz fut très actif. En tant que conseiller de Vicente Fox, il fut le premier à établir le contact entre le nouveau gouvernement et Janet Reno, qu'il considérait comme sa future homologue aux États-Unis.

Par la suite, Molina Ruiz déclara qu'il comptait combattre le crime au Mexique en adoptant deux mesures : transformer le Bureau du procureur général de la République en un « Bureau du procureur général de la fédération » et « démilitariser » la lutte contre le trafic de drogue. Il prétendait aussi modifier le rôle du ministère public et, enfin, créer une police calquée sur le modèle du FBI. Lors d'une première visite au Bureau du procureur général de la République, Molina Ruiz insista néanmoins sur le fait qu'il avait l'intention de maintenir les commandants de la police judiciaire à leurs postes pour mener ces tâches à bien. Ensuite, il mit ses détracteurs en garde en affirmant : « Tous ceux qui me critiquent sont mêlés au trafic de drogue. »

Pourtant, ses adversaires ne se contentaient pas d'avancer de simples hypothèses. Le 2 novembre 1995, Heidi Slauquet fut enlevée aux abords de l'aéroport dans le taxi qui la conduisait à Ciudad Juárez. À la date d'aujourd'hui, elle est toujours portée disparue. Malgré une plainte déposée au niveau fédéral et dans l'État de Chihuahua, aucune enquête ne fut jamais ouverte. À l'époque, Molina Ruiz était encore procureur général. La journaliste Isabel Arvide, l'une des parties civiles dans cette affaire, expliquait que dès le départ, Molina Ruiz avait cherché à la dissuader de porter plainte pour sa disparition. Il lui avait même conseillé « d'éviter de s'attirer des ennuis ». Mais Isabel Arvide s'obstina et le commandant Francisco Minjárez prit sa déposition. Molina Ruiz était allé jusqu'à mentir pour qu'elle ne porte pas plainte, en lui disant qu'on avait vu la victime à El Paso et qu'elle faisait partie d'un programme de « protection de témoins » aux États-Unis, ce que les autorités nord-américaines démentirent plus tard. Molina Ruiz avait déjà tenté de décourager ainsi d'autres proches de personnes disparues.

La journaliste estimait que les autorités étaient mêlées à la disparition de son amie Heidi. Prenant conscience que Molina Ruiz ne ferait rien, elle fut obligée d'enquêter elle-même et découvrit les liens qui unissaient policiers et trafiquants de drogue. « Dans les affaires de disparitions comme dans les crimes contre les femmes à Ciudad Juárez, affirmait-elle, les recherches ne vont jamais au-delà d'un signalement ou d'une plainte classés dans un dossier qui est ensuite relégué aux oubliettes. » Journaliste très influente et auteur de plusieurs livres, Isabel Arvide, qui avait des contacts fiables, apprit quelques jours plus tard que les frères Francisco et Armando Rayos Jáquez avaient été enlevés de façon similaire par un groupe armé circulant dans des véhicules appartenant à la délégation du Bureau du procureur général de la République, dirigée à l'époque par Arturo Chávez Chávez.

Chávez Chávez était expressément nommé dans les dépositions concernant ces trois disparitions. Devenu peu après procureur général de l'État de Chihuahua, il décida de ne pas ouvrir d'enquête pour protéger sa personne et celle de Molina Ruiz.

Devant l'indifférence des autorités fédérales et de l'État de Chihuahua, Isabel Arvide écrivit un livre intitulé *Muerte en Juárez*. Elle y révèle que son amie Heidi était en contact avec des trafiquants de drogue intouchables, qui possédaient des ranchs où avaient lieu des orgies et où disparaissaient des gens, et qui bénéficiaient de protections au niveau municipal et fédéral de l'État.

Dans ce livre, publié en 1996, Francisco Minjárez apparaît comme un individu imperturbable, patient, poli et habile, ayant toujours une réponse toute prête pour justifier son inaction.

Minjárez répondit aux accusations d'Isabel Arvide de la manière suivante : « Si, dans son livre, Isabel Arvide déclare avoir porté plainte au niveau fédéral et de l'État, aucune pièce ne figure cependant au dossier. Sans dépôt de plainte, comment une enquête pourrait-elle être menée ? »

Quelqu'un avait brouillé les pistes.

En 1997, date de la création de l'Association des parents et des proches de personnes disparues, le nom d'Heidi Slauquet vint s'ajouter à la liste. Grâce aux pressions d'Isabel Arvide, l'affaire fut reconsidérée par le Bureau du procureur général de la République. L'enquête fut menée par l'Unité de lutte contre le crime organisé. Chávez Chávez, Minjárez et d'autres fonctionnaires locaux furent convoqués par mandat, mais aucun ne comparut car entre-temps, le procureur spécial Jorge Castañeda Espinosa de Los Monteros estima que le délégué auprès du Bureau du procureur général de la République avait commis des irrégularités. Ce dernier, Hernán Rivera, était l'ancien chef du Service d'instruction préparatoire de Molina Ruiz et avait dirigé les premières enquêtes sur les crimes contre les femmes à Ciudad Juárez. Il était accusé d'être impliqué dans la disparition de l'agent de police judiciaire Javier Lardizábal Hernández. Rivera fut contraint de quitter la délégation fédérale.

Le 31 décembre 1997, l'escorte que le Bureau du procureur général de la République avait mise à la disposition d'Isabel Arvide fut agressée. L'un des policiers chargés d'assurer sa sécurité fut blessé par balle. Le Bureau du procureur général annula la réouverture du dossier d'Heidi Slauquet sous prétexte que certains enquêteurs avaient « des contacts avec des trafiquants de drogue ».

« On arrête toutes les recherches après cette agression, déclarait Isabel Arvide, quand on constate que des collaborateurs proches de Molina Ruiz, comme par exemple Francisco Minjárez, pourraient être impliqués. »

Peu après, d'autres agents furent nommés, mais lorsqu'ils reprirent l'enquête, la police judiciaire du Chihuahua les arrêta. Le 17 mai 1998, les agents concernés (Iván Bañuelos, Froylán Castillo García et Luis Manuel Lara García) furent accusés d'être des kidnappeurs. Ces policiers avaient suivi un entraînement en Espagne, à l'Académie du corps national de police d'Ávila. Le 11 juin 1999, Juan Jesús Aznárez publia dans *El País* un article sur cette affaire. Les policiers déclaraient être tombés dans un piège tendu par « la mafia de Ciudad Juárez, une communauté de délinquants qui commettent des crimes, enlèvent des gens et prospèrent grâce à l'argent de la drogue. Ils n'admettent aucune intromission dans leurs affaires ». Les trois policiers avaient pourtant résolu 13 affaires de disparition à Ciudad Juárez (dont celle d'Heidi Slauquet), et ils étaient sur le point d'arrêter les coupables. Les autorités de l'État de Chihuahua n'avaient jamais fait de recherches auparavant, ce qui faisait dire aux policiers accusés à tort que « certains agents de la police judiciaire de l'État étaient impliqués ».

Selon l'article d'Aznárez, après l'arrestation d'Iván Bañuelos et de ses collègues, la police judiciaire du Chihuahua avait mis les résultats confidentiels de leurs enquêtes sous séquestre. Ces policiers furent arrêtés quelques jours après que la police judiciaire eut perquisitionné le Bunker, propriété d'Amado Carrillo Fuentes. Par ailleurs, les enquêteurs envoyés en prison s'apprêtaient à citer à comparaître le chef de la police judiciaire de l'État de Chihuahua.

À l'époque des faits, Alejandro Castro Valles était premier commandant de la police judiciaire du Chihuahua. Heriberto Lachica était chargé de coordonner les opérations ; Francisco Barriga était second commandant et Francisco Minjárez dirigeait le Groupe spécial anti-enlèvements. Alejandro Castro Valles et Francisco Minjárez allaient réapparaître car leurs noms seraient associés aux crimes contre les femmes à Ciudad Juárez.

Isabel Arvide considérait que les accusations portées contre les enquêteurs spéciaux étaient pure invention de la part de Francisco Minjárez. En 2002, Iván Bañuelos croupissait toujours dans la prison de Chihuahua, privé de tout contact avec le monde extérieur. L'enquête sur la disparition d'Heidi Slauquet n'a jamais été rouverte.

Fin 1999, lorsque l'opération de recherche de corps menée par les policiers fédéraux et les agents nord-américains débuta, Jorge Madrazo, procureur général de la République, présenta des excuses à la journaliste pour n'avoir pas reconsidéré le dossier d'Heidi Slauquet.

L'affaire fut ensuite reprise par José Trinidad Larrieta, de l'Unité spécialisée dans la délinquance organisée du Bureau du procureur général de la République, mais le fonctionnaire démissionna début 2001.

Sept squelettes furent identifiés dans les « narcofosses », mais les recherches ne purent aboutir. Dans les documents officiels, Francisco Molina déclare « ne pas se souvenir » des affaires de disparitions.

Isabel Arvide alla trouver Patricio Martínez, le nouveau gouverneur du Chihuahua, mais celui-ci ne fit pas davantage avancer les choses. Selon la journaliste, tous semblaient « complices ».

Un autre aspect louche de la carrière politique de Francisco Molina Ruiz mettait en lumière la connivence qui existait au sein du groupe de pouvoir auquel il appartenait. Quand le Congrès du Chihuahua examina les comptes du gouvernement de l'État sous le mandat de Francisco Barrio Terrazas (de 1992 à 1998), il découvrit de nombreuses anomalies. Samuel Schmidt, politologue et professeur à l'Université autonome de Ciudad Juárez, interrogea Barrio Terrazas, qui lui dit qu'il s'agissait d'un prêt octroyé à Molina Ruiz. Avec l'accord du congrès local, ce dernier avait contracté un emprunt bancaire qu'il n'avait jamais remboursé. C'est le gouvernement du Chihuahua qui s'en était chargé, intérêts compris. Selon les déclarations de Barrio Terrazas enregistrées par Samuel Schmidt le 21 juillet 1997, le gouvernement avait consenti ce prêt à Molina Ruiz en « paiement de ses prestations » puisque celui-ci n'exerçait plus ses fonctions d'avocat depuis qu'il était procureur.

« Quand de tels prêts sont accordés à des fonctionnaires de l'État, nous avons affaire à des détournements des fonds publics, déclarait le politologue, car rien n'est prévu à cet effet dans le budget du gouvernement. Mais personne n'a porté plainte. » En tant que procureur, Molina Ruiz savait qu'on enfreignait la loi à son profit et il l'avait accepté. Plus tard, pour se justifier, il affirma qu'il avait remboursé son emprunt. L'attestation de paiement ne fut jamais rendue publique. Interrogé à ce sujet, l'ancien sénateur disait que toutes ces accusations étaient motivées par des rancœurs partisanes : « Dès que je bouge politiquement, la presse se déchaîne contre moi. »

Samuel Schmidt expliquait que le fait d'évoquer les luttes partisanes ou politiques avait de bonnes raisons d'être, dans la mesure où les membres du PAN avaient « toujours prôné le changement. Certes, l'État du Chihuahua a connu un changement, mais juste un changement de mains. Pour le reste, les membres du PAN se sont révélés pires que ceux du PRI ».

Au début des années 1980, le PAN, parti de droite et adversaire traditionnel du PRI, qui était à l'époque le parti officiel, avait gagné les élections dans le Nord du Mexique. En 1983, Luis H. Álvarez devint président municipal de Chihuahua, la capitale de l'État ; Francisco Barrio Terrazas, de Ciudad Juárez, et Rodolfo Elizondo, de Durango. Cette période fut surnommée le néopanisme, un mélange d'intérêts de groupes influents, de stratégies et de discours de chefs d'entreprises, de pragmatisme politique, de phobie anticentralisatrice et d'attitudes méprisantes envers la doctrine historique du parti. Ces groupes comptaient sur l'appui de l'Église catholique afin de s'imposer politiquement en affichant des idées de rupture et de confrontation, ce qui eut des répercussions non seulement au Mexique mais à l'extérieur du pays. Ces alliances permirent la création d'un groupe « parapolitique » d'extrême droite appelé Desarrollo Humano Integral y Acción Ciudadana (Développement humain intégral et action citoyenne).

En 1992, le triomphe électoral de Barrio Terrazas au poste de gouverneur du Chihuahua fut considéré comme un signe du fameux « changement ». « La famille heureuse », à savoir le cercle d'amis du nouveau gouverneur (surnommé Pancho), se composait de son frère Federico et de Gustavo Elizondo (qui devint par la suite maire de Ciudad Juárez de 1998 à 2001). Tous trois constituaient l'une des branches de l'entreprise Cementos Chihuahua et étaient représentatifs des oscillations politiques de cette société.

À titre d'exemple, signalons qu'Arturo González Rascón, membre du PRI et procureur du gouvernement d'État à partir de 1998, avait été l'avocat de Cementos Chihuahua. La société appartient à Federico et Luis Enrique Terrazas. Membre du PAN, celui-ci fut secrétaire du Développement économique sous le mandat de Barrio Terrazas et se présenta aux élections de 1998. Au dernier moment, il conclut une alliance avec Ramón Galindo pour qu'il se présente aux élections en tant que militant du PAN. Galindo perdit les élections que remporta Patricio Martínez, candidat du PRI, qui occupa le poste de gouverneur. Tout avait été mis en œuvre pour neutraliser Eduardo Romero, le candidat fort du PAN, et permettre la victoire du PRI.

Le procureur Arturo González Rascón avait travaillé au cabinet du secrétaire du gouvernement de Patricio Martínez, Víctor Anchondo

Paredes, également associé aux Terrazas. Arturo Chávez Chávez, ancien procureur général de l'État sous le gouvernement dominé par le PAN et ex-délégué au Bureau du procureur général du Chihuahua, est le neveu de Luis Enrique Terrazas et il militait pour le groupe Desarrollo Humano Integral y Acción Ciudadana. En somme, tous formaient un clan de chefs d'entreprises et de politiques avec leur clientèle respective.

Barrio Terrazas avait bénéficié du soutien économique de Valentín Fuentes, homme d'affaires de Ciudad Juárez, pour accéder au poste de gouverneur en 1992.

Avant que Vicente Fox n'occupe le siège de la présidence de la République, la presse révéla d'autres irrégularités commises par Barrio Terrazas, décelées par le bureau comptable du Congrès du Chihuahua. Elles s'élevaient à plus de 25 millions de pesos et transitaient par le compte public de l'organisme décentralisé Promotora de la Industria Chihuahuense. Certaines opérations constituaient des détournements de fonds.

La presse fit également état de la façon dont Francisco Molina Ruiz avait été « favorisé » par l'indemnisation que le gouvernement avait versée aux propriétaires d'un domaine faisant l'objet d'un litige. Molina Ruiz assurait leur défense. Plus tard, le Congrès refusa d'approuver les comptes de Francisco Barrio Terrazas pendant l'exercice de son mandat de gouverneur et renvoya leur examen au Bureau du procureur du Chihuahua. Au cours de l'été 2001, les autorités promettaient encore d'« enquêter sur les faits ».

Le journaliste Luis Javier Valero, dirigeant du Parti révolutionnaire démocratique à Chihuahua, a cité une série d'exemples définissant le gouvernement de « changement » de Francisco Barrio Terrazas : entreprises et transactions irrégulières, dépenses excessives, nominations discrétionnaires, népotisme, etc. Il a également relevé le dépôt de plainte d'une citoyenne nord-américaine contre Barrio Terrazas, qui l'aurait dépossédée de 2 800 hectares de terrain à Ciudad Juárez.

Ancien directeur du Centre d'études interaméricaines et frontalières de l'Université du Texas à El Paso, Samuel Schmidt se rappelait qu'en 1992, lorsque Molina Ruiz était devenu procureur général, les enlèvements s'étaient multipliés, de même que les affaires de vol de bétail dans la sierra, sans doute liées au trafic de drogue. Les crimes contre les femmes avaient commencé peu après, de même que les disparitions systématiques. La ville de Ciudad Juárez était devenue la « capitale des disparus ». Samuel Schmidt faisait par ailleurs remarquer qu'à compter du moment où Molina Ruiz avait pris la direction de l'Institut national de lutte contre les drogues, le cartel de Juárez avait connu un essor sans précédent.

Selon Schmidt, « Molina Ruiz n'est investi d'aucune autorité pour parler de la sécurité publique, car sa gestion des affaires était plutôt désastreuse ». Le politologue ajoutait que décréter que le trafic de drogue concernait uniquement la police, c'était placer le problème en marge de la sécurité nationale. « De plus, la police était justement le milieu où il avait échoué ».

Pour sa part, Esther Chávez Cano s'interrogeait sur la présence de Molina Ruiz aux côtés de Vicente Fox, alors qu'il avait toujours montré très peu d'intérêt dans les affaires de crimes contre les femmes et d'enlèvements à Ciudad Juárez. « Il n'a rien fait quand il était procureur, rien non plus quand il était sénateur. Il n'est pas une carte sur laquelle on peut parier, affirmait-elle. Il n'est pas la personne indiquée pour entreprendre une réforme de la justice et de la sécurité publique. Il ne l'a pas davantage été lorsque les proches des personnes disparues sont venus le trouver à l'époque où il était procureur. »

Molina Ruiz nia avoir eu une entrevue avec Esther Chávez Cano et le représentant des organisations locales de défense de la femme de Ciudad Juárez.

Alberto Medrano Villarreal, président du barreau et de l'ordre des avocats de Ciudad Juárez, partageait l'opinion de ceux qui s'opposaient à Molina Ruiz. Il se souvenait que Bertha López, la mère du disparu Horacio Iván López Castaño, avait été reçue personnellement par Molina Ruiz, qui avait en sa présence été informé par téléphone de l'endroit où se trouvait son fils. Plus tard, Molina Ruiz refusa de le reconnaître. Bertha López était persuadée qu'il était mêlé à la disparition d'Horacio.

Alberto Medrano Villarreal avait engagé les proches et amis des victimes à créer une association pour défendre leurs droits, car ils avaient été menacés de mort s'ils continuaient à ébruiter leurs drames personnels. « Le plus grand nombre de disparitions a été relevé quand Molina Ruiz était procureur général du Chihuahua, concluait Medrano Villarreal. Je crois que son successeur, Arturo Chávez Chávez, était lui aussi mêlé à ces affaires. »

De son côté, le journaliste Elías Montañés Alvarado estimait que le gouvernement de Barrio Terrazas avait fait des efforts pour lutter contre la corruption dans des conditions très difficiles. « Je ne dirais pas qu'ils étaient blancs comme neige, mais je ne crois pas à l'existence d'anges à l'épée flamboyante pour limiter la corruption », affirmait-il.

Francisco Molina Ruiz demanda qu'on enquête sur sa personne, confiant parce qu'on n'avait jamais porté plainte contre lui. Il affirmait que le Congrès du Chihuahua n'avait jamais cherché à examiner ses comptes. Quant aux détournements de fonds dont il aurait bénéficié, il déclarait « ne pas comprendre » de quoi il s'agissait. Il concluait en citant Javier Benavides, son ancien adjoint à l'Institut de lutte contre les drogues, qui avait fait incarcérer pour diffamation un journaliste qui s'en était pris à lui. Même si les faits le contredisaient, il refusait de reconnaître la recrudescence des disparitions lorsqu'il était procureur. Quand on l'interrogea sur les liens entre Barrio Terrazas et les trafiquants de drogue, il se contenta de dire que ces accusations étaient fausses et que son nom n'avait jamais été mentionné dans ces affaires. Selon lui, les chefs d'inculpation contre Abdel Latif Sharif Sharif étaient fondés. Enfin, il rejetait les recommandations 44/98 de la Commission nationale des droits de l'homme concernant l'Égyptien, qui auraient été rédigées dans un « but électoral ».

Finalement, le gouvernement de Vicente Fox laissa Francisco Molina Ruiz en dehors du cabinet ministériel, mais le fonctionnaire eut d'autres compensations. Quelques mois après l'investiture du nouveau président, il fut nommé président de la Commission d'ordre du PAN, chargée de veiller à la bonne moralité des militants. Il occupa ensuite de hautes fonctions au Secrétariat à la vérification et au développement administratif (dirigé par Francisco Barrio Terrazas) et retrouva son ancienne équipe : Ugo Gutiérrez Dávila, Eduardo Romero, Arturo Chávez Chávez. Il choisit d'avoir pour conseiller Ernesto Enríquez Rubio, ancien associé de Carlos Hank González, figure emblématique de la vieille garde politique mexicaine. Aliza Chelminsky faisait également partie de ses collaborateurs. Spécialisée dans les relations publiques, elle était l'ancienne directrice au Mexique de la multinationale Burson-Marsteller et fut nommée à la tête de l'Unidad de Vinculación para la Transparencia (« l'Unité d'aide à la transparence »).

Mais les changements politiques masquaient d'autres faits essentiels. Le mardi 24 octobre 2000, la police de l'État de Chihuahua signala la découverte d'un autre corps de femme en état de décomposition avancée dans une zone désertique des environs de Ciudad Juárez. On releva la présence d'hématomes sur différentes parties du corps et probablement des lésions internes. On estima que le corps était là depuis quinze à dix-huit semaines. Les médecins légistes devaient déterminer si la femme avait été violée.

L'Unité spéciale chargée des crimes contre les femmes à Ciudad Juárez supposait qu'il s'agissait du corps de María Elena Chávez Caldera, âgée de 15 ans et portée disparue cinq mois plus tôt. Les membres de la famille de l'adolescente déclarèrent que ce n'était pas leur fille. Originaires de Durango, ils comptaient déjà une victime : Olga Leticia Carrillo López, dont on avait retrouvé le corps le 9 septembre 1995. La famille Chávez Caldera avait dénoncé la négligence des autorités dès le signalement de la disparition de María Elena. Les services de police leur avaient conseillé d'« attendre » sous prétexte qu'ils avaient 449 affaires similaires à traiter avant celle-ci, et avaient refusé de chercher à savoir où la jeune fille pouvait se trouver. Les Chávez Caldera s'étaient alors tournés vers l'association Voces sin Eco.

Des avis de disparition furent distribués et placardés. En vain. Voces sin Eco tenta d'attirer l'attention du public sur les 38 autres disparitions qui avaient été signalées depuis 1992, alors que les autorités n'en reconnaissaient que trois, soi-disant sur le point d'être résolues. Malheureusement, la presse relaya les sources officielles et taxa les informations avancées par Voces sin Eco de « mensongères ». On alla même jusqu'à déclarer que ces femmes avaient cherché ce qui leur était arrivé car « elles ignoraient comment coulait l'eau à Ciudad Juárez », pour reprendre un dicton populaire de Paso del Norte. En agissant ainsi, les médias normalisaient la barbarie.

La citoyenne X

Elle aime les caméras et les micros. Elle aime aussi lancer des défis publics, porter des tailleurs, des talons hauts, mettre du rouge à lèvres. Elle a des cheveux châtains et ondulés. Elle se distingue en affichant un mélange de coquetterie et d'attitude professionnelle. Elle a le style d'une avocate d'affaires. On se rappelle l'avoir vue dans le lieu désertique où l'on a retrouvé le corps d'une femme assassinée à Ciudad Juárez. Elle était vêtue comme pour aller à une soirée, ses talons s'enfonçaient dans le sable et elle avait peine à marcher dans sa minijupe trop serrée. Mais elle tenait à assister à la levée du corps avec les journalistes, les policiers, les médecins légistes, les photographes.

Elle agite toujours les mains quand elle parle. Polémique et tenace, c'est une femme volontaire qui aime le combat et est avide d'apprendre. Elle est parfois grincheuse et refuse qu'on critique l'efficacité du gouvernement du PRI pour lequel elle travaille. Les journalistes qui la pressent de questions l'énervent tout autant que les particuliers. Les associations, les intellectuels et les féministes l'exaspèrent. Elle reproche à ces derniers d'avoir été en grande partie responsables de l'échec des enquêtes sur les meurtres de femmes dont étaient chargées les autorités mises en place par le PAN sous le gouvernement précédent. Elle déclare à juste titre qu'avant elle, les quatre procureurs spéciaux désignés pour résoudre ces affaires n'ont tenu que quelques semaines ou plusieurs mois à ce poste. Elle, en revanche, occupe ses fonctions depuis plus de deux ans.

Le 9 novembre 1998, Suly Ponce fut nommée procureur spécial de l'Unité chargée des crimes contre les femmes à Ciudad Juárez.

Elle déclarait qu'elle poursuivrait son action tant que ces crimes « ne seraient pas entièrement résolus ». Elle était fière des chiffres : depuis qu'elle avait été nommée à ce poste, les assassinats avaient diminué. Proche du procureur général du Chihuahua, Arturo González Rascón, elle ne pouvait être renvoyée et ne se souciait donc ni du scandale, ni des accusations de l'opinion publique ou des pressions des médias. À plus de 35 ans, c'est une forte femme, mère de deux enfants, qui se complaît soit à affronter directement ses détracteurs, soit à les ignorer souverainement.

Au cours de l'été 1999, après un entretien avec Asma Jahangir, rapporteuse spéciale des Nations unies, elle n'hésita pas à déclarer que celle-ci avait une vision des crimes contre les femmes à Ciudad Juárez « distordue et exagérée ». Et de conclure : « Heureusement, nous lui avons présenté les chiffres et les actions que nous avons menées pour résoudre cette affaire. » Mais on l'accusait de commettre des erreurs, de se contredire, d'avancer des hypothèses infondées, de proférer des menaces et de faire beaucoup de promesses, quand elle ne tenait pas des propos tendancieux, comme le jour où elle avait dit que Sharif Sharif était un meurtrier parce qu'il était « arabe et que les Arabes brutalisent les femmes ». Une autre fois, elle aurait affirmé que l'Égyptien était un psychopathe parce qu'il dormait sur un waterbed.

Sharif Sharif était devenu son obsession. Elle était persuadée qu'il était le grand prêtre qui se cachait derrière les meurtres de femmes à Ciudad Juárez. Elle a souvent déclaré qu'elle étudiait le Coran et la langue arabe. Il lui est fréquemment arrivé de scruter à la loupe la calligraphie de l'Égyptien sur des papiers qui lui ont été confisqués. Elle cherche une clef, un indice, un renseignement révélateur qui mette une fois pour toutes un terme à ses soupçons et permette de le condamner pour avoir commis des dizaines de crimes.

Elle approuve l'enquête qui a conduit à la capture de Jesús Manuel Guardado, alias El Tolteca, et le gang des Choferes. Elle exclut que les déclarations de ces derniers aient pu être extorquées sous la torture, les coups ou la menace. « C'étaient des aveux spontanés », conclut-elle en montrant des vidéos censées prouver ce qu'elle avance. Mais ses déclarations contredisent les témoignages des accusés et la version des médias, qui affirment qu'il y avait des traces de coups.

En fait, les actions contrastées de Suly Ponce semblent converger vers un seul point : elle joue un scénario qu'on lui a dicté et qu'on lui dicte encore.

Le 21 février 2001, on découvrit le corps d'une énième femme assassinée. Elle s'appelait Lilia Alejandra García Andrade, était âgée de 17 ans, mère de deux enfants, et avait été étranglée. Employée dans une maquiladora, elle était partie travailler le 14 février et avait été enlevée alors qu'elle rentrait chez elle. Ses proches signalèrent sa disparition deux jours plus tard. Les lésions sur sa peau attestaient qu'elle avait été ligotée et violée.

Un jour après la découverte du corps, dans la soirée, une dépêche de l'agence Associated Press circula. Elle était signée Susan Parrot, qui y écrivait que des officiers de la police de Dallas, au Texas, avaient arrêté un « tueur en série », José Luis Rosales Juárez, qui avait pendant des années terrorisé des femmes à Ciudad Juárez.

Par le biais du Bureau du procureur général de la République de San Antonio, les autorités judiciaires du Chihuahua demandèrent l'arrestation de Rosales Juárez. La sœur du prisonnier expliqua que des années plus tôt, les autorités de cet État avaient voulu mêler son frère au gang des Rebeldes dans l'affaire des meurtres de femmes à Ciudad Juárez, mais qu'il avait été libéré faute de preuves.

Cet article, qui consignait des informations provenant de sources officielles, causa forte impression. Le 23 février, Víctor González, porte-parole du Bureau du procureur général du Chihuahua, déclara dans *El Paso Times* : « Nous pensons que José Luis Rosales Juárez fait partie du gang des Rebeldes, dont certains membres ont été accusés en 1996 d'avoir violé et tué sept femmes. » Selon ce fonctionnaire, Abdel Latif Sharif Sharif avait commandité depuis sa cellule plus d'« une dizaine de meurtres commis par des membres du gang ». Esther Chávez Cano lui répondit dans le même quotidien : « Les meurtres se poursuivent et les autorités persistent à dire que le coupable est cet Égyptien. C'est invraisemblable. »

Le 24 février 2001, la police de Dallas remit Rosales Juárez à ses homologues mexicains à Nuevo Laredo (Tamaulipas). Les autorités du Chihuahua prétendaient détenir de « nouvelles preuves » et comptaient renvoyer l'affaire de ce « tueur en série » devant la juge qui, quelques années auparavant, avait été dessaisie du procès pour « manque de probité ». Le 26 février, Suly Ponce déclara que l'arrestation de Rosales Juárez allait lui « permettre d'obtenir d'autres preuves contre six des membres des Rebeldes ». Elle ajouta que l'enquête sur le meurtre de Lilia Alejandra García Andrade se soldait par des « résultats significatifs », mais priait les témoins de contacter ses services « pour raconter ce qu'ils avaient vu ». Elle se plaignit qu'à Ciudad Juárez, « personne ne voit rien, personne ne se rende jamais compte de rien ». Elle conclut son discours en constatant que les criminels n'avaient pas entendu son « message sur la fin de leur impunité » et continuaient de provoquer les autorités.

Elle n'offrait rien d'essentiel (ni preuves, ni témoignages valables) et se contentait de parler de la création d'un groupe d'enquêteurs constitué de vingt agents de la police judiciaire de l'État et de cinq agents du ministère public qui avaient moins de deux ans d'ancienneté dans le domaine criminel. Le salaire mensuel des agents de police judiciaire était alors de moins de 300 dollars. Celui des agents du ministère public était légèrement plus élevé. Les autorités judiciaires du Chihuahua justifièrent leurs piètres résultats en se plaignant de ne pas pouvoir aller sur le terrain car elles n'avaient pas assez de moyens opérationnels ni de bons d'essence. Les effectifs des patrouilles de sécurité étaient réduits et les policiers travaillaient dans de très mauvaises conditions.

Le 26 février, les médias apprirent que Suly Ponce avait été accusée d'avoir soudoyé Carlos Escobar Escárcega pour qu'il inculpe un homme du meurtre de Lilia Alejandra García Andrade. Elle annonça qu'elle allait porter plainte pour diffamation contre Escobar Escárcega et la journaliste qui avait publié sa déposition. À la date d'aujourd'hui, l'enquête sur l'assassinat de Lilia Alejandra García Andrade n'a guère avancé. L'impunité est devenue la norme. Il semble évident que l'Unité spéciale ait cherché à diffuser une information qui lui était favorable pour masquer les faits.

Le 6 avril 2001, Arturo González Rascón répondit à l'ambassade des Pays-Bas que Rosales Juárez n'était pas le meurtrier d'Hester van Nierop. Un an plus tôt, le procureur général avait déclaré que les crimes contre les femmes à Ciudad Juárez étaient « complexes » et ne pourraient être stoppés que par un « changement culturel » au sein des familles, qui se traduirait par la modification du comportement des hommes à l'égard des femmes. Il se réjouissait alors que les meurtres aient décru sous son gouvernement.

Selon des statistiques de la police fédérale préventive datant de 2000, il était « évident que les délits avaient diminué dans l'État de Chihuahua », mais les chiffres restaient néanmoins « élevés ». Un peu plus de la moitié des délits violents du Chihuahua étaient commis à Ciudad Juárez.

Lors du Forum universitaire sur les crimes contre les femmes qui se déroula les premiers jours de novembre 2000 à Ciudad Juárez, Suly Ponce fit remarquer que de janvier 1993 au 1er octobre 1998, 177 meurtres de femmes avaient été enregistrés, 104 avaient été résolus, ce qui représentait un taux de réussite de 58,7 %. D'octobre 1998 à octobre 2000, 43 femmes avaient été assassinées et l'on avait retrouvé les meurtriers de 32 affaires lors de l'instruction préparatoire, soit un taux de réussite de 75 %. Mais les prédécesseurs de Suly Ponce avançaient des chiffres similaires, d'autant que l'arrestation d'éventuels coupables équivalait souvent pour eux à la « résolution d'une enquête ». Quatre mois plus tard, avant la découverte du corps de Lilia Alejandra García Andrade, Suly Ponce dut à nouveau influencer les médias pour justifier ses actions. Ce n'était pas la première fois.

Depuis que les meurtres de femmes avaient commencé, les autorités du PAN avaient privilégié ce genre de méthode (leurs successeurs du PRI les avaient ensuite imitées) au lieu de mener des enquêtes sérieuses et de constituer des dossiers solides. La presse, la radio et surtout les chaînes de télévision se firent l'écho de cette propagande du Bureau du procureur général de l'État de Chihuahua.

Deux exemples le démontrent clairement. Le premier est le battage dans les médias mexicains autour de la capture de Gloria Trevi au Brésil et de sa procédure d'extradition au moment où l'opération des « narcofosses » mobilisait l'attention du public. Selon les déclarations ministérielles, Gloria Trevi, chanteuse et actrice accusée d'avoir enlevé et violé des mineurs, avait des relations avec Amado Carrillo Fuentes. Le second exemple est l'arrestation à El Paso, en octobre 1998, de Juan Carlos Ortiz Huerta, soupçonné par les autorités du Chihuahua d'avoir assassiné quatre femmes dans des hôtels de Ciudad Juárez. Ortiz Huerta fut capturé deux semaines après la découverte du corps d'Hester van Nierop sous le lit d'une chambre de l'hôtel Plaza. Il fallait étouffer le scandale car il s'agissait d'une Européenne. L'arrestation d'Ortiz Huerta relevait plus du spectacle que d'une opération policière. L'enquête est toujours en cours, et le meurtrier d'Hester van Nierop toujours en liberté.

Suly Ponce répondait cependant aux questions qu'on lui posait en affirmant que 80 % des affaires d'homicides de femmes étaient résolues. Quand elle devint procureur spécial, elle tourna le dos aux associations qui, tout au long des années 1990, avaient défendu la cause des victimes et exercé une pression constante sur les autorités.

Irma Campos, du Groupe 8 de Marzo, se plaignait de ce que le gouvernement occultait les informations concernant ces meurtres afin d'éviter qu'on lui reproche ses piètres résultats. Elle regrettait que de simples quidams mènent des enquêtes de leur côté, allant parfois jusqu'à rechercher des corps.

Les associations locales et les hommes politiques de l'opposition commençaient à croire que le gouvernement de Patricio Martínez avait reçu la consigne de ne pas aborder le problème des meurtres de femmes à Ciudad Juárez. Peut-être même lui avait-on ordonné expressément de dissimuler la découverte de nouveaux corps. Le 27 mai 1999, Carlos Camacho, alors député fédéral du PAN, était de cet avis : « Connaissant les politiciens du PRI, je ne serais pas étonné que le gouverneur ait demandé aux agents de la police judiciaire de garder le silence sur les crimes contre les femmes à Ciudad Juárez. »

Le Bureau du procureur général du Chihuahua estime que l'affaire des homicides de femmes à Ciudad Juárez est davantage un dossier politique que judiciaire. Le 22 février 1999, Suly Ponce déclarait d'ailleurs à la presse que le nouveau gouvernement reconnaissait qu'il y avait eu 184 crimes contre les femmes depuis 1993. Le procureur spécial affirmait que 24 avaient été commis par « la même personne ». Il ne restait donc plus qu'à résoudre la quadrature du cercle. Suly Ponce se fondait pour cela sur le type de victimes choisies : toutes étaient « d'origine modeste, minces, brunes aux cheveux longs ». Elles étaient également ouvrières dans des maquiladoras et mineures. Elle refusait de faire le rapprochement entre les nouveaux corps découverts et ceux qui avaient été retrouvés auparavant. Ne souhaitant manifestement pas s'embarrasser de cela, elle affirmait que les meurtres récents étaient l'œuvre d'« imitateurs » ou de gangs. Elle se fixait comme but de trouver les coupables au plus vite. Ou d'en inventer.

Le 25 février 1999, Suly Ponce annonça qu'on avait arrêté un suspect qui aurait commis au moins deux assassinats et trois viols sur des étudiantes du secondaire. Il s'agissait de Gerardo Vargas Elías, surnommé El Sherry. Les autorités disposaient semble-t-il des dépositions de trois adolescentes agressées par l'accusé, qui n'avait pourtant rien à voir avec les nombreux autres crimes systématiques.

Le 3 mars 1999, jour où Sharif Sharif fut condamné à trente ans de réclusion pour le meurtre d'Elizabeth Castro García, on fit la découverte d'un nouveau corps. Les médias rappelèrent à cette occasion que lorsqu'il était commandant du Groupe spécial anti-enlèvements, Francisco Minjárez avait déclaré en 1995 que l'Égyptien avait des complices en liberté. Toutes les accusations qui furent formulées par la suite se fondaient sur cette affirmation vieille de quatre ans. Peu après, le procureur général, González Rascón, insista sur le fait que « la plupart des meurtres de femmes commis à Ciudad Juárez n'[avaient] aucun rapport entre eux ». Il annonçait que cinq *profilers* du FBI avaient étudié 78 dossiers pour n'en retenir que 23.

Le 19 mars 1999, Suly Ponce fit savoir que le Bureau du procureur général du Chihuahua offrait une récompense aux personnes susceptibles de fournir des renseignements sur l'endroit où se trouvait un chauffeur d'autobus qui avait violé une adolescente de 14 ans et tenté de la tuer. Les autorités disaient avoir identifié l'agresseur, qui s'appelait Jesús Manuel Guardado Márquez et était âgé de 25 ans. Suly Ponce déclara à la presse que cet homme en cavale était un « ancien agent de police qui [avait] été licencié » et qu'il était mêlé à plusieurs meurtres de femmes.

Face aux exigences de la population, les autorités annoncèrent la mise en œuvre d'actions conjointes de la police municipale et de l'Unité spéciale de Suly Ponce. Toutefois, les médias relevèrent des désaccords entre Nahúm Nájera Castro, le procureur adjoint, et Suly Ponce, dont les avis différaient non seulement sur un plan juridictionnel quant aux mesures à adopter, mais aussi sur la nature des crimes. Nájera Castro estimait que ceux-ci avaient été commis par un tueur en série et qu'il fallait orienter les recherches dans ce sens. Suly Ponce était pour sa part persuadée de tenir le coupable en la personne de Jesús Manuel Guardado Márquez, alias El Tolteca. Le 1er avril 1999, elle déclara que 10 chauffeurs d'autobus étaient mêlés à cette affaire, mais que Sharif Sharif était également impliqué. « C'est un criminel de type organisé, un manipulateur, un individu extrêmement dangereux », déclarait-elle.

Suly Ponce était toujours disposée à décrire les actions personnalisées menées par ses services, mais plus réticente face à l'insistance que mettaient les proches et amis des victimes à critiquer ses mauvais résultats. Ces derniers se plaignaient de son attitude méprisante à leur égard. Elle formulait par ailleurs des réserves sur le travail de l'avocate de l'Égyptien. Irene Blanco, qui n'avait pourtant jamais échangé un mot avec Suly Ponce, se rappelle qu'avant d'avoir été nommée au ministère public, celle-ci avait travaillé à l'Institut fédéral électoral. « À mon sens, elle n'a pas le profil pour être procureur spécial dans cette affaire, dit l'avocate. Un jour, je l'ai entendue dire que ses prédécesseurs ne lui avaient pas laissé un seul dossier, ce qui ne facilitait pas ses recherches. Un an plus tard, elle affirmait le contraire en disant que ses services allaient vérifier dans les dossiers dont ils disposaient si le squelette découvert à Cerro Bola correspondait aux caractéristiques d'une des femmes portée disparue auparavant. Avait-elle oui ou non des dossiers ? »

Le 19 janvier 2000, les associations pour la défense des victimes exigèrent la démission de Suly Ponce. Un autre corps venait d'être découvert à Cerro Bola. Dix jours plus tard, les restes d'une autre victime furent retrouvés à Loma Blanca, près de l'endroit où l'on avait découvert le corps de Sagrario González Flores en 1998. Le procureur spécial déclara à la presse que la progression de l'enquête dépendait de l'identification de la victime. On sut par la suite qu'il s'agissait de María Isabel Nava Vázquez, mais l'enquête n'arriva jamais à son terme. Suly Ponce refusait de reconnaître que ce crime avait pu être l'œuvre d'un tueur en série ou qu'un psychopathe agissait librement dans les environs. Mais le 31 janvier, le corps de Cecilia Sáenz Parra fut découvert. La jeune fille avait été violée. Cette fois, les autorités annoncèrent qu'elles avaient arrêté un suspect du nom de César Solís.

Le 15 février 2000, le corps d'une autre jeune fille violée fut retrouvé à Lote Bravo. Les autorités déclarèrent que le cadavre correspondait à la description de la disparue Inés Silvia Merchant, âgée de 23 ans. Le 2 avril, un autre corps fut découvert à Cerro Bola, identifié comme étant celui d'Amparo Guzmán Caixba. Le 26 juillet, on retrouva le cadavre d'Irma Márquez. La jeune fille avait été étranglée dans un lieu désert. Le même jour, l'Unité spéciale chargée des crimes contre les femmes présenta Antonio Sarmiento Ruvalcaba comme éventuel suspect. En septembre 2000, la police de Ciudad Juárez annonça la découverte d'autres corps dans des terrains vagues à proximité de la ville.

Début octobre 2000, la nouvelle de la démission d'Antonio Navarrete de la direction de la police municipale fut considérée comme un contrepoint révélateur. Il avait refusé d'endosser la responsabilité d'une bagarre entre des policiers de son groupe et des journalistes lors d'un combat de boxe. À la même époque, son collègue Javier Benavides retira la plainte pour diffamation qu'il avait déposée contre deux journalistes. Après des années de service, les deux policiers renonçaient à leurs fonctions en espérant que leur ami et ancien chef, Francisco Molina Ruiz, serait nommé au cabinet de Vicente Fox.

Lors de la première Réunion binationale sur les crimes contre les femmes, une étude de l'Université autonome de Ciudad Juárez et du Conseil national de sciences et de technologies établissait qu'entre 1985 et 1997, 2 femmes sur 100 000 avaient été assassinées à Tijuana. À Ciudad Juárez, ce chiffre était de 10 pour 100 000. Irma Campos, du Groupe 8 de Marzo, se plaignit que ni l'équipe de Suly Ponce, ni le gouvernement de Patricio Martínez n'avaient tenu leurs promesses de résoudre les meurtres de femmes à Ciudad Juárez. « Il ne faut pas s'inquiéter, les coupables sont en prison », affirmait Suly Ponce, quand elle n'exigeait pas qu'on « s'arme de patience ». Elle précisait toutefois que son équipe ne s'occupait que des meurtres survenus entre 1998 et 2001. Le passé était lettre morte et constituait une somme de dossiers incomplets ou détruits.

Le procureur spécial avait du reste reconnu qu'à la fin de son mandat, le gouverneur précédent avait fait incinérer des pièces à conviction et les vêtements des victimes à l'Académie d'État de la police. Pour elle, c'était une affaire classée.

Le 8 mars 2001, le procureur général du Chihuahua déclara que d'autres crimes de femmes avaient été commis dans d'autres États et en plus grand nombre, mais qu'on parlait toujours de Ciudad Juárez comme de la « ville où l'on tue les femmes ». Il se garda de mentionner le nom des autres États en question.

Interrogé à ce sujet, le criminologue Rafael Ruiz Harrell déclare : « Il est évident que des hommes aussi bien que des femmes sont assassinés dans tout le pays. De 1995 à 2000, sur un total de 7 858 homicides à caractère violent, 840 femmes ont été tuées, soit un pourcentage approximatif de 10 %, ce qui représente 9 hommes assassinés pour 1 femme. Ce chiffre est à peu près le même dans tous les États de la république du Mexique, avec une fourchette qui va de 12 à 7,5 hommes tués pour 1 femme (même si les meurtres de femmes augmentent de décennie en décennie). Il ne s'agit donc pas de dire qu'il n'y a pas de meurtres de femmes dans les autres États du pays, mais ceux-ci sont bien moindres qu'à Ciudad Juárez. » Ruiz Harrell précise que de 1994 à 2000, il y a eu 591 homicides dolosifs enregistrés dans cette ville, dont 259 de femmes (230 étaient non identifiées ou à demi identifiées), soit 43,8 %. « C'est cela qui est inquiétant », conclut le criminologue.

À titre d'exemple, aux États-Unis, les victimes d'homicides sont pour 76,4 % des hommes et pour 23,6 % des femmes.

Les chiffres désensibilisent ceux qui devraient au contraire s'en préoccuper. Il est arrivé qu'on voie Suly Ponce rire aux éclats pendant la levée du corps d'une femme assassinée. Sa voix et sa silhouette pourraient être celles de n'importe quel fonctionnaire : interchangeables et indifférentes. En revanche, les victimes sont uniques, même celles qui n'ont pas été identifiées.

Le 29 juin 2001, Zulema Bolívar, l'adjointe de Suly Ponce, prit la direction de l'Unité spéciale chargée des crimes contre les femmes, tandis que le procureur spécial devenait coordinatrice des ministères publics dans la zone nord de l'État de Chihuahua. Le procureur général Arturo González Rascón déclara que Suly Ponce avait mené des « enquêtes fructueuses ». Le 1er mars 2002, Suly Ponce et Zulema Bolívar démissionnèrent, la première ayant été accusée dans la presse de favoriser « le trafic de drogue et les agents de police mafieux qui protégeaient les meurtriers de femmes ».

L'ancien procureur spécial est un rouage de la machine bureaucratique d'un pays en pleine décomposition. Entre mars et juillet 2002, Liliana Herrera et Ángela Talvera prirent tour à tour la direction de l'Unité spéciale chargée des crimes contre les femmes.

Suly Ponce décréta que celles qui lui succédaient « feraient comme elle et qu'il ne se passerait rien de nouveau ».

Rien.

Comme le silence du désert.

Rien.

Comme les ossements des victimes éparpillés dans la nuit.

Champs de coton

Le mardi 6 novembre 2001, un maçon se rendait à son travail dans l'est de Ciudad Juárez. Il était environ 9 heures. Il décida de prendre un raccourci et traversa les champs de coton au bord de la route. Une odeur pestilentielle montait de la rigole d'irrigation. Il regarda par terre et découvrit, entouré d'herbes sèches, le corps d'une femme en décomposition.

Arrivée sur les lieux, la police trouva deux autres corps. La première victime, une adolescente âgée d'une quinzaine d'années, avait les mains liées dans le dos. Elle était morte depuis dix à quinze jours. L'âge des autres victimes fut estimé à environ 25 ans. Les trois corps étaient nus et portaient des traces de violences sexuelles. Les trois femmes avaient manifestement été assassinées à des dates différentes au cours des six mois qui venaient de s'écouler. Les corps avaient apparemment été conservés dans une chambre froide avant d'être jetés là. La police supposait que ces crimes étaient l'œuvre d'au moins deux individus.

À l'époque, les organisations non gouvernementales estimaient que le nombre de femmes assassinées à Ciudad Juárez s'élevait à 300. Le gouvernement local ne parlait que de 246 victimes. En quelques semaines, ces chiffres allaient augmenter.

Propriété de la famille Barrio, les champs de coton s'étendent à proximité d'un lotissement et d'un ranch bien entretenu, et s'arrêtent à l'angle de deux avenues très fréquentées : Paseo de la Victoria et Prolongación Ejército Nacional. Le ranch porte le nom de Jaime Bermúdez Cuarón, père de l'industrie maquiladora, entrepreneur qui avait soutenu Francisco Barrio Terrazas pour qu'il accède à la présidence municipale en 1983. Les Bermúdez possèdent en outre la plupart des terrains de Lote Bravo. Le siège de l'Association des maquiladoras se trouve juste en face des champs de coton. Les corps qu'on avait découverts étaient un message morbide on ne peut plus clair pour qui savait le lire.

Le mercredi 7 novembre, les experts de l'équipe dirigée par Zulema Bolívar élargirent leurs recherches et trouvèrent 5 autres corps dans un canal de drainage. Ces nouveaux « crimes en série » (reconnus comme tels par le procureur spécial) démontraient que les autorités du Chihuahua étaient loin d'avoir résolu, comme elles le prétendaient, l'affaire des meurtres de femmes à Ciudad Juárez.

Face à cette nouvelle série de crimes, Esther Chávez Cano disait que les autorités se montraient à nouveau inefficaces. Arturo González Rascón, le procureur général du Chihuahua, déclara que les services de police municipaux, fédéraux, de l'État et même l'armée seraient mobilisés. La municipalité et l'État de Chihuahua offrirent une récompense de 20 000 dollars à quiconque leur fournirait des renseignements sur ces crimes.

Le 8 novembre, des associations manifestèrent devant les locaux du procureur spécial en réclamant des enquêtes approfondies et scientifiques sur ces homicides. Le même jour eut lieu un événement dont la portée symbolique allait par la suite avoir de graves répercussions : Francisco Estrada, Jorge Alberto Saracho et Víctor Manuel Rivera, tueurs à la solde des trafiquants de drogue, s'évadèrent de la prison de haute sécurité de Chihuahua.

Ce jour-là, on apprit la disparition de deux adolescentes de 14 ans, qui venaient s'ajouter à la liste déjà longue de jeunes filles disparues au cours des derniers mois : Yadira Elizabeth Sotelo, Silvia Elena Reveles Morales, Irma Angélica Rosales Lozano, Guadalupe Luna de la Rosa, Elena Arellano Prieto, Miriam Yolanda Guerrero Castañeda, Verónica Martínez Hernández, Rosa Velia Cordero Hernández, Minerva Teresa Albeldaño, Mayra Juliana Reyes Solís, María de los Ángeles Acosta Ramírez, Claudia Ivette González.

Un mois plus tôt, María Sáenz (du comité de l'État de Chihuahua pour les droits de l'homme) avait attiré l'attention des autorités sur les termes qu'elles employaient : avant, on découvrait des « corps de femmes violées et étranglées » ; à présent, on parlait de « simples disparitions ». Au fil du temps, d'autres corps apparaissaient. Selon les organisations locales, le nombre de femmes assassinées à Ciudad Juárez s'élevait à plus de 450 depuis 1993.

Le vendredi 9 novembre, González Rascón révéla sans se soucier du secret d'instruction un détail macabre particulier à ces crimes en série : sur cinq des corps découverts, une mèche de cheveux avait été coupée à l'arrière de la tête. Les victimes étaient toutes mortes asphyxiées par strangulation.

Le samedi 10 novembre, un groupe d'agents cagoulés, vêtus de noir et sans insignes arrêta Víctor Javier García Uribe et Gustavo González Meza. Le premier bénéficiait d'une protection juridique car, en 1999, la police avait cherché à l'impliquer avec Jesús Manuel Guardado, alias El Tolteca, dans une affaire de viols et de meurtres. Les autorités de l'État de Chihuahua avaient accusé El Tolteca d'être un tueur en série et l'avaient fait incarcérer dans la prison de haute sécurité de la capitale. Il attendait d'être jugé.

Sergio Dante Almaraz, l'avocat de García Uribe, expliquait que son client avait été emmené de force par la police sans qu'on lui montre de mandat d'arrêt, et que les hommes en cagoule circulaient dans des véhicules portant le sigle de la police judiciaire du Chihuahua. On apprit par la suite que García Uribe avait été enfermé dans un lieu secret à Ciudad Juárez.

Le scandale qui devait succéder à la découverte de nouveaux corps ne se fit guère attendre. Le samedi 10 novembre débuta le Forum international des travailleuses contre la violence, qui rassemblait diverses dirigeantes ouvrières et militantes comme Linda Chavez-Thompson, vice-présidente de la centrale syndicale nord-américaine AFL-CIO (American Federation of Labor – Congress of Industrial Organisations), et Francisco Hernández Juárez, de l'Union générale des travailleurs du Mexique. Dans le cadre de ce forum, Victoria Caraveo, dirigeante de Mujeres por Juárez (« Femmes pour Juárez »), mit en cause l'irresponsabilité du Bureau du procureur général du Chihuahua et proposa des programmes de prévention et une riposte immédiate contre les meurtres de femmes. « Nous devons trouver le moyen de savoir immédiatement si l'employée d'une maquiladora est présente ou non à son travail ou arrive en retard, comme dans le cas de Claudia Ivette González, qui s'est vue refuser l'accès chez Lear pour deux minutes de retard et a ensuite disparu. »

Des proches des victimes étaient également présents, comme la mère de Lilia Alejandra García Andrade, disparue le 14 février 2001 après avoir quitté l'usine. Elle avait été retrouvée morte six jours plus tard, dans un terrain vague appartenant à l'ancien procureur général de l'État du Chihuahua, Teófilo Borunda, en face du centre commercial Plaza Juárez, au carrefour des avenues Adolfo López Mateos et Ejército Nacional, des artères très fréquentées situées à quelques kilomètres des champs de coton. L'autopsie avait révélé que la jeune fille de 17 ans, mère de deux enfants, était morte le 19 février et qu'elle avait été violée, torturée, mutilée et étranglée. Son corps avait été retrouvé à demi nu, enveloppé dans un dessus-de-lit.

Les autorités locales avaient pris la déposition de témoins qui avaient vu deux hommes enlever Lilia Alejandra et la faire monter de force dans une voiture, mais elles n'avaient pas jugé bon d'ouvrir une enquête. Le ou les meurtriers couraient toujours. Plus tard, on raconta qu'il s'agissait de tueurs à la solde des trafiquants de drogue.

Óscar Máynez, chef du service médico-légal du Bureau du procureur adjoint de la zone nord du Chihuahua, confirma que certaines lésions (comme la mutilation des seins) sur les corps retrouvés dans les champs de coton présentaient des similitudes avec celles du cadavre de Lilia Alejandra. On pouvait donc supposer que les meurtriers de cette dernière étaient les mêmes que ceux des autres victimes. D'autres indices allaient apparaître par la suite.

Dans l'après-midi du 10 novembre, le gouverneur Patricio Martínez donna l'ordre à Arturo González Rascón de prendre lui-même la direction des opérations pour éviter que les médias associent ces meurtres au trafic de drogue. Il demanda à González Rascón de décrédibiliser les critiques des organisations locales et d'imputer ces crimes à la décomposition sociale de la frontière. Il laissait ainsi sur la touche l'équipe du procureur spécial et ses experts.

Un groupe de renfort policier fit le voyage depuis la ville de Chihuahua pour empêcher tout accès aux champs de coton, mais les experts locaux parvinrent à contourner les ordres. La presse parla de la hâte que mettait le procureur général à résoudre ces crimes à coups de mandats.

L'équipe du procureur spécial ne cachait pas son mécontentement de voir le procureur général intervenir dans ses affaires au mépris du protocole technique et opérationnel. « Le problème, dit Óscar Máynez, c'est l'inefficacité d'Arturo González Rascón. »

Le même jour, le quotidien *Norte* publiait l'avis de la criminologue Candice Skrapec : « Il est étonnant que les corps de 8 femmes soient abandonnés au même endroit, à quelques mètres de distance. Il est tout aussi étrange que ces corps n'aient pas été découverts plus tôt. Un tel acte est particulièrement dangereux et imprudent, ce qui me porte à croire qu'un individu se risquant à agir ainsi est particulièrement dangereux et imprudent. Il agit avec audace, sans se gêner. »

Le dimanche 11 novembre au soir, dans les locaux du Bureau du procureur adjoint, González Rascón annonça qu'il tenait deux coupables pour les huit homicides dits des « champs de coton ». Il s'agissait des conducteurs d'autobus Víctor Javier García Uribe, surnommé El Cerillo (« l'Allumette ») et Gustavo González Meza, alias El Foca (« le Phoque », « le Gros »). Au dire du procureur général, ils tuaient des femmes depuis des mois, voire des années, « sous l'emprise de l'alcool, de la cocaïne et de la marijuana ».

Selon les autorités, parmi lesquelles on remarquait l'absence du procureur spécial Zulema Bolívar, les deux hommes avaient avoué leurs crimes et donné les noms et prénoms des huit victimes (Guadalupe Luna de la Rosa, Verónica Martínez Fernández, Claudia Ivette González Mayra Reyes Solís, Laura Berenice Ramos Monárrez, Bárbara Martínez Ramos, Esmeralda Herrera Monreal et María de los Ángeles Acosta Ramírez). Les prévenus disaient avoir abandonné les corps de trois autres victimes dans les champs de coton.

En sortant de la conférence de presse, González Rascón fut interpellé par Miriam García, la femme de Víctor Javier García Uribe. Elle le traita de « lâche » et l'accusa d'avoir enfreint la loi. L'intéressé s'empressa de s'esquiver, entouré de ses gardes du corps. Au même moment, Sergio Dante Almaraz, le défenseur de García Uribe, déclarait aux journalistes que dans cette affaire, les autorités avaient commis une violation des droits de l'homme.

« Ça sent mauvais », dit Óscar Máynez pour résumer la situation. Le médecin légiste craignait que les services de police judiciaire aient placé des éléments compromettants dans la voiture de l'un des inculpés.

Les experts de Chihuahua inspectèrent le véhicule à la recherche d'indices. Ils déclarèrent avoir relevé des cheveux de femme et invitèrent l'équipe du procureur spécial à verser ces pièces au dossier d'enquête préliminaire. Óscar Máynez refusa de le faire. « Ce n'est pas moi qui ai fait cette découverte, je n'ai donc aucune raison de la faire figurer au dossier. »

Le lundi 12 novembre, la plupart des médias affichèrent leur scepticisme face aux déclarations du procureur général. Dans les émissions où l'on interrogeait le public, les gens se déclaraient méfiants. Depuis le mardi 6 novembre, douze nouvelles disparitions avaient été signalées.

Dans ce climat de violence et d'agressions systématiques contre les femmes, les organisations locales demandèrent que l'état d'urgence soit décrété à Ciudad Juárez. Mais ni le ministère de l'Intérieur ni le Bureau du procureur général fédéral ne répondirent à ces appels.

Le mardi 13, les autorités annoncèrent l'abandon des recherches. Elles renonçaient même à ratisser les champs de coton afin de retrouver les trois autres corps mentionnés par González Rascón. Trois mois plus tard, des groupes de bénévoles y découvrirent des vêtements et des objets ayant appartenu aux victimes et formulèrent deux hypothèses : soit la police n'avait pas fait correctement son travail, soit les preuves avaient été placées là ultérieurement.

Óscar Máynez déclara que seules cinq victimes avaient été identifiées : Mayra Reyes Solís, Claudia Ivette González, Verónica Martínez Hernández, Bárbara Martínez Ramos et Laura Berenice Ramos Monárrez. Mi-décembre, l'équipe du procureur spécial ne rendrait que deux corps à leurs proches, ceux de Claudia Ivette González et d'Esmeralda Herrera Monreal, les autres restant à la disposition de la justice pour la poursuite des recherches (avec notamment des tests ADN, qui révélèrent par la suite que les victimes n'étaient pas les jeunes filles qu'on pensait, mais les autorités ne rendirent pas ces résultats publics).

Le Bureau du procureur général interdit aux médecins légistes de faire des déclarations à la presse. Traduit différemment, cela signifiait que les présomptions du procureur ne reposaient sur rien et que les recherches scientifiques et policières n'avaient pas été faites dans les règles.

Devant le Troisième juge de district en matière pénale, José Alberto Vázquez Quintero, les accusés déclarèrent qu'ils avaient avoué sous la torture. Le juge les fit néanmoins emprisonner le 4 novembre. Le même jour, on retrouva les corps de deux autres femmes : l'un au motel Royal ; l'autre dans la municipalité de Guerrero. Quelques heures plus tard, les autorités dirent avoir « résolu ces meurtres ». Une semaine à peine s'était écoulée entre la découverte des huit corps et le mandat d'incarcération des deux prévenus.

Deux jours plus tard, Patricio Martínez García concluait cette semaine atroce par cette phrase : « Les résultats des enquêtes sur les crimes de femmes à Ciudad Juárez ne sont pas destinés à faire l'objet de votes à la majorité des voix. »

Eva Pavón, la mère d'Alicia Arce, une jeune fille disparue en mars 1998, estime que les autorités justifient leur négligence en rendant les victimes responsables de ce qui leur est arrivé : « On nous dit qu'elles se jettent dans la gueule du loup, et si nous insistons, on nous rétorque qu'on verra bien qui se fatiguera le premier. »

Le 19 novembre 2001, on retrouva le corps à demi nu, étranglé et roué de coups d'une jeune femme de 21 ans, Alma Nelly Osorio Bejarano, dans une rue périphérique de Ciudad Juárez. Le 22, la Chambre des députés de la République vota la création d'une commission spéciale destinée à contrôler les investigations sur les meurtres de femmes à Ciudad Juárez. Composée de douze législateurs fédéraux issus de tous bords politiques, son action fut limitée à cause des luttes partisanes. Elle s'était engagée à présenter ses conclusions en mars 2002, mais n'en fit rien.

Une semaine plus tard, Carlos Gutiérrez Casas, directeur du Centre de réadaptation sociale, remit au juge Vázquez Quintero l'examen médical qu'avaient passé García Uribe et González Meza en entrant en prison, attestant la présence de lésions. L'homme qui avait arrêté les deux prévenus et les avait maltraités était Alejandro Castro Valles, premier commandant de la police judiciaire du Chihuahua.

Les liens entre ce policier et la mafia de la drogue étaient connus depuis 1999. En 1998, trois agents fédéraux qui enquêtaient sur Castro Valles avaient été écroués. Avant d'avoir pu mener leurs recherches à terme, on les accusa d'« enlèvement » suite aux déclarations de deux inconnus dont on n'entendit plus jamais parler ultérieurement. Les trois policiers mettaient en cause Castro Valles et Francisco Minjárez, chef du Groupe spécial anti-enlèvements jusqu'en 2002 (déjà accusé par le passé de protéger la mafia locale). González Rascón prit la défense de ces deux fonctionnaires sans se douter de la pertinence des déclarations des agents qui avaient enquêté sur leur compte.

Le quotidien *Norte* révéla que Minjárez et Carlos Medina (du Groupe anti-enlèvements) étaient « les principaux auteurs des enlèvements dans la ville de Ciudad Juárez. Ils sont impliqués dans plus de 196 affaires de disparition et sont placés sous les ordres de Francisco Molina Ruiz, chef de l'Institut national de lutte contre les drogues ».

Le 20 novembre 2001, au Hooligan's (proche de l'endroit où l'on avait retrouvé le corps de Lilia Alejandra García Andrade), un groupe d'amis (Eduardo Ramírez, Óscar Barraza, Raúl Varela Vega, Juan Antonio Chávez Santacruz et David Chávez Santacruz) eut une altercation avec d'autres clients. Un membre de ce groupe avait adressé la parole à une fille assise à une table et l'avait invitée à danser, ce qui avait provoqué la colère de l'un des trois hommes qui l'accompagnaient. L'un d'eux s'approcha de David Chávez Santacruz et lui assena un coup de poing au visage. Le patron du bar empêcha le jeune homme de riposter en lui conseillant de ne pas chercher la bagarre avec ces hommes dangereux. David Chávez Santacruz et ses amis préférèrent quitter les lieux et se dirigèrent vers le domicile de l'un d'entre eux. Avenue Ejército Nacional, ils s'aperçurent qu'ils étaient suivis par l'unité 743 de la police municipale. Les agents Carlos Saldívar Amparán et Lorenzo Vargas González descendirent de voiture et leur dirent qu'ils allaient inspecter le véhicule, mais ils n'en firent rien, se contentèrent de faire un signalement radio et partirent. Quelques minutes plus tard, cinq ou six véhicules de police surgirent et dix hommes armés de gros calibres en sortirent. Ils n'avaient ni uniformes, ni insignes, mais déclarèrent être des agents de la police judiciaire fédérale. L'un d'eux frappa David Chávez Santacruz avec une telle violence que celui-ci s'effondra, à demi inconscient, tandis que les autres « agents » (dont deux des hommes présents au Hooligan's) emmenaient ses amis.

Quelques jours après, on retrouva les corps des quatre hommes, qui portaient des marques de coups et de torture. Juan Antonio Chávez Santacruz avait deux doigts arrachés. La mort avait été causée par strangulation. Les policiers responsables de ces crimes furent mis à pied pendant quelques jours. Le survivant, David Chávez Santacruz, reçut des menaces de mort.

Selon les employés du bar, les auteurs de l'enlèvement s'appelaient « Juan, Pedro et Jorge » et faisaient partie du cartel des Carrillo Fuentes. On raconta par la suite que l'homme qui accompagnait la jeune fille à l'origine de l'altercation était Vicente Carrillo Leyva, qui célébra son mariage le 25 novembre 2001 dans le ranch Villa Juárez, à Navolato (État de Sinaloa), sans être inquiété par les services de police ou l'armée alors qu'il était recherché depuis 1998. Le Hooligan's appartenait aux Carrillo Fuentes.

La police de Ciudad Juárez apportait manifestement un soutien inconditionnel aux enlèvements et aux crimes perpétrés par des tueurs à la solde des trafiquants de drogue. Le crime organisé autour de la famille Carrillo Fuentes et de ses alliés était le signe de la franche opposition du cartel de Juárez au gouvernement de Patricio Martínez.

À l'origine de cette violence, le commerce lucratif de la drogue. Le pouvoir de certains hommes d'affaires et de policiers était lié au blanchiment d'argent. Même si les crimes perpétrés dans les champs de coton étaient des délits d'ordre fédéral, le ministère de l'Intérieur refusa d'intervenir, ainsi que l'annonça le procureur adjoint Eduardo Ibarrola Nicolín le 28 novembre 2001. Cette nouvelle décevante rappela à beaucoup de monde que ce fonctionnaire avait mauvaise réputation. En 1993, Kaveh Moussavi, représentant de la multinationale IBM, l'avait dénoncé car au nom du gouvernement mexicain, Ibarrola Nicolín lui avait réclamé 1 million de dollars en échange de la signature d'un contrat au niveau fédéral. Volontaires ou involontaires, ses maladresses avaient déjà freiné le déroulement de bon nombre de procédures judiciaires au Mexique et dans d'autres pays.

Début décembre, alors que Patricia Espinosa Torres, la présidente de l'Institut national des femmes, demandait la création d'une « commission interdisciplinaire » pour remédier au fléau qui ravageait Ciudad Juárez, les autorités de l'État de Chihuahua tentaient de convaincre l'opinion publique de leurs bons résultats. À cet effet, elles n'hésitèrent pas à faire diffuser un documentaire à la télévision et publièrent un texte intitulé : *Homicides de femmes à Ciudad Juárez ; janvier 1993-novembre 2001.*

Ce document visait à rationaliser le problème des chiffres discordants et à convaincre la population du succès des opérations judiciaires et policières par rapport aux mauvais résultats de l'administration précédente. Dans une première partie, on établissait une différence entre les « homicides situationnels » (commis pour des « motifs passionnels ; liés au trafic de drogue, à des vols, à des vengeances ou faisant suite à des bagarres ; à caractère sexuel ; commis dans un contexte domestique, par imprudence ou pour des motifs inconnus ») et les « homicides multiples » (ou en série). Il y était stipulé que 261 meurtres avaient été commis à Ciudad Juárez depuis 1993 et que seuls 76 d'entre eux étaient « multiples ». Le gouvernement de Patricio Martínez reconnaissait avoir fait ouvrir des enquêtes sur 81 homicides (dont 20 de type « multiple ») et déclarait que 47 des 61 homicides « situationnels » et 15 des 20 homicides « multiples » avaient été résolus. Ce document de pure propagande laissa beaucoup de monde sceptique.

Le 13 décembre, le président Vicente Fox ordonna au ministère de l'Intérieur de « s'engager à fond » dans les enquêtes sur les meurtres de femmes à Juárez. Mais l'absence de fermeté du pouvoir exécutif permettait l'ingérence de la corruption au sein des institutions mexicaines.

Le jour où la décision du président fut annoncée, une note confidentielle fut publiée dans la presse. Elle avait été envoyée par le FBI à l'Unité spéciale chargée des crimes contre les femmes et était datée du 5 septembre 2001. Il s'agissait d'un rapport contenant de précieux renseignements sur le meurtre de Lilia Alejandra Andrade : « Ciudad Juárez, Chihuahua. L'information suivante a été reçue par le FBI dans son bureau d'El Paso (Texas). Source confidentielle ne souhaitant pas témoigner à découvert. Les faits concernent des activités suspectes liées au meurtre de Lilia Alejandra Andrade, assassinée à Ciudad Juárez. Dans la nuit du 21 février 2001, une femme a alerté plusieurs voisins de la rue Rancho El Becerro sur la présence d'un véhicule blanc de marque Thunderbird garé en face du magasin Teleservicio Domínguez. Elle a vu un individu faire monter de force une femme dans le véhicule. Elle a remarqué beaucoup de mouvement à l'intérieur, comme si l'on s'y bagarrait ou qu'un couple y avait des relations sexuelles. Plus tard, un homme qui surveillait apparemment le véhicule a disparu et est entré dans le magasin Teleservicio Domínguez, dont l'étage a récemment été rénové. Le mercredi 23 février 2001, le corps d'une femme a été retrouvé dans un terrain vague, près de la rue Rancho Agua Caliente, qu'avait empruntée la Thunderbird dans la nuit du 21 février. Par la suite, la disparition de Lilia Alejandra Andrade a été signalée dans la presse au moment où l'on entreprenait des travaux de rénovation dans le magasin Teleservicio Domínguez. Après la découverte du corps de Lilia Alejandra, la police a remarqué les traces d'un scotch spécial sur ses chaussettes, utilisé généralement pour la pose de la moquette. Un quotidien a d'ailleurs signalé que le corps de la victime présentait des traces de brûlures, comme lorsqu'on traîne quelqu'un sur un tapis. L'information suivante est liée à Teleservicio Domínguez et à ses supposées connexions avec le trafic de drogue. Le magasin appartient à Jorge, ami de Raúl et connu pour ses activités dans la drogue. Une femme a une amie mariée à l'un des hommes chargés d'empaqueter la drogue et de construire des cachettes dans les véhicules destinés à la transporter. Un jour qu'elle rendait visite à cette amie, Raúl lui a proposé de faire du trafic de drogue, mais il a ajouté que pour cela, elle devait tuer un membre de sa famille. Les victimes de la bande de Raúl présentent toujours des mutilations ; on leur arrache souvent les testicules ou les seins. »

Même si cette note contenait quelques erreurs sur les dates de la disparition et de la mort de Lilia Alejandra Andrade, elle méritait qu'on y prête attention. Publiée dans la presse, elle mettait en cause la famille Domínguez. Cependant, le 16 décembre 2001, l'Unité spéciale chargée des crimes contre les femmes à Juárez déclara publiquement que les employés de Teleservicio Domínguez avaient déjà fait l'objet d'une enquête « ne permettant pas d'établir leur culpabilité ».

Le 14 décembre, plus de trois cents organisations locales exigèrent que les autorités concernées informent la population de l'avancement des recherches sur les crimes contre les femmes. Leur message s'adressait plus particulièrement à la Commission nationale des droits de l'homme qui, en 1998, avait conseillé au gouvernement de Barrio Francisco Terrazas de corriger et de sanctionner les anomalies concernant cette affaire, mais s'était ensuite murée dans le silence.

Le 18 décembre, lors du forum de la Fondation internationale de recherche sur la nature humaine, les psychologues Sergio Antonio Rueda Delgado et Stanley Krippner relevèrent des similitudes dans la plupart des meurtres en série commis à Ciudad Juárez, y compris avec ceux des huit corps découverts dans les champs de coton. « Les assassins ont un mode opératoire sophistiqué, déclarait Rueda Delgado, qui étudiait l'affaire depuis 1995. Ils n'ont recours à de nouveaux rituels que pour intensifier leur plaisir sexuel. En principe, les psychopathes agissent seuls, mais quand le meurtrier est une personne influente ou considérée comme telle, elle a recours à un groupe d'individus pour traquer ses proies et s'en débarrasser ensuite. Les meurtriers sont probablement perçus par leur entourage comme étant de bons citoyens, ce qui ne les empêche pas d'être coupables de meurtres en série, car le même mode opératoire a été observé sur tous les corps. »

Fin décembre, les autorités fédérales enregistraient 61 meurtres liés aux rixes entre trafiquants de drogue et 3 meurtres de femmes : María Luisa Carsoli Berumen (33 ans, employée de l'Association Casa Amiga, tuée à coups de couteau par son mari, Ricardo Medina Acosta), la Guatemalteca ou la Chilindrina (25 ans, dont le corps fut retrouvé dans un canal) et Susana Torres Valdivieso (25 ans, tuée par balles à la sortie d'un bar). Ciudad Juárez était le théâtre d'une lutte de pouvoir entre l'ancien cartel de Juárez de Carrillo Fuentes et de Juan José Esparragosa, alias El Azul (le « Bleu »), le cartel de Tijuana des Arellano Félix et le « nouveau » cartel de Juárez.

Cette escalade dans la violence avait commencé le 17 janvier 2001 quand le gouverneur du Chihuahua, Patricio Martínez, fut blessé dans un attentat. Le 3 juin 2001, dans *Milenio*, Isabel Arvide publia un article où elle révélait la complicité de trafiquants de drogue, de politiciens et d'hommes politiques de l'État de Chihuahua. Ses sources provenaient des services de renseignements de l'armée. Elle accusait des personnalités comme Jesús José Solís Silva (surnommé Chito), qui dirigeait le Conseil de la sécurité publique ; Crispín Borunda ; Raúl Muñoz Talavera, frère du trafiquant de drogue Rafael Muñoz Talavera, assassiné en 1998 ; Dante Poggio, ancien agent de la police judiciaire fédérale et Osvaldo Rodríguez Borunda, directeur du *Diario de Chihuahua* et du *Diario de Juárez*. Tous étaient des amis de Patricio Martínez ou des voisins de son ranch.

Les autorités fédérales et de l'État de Chihuahua ne démentirent jamais ces informations sur le « nouveau » cartel de Juárez. Seul Rodríguez Borunda publia son indignation dans ses journaux. En août 2002, il porta plainte pour diffamation contre Isabel Arvide. Pour assurer sa défense après avoir été arrêtée illégalement à Chihuahua, la journaliste versa au dossier la copie d'un mandat d'amener du chef d'entreprise daté de 1994 et signé par un juge fédéral qui l'accusait de contrebande.

Le 1er janvier 2002, Óscar Máynez, le chef du service médico-légal de l'Unité chargée des crimes contre les femmes à Ciudad Juárez, renonça à ses fonctions. Dans sa lettre de démission, il invoquait des motifs d'ordre personnel mais en privé, il avouait ne plus pouvoir supporter une situation inacceptable pour des raisons éthiques et professionnelles. Le 7 janvier, Arturo González Rascón fut destitué de ses fonctions de procureur général du Chihuahua et remplacé par Jesús Solís Silva. C'était reculer pour mieux sauter car il était de notoriété publique que ce personnage était associé à la pègre locale et au trafic de drogue. Lorsque l'affaire du ranch El Búfalo avait éclaté dans la municipalité de Jiménez-Camargo, Solís Silva était à la tête de la police judiciaire du Chihuahua. Il dut démissionner quand on découvrit que les terres autour du ranch servaient à la culture intensive de la marijuana. Au milieu de l'année 2001, lors de la saisie de deux tonnes de cocaïne dans une cave de Ciudad Juárez, le chef des trafiquants de drogue avait demandé aux agents de la police fédérale de contacter leur patron sur son portable : il s'agissait ni plus ni moins de son frère, Jesús José Solís Silva.

La désignation de Solís Silva comme procureur général entraîna de nombreuses plaintes dans l'opinion publique, qui se rappela à cette occasion que Vicente González García, nouveau directeur adjoint des opérations de l'Unité spéciale chargée des crimes contre les femmes et main droite de Solís Silva, avait souvent été accusé de couvrir les trafiquants de drogue. Il était proche de Javier Coello Trejo, ancien procureur fédéral adjoint. Face aux protestations de la population, Patricio Martínez ferma les yeux, de même que le président Vicente Fox et le ministre de l'Intérieur, Santiago Creel.

Début janvier 2002, deux autres corps de femmes furent retrouvés : la première avait été lardée de coups de couteau à son domicile ; la seconde fut découverte dans un terrain vague. Le 9 janvier, les autorités judiciaires déclarèrent qu'elles avaient enregistré onze affaires de meurtres de femmes à Ciudad Juárez et qu'aucune n'était liée au trafic de drogue. Trois jours plus tard, elles annonçaient l'arrestation de Jorge Alberto Saracho, l'un des détenus qui s'étaient évadés de la prison de Chihuahua au mois de novembre. Le bruit courut que cette évasion avait été organisée par le cartel de Carrillo Fuentes, qui souhaitait que le tueur assassine le gouverneur Patricio Martínez.

Le 15 janvier 2002, les deux chauffeurs d'autobus inculpés des meurtres des champs de coton furent transférés à la prison de haute sécurité de Chihuahua. Mario César Escobedo Anaya, avocat d'un des prévenus, déclara : « On ne nous a pas notifié ce transfert, mais nous attendons qu'on nous présente des preuves. Laura Güereca, le témoin à charge, a semble-t-il disparu. C'est à se demander si cette femme a jamais existé. Les autorités n'ont pas respecté la protection judiciaire dont bénéficiait Víctor Javier García Uribe. Elles n'ont pas de preuves justifiant leurs accusations. » Il ajouta qu'il continuerait de défendre son client jusqu'au bout au nom de « toutes les injustices » commises. C'était là un défi à hauts risques.

Un an après l'attentat dont il avait été victime, Patricio Martínez déplora le manque de soutien des autorités fédérales dans la recherche des « ennemis politiques » qui avaient essayé de le tuer.

Il se lança dans un duel médiatique contre son prédécesseur, Francisco Barrio Terrazas, alors que ce dernier était en visite à Ciudad Juárez avec le procureur général fédéral, Rafael Macedo de la Concha. Le 20 janvier, un corps fut découvert dans un canal d'irrigation parallèle à la route reliant Ciudad Juárez à Porvenir. Il s'agissait du corps de Lourdes Ivette Lucero Campos, âgée de 26 ans, diététicienne de la maquiladora Motores Eléctricos. Elle avait été battue à mort. Les autorités inculpèrent aussitôt son mari. Ce crime était porteur d'un message analogue à celui des meurtres des champs de coton : deux politiciens et leurs groupes de pouvoir respectifs (liés au trafic de drogue) s'affrontaient mais le procureur fédéral était impuissant face au crime organisé.

Le 28 janvier, à Cerro Bola, on découvrit le corps de Mercedes Ramírez Morales, âgée de 35 ans, ouvrière de la maquiladora Ademco. Le corps présentait des traces de violences sexuelles et la tête avait été frappée avec une pierre.

Alors que les règlements de comptes entre trafiquants de drogue s'intensifiaient, Diana Washington Valdez publia dans *El Paso Times* une interview de l'agent spécial du FBI, Hardrick Crawford Jr, qui déclarait que les crimes en série étaient l'œuvre de un ou plusieurs tueurs. L'agent nord-américain ajoutait que le ou les responsables habitaient peut-être à El Paso. Il se fondait sur les rapports rédigés par les *profilers* du FBI en 1999 après avoir étudié soixante-dix-huit dossiers et retenu une trentaine d'affaires. « Les experts ne sont arrivés à aucune conclusion définitive car beaucoup d'analyses ne figuraient pas dans les dossiers, disait l'agent spécial. Il aurait fallu se déplacer à nouveau jusqu'à Ciudad Juárez pour obtenir des informations complémentaires. Nos collègues mexicains ne nous y ont pas invités car ils venaient d'arrêter un individu qu'ils estimaient coupable de ces meurtres. »

Le lendemain, dans le même quotidien, Diana Washington Valdez révélait que le bureau du FBI d'El Paso avait proposé un entraînement et un soutien technique aux autorités du Chihuahua, mais que celles-ci avaient refusé. L'agent de police Alvarado Cruz se rappelait que Suly Ponce, alors procureur spécial, leur avait certifié que le FBI était convaincu de l'implication d'Abdel Latif Sharif Sharif dans cette affaire, alors que le FBI avait qualifié cette théorie d'« abracadabrante ».

« Quand j'ai appris que Vicente Fox avait annoncé que les autorités fédérales allaient enquêter sur cette affaire, poursuivait Hardrick Crawford Jr, et que le président sollicitait l'aide du FBI, je suis entré en contact avec les *profilers* de l'académie de Quantico, en Viriginie, pour savoir s'ils étaient prêts à faire de nouveau le voyage jusqu'à Juárez. Ils étaient d'accord et attendaient que le gouvernement fédéral le leur demande officiellement. »

Manuel del Castillo, porte-parole du Bureau du procureur général de la République, raconta qu'au niveau fédéral, personne n'avait encore sollicité l'appui du FBI dans cette affaire. Mais le 31 janvier et le 1er février 2002, le procureur fédéral adjoint « B », Jorge Campos Murillo, fit des déclarations contradictoires dans deux quotidiens. « Le Bureau du procureur général de la République ne souhaite pas pour le moment être aidé par le FBI dans l'affaire des crimes contre les femmes à Ciudad Juárez », affirmait-il dans *La Jornada*. Dans *Reforma*, il disait cependant que « le Bureau du procureur général de la République [avait] demandé au FBI de l'information sur les recherches effectuées depuis 1998 sur les crimes contre les femmes à Ciudad Juárez ». Une semaine plus tard, après l'ouverture d'une enquête sur les fils des familles influentes de cette ville (surnommés les « narcojuniors »), le Bureau du procureur de la République déclara que Jorge Campos Murillo quittait le Bureau du procureur adjoint « B ».

Il fut remplacé par Carlos Javier Vega Memije, ancien inspecteur général au Bureau du procureur général de la République, qui fut chargé de coordonner la révision des dossiers concernant les meurtres de femmes à Ciudad Juárez. L'inefficacité de l'administration était décelable dans les fuites d'information, les contradictions, la discontinuité…

Certaines informations étaient un défi lancé aux autorités fédérales du pays : les meurtres de femmes en série étaient perpétrés au cours d'orgies, par des assassins qui bénéficiaient de la protection de fonctionnaires de divers bords politiques et de la complicité de personnages influents (possédant de grandes fortunes gagnées légalement ou illégalement), non seulement dans le nord, mais aussi dans le centre du Mexique. Phil Jordan, ancien directeur du El Paso Intelligence Center, un organisme qui dirige à El Paso vingt-trois agences de renseignements nord-américaines et d'autres pays, est arrivé à dresser un tableau similaire. Selon des sources d'origine fédérale, six chefs d'entreprise d'El Paso, Ciudad Juárez et Tijuana auraient payé des individus chargés d'enlever, de violer, de mutiler et d'assassiner des femmes. Ce profil psychologique recoupe celui dressé par Robert K. Ressler lorsqu'il parlait de *spree murders* (assassins qui commettent des crimes « pour s'amuser »). Au plus haut niveau, les autorités mexicaines sont informées depuis longtemps de ces activités et refusent d'intervenir. Les chefs d'entreprise visés (qui travaillent dans le domaine du gaz, des transports, des médias, l'industrie des boissons ou du divertissement) ont des liens avec des membres du gouvernement de Vicente Fox Quesada.

Un agent du Centre de recherche et de sécurité nationale qui a préféré garder l'anonymat a déclaré au quotidien *El Heraldo* de

Chihuahua, le 30 janvier 2002 : « Selon l'organisme pour lequel je travaille, beaucoup de fonctionnaires sont mêlés au trafic de drogue : ils font partie des gouvernements des États, municipaux et fédéraux ; ils sont dans l'armée de l'air et la marine. Certains sont intouchables, et s'ils faisaient l'objet d'enquêtes, cela placerait l'État mexicain face à un problème épineux : le gouvernement ne peut les punir sans se punir lui-même. Si jamais il se disposait à le faire, les conséquences pourraient être encore plus désastreuses que les complications liées au trafic de la drogue… »

L'état de droit au Mexique serait donc une fiction.

Le 3 février, un groupe d'agents de la police judiciaire de l'État de Chihuahua se rendit dans l'appartement où se cachait Francisco Estrada, alias El Venado (« le Cerf ») ou El Guayabo (« Beau mec »), à Villa Ahumada, près de Ciudad Juárez. Les agents de police tentèrent de le soudoyer pour qu'il garde sa liberté. Son refus provoqua un échange de balles. Un policier fut tué tandis que le fuyard s'échappait avec sa sœur.

Le lendemain, on apprit que l'avocate d'Abdel Latif Sharif Sharif avait sollicité l'intervention de l'ambassade d'Égypte. Ce dernier était en prison depuis six ans sans qu'on ait apporté la preuve qu'il était le meurtrier d'Elizabeth Castro García. Le juge n'avait toujours pas rendu son verdict.

Dans la nuit du 5 février 2002, un groupe d'agents de la police judiciaire assassina l'avocat Mario César Escobedo Anaya, âgé de 29 ans, qui défendait l'un des chauffeurs inculpés des meurtres des champs de coton. Ce crime eut lieu une semaine après qu'il eut accepté d'être interviewé dans l'émission « 20/20 Downtown » de la chaîne nord-américaine ABC. Les autorités prétextèrent une bavure : elles avaient « confondu » l'avocat avec Francisco Estrada et l'avaient poursuivi en voiture, avaient tiré sur son véhicule qui avait fini sa course contre un atelier de mécanique. L'avocat venait d'accepter de prendre la défense de la mère de Francisco Estrada. Les agents de police compromis étaient José Carlos Armendáriz Chaparro, Jaime Gurrola Serrano, Francisco

Javier Licón Rubio, Rubén Vázquez Alvarado, Donaldo Antonio López Castro et Moisés Ramos Aviña. Tous étaient placés sous les ordres du commandant de la police judiciaire du Chihuahua, Alejandro Castro Valles, qui avait été le premier à tirer sur l'homme de loi et était responsable de l'arrestation arbitraire et des tortures infligées aux deux chauffeurs d'autobus.

Le procureur général, Jesús José Solís Silva, prit la défense des agents, soulevant une vague d'indignation dans la population. Les responsables ne furent ni emprisonnés, ni placés sous surveillance. On se contenta de déclarer qu'ils avaient été mis à pied. Le destin de ces agents était entre les mains de la Sixième juge de district en matière pénale, Carmen Alicia Verdugo Bayona, qui promit comme tant d'autres fois que « justice serait rendue ». Des mois plus tard, on estima qu'ils avaient agi en « état de légitime défense ».

Le 9 février, Stephanie Korrodi Ordaz et Fernando Baeza Gómez célébrèrent leur mariage à Ciudad Juárez. Jorge G. Castañeda, le ministre des Affaires étrangères, y représentait le président Vicente Fox. La fiancée est l'une des trois filles de Lino Korrodi Cruz, un ami de trente ans de Vicente Fox, qu'il a aidé dans sa campagne électorale. Il lui a également fait rencontrer Liébano Sáenz, ancien secrétaire particulier du président Ernesto Zedillo.

Le jeune marié est le fils de Fernando Baeza Meléndez, militant du PRI et gouverneur du Chihuahua de 1986 à 1992, administrateur d'une exploitation de culture intensive de fruits au Costa Rica appartenant à la famille du politicien Carlos Hank González, décédé depuis mais qui fut longtemps recherché aux États-Unis pour ses connivences avec la mafia de la drogue.

Le 21 août 1999, Karla, une des filles de Lino Korrodi, avait convolé avec Valentín Fuentes Téllez, membre d'une famille influente de Juárez. Alors en pleine campagne présidentielle, Vicente Fox avait assisté au mariage. La troisième fille de Lino Korrodi, Valeria Korrodi Ordaz, est l'ex-femme de Genaro Baca Madrid, qui a financé la campagne présidentielle de Vicente Fox et est le fils d'un des principaux associés de Roberto González

Barrera, président du conseil d'administration du groupe financier Banorte. González Barrera est par alliance membre de la famille et associé de Hank González.

Le 24 juin 2000, le bulletin *Narco News* révéla que Valeria Korrodi recevait des virements d'entreprises nord-américaines sur un compte de la Bank of the West d'El Paso. Elle faisait ensuite transférer cet argent afin de financer la campagne présidentielle de Vicente Fox. Le président reconnut l'authenticité des chèques. Les fonds transitaient par l'intermédiaire de banques et selon des méthodes auxquelles les trafiquants de drogue avaient déjà eu recours dans le passé pour blanchir de l'argent.

Valentín Fuentes Téllez est membre de la famille de Pedro Zaragoza Fuentes (ami et voisin de la famille de Hank González à San Diego). Il a été impliqué dans des transactions liées au trafic de drogue pour le cartel de Juárez en 1990, ainsi que l'attestent des documents du Département du trésor public et du service des douanes aux États-Unis. Il fait encore l'objet d'investigations. En 1994, le président Carlos Salinas de Gortari mit un terme à une enquête officielle pour délits fiscaux, trafic de drogue et blanchiment d'argent concernant la famille Zaragoza Fuentes. Auparavant, Francisco Barrio Terrazas, alors gouverneur de l'État de Chihuahua, avait intercédé en faveur des Zaragoza Fuentes.

Le 1er mai 1995, à Ciudad Juárez, Valentín Fuentes Téllez avait été enlevé en voiture. Alors âgé de 26 ans, il fut séquestré pendant trente-huit jours et libéré le 9 juin 1995. Il ne se déplaçait plus sans une escorte solidement armée. En 2002, il fut assassiné par deux tueurs à la solde de l'ex-commandant du Groupe spécial anti-enlèvements, Carlos Medina Ornelas, garde du corps de la famille Fuentes. En 1995, la famille avait versé une rançon de 500 000 dollars pour sa libération. Le cardinal Juan Sandoval Íñiguez avait rendu visite aux Fuentes Téllez pour leur témoigner son soutien. Les négociations avaient été menées par Francisco Minjárez, qui s'était occupé des enquêtes sur les meurtres de femmes à Ciudad Juárez et avait fait arrêter Abdel Latif Sharif

Sharif. À l'époque, Minjárez avait été chargé d'entrer en contact avec les ravisseurs de Guillermo Máynez, patron de nombreux bars de Ciudad Juárez et père adoptif d'Alejandro Máynez, impliqué dans des meurtres de femmes. Aujourd'hui, ce dernier a tout simplement disparu.

La célébration du mariage Korrodi-Baeza se poursuivit chez des neveux du président Fox, voisins de la famille Fuentes Téllez. Jorge G. Castañeda, ministre des Affaires étrangères, a été cité dans la presse comme étant très proche des Zaragoza Fuentes.

Les personnalités et les faits se recoupent à travers un réseau complexe d'intérêts, de pactes politiques et du financement de la campagne qui a porté Vicente Fox à la présidence et des fonctionnaires de l'État de Chihuahua – comme Francisco Barrio Terrazas – au sein de son gouvernement. Tous tirent les avantages de secrets partagés.

Selon un ancien fonctionnaire du Bureau du procureur adjoint de la zone nord de l'État de Chihuahua, les noms de certains chefs d'entreprise locaux furent évoqués lors des premières enquêtes préliminaires sur les meurtres de femmes à Ciudad Juárez. Ils « auraient pu être impliqués dans ces crimes ». L'un d'eux était le jeune Valentín Fuentes. Pour des raisons ignorées de cet informateur, ces noms n'ont pas été versés au dossier.

Le 11 février 2002, à la fin de sa visite officielle à Ciudad Juárez et après avoir vu les autorités et les représentants d'associations locales, Marta Altolaguirre, rapporteur de la Commission interaméricaine des droits de l'homme, annonça qu'elle rendrait ses recommandations publiques à l'automne. « Mon avis sur les crimes contre les femmes à Ciudad Juárez est décourageant, reconnut-elle. Il reste encore beaucoup à faire. »

Trop à faire, pourrait-on ajouter. Et les meurtres se poursuivent. Mais quand l'oubli n'est pas intimement lié à la mort, tous les espoirs sont permis.

La vie interrompue

23/09/02 : Erika Pérez, âgée de 25 à 30 ans ; cheveux châtains, chemisier avec des fleurs imprimées, pantalon et culotte baissés sur les genoux, courroie du sac autour du cou ; chemin de terre battue qui part du carrefour des rues Paseo del Río et Camino san Lorenzo. 23/09/02 : corps de femme non identifiée, ossements de onze mois environ ; à côté, une culotte, un pantalon de couleur orange, des chaussettes blanches, 11 épingles à cheveux ; derrière la maquiladora BRK, près des voies ferrées et de la voie Juan Gabriel. 28/08/02 : Dora Alicia Martínez Mendoza, 34 ans ; 35 blessures causées par un instrument pointu et tranchant sur tout le corps ; domiciliée au 6100 de la rue Pitaya y Cebada, Colonia el Granjero. 22/06/02 : corps de femme non identifiée ; lotissement Paso de los Virreyes ; balle dans la tête. 09/06/02 : Carmen Ivón Ontiveros Rodríguez, 13 ans ; à demi enterrée ; coups de marteau sur le crâne ; vraisemblablement violée ; arrière-cour d'une maison située à proximité de son domicile ; la police a arrêté deux suspects : José González (environ 16 ans) et Mario Martínez Martínez (20 ans). 02/06/02 : Lucila Dávalos Silva, 30 ans, serveuse au bar Ritz ; 1,60 mètre ; corpulence moyenne ; teint marron clair ; ne porte qu'un soutien-gorge de couleur beige relevé, des baskets et des chaussettes blanches ; à côté du corps, un pantalon en coton bleu et un chemisier à fleurs bleu et gris ; plaza Cervantina, carrefour des rues Ramón Corona et Callejón de la Mancha dans le centre-ville ; la mort remonte à quatre ou cinq heures ; l'autopsie révèle que la cause du décès est un choc médullaire ou séparation de vertèbres. 21/05/02 : Gloria Betance Rodríguez, 34 ans ; psychologue et professeur ; torturée, assassinée à coups de couteau à son domicile avec son mari, Antonio Ortiz Ballesteros ; la police a interpellé deux suspects : José Eduardo Martínez Esparza, alias El Diablo (19 ans) et Carlos Lorenzo Magallanes Rodríguez (28 ans), qui n'ont pas reconnu les faits et se sont plaints d'avoir été torturés. 31/05/02 : Elisa Lomas Ortiz ; assassinée devant son domicile, à l'angle des rues Oro et Artículo ; une vingtaine de blessures à l'arme blanche. 20/03/02 : Zulema Olivia Torres, 13 ans ; retrouvée aux abords de la vallée de Juárez, à hauteur de Guadalupe ; asphyxiée par strangulation ; la police a inculpé sa sœur, Isabel Alvarado Torres. 21/03/02 : Miriam Soledad Sáenz Acosta, 14 ans ; mort due à une « balle accidentelle » tirée par Abraham Ortiz Martínez (19 ans), arrêté. 19/03/02 : Alicia Carrera Lagunes, 75 ans ; Carolina Carrera, 34 ans (syndrome de Down) ; domiciliées au 1876 de la rue Alatorre, Colonia Obrera ; toutes deux frappées, brûlées, bâillonnées, pieds et mains liés, têtes recouvertes de sacs en plastique ; on a essayé de les incinérer. 28/01/02 : Mercedes Ramírez Morales, 35 ans, ouvrière à la maquiladora Ademco ; retrouvée au pied du Cerro Bola ; traces de violences sexuelles ; coups de pierre sur la tête. 20/01/02 : Lourdes Ivette Lucero Campos, 26 ans ; diététicienne à la maquiladora Motores Eléctricos ; corps flottant sur un canal d'irrigation parallèle à la route Juárez-Porvenir ; battue à mort ; les autorités ont inculpé son mari, José Luis Cid González. 05/01/02 : corps de femme non identifiée ; blessures à l'arme blanche ; Unidad Infonavit-Solidaridad. 07/01/02 : corps de femme non identifiée ; Colonia Salvácar.

23/12/01 : La Chilindrina ou la Guatemalteca, 25 ans ; prostituée ; canal d'irrigation de la Colonia Bellavista ; morte d'une overdose d'après les autorités. 23/12/01 : Susana Torres Valdivieso, 20 ans ; bar La Changada ; tuée par balles. 21/12/01 : María Luisa Carsoli Berumen, 33 ans, tuée à coups de couteau par son ex-mari, Ricardo Medina Acosta, devant les locaux de l'association Casa Amiga. 19/11/01 : Alma Nelly Osorio Bejarano, 21 ans ; à l'angle des rues Plata et Venustiano Carranza ; jean bleu et soutien-gorge rouge ; à demi nue ; étranglée et frappée. 14/11/01 : corps de femme non identifiée ; motel Royal ; la police a arrêté un suspect quelques heures après la découverte du corps. 14/11/01 : corps de femme non identifiée ; localité de Guerrero ; la police a arrêté un homme qu'elle a immédiatement inculpé. 06-08/11/01 : Mayra Reyes Solís, Claudia Ivette González, Verónica Martínez Hernández, Bárbara Martínez Ramos et Laura Berenice Ramos Monárrez ; corps à demi enterrés à côté de trois autres victimes non identifiées ; champs de coton, avenues Paso de la Victoria et Prolongación Ejército Nacional ; corps en état de décomposition avancée, mutilés, nus. 12/06/01 : Lourdes Gutiérrez Rosales, 34 ans ; 1,65 mètre ; teint marron clair ; cheveux blond foncé ; derrière la maquiladora Coclisa, au carrefour des avenues Del Charro et Ribereño, près du parc El Chamizal ; nue, frappée, à demi enterrée ; fracture de l'hyoïde ; vêtements à côté du corps : pantalon en Lycra taille unique à rayures verticales blanc et noir, T-shirt frappé du logo Nike, culotte noire et soutien-gorge blanc, sandales blanches à talons compensés. 12/05/01 : Rebeca Sifuentes Castro, 18 ans ; terrain vague ; habillée ; étranglée ; brûlures dues à la friction de pneus ; enceinte de cinq semaines ; la mort remonte à huit heures. 21/02/01 : Lilia Alejandra García Andrade, 17 ans ; à demi nue ; a été ligotée, violée, mutilée et étranglée. 14/01/01 : Susana Enríquez Enríquez, 29 ans ; ruisseau proche du Cerro Cristo Negro ; nue en dessous de la taille ; vêtements à côté du corps ; vraisemblablement violée et étranglée.

24/10/00 : María Elena Chávez Caldera, âgée de 15 à 17 ans ; 1,60 mètre ; cheveux longs teints ; retrouvée dans un lieu désertique ; jean bleu, sweat-shirt gris à franges vertes, T-shirt rose avec des soucoupes volantes, baskets blanches, boucle à l'oreille gauche, ruban avec un pendentif en forme de cœur sur lequel est écrit le mot « Amor » ; morte depuis trois ou quatre mois ; habillée. 28/06/00 : corps de femme non identifiée ; la mort remonte à trois mois. 28/06/00 : Liliana Holguín, 17 ans ; Cerro Bola ; nue en dessous de la taille ; morte depuis trois mois. 01/04/00 : Amparo

Guzmán Caixba, 17 ans ; Cerro Bola ; à demi nue, violée ; fracture des cervicales. 14/02/00 : Inés Silva Merchant, 23 ans ; aux alentours de la Colonia Fray García de San Francisco, à Lote Bravo ; asphyxie par strangulation ; frappée ; nue en dessous de la taille ; chaussures enveloppées dans son pantalon, à côté du corps. 29/01/00 : María Isabel Nava Vázquez, 18 ans ; canal d'irrigation à Loma Blanca, à 500 mètres environ de la route Carretera-Porvenir ; assassinée à coups de couteau ; brûlée ; vue pour la dernière fois alors qu'elle cherchait du travail dans une maquiladora proche du poste Aldama de la police judiciaire de l'État. 19/01/00 : ossements de femme, 28 à 30 ans, à 2 kilomètres de la caserne de la police montée, Ejido Adolfo López Mateos ; vraisemblablement étranglée ; le corps est resté six mois à découvert ; longs cheveux châtain clair ; bague en plastique au pouce gauche ; autre bague dans la poche de son jean noir ; T-shirt blanc ; dents abîmées indiquant que la victime faisait probablement des crises d'épilepsie. 05/01/00 : corps de femme dépecé, enterré dans le jardin d'une maison, Colonia División del Norte ; 50 ans.

17/11/99 : crâne féminin, entre 19 et 22 ans ; la mort remonte à deux ans. 25/10/99 : Nelly América Gómez Holguín. 21/10/99 : Blanca Estela Vásquez Valenzuela. 16/10/99 : María del Refugio Núñez López. 15/10/99 : corps de femme non identifiée ; âgée de 15 ans d'après la police municipale, plus âgée selon le procureur spécial Suly Ponce ; terrain vague entre la rue Barranco Azul et la route de Casas Grandes, à proximité du Centre de réadaptation social pour adultes ; vraisemblablement violée et battue à mort. 22/08/99 : Vanessa Horcasitas. 10/08/99 : corps de femme non identifiée. 02/08/99 : Bertha Briones. 07/07/99 : Rosa María Rivera. 06/07/99 : María Elba Chávez, 21 ans ; à l'intérieur d'un hôtel ; traces de viol. 07/06/99 : Elizabeth Flores Sánchez, 20 ans ; près du Río Bravo ; frappée avec un grand bout de bois. 06/06/99 : Irene Castillo. 19/04/99 : María Santos Ramírez. 22/03/99 : corps de femme non identifiée ; aux abords des voies ferrées et de la rue Barranco Azul ; mince, brune, cheveux longs, nue ; on a tenté de l'incinérer avec des pneus. 12/03/99 : Gladys Lizeth Ramos Escárcega, 23 ans ; morte par balle. 03/03/99 : Elena García Alvarado. 15/02/99 : Irma Angélica Rosales Lozano, 13 ans ; ouvrière dans une maquiladora ; corps retrouvé dans le parc industriel Gema ; violée ; mort par asphyxie ; sac en plastique sur la tête. 15/02/99 : Elsa América Arreguín Mendoza, 22 ans ; domiciliée Colonia Melchor Ocampo ; deux impacts de balles de 9 mm. 14/02/99 : corps de femme non identifiée ; os éparpillés dans un rayon de 500 mètres ; Lomas de Poleo. 01/02/99 : Paulina León, 17 ans ; violée et vraisemblablement étranglée ; seule une des jambes de son jean est enfilée. 13/01/99 : Patricia Monroy Torres, 27 ans ; cinq impacts de balles ; enlevée de chez elle, lotissement El Granjero. 11/01/99 : María Estela Martínez Valdez, 33 ans ; à l'intérieur d'un véhicule en face de la gare d'autobus ; violée, étranglée.

10/12/98 : corps de femme non identifiée, 13 ans ; collégienne ; container d'ordures ; brune, mince, cheveux longs, traces de violences sexuelles. 06/10/98 : corps de femme non identifiée ; environ 20 ans ; mince, cheveux longs ; décharge d'ordures municipale de Santa María ; violée, torturée, étranglée, frappée avec une pierre ; un véhicule a roulé sur sa tête ; tube en plastique à côté du corps qui a servi à la pénétrer et à la frapper. 19/09/98 : Hester van Nierop, 28 ans ; étudiante néerlandaise ; hôtel Plaza ; étranglée ; retrouvée nue sous un lit. 18/09/98 : Rocío Barraza Gallegos, 23 ans ; à l'intérieur d'une voiture de patrouille de la police judiciaire de l'État, en face de l'Académie de police ; balle dans la nuque ; le coupable, qui serait vraisemblablement l'agent de police judiciaire Pedro Alejandro Valles Chaires (22 ans, affecté à l'Unité spéciale chargée des crimes contre les femmes), est en fuite. 31/08/98 : Eréndira Ivonne Ponce, environ 17 ans ; brune, cheveux longs et noirs ; kilomètre 29 de la route de Casas Grandes ; mains liées, à demi nue ; vraisemblablement étranglée ; culotte baissée à hauteur des chevilles. 03/08/98 : Paulina Lizalde Gómez, 15 ans ; enceinte de sept mois ; terrain vague ; aspergée d'essence et brûlée.

05/08/98 : Aracely Lozano Bolaños. 27/06/98 : Brenda Patricia Méndez Vázquez, 15 ans ; Lote Bravo, près de la zone de fret de l'aéroport ; étranglée, frappée, viol anal et vaginal. 01/06/98 : corps de femme non identifiée, 15 ans ; au pied du Cerro Bola ; étranglée. 25/05/98 : Nora Elizabeth Flores, 25 ans ; agent de sécurité dans une maquiladora ; retrouvée dans une rue ; étranglée, torturée, traces de coups. 11/05/98 : Gabriela Edith Martínez Calvillo, 15 ans ; coups et lésions à l'arme blanche ; tentative de viol. 29/04/98 : María Sagrario González Flores, 17 ans ; voie Loma Blanca ; traces de strangulation ; blessures à l'arme blanche ; agression sexuelle. 20/04/98 : corps de femme non identifiée. 16/04/98 : Argelia Irene Salazar Crispín, 16 ans ; carrefour Ponciago Arriaga et voie Juan Gabriel ; apparemment violée et torturée ; blessures à l'arme blanche. ?/ ?/ 98 : corps de femme non identifiée, âgée de 20 à 25 ans ; 1,71 mètre ; couronne dorée sur une dent supérieure gauche. 18/03/98 : corps de femme non identifiée ; canal d'irrigation près des maquiladoras, à Waterfield ; 30 blessures à l'arme blanche sur les seins et le cou. 23/02/98 : Elizabeth ; brûlée ; derrière les voies de chemin de fer, entre Ponciano Arriaga et la voie Juan Gabriel ; mains et crâne de petite taille ; menue ; taille moyenne ; grande dentition ; ceinture noire ; porte-plume contenant de l'encre rouge. 19/02/98 : Perla Patricia Sáenz Díaz, environ 28 ans ; travaillait dans un bar ; bungalow 25 du motel Fronterizo ; sous un lit ; nue ; fracture du maxillaire inférieur ; traces de seringue hypodermique sur les bras et les jambes ; vraisemblablement blessée par un pic à glace du côté gauche de la poitrine. 16/02/98 : Clara Zepeda (ou Zapata) Álvarez, 16 ou 17 ans ; tuée à coups de fusil à son domicile, Colonia Colinas de Juárez. 16/02/98 : corps de femme non identifiée ; décharge municipale ; traumatisme crânien causé par une pierre retrouvée à côté du corps. 16/02/98 : ossements provenant de trois corps différents ; Lomas de Poleo ; os dispersés dans un rayon de 200 mètres ; soutien-gorge blanc sur une trachée ; une dent en platine avec la lettre « R » gravée à l'intérieur d'un crâne ; baskets avec les restes d'un pied ; jean taille 5 de marque Capricio ; pantalon bleu, soutien-gorge, sweat-shirt rouge ; crâne, mandibules et petits os. 03/02/98 : Ana Hipólito Campos, 38 ans ; 40 coups de couteau, à demi décapitée ; tuée à son domicile, rue Puebla, à l'angle de la rue Nuevo León, Colonia Lomas de San José. 27/01/98 : Silvia Gabriela Laguna Cruz ; sweat-shirt à rayures blanc et vert et soutien-gorge relevés au niveau des seins, pantalon rouge et culotte blanche à hauteur du genou droit, chaussettes blanches ; déchaussée ; à côté du corps, un étui noir contenant des produits de maquillage. 25/01/98 : María Isela Núñez, environ 20 ans ; mince, teint mat, cheveux noirs courts ; environ 1,50 mètre ; jetée dans un enclos à bétail ; orifice sanglant sur la poitrine ; à demi dévorée par les animaux ; jean ; baskets noires, chemisier déchiré. 24/01/98 : Rosalina Veloz (ou Martha Esmeralda Veloz Valdez), 20 ans ; ouvrière dans une maquiladora ; retrouvée dans une propriété derrière le lotissement Infonavit Oasis Revolución ; 21 blessures à l'arme blanche dans le dos, sur le thorax et le cou ; la mort a été causée par un choc hypovolémique ; à demi nue ; sweat-shirt vert relevé sur les seins. 03/01/98 : Jessica Martínez Morales, 13 ans ; teint mat, nue ; ruisseau derrière les installations de la Commission fédérale d'électricité, à 25 mètres des voies de chemin de fer.

21/12/97 : corps d'adolescente non identifiée, entre 12 et 16 ans ; Lomas de Poleo, à 1,50 mètre du ranch El Oasis ; pantalon bleu marine et ceinture noire ; la mort remonte à plusieurs mois. 09/12/97 : Rosa Margarita Arellanes García, 24 ans ; tuée par balle dans la discothèque El Vértigo. 08/12/97 : ossements non identifiés ; kilomètre 35 de la route de Casas Grandes ; un pantalon, une chemise frappée du logo Carta Blanca et des baskets blanches ont été retrouvés à côté du corps. 02/12/97 : Amalia María de los Dolores Saucedo Díaz de León, 33 ans ; Lote Bravo ; habillée ; mort causée par une fracture des cervicales. 01/12/97 : Aracely Nuñez Santos, entre 18 et 20 ans ; lit d'un ruisseau derrière la Colonia Santa Elena, à 5 kilomètres de la route de Casas Grandes ; peau mate, cheveux longs teints ; culotte à hauteur des chevilles ;

blessures à l'arme blanche. 30/11/97 : María Teresa Rentería Salazar, 32 ans ; domiciliée Colonia Plutarco Elías Calles ; coups de couteau dans le cou. 17/11/97 : Eréndira Buendía Muñoz, 19 ans ; a disparu après être allée danser au Patio, avenue Tecnológico ; terrain vague derrière le siège de la société Flourex, près de la route Panamericana ; nue ; vêtements à côté du corps : pantalon en jersey noir et culotte rouge. 08/11/97 : Norma Julissa Ramos Muñoz, 21 ans ; rues Ugarte et Aguascalientes ; mort causée par une arme à feu. 07/11/97 : ossements non identifiés dispersés à Cerro Bola ; pantalon blanc, culotte blanche ; morte depuis plus de deux mois. 21/10/97 : Juana Íñiguez Mares, 38 ans ; portée disparue la veille. 13/10/97 : Virginia Rodríguez Beltrán, 20 ans ; à demi enterrée ; terrains de sport derrière Pemex ; T-shirt bleu ; à côté du corps, un jean et une culotte. 13/10/97 : Brenda Esther Alfaro Luna ; terrains de sport derrière Pemex. 03/10/97 : corps d'adolescente non identifiée, 14 ans ; 1,75 mètre ; teint mat, cheveux longs, une jambe plus courte que l'autre ; chemisier à rayures noires et soutien-gorge blanc ; Granjas Santa Elena ; terrains de sport de Pemex, route de Casas Grandes ; morte depuis soixante-douze heures ; violée, étranglée ; couchée sur le ventre ; pas de traces de coups ; environ 50 blessures à l'arme blanche. 28/09/97 : María Irma Plancarte Luna, âgée de 25 à 30 ans ; enveloppée dans une couverture ; parking entre le boulevard Zaragoza et la voie Juan Gabriel ; morte depuis quatre jours ; nue, pieds et mains ligotés avec du fil de fer, frappée, un œil exorbité, sans doute traînée sur un sol caillouteux. 09/09/97 : Martha Gutiérrez García (ou Martha Hernández García), 18 ans ; terrain vague de la Colonia Barrio Alto ; nue, étranglée. 09/07/97 : corps de femme non identifiée, entre 20 et 30 ans ; 1,60 mètre ; cheveux noirs de 30 cm ; soutien-gorge sombre ; chaussette au pied gauche ; bâillonnée avec du ruban adhésif, mains ligotées sur le ventre ; deux bagues fantaisie à la main gauche ; flottait sur un canal d'eaux noires à hauteur du ranch Los Fuertes, sur la route de Porvenir ; morte depuis des mois. 31/05/97 : Verónica Beltrán. 29/05/97 : Amelia Lucio

Borjas, 18 ans ; assassinée chez elle, au 922 de la rue Fénix, lotissement Bosques de Salbárcar ; 9 blessures à l'arme blanche sur le thorax. 19/05/97 : Marcela Hernández Macías (ou Maricela Macías Fernández) ; kilomètre 29 de la route de Casas Grandes ; étranglée. 15/05/97 : corps de femme non identifiée ; ruisseau de la voie El Sauzal ; morte depuis quinze jours ; vraisemblablement violée et étranglée. 16/04/97 : corps de femme non identifiée ; El Sauz, à Valle de Juárez ; pantalon sombre, baskets noires et chemisier vert ; dans la poche, des clefs, apparemment de voiture ; état de décomposition avancée. 11/04/97 : Miriam Aguilar Rodríguez, 16 ans ; 1,65 mètre ; peau mate, cheveux longs châtains, mince ; derrière l'usine de mise en bouteille La Frontera, au carrefour des avenues Óscar Flores et Santos Daurón ; pantalon noir à nœuds blancs baissé à hauteur des genoux, chemisier rose relevé au dessus des seins ; grosses chaussures, soutien-gorge blanc, culotte noire et chaussettes blanches à rayures noir et rouge ; à côté du corps, on a retrouvé un bloc de ciment avec des restes de cuir chevelu ; des fragments de tissus humains sous les ongles ; l'un d'eux, cassé, montre qu'elle a résisté à l'agression ; selon l'autopsie, l'hymen est intact. 29/03/97 : Silvia Guadalupe Díaz, 19 ans ; blouse d'ouvrière de maquiladora ; voie El Sauzal ; violée. 21/03/97 : Maribel Palomino Arvizo, 15 ans ; 1,70 mètre ; cheveux longs châtains, teint mat, bracelet noir à un bras, collier ; El Sauzal ; nue ; à 2 mètres du corps, un pantalon blanc et des chaussettes de la même couleur ; traces de viol et de strangulation. 14/03/97 : Ana María Gardea Villalobos ; portée disparue le 1er mars 1997 ; au pied du Cerro Bola ; morte depuis dix ou quinze jours ; violée, torturée ; 15 blessures à l'arme blanche dans le cou et le thorax ; la mort a été causée par une hémorragie ; déchirure dans la région vulvaire qui peut correspondre à une pénétration. 11/03/97 : Cinthia Rocío Acosta Alvarado, 10 ans ; Valle Dorado, cinquième étape (à 300 mètres au nord du chemin principal qui mène à la décharge municipale du kilomètre 25 de la route de Casas Grandes) ; morte depuis un mois ; asphyxie par strangulation ; ecchymoses dans le cou ; fracture de l'hyoïde gauche avec ecchymoses ; probablement pendue par les mains ; traces de coups sur la tête, les mains et les pieds ; viol ; ecchymoses sur le plat et le dos de la main gauche ; lésions similaires sur les deux poignets, le dos de la main et la fesse droites. 16/01/97 : corps de femme non identifiée, 16 ans ; 1,65 mètre ; teint mat assez clair ; chemisier blanc, pantalon vert, pas de dessous ; traces d'injections sur un bras ; ruelle Carreño, dans le centre de Ciudad Juárez [lieu de rassemblement des toxicomanes *(N. d. A.)*] ; elle n'a pas été tuée là, mais transportée puis jetée dans cette ruelle ; coups sur tout le corps ; traces de viol. ?/01/97 : corps de femme non identifiée, 40 ans ; kilomètre 70 de la route Panamericana ; impact de balle dans le crâne.

06/12/96 : Brenda Mejía Flores (ou Lizeth Nájera), 15 ans ; portée disparue depuis le 26 novembre 1996 ; coups de couteau et balles ; vraisemblablement violée. 06/12/96 : Susana Mejía Flores, 13 ou 14 ans ; portée disparue depuis le 26 novembre 1996 ; coups de couteau et balles ; vraisemblablement violée ; suspect : Edgar César Sánchez, fiancé à Brenda, en fuite. 31/11/96 : corps de femme non identifiée, 16 ans ; chemisier dégrafé et chaussette au pied gauche ; chemin vicinal près de la voie El Sauzal, à 2 kilomètres du parc de loisirs Valle Verde ; la mort remonte à plus de quinze jours ; cause du décès non établie ; à demi nue, vraisemblablement violée. 18/11/96 : corps de femme non identifiée, entre 20 et 25 ans ; 1,70 mètre ; forte corpulence, cheveux longs châtain sombre, tatouage sur le poignet ; à côté du gué du Río Fuentes ; chemisier blanc avec impressions bleues, chaussettes blanches et soutien-gorge noir ; nue en dessous de la taille. 14/11/96 : Leticia García Rosales, 23 ans ; dans une dépression ; pantalon vert baissé en dessous de la taille, chemisier blanc et chaussettes vertes ; coups sur le visage et le corps ; a manifestement résisté à l'agression. 02/11/96 : Norma Leticia de la Cruz Bañuelos ; prostituée travaillant devant le bar Rancho Grande ; exécutée par balles par des hommes à bord d'une voiture sombre. 31/10/96 : corps de femme non identifiée ; terrains El Sauzal à Valle de Juárez ; pantalon et chemisier à rayures bleu et blanc ; ongles vernis de rouge, cheveux longs brun clair. 30/09/96 : Perla Hopkins (ou Victoria Parker Hopkins, ou Rita Parker Hopkins). 19/08/96 : corps de jeune femme non identifiée ; Colonia Eréndira (ou Colonia Arturo Gámiz) ; à demi nue, violée, étranglée, coups au visage et blessures dans le cou. 16/08/96 : Alma Leticia (Patricia) Palafox Zavala, 15 ans ; égorgée ; Ernesto Gómez Cordero (30 ans) a été reconnu coupable du meurtre et écroué. 15/08/96 : Soledad Beltrán, 25 ans ; terrains sableux près de la route Juárez-Porvenir ; morte depuis trente heures ; torturée et exécutée par balle. 09/08/96 : Sonia Ivette Sánchez Ramírez, 13 ans ; 1,56 mètre ; teint mat, short jaune, chemisier blanc à fleurs, chaussures noires, chaussettes blanches, longs cheveux, yeux marron ; à 100 mètres des locaux de la police judiciaire du Chihuahua ; violée et étranglée ; elle était allée accompagner sa sœur, ouvrière dans une maquiladora, et n'est jamais revenue. 30/07/96 : Rocío Miranda Agüero, 28 ans ; patronne du bar Top Capos ; des enfants ont découvert ses restes dissous dans un baril d'acide corrosif ; il ne reste du corps que les mains et les pieds ; enlevée par un groupe de 17 individus ; la serveuse et la fille de Rocío (âgée de 2 mois) ont échappé à l'enlèvement ; identifiée grâce à des implants en silicone. ?/07/96 : corps de femme non identifiée. 10/07/96 : Sandra Luz Juárez Vázquez, 17 ans ; 1,60 mètre ; 52 kilos ; cheveux longs sombres ; jean noir, chemisier moutarde ; Río Bravo ; étranglée. 07/07/96 : corps d'adolescente non identifiée, 15 ou 16 ans ; Lote Bravo, à 1 000 mètres du kilomètre 21 de la route Panamericana ; une boucle d'oreille ; nue ; serre dans un poing une touffe d'herbe poussant à cet endroit ; mort causée par un traumatisme et des blessures à l'arme blanche. 16/06/96 : Elizabeth Ontiveros López ; à 600 mètres au nord du centre de détention, dans un ruisseau à l'angle des rues Barranco Azul et Terreros, Colonia Toribio Ortega ; T-shirt à rayures rose et blanc, jean bleu de marque Errego avec des boutons bleus, rouges, verts et transparents sur les deux poches arrière ; baskets noires de marque Reebok, taille 5 1/2, culotte blanche ; la mort remonte à la nuit du mardi antérieur ; 22 blessures causées par un instrument pointu et coupant, la plupart sur le côté gauche du thorax, 1 sur le bras gauche, 5 dans le dos, 1 dans la région cervicale et 1 sur l'abdomen. 10/06/96 : corps de femme non identifiée, 17 ans ; 1,70 m ; mince, cheveux châtains ; T-shirt noir, soutien-gorge beige et culotte blanche, chaussures taille 3 ; sur le chemisier, déchirures causées par une arme blanche ; ossements. 07/06/96 : Aracely, 23 ans ; danseuse au bar La Bahía ; tuée par balles par son mari, Tomás Sandoval Rodríguez (50 ans). 28/04/96 : Rosario Fátima Rodríguez ; bâtiment abandonné de la rue Galeana. 07/04/96 : Rosario García Leal, 17 ans ; ouvrière de la maquiladora Phillips ; portant sa blouse de travail ; tuée à coups de couteau, violée, mutilée ; morte depuis quarante jours ; portée disparue depuis deux mois. ?/04/96 : Isalda Chávez ; jeune ; Valle de Juárez ; retrouvée dans une zone agricole à l'est de Ciudad Juárez. ?/04/96 : Josefina Reyes Salazar, 26 ans ; retrouvée à Valle de Juárez. ?/04/96 : Ignacia Morales ; jeune ; retrouvée à Valle de Juárez. 29/03/96 : corps de femme non identifiée ; jeune ; Lomas de Poleo ; violée et étranglée ; morte depuis quinze jours. 29/03/96 : corps de femme non identifiée ; jeune ; Lomas de Poleo ; violée et étranglée ; morte depuis trente jours. 28/03/96 : Guadalupe Verónica Castro Pando, 16 ans ; Lomas de Poleo ; violée et étranglée. 23/03/96 : corps de femme non identifiée ; jeune ; Lomas de Poleo ; violée et étranglée. 18/03/96 : corps de femme non identifiée ; jeune ; Lomas de Poleo ; violée et étranglée. 13/03/96 : corps de femme non identifiée ; jeune ; Lomas de Poleo ; violée et étranglée. 09/03/96 : corps de fillette non identifiée, âgée de 9 à 12 ans ; tuée à coups de couteau, violée ; route de Casas Grandes, kilomètre 27.

?/12/95 : Laura Ana Inere, 27 ans ; tuée par balle ; Panteón municipal. ?/12/95 : Elizabeth Gómez, 29 ans ; 1,60 mètre ; mince, cheveux noirs ondulés ; terrains de sport derrière Pemex ; jupe relevée jusqu'à la taille, chemisier de couleur cuivre relevé sur les seins, veste bleue, chaussures noires, pas de soutien-gorge ; tuée à coups de couteau ; un agent de la police municipale est suspecté. 15/12/95 : Rosa Isela Quintanilla, 14 ans ; cheveux noirs, mince ; terrains de sport derrière Pemex ; ligotée ; culotte violette, chemisier noir avec des impressions, baskets noires et médaille de la Vierge du cuivre ; tuée à coups de couteau. 23/11/95 : Ignacia Morales Soto, 22 ans ; mince ; 1,63 mètre ; teint mat, cheveux longs ; Granjas Santa Elena, route de Casas Grandes ; suspect : Juan Escajeda. 18/11/95 : corps de femme non identifiée, 18 ans ; Loma Blanca ; pantalon gris sous un pantalon noir, gilet gris ; exsangue. 11/11/95 : Adriana Torres Márquez, 15 ans ; derrière Granjas Santa Elena, route de Casas Grandes ; cheveux châtains ; chaussures noires, lunettes de soleil, pantalon doré Silver Red taille 28, chemise à carreaux, soutien-gorge et chaussettes blanches ; crâne complet ; nuque brisée ; sein droit coupé et traces de morsures sur le téton gauche. 10/09/95 : corps de femme non identifiée, de 30 à 35 ans ; corpulence moyenne ; 1,54 mètre ; à l'est de l'avenue Las Torres, à hauteur de l'unité de nettoyage municipal, terrain Zacate Blanco ; ossements éparpillés sur un rayon de 60 mètres ; morte depuis trente à cinquante jours ; cause indéterminée (on a retrouvé un bout de corde) ; chemisier blanc à franges transversales rouge, bleu et bordeaux et à manches courtes ; soutien-gorge beige et blanc, petit morceau de tissu sans marque visible dans la région pectorale, jean bleu de marque Braxton, culotte beige, chaussette blanche au pied gauche, chaussures noires de marque Creaciones Angelina ; petit tube de baume à lèvres ; corps en état de décomposition avancée ; traces de violence. 09/09/95 : Olga Alicia Carrillo Pérez, 18 ans ; 1,54 mètre ; mince, terrain semi-désertique Zacate Blanco à l'est de l'avenue Las Torres, à 3 kilomètres à l'est du marché situé entre la zone de fret de l'aéroport et la route Panamericana ; jean noir de marque Lee, taille 3, culotte blanche ou beige avec une fleur au milieu, soutien-gorge blanc ou beige avec un nœud au milieu, chaussettes blanches ; hyoïde fracturé ; mort remontant à 40 jours environ causée par des blessures à l'arme blanche sur le cou et le thorax.

05/09/95 : corps de femme non identifiée ; âgée de 20 à 24 ans ; mince ; 1,56 mètre ; cheveux châtains ; zone de fret de l'aéroport, derrière le marché ; la mort remonte à cinquante ou soixante jours ; probablement causée par strangulation ; poignets attachés avec ce qui ressemble à la courroie d'un sac à main. 01/09/95 : Silvia Elena Rivera Morales, 17 ans ; 1,54 mètre ; cheveux noirs et longs ; mince ; à 2 kilomètres à l'est de l'autoroute vers Ciudad Juárez, kilomètre 21, Lote Bravo, dans une zone semi-désertique ; T-shirt bleu avec la silhouette de Mickey Mouse ; soutien-gorge blanc relevé au-dessus de la région pectorale ; culotte noire de marque Tania, taille moyenne ; chaussettes blanches ; dilatation anale et vulvaire ; asphyxie par strangulation ; la mort remonte à quarante-cinq ou soixante jours. 27/08/95 : Miriam de los Ángeles Deras, 25 ans ; rue Mercurio, n° 902 ; chemisier bleu ; short en jean gris ; dessous noirs ; chaussettes et baskets blanches ; blessures causées par balles dans le thorax et l'abdomen. 22/08/95 : corps de femme non identifiée, âgée de 16 à 17 ans ; mince ; 1,60 mètre ; chemin semi-désertique à 4 kilomètres au sud du kilomètre 6 de la route de Casas Grandes, près de Granjas Santa Elena ; morte depuis soixante à quatre-vingt-dix jours ; cause indéterminée. 22/08/95 : corps de femme non identifiée, âgée de 18 à 20 ans ; teint mat ; métisse ; 1,50 mètre ; cheveux noirs et longs ; chantier semi-désertique à 4 kilomètres au sud du kilomètre 6 de la route de Casas Grandes ; état de décomposition avancée ; la mort remonte à trois mois ; cause indéterminée. 20/08/95 : Gloria Escobedo Piña, 20 ans ; 1,65 mètre ; teint mat ; cheveux longs ; rue I. de la Peña, n° 1158 ; soutien-gorge noir, T-shirt ; nue en dessous de la taille ; saignements génitaux ; viol anal, bucal et vaginal ; étranglée ; manifestement assassinée par son beau-père, Miguel de Jesús Montelongo León. 19/08/95 : « Elizabeth Castro García », 17 ans ; 1,63 mètre ; cheveux longs châtain clair ; à 20 mètres au sud de la route d'asphalte, au niveau du kilomètre 5 de la route de Casas Grandes, vers la route de Granjas Santa Elena ; une des mains liée avec des lacets de chaussures ; morte depuis cinq à sept jours ; asphyxie par strangulation. 08/08/95 : Patricia Cortés Campos, 33 ans ; 1,60 mètre ; cheveux longs ; à l'angle des rues Velarde et Francisco Campos, n° 331, Colonia Obrera ; hématome sur l'auriculaire et le thorax ; le rapport de police indique une mort par « intoxication ». 06/08/95 : Gloria Olivas Morales, 28 ans ; enlevée avec Walter Ríos et Alejandro Fuentes ; avenue Jilotepec ; T-shirt blanc portant le logo Nike ; maillot de bain bleu à carreaux et baskets Nike blanches, rose et bleu ; étranglée. 16/07/95 : Erika García Moreno, 19 ans ; mince, peau mate, cheveux noirs ; chemisier blanc, soutien-gorge blanc, culotte noire, collants café, jean bleu ; traces de violences externes ; ecchymoses par succion ; étranglée derrière Pemex . 04/07/95 : Araceli Rosaura Martínez Montañez, 19 ans ; Granjas Santa Elena ; jean noir, bottes marron et chemisier blanc ; étranglée ; coupable probable : Juan Manuel Cruz Carreón. 21/04/95 : Karina Daniela Gutiérrez, 25 ans ; 1,59 mètre ; mince ; ouvrière dans une maquiladora ; body gris ; voie Juan Gabriel, carrefour Hermanos Escobar et P. del Río ; étranglée. 17/04/95 : Fabiola Zamudio, 35 ans ; robuste, teint mat, cheveux noirs ; hôtel El Ranchito ; soutien-gorge blanc ; intoxiquée. 24/02/95 : Miriam Adriana Vázquez, 14 ans ; 1,60 mètre ; ouvrière dans une maquiladora ; voie Juan Gabriel ; sac noir et chaîne dorée ; tuée à coups de couteau ; violée. 25/01/95 : María Cristina Quezada Mauricio, 31 ans ; 1,65 mètre ; cheveux longs ; pull noir et gris ; couverture jaune ; violée et étranglée ; rue José Casavantes, n° 1168, Colonia Francisco I. Madero ; son mari est inculpé. 10/01/95 : corps de femme non identifiée ; ossements ; voie El Sauzal, route Juárez-Porvenir.

20/11/94 : Guillermina Hernández, 15 ans ; 1,50 mètre ; mince, teint mat ; cheveux longs jusqu'aux épaules ; violée, incinérée ; corps retrouvé à Guadalupe ; Juan Carlos Escageda a été inculpé. 09/11/94 : corps de femme non identifiée, 30 ans ; teint mat ; indigène ; jupe rouge, pull de couleur brique et chaussettes blanches ; immeuble en construction avenue Vicente Guerrero, entre les rues Bolivia et Paraguay ; étranglée et violée ; son corps était enveloppé dans une couverture. 25/10/94 : corps de femme non identifiée, de 20 à 25 ans ; cheveux châtains ; culotte et chemisiers décolorés, bague à la main gauche de l'Académie commerciale Hidalgo de Ciudad Delicias, portant les initiales « JFA », « Generación 51 » ; zone de fret de l'aéroport à Lote Bravo ; mort par strangulation qui remonte à trente jours ; enveloppée dans un sac en plastique. 08/08/94 : Patricia, alias La Burra, 30 ans ; 1,63 mètre ; robuste, teint mat, cheveux frisés ; traces de coups à l'abdomen ; ruelle Guadalupe n°300 ; Raúl, alias El Chilango, et Mario Gallegos, alias El Mariachi, sont suspectés. 25/06/94 : María Agustina Hernández, environ 35 ans ; 1,50 mètre ; teint mat, cheveux longs ; retrouvée dans une petite construction de bois dans la rue Isla Saboga y Nogal, Colonia 16 de Septiembre ; étranglée vraisemblablement par son amant, Alfredo Coronado. 08/05/94 : Gladys Yaneth Fierro Vargas, 12 ans ; jupe fleurie et petit haut ; à 300 mètres du kilomètre 4 de la route Juárez-Porvenir vers Satélite ; étranglée, violée ; à côté du corps, on a retrouvé ses dessous, des baskets noires et un chemisier rouge. 12/05/94 : Donna Maurine Striplin Boggs, 26 ans ; 1,64 mètre ; cheveux châtains ; front haut ; au bord du Río Bravo, en face de la raffinerie Esmeralda ; blessures profondes causées par un instrument coupant dans le cou, le thorax et l'abdomen, surtout sous la clavicule. 25/04/94 : Lorenza Isela González, 23 ans ; morte depuis huit jours ; danseuse au cabaret Norma's ; à 2 kilomètres de la guérite des douanes, route Panamericana, à 50 mètres de la bande d'asphalte ; le 21 mars, elle a quitté le bar en compagnie de clients ; étranglée, blessures à la poitrine ; index et auriculaire mutilés ; Alejandro Máynez, le patron du bar Safari est impliqué. 11/03/94 : María Rocío Cordero, 11 ans ; dans un tuyau d'évacuation d'eau près de la route de Casas Grandes et de la rue Barranco Azul ; enlevée avant d'arriver à l'école primaire Gabino Barreda, Colonia México 68, où elle était domiciliée ; étranglée, viol anal et vaginal. 11/02/94 : Emilia García Hernández ; dans la discothèque La Madelón ; bagarre avec une arme tranchante et pointue ; vraisemblablement tuée par ses amies. 11/01/94 : corps de femme non identifiée, 30 ans ; teint clair ; prolongement de la rue Manzano ; short blanc en Lycra ; petit haut à fleurs avec des bretelles, culotte beige ; frappée ; étranglée dix jours auparavant.

15/12/93 : Yolanda Tapia ; domiciliée au 540 de la rue 57 ; blessure causée par un instrument pointu et tranchant sur le crâne, bout de bois dans le vagin ; son fils, Jesús Roberto Gil Tapia, est soupçonné de l'avoir assassinée. 15/11/93 : Esmeralda Leyva Rodríguez, 13 ans ; derrière l'école Hermanos Escobar vers la rue Teófilo Borunda ; enlevée à la sortie de l'École secondaire technique n° 27 ; viol anal et vaginal. 14/10/93 : Tomasa Salas Calderón ; salopette bleue ; état de décomposition avancée ; la mort remonte à une semaine ; carte d'identification Hipermart. 14/10/93 : Mireya Hernández Méndez, 20 ans ; 1,60 mètre ; étranglée ; décharge du parc industriel Juárez ; ouvrière chez Phillips. 17/09/93 : Marcela Santos Garza, 18 ans ; 1,75 mètre ; teint mat, cheveux longs ; tuée par balles, vraisemblablement par son fiancé, Herberto Cruz Aguilar. 29/08/93 : corps de femme non identifiée, 28 ans ; à l'intérieur d'une Mustang garée dans une rue du lotissement Senecú ; pantalon court bleu ; chemisier blanc avec impressions bleues ; étranglée cinq jours plus tôt. 14/06/93 : Guadalupe Ivonne Estrada Salas, 16 ans ; mince, teint mat ; 1,60 mètre ; short en jean bleu, chaussures vernies noires, chaussettes blanches ; travaillait à Bravo Eléctrico Sistemas, dans le parc industriel Magna Flex ; la mort remonte à vingt-trois jours ; l'état de décomposition avancée du corps n'a pas permis d'établir la cause du décès. 10/06/93 : corps de femme non identifiée ; près de la berge du Río Bravo, sur un chemin de terre battue ; violée et attachée à une branche ; la mort a été causée par une fracture du crâne provoquée par un coup assené avec un bloc de béton. 05/06/93 : Verónica Huitrón Quezada, 26 ans ; 1,78 mètre ; cheveux courts ; au bout de la rue principale de Puerto de Anapra ; tuée à coups de couteau ; mains ligotées avec du fil de fer ; on a essayé de la brûler. 13/05/93 : corps de femme non identifiée, 25 ans ; cheveux clairs ;

teint pâle ; jean, tennis ; violée et tuée à coups de couteau ; Sierra Juárez, au pied du Cerro Bola. 03/05/93 : corps de femme non identifiée, âgée de 30 à 35 ans ; teint mat, cheveux sombres ; sur la route d'Ortiz Rubio, à 3 mètres d'un ruisseau, près de Satélite ; pantalon court, culotte ; déchaussée ; enceinte de cinq mois ; morte la veille par strangulation ; traces de coups au visage et sur l'abdomen. 21/04/93 : Luz de la O. García. 14/03/93 : Jessica Lizalde León, 29 ans ; présentatrice et journaliste radio ; domiciliée au 9814, rue Anémona ; Colonia Ampliación Aeropuerto ; tuée de deux balles de 9 mm au visage. 17/02/93 : corps de femme non identifiée. 25/01/93 : Angelina Luna Villalobos. 23/01/93 : Alma Chavira Farel…

« Et tu me rendras les corps de mes enfants, mer innocente et consacrée ; tu les porteras vers les grèves de l'île ; et les prébendaires les déposeront dans les cryptes du temple ; et ils allumeront, au-dessus, d'éternelles lampes où brûleront de saintes huiles, et ils montreront aux voyageurs pieux tous ces petits ossements blancs étendus dans la nuit. »

Marcel Schwob, *La Croisade des enfants*

ÉPILOGUE PERSONNEL

Je me suis réveillé en entendant des voix et en voyant de la lumière autour de moi. J'ai tardé quelques secondes à reprendre contact avec la réalité. Je voulais partir de là. J'étais au bloc opératoire.

Pendant deux mois, j'avais vécu comme un somnambule, dans une lenteur et une léthargie que j'avais peine à dissimuler. Je tentais de poursuivre une vie normale, comme s'il ne m'était rien arrivé.

Le 15 juin 1999, j'ai été agressé dans un taxi que j'avais hélé un soir, Colonia Condesa, à Mexico. Sur le trajet de mon domicile, il s'est arrêté brusquement et deux hommes armés sont montés à bord. Ils m'ont ordonné de fermer les yeux et de m'asseoir au milieu de la banquette arrière. Le chauffeur, complice, a redémarré. Je ne devais parler que si on m'interrogeait.

Je ne leur ai opposé aucune résistance, mais j'ai tout de même été injurié, frappé au visage, à la poitrine et à la tête avec des crosses de revolver. J'ai également reçu des coups de poing et de pic à glace. Ils m'ont annoncé qu'ils allaient me tuer dans un terrain vague au sud de la ville. Le taxi s'est à nouveau arrêté pour laisser descendre l'un des hommes et permettre à un troisième – qu'ils appelaient El Jefe – de monter.

Ce dernier m'a frappé, a menacé de me violer et de me tuer. Le passage d'une patrouille de police – dont j'ai distingué l'intensité des phares malgré mes paupières closes – les a dissuadés de continuer. Ils m'ont abandonné, en sang et hébété, dans une rue de la Colonia Narvarte, non loin de l'endroit où ils étaient montés dans le taxi. J'ai porté plainte et suis allé voir un médecin dès le lendemain. Il m'a prescrit du repos et un analgésique. Ma famille et mes amis étaient inquiets, et l'un d'eux m'a demandé si cette agression était liée aux articles que j'avais publiés sur les mortes de Juárez. « Je préfère ne pas y penser, ai-je répondu. Les agressions pour vol sont fréquentes de nos jours. »

Mais le doute persistait : mon agression, les coups et le vol qui avaient été enregistrés comme un simple « vol avec violence » étaient survenus quelques jours avant la publication dans *Reforma* (le 18 juin) d'un de mes articles, intitulé *« Señalan a policías como cómplices »* (« Des policiers désignés complices »). Il traitait des crimes contre les femmes à Ciudad Juárez. J'avais travaillé à ce reportage deux semaines auparavant, et je m'étais habitué à entendre constamment de la friture et des bruits étranges sur mon portable et mon téléphone fixe. À présent, le fait d'être probablement mis sur écoute m'angoissait.

Je suis allé signer ma déposition au poste de police. Les agents étaient aimables, mais ils m'ont dit avoir besoin de plus de renseignements, sans quoi ils ne pourraient pas « ouvrir d'enquête ». Ils voulaient entre autres choses les photographies d'un individu qui avait retiré de l'argent avec ma carte bancaire à un distributeur automatique (je lui avais donné mon code sous la contrainte). Je devais donc réclamer à ma banque la vidéo enregistrée par la caméra de surveillance. En d'autres termes, ils me demandaient de faire une partie de leur travail. Ils ne m'ont jamais revu.

À compter de cette date, j'ai cessé de me rendre à Ciudad Juárez.

Huit semaines après avoir été agressé, je me suis aperçu que j'avais des problèmes pour m'exprimer, des pertes de mémoire, comme si un voile sombre recouvrait mon passé. Petit à petit, j'ai pris conscience de mes difficultés à me rappeler des détails insignifiants du quotidien ou à mettre des noms sur des visages connus. Mes gestes se perdaient dans le brouillard, je dormais excessivement et je me sentais faible.

Le 11 août 1999, je me suis retrouvé à l'hôpital. Deux collègues du quotidien *Reforma* avec qui je travaille depuis 1993 m'y avaient accompagné. On a diagnostiqué un hématome au cerveau suite aux traumatismes de l'agression. J'ai été opéré d'urgence. L'intervention chirurgicale était risquée. J'ai passé deux mois en convalescence puis à la mi-octobre, une fois remis, j'ai repris mon travail.

Dans l'une de mes collaborations à *Reforma*, j'ai remercié les membres de ma famille et les proches qui s'étaient inquiétés de mon état de santé. Ils avaient veillé sur moi, m'avaient rendu visite et téléphoné. Certains s'étaient même cotisés pour alléger les coûts de l'opération. Je leur en saurai toujours gré.

Fin novembre, la presse annonçait qu'une opération binationale allait procéder à des fouilles dans des ranchs situés autour de Ciudad Juárez (opération dite des « narcofosses »). Les policiers mexicains et les agents du FBI se fondaient sur les déclarations d'un ancien indicateur de la police : Víctor Valenzuela. Ses affirmations étaient vraies, particulièrement tout ce qui concernait les ranchs où les victimes étaient enterrées. J'ai décidé de poursuivre mes recherches sur les meurtres de femmes à Ciudad Juárez.

Le 8 décembre, j'ai eu un entretien téléphonique avec le commandant Francisco Minjárez, chef du Groupe anti-enlèvements de la police judiciaire de l'État de Chihuahua. Six heures plus tard, on m'agressait à nouveau. J'étais à bord d'un taxi dont la licence était en règle. Cette fois, deux hommes sont montés alors que nous étions arrêtés à un carrefour. Ils ne m'ont pas frappé mais se sont montrés très directs :

– Nous ne sommes pas drogués, ont-ils affirmé.

Ils voulaient de l'argent mais étaient surtout là pour me transmettre un message :

– Vous vous êtes mis dans le pétrin, monsieur… Vous êtes sur la liste, alors faites très attention. Vous comprenez ? Le commandant nous a chargés de vous dire ça.

J'étais devenu une cible.

Ils attendaient un de leurs complices, qui était allé chercher de l'argent à un distributeur automatique (je leur avais donné le code de ma carte bancaire). Quelques minutes plus tard, ils m'ont relâché dans une rue de la Colonia Doctores. Indemne.

Au lieu d'aller trouver la police, je me suis rendu au journal. Le directeur de *Reforma* m'a demandé d'écrire un rapport et de le lui envoyer. J'ai suivi ses conseils mais je n'ai pas reçu de nouvelles.

Quelques semaines plus tard, on m'a informé d'une mort atroce. Le 2 janvier 2000, on avait retrouvé le corps sans vie de Lourdes Diaque dans la banlieue sud de Mexico. Psychologue, Lourdes Diaque dirigeait une émission sur les femmes à l'Institut mexicain de la radio. En interrogeant des gens qui l'avaient connue, j'ai découvert qu'elle avait fait des recherches sur les crimes contre les femmes à Ciudad Juárez. Elle avait pris un taxi Colonia Condesa. Elle avait été défigurée, sauvagement frappée à la tête, mutilée et violée avant d'être jetée dans un terrain vague. Aucun suspect n'avait été interpellé.

Le 10 janvier 2000, j'ai publié dans *Reforma* le reportage auquel j'avais travaillé pendant plusieurs semaines. Il s'intitulait : *« Los cuerpos perdidos »*. J'y écrivais qu'au cours de l'opération des « narcofosses », on recherchait des corps enterrés car tout au long des années 1990, des dizaines de jeunes filles et de femmes avaient été assassinées à proximité des ranchs où les trafiquants de drogue se livraient à leurs orgies.

Le 29 avril 2000, on découvrit à Ciudad Juárez le corps du journaliste José Ramírez Puente, de Radio Net 1490. Il avait été retrouvé sur le siège avant de sa voiture. Dans un premier temps, la police dissimula ce crime. Ensuite, elle fit savoir qu'on avait trouvé « 10 kilos de marijuana dans la voiture de Ramírez Puente » et que cette affaire n'était pas de son ressort. Les proches du journaliste ne croyaient pas à cette histoire : Ramírez Puente avait la réputation d'être un homme honnête qui vivait modestement. Tout le monde s'accordait à dire que la drogue avait été placée là après sa mort. Âgé de 28 ans, le reporter avait reçu plus de 35 coups de pic à glace sur le côté gauche. Le cœur avait été touché. Aujourd'hui, le meurtrier court toujours. La Société interaméricaine de presse s'intéresse de très près à cette affaire.

En l'an 2000, j'ai publié trois articles sur les crimes contre les femmes à Ciudad Juárez. J'y dénonçais l'indifférence des autorités locales et fédérales, le dédain collectif. Les meurtres continuaient.

Le 10 juillet 2000, alors que je bavardais avec une amie sur mon portable, j'ai entendu des interférences, puis des voix qui disaient : « Localisez-le, localisez-le. » Le même jour, en sortant d'un restaurant, j'ai été suivi par deux hommes. L'un d'eux s'est approché de moi et m'a dit :

– Nous te surveillons, fais très attention…

– Je m'en suis aperçu et je sais qui vous envoie, ai-je rétorqué.

Surpris par ma réponse, ils se sont rapidement éloignés.

Le 2 août au matin, un homme m'a abordé près de chez moi. Il voulait savoir où se trouvait le kiosque à journaux le plus proche. Mais plutôt que de poser une simple question, il avait l'air de m'identifier comme sa prochaine victime. Je lui ai signalé le kiosque qui était au coin de la rue et qu'on voyait parfaitement de l'endroit où nous nous tenions.

J'ai fait quelques dizaines de mètres, mais dans la rue suivante, une voiture a roulé dans ma direction et s'est arrêtée. Un homme en est descendu et a glissé quelque chose dans sa ceinture. J'ai couru dans le sens contraire de la circulation. L'homme est remonté en voiture, le véhicule a démarré et s'est éloigné sur l'avenue. Trois individus étaient à bord.

J'entends toujours des bruits suspects sur ma ligne téléphonique fixe et sur mon portable. Mon courrier électronique fonctionne mal et lentement, surtout quand les messages concernent les meurtres de femmes à Ciudad Juárez. Chaque e-mail semble contenir une menace de mort ou des conseils de prudence.

Au cours de l'été 2000, un fonctionnaire du Bureau du procureur général de justice du district fédéral interrogé sur les expertises médico-légales réalisées en 1995 par les autorités du Chihuahua, raconta au cours d'une conversation privée que je disais la vérité dans mes articles sur les mortes de Juárez. Il ajouta que le fond de cette affaire était si confidentiel qu'on ne pourrait jamais rien prouver. Et que si jamais certaines sources étaient publiées, le Bureau du procureur nierait tout en bloc.

À l'époque, j'ai appris qu'un chercheur du Centre de recherche et de sécurité nationale avait reçu des fiches de renseignements où était répertoriée une conversation que j'avais eue sur la mafia russe au Mexique. Fin 1999, j'avais en effet écrit un article sur un établissement nocturne de Mexico qui employait des danseuses originaires d'Europe de l'Est. Tout indiquait que la mafia russe était mêlée à ce trafic de femmes. Depuis 1997, les autorités mexicaines savaient que le cartel de Juárez avait des connexions avec les Russes. Le chercheur en question m'a conseillé d'agir avec circonspection car il était dangereux de s'intéresser à cette affaire (le général Enrique Salgado Cordero, commandant de la 3e Région militaire, était le copropriétaire d'un immeuble où ce réseau international se réunissait). Il a par ailleurs confirmé mes doutes en me certifiant que des agents de la police municipale et judiciaire de l'État de Chihuahua étaient impliqués dans les meurtres de femmes. Il a ajouté qu'Alejandro Máynez avait été assassiné. Cet homme avait effectivement disparu, même si certains affirmaient l'avoir vu au Safari, à Ciudad Juárez, ou disaient qu'il était en prison aux États-Unis. On nageait dans l'incertitude la plus totale.

En juillet 2000, l'arrivée de Vicente Fox à la présidence de la République a rapproché Francisco Molina de l'équipe gouvernementale. Personnage polémique, l'ex-procureur du Chihuahua semblait le candidat idéal pour devenir ministre de la Justice. Il devait probablement songer que l'oubli est fréquent dans la vie politique mexicaine. J'ai cru bon de rappeler sa trajectoire conflictuelle et ce qu'en pensaient les gens qui jugeaient son travail à sa juste valeur. Après avoir interrogé diverses personnalités de l'État de Chihuahua, j'ai rédigé un article qui a été publié dans *Reforma* le 29 octobre 2000. Il s'intitulait *« Molina Ruiz, el asesor incómodo »* (« Molina Ruiz, le conseiller gênant »). Sur la même page était publiée une interview de Molina Ruiz intitulée : *« On veut me neutraliser »*. L'intéressé y déclarait qu'il acceptait qu'on enquête sur ses activités publiques. *Reforma* lui offrait cependant la possibilité de se justifier face aux détracteurs que je citais dans mon papier.

Le 2 novembre 2000, *Reforma* publia une interview de Molina Ruiz par Daniel Moreno intitulée : « *Les trafiquants de drogue m'attaquent* ». Molina Ruiz y démentait d'un ton rageur les attaques dirigées contre lui, mais rien de ce qu'il avançait n'était fondé. Le 1er décembre, lorsque le président élu prit ses fonctions, Francisco Molina Ruiz n'obtint pas le ministère de la Sécurité publique.

Le 17 janvier 2001, Patricio Martínez, le gouverneur du Chihuahua, fut blessé dans un attentat. À la frontière nord, le climat de violence s'intensifiait. Quelques jours plus tôt, Vicente Fox avait annoncé une guerre frontale contre les trafiquants de drogue. Le nouveau procureur de la République, le général Rafael Macedo de la Concha, venait de quitter le Chihuahua après une visite officielle au cours de laquelle il s'était entretenu avec le gouverneur du combat à mener contre la drogue.

Le délégué et le délégué adjoint du Bureau du procureur général de la République venaient d'être emprisonnés, accusés d'actes de corruption en faveur des trafiquants de drogue. L'auteur de l'attentat contre le gouverneur était une femme, ex-agent de la police judiciaire locale. Dans un premier temps, les autorités refusèrent d'admettre que des membres du cartel de Juárez étaient à l'origine de cet attentat. Trois mois plus tard, elles demandèrent cependant aux institutions fédérales d'en convenir. En avril 2001, le FBI révéla que deux ans avant qu'on cherche à éliminer Patricio Martínez, on savait dans ses services que ce dernier était menacé. Mais les autorités fédérales n'avaient pas réagi. Le porte-parole du nouveau gouvernement déclara que celui-ci était impuissant face à la corruption policière et judiciaire et qu'il connaissait ses limites. Sans loi ni justice, on ne vaut pas grand-chose, pour ne pas dire rien du tout.

Fin avril 2001, Benjamín López Zárate, indicateur du FBI et ancien agent de la police municipale de Ciudad Juárez qui avait informé le FBI des risques d'attentat contre le gouverneur, fut tué de 8 balles d'AK-47. Le Bureau du procureur général de la République interdit qu'on divulgue l'information tandis que le FBI s'en tenait à sa version des faits. Un théâtre de fantômes et de simulacres était à nouveau mis en place, avec leur suite de démentis et leur promptitude à excuser les fautes de certains. Les sources officielles apparaissaient comme des paroles venues du ciel ou, plutôt, énoncées dans un silence complice.

C'est là la cause de tous les problèmes : au Mexique, les institutions chargées de faire respecter la loi s'enrichissent davantage en faisant de la propagande qu'en accomplissant leur travail. Peu d'actions sont menées contre les pouvoirs supra institutionnels qui favorisent la connivence entre la classe politique et le crime organisé. Qu'on joue dans l'un ou l'autre camp, on tend à faire de la « transition démocratique » une farce inique.

La lecture de la presse me donne des idées noires et me fait songer à l'une des pensées les plus vraies et les plus inquiétantes de Leonardo Sciascia, quand il affirme que c'est dans les journaux que s'étale toute la réalité, même si elle apparaît couverte d'un voile qui laisse malgré tout entrevoir ce qui se passe. Par conséquent, il faut lire entre les lignes et ne pas oublier. Ceux qui ont le pouvoir veulent aussi avoir le monopole de la vérité.

Rassembler ce qui est éparpillé permet de contredire la « vérité » officielle et révèle ce que certaines autorités occultent. Chaque action, chaque parole, chaque silence de leur part aident à édifier une architecture inverse, opaque au départ, mais qui devient ensuite si évidente qu'elle en arrive presque à prendre corps. Lire entre les lignes, c'est découvrir ce qui est au-delà des contingences, hiérarchiser, différencier ou évaluer en prenant du recul par rapport aux événements récents.

Se rappeler les faits passés est le propre de la pensée analogique apte à faire des associations et des rapprochements entre les événements que la vie quotidienne éparpille au milieu du chaos de l'information, au risque de provoquer une amnésie générale. Il faut aussi ajouter à l'interligne et à l'entraînement de la mémoire par voie analogique un élément disponible dans la lecture plurielle des faits : traquer l'anomalie, échafauder des hypothèses pour étayer des analyses et formuler des attentes. Cela implique, comme le précisent Thomas A. Sebeok et Jean Umiker-Sebeok, qu'on puisse partir d'une anomalie inattendue pour arriver à un groupe de prémisses.

En général, les études historiques partent de ce postulat qui consiste à examiner un ensemble de faits et de conjectures. Charles S. Peirce a écrit que si l'homme ne possédait pas une lumière intérieure lui permettant de conjecturer efficacement au point de négliger le hasard, la race humaine aurait disparu de la surface de la Terre, incapable de lutter pour sa survie. La conjecture prime sur la méthode ; et l'homme, sur la science. Elle permet de comprendre la partie à l'intérieur d'un tout et le tout dans chacune des parties qui le composent. L'exactitude intervient dans un deuxième temps.

De passage à Mexico, Dato Param Cumaraswamy, un expert de l'ONU, a déclaré le 15 mai 2001 que « le taux élevé d'impunité relevé au Mexique (entre 95 et 98 %) était préoccupant ». Il ajoutait : « Les Mexicains ne croient pas à la justice parce qu'ils n'en ont jamais eu, et encore moins aux droits de l'homme. »

Le 18 juin 2001, un rapport du Centre de recherche et de sécurité nationale alertait le président de la République sur le risque que représentait la corruption du pays pour la « sécurité et le développement économique ». Il y était dit que « les structures qui soutiennent la corruption sont érigées par des groupes puissants ou des ennemis de l'État, et constituent un pouvoir parallèle au gouvernement ». Ce groupe avait ses bastions dans une zone géographique considérée comme la source de nombreux problèmes au Mexique, à savoir l'État de Chihuahua.

Je suis retourné à Ciudad Juárez en novembre 2001. L'industrie maquiladora subissait la crise de plein fouet : chômage, pauvreté, détérioration des conditions de vie étaient manifestes. La vie nocturne carnavalesque aux abords du pont international de Paso del

Norte n'était plus aussi intense que par le passé. Les bars étaient éparpillés dans des zones urbaines qui, à la tombée de la nuit, avaient un aspect fantomatique : longues avenues désertes ; rues plongées dans la pénombre éclairées par endroits par des lampes à arc ou les néons rouges d'un bouge ; constructions inachevées ; terrains vagues autour des lotissements ; centres commerciaux et immenses étendues désertes où la violence et le sexe font régner la loi. Le FBI estimait que ces dernières années, les disparitions de personnes liées au trafic de drogue dans cette ville s'élevaient à 300. Le 5 septembre 2002, le FBI affirma que les autorités mexicaines avaient sollicité son aide pour résoudre les affaires de crimes en série à Ciudad Juárez, sans préciser en quoi consisterait son appui.

Dans la journée, les gens luttent contre l'adversité en s'entraidant. J'ai près de moi une photo aérienne de Ciudad Juárez qu'un ami m'a donnée. Elle a été prise il y a trente ou quarante ans. Je tente de distinguer en vain un message caché dans les contours de la ville que le désert et les montagnes rendent insignifiante.

J'ai commencé à m'intéresser aux crimes contre les femmes à Ciudad Juárez en 1995. Un matin de 1996, j'ai quitté Mexico pour gagner la frontière nord. J'y ai trouvé des traces de sang et je les ai suivies. Cette année-là sont morts mon frère Jesús, ma sœur Margarita et mon père, José de Jesús. Parfois, les traces devenaient un fil quasiment invisible et il fallait faire très attention de ne pas les perdre. Ensuite, elles étaient si évidentes qu'elles formaient une mare épaisse d'indignation et de peur. Les mots, les témoignages, les documents, les renseignements, les faits, les indices perduraient.

Il était surtout évident qu'une centaine de tueurs en série assassinaient des femmes à Ciudad Juárez (ils étaient plus nombreux d'après les organisations locales). Comme le souligne Robert K. Ressler, cette affaire impliquait la participation de un ou plusieurs criminels en plus de celle d'individus qui commettaient leurs forfaits de manière isolée. Ces crimes seraient l'œuvre de misogynes adeptes d'orgies sacrificielles, cherchant leurs proies de façon systématique (dans les rues, les usines, les commerces ou les écoles), protégés par des autorités qui ont fermé les yeux dans les années 1990. Des policiers et des fonctionnaires qui comptent sur le soutien d'un groupe de chefs d'entreprise détenant une grande partie du pouvoir économique du pays.

Le mobile général de ces crimes consiste à se livrer à un rite homicide de nature sexuelle qui sert à unir, solidariser et garantir le silence de ceux qui sont dans le secret : une mafia très influente. Le mobile particulier serait une absence de mobile. Comme l'affirme Robert K. Ressler : « Le tueur en série tue pour tuer ; il n'a pas de mobile en particulier. »

Les coupables seraient donc libres et les innocents, en prison.

Aucune enquête qualitative n'a été menée et de nombreuses personnes ont été menacées, victimes d'agressions ou d'attentats visant à les empêcher de témoigner ou d'approfondir les enquêtes sur les meurtres de femmes à Ciudad Juárez. On les a engagées à ne pas faire le lien entre le trafic de drogue, les enlèvements, les disparitions et les homicides misogynes.

Le 25 juillet 2001, le mari et la fille d'Irma Rodríguez Galarza (chargée depuis des années d'établir les portraits et de reconstituer les squelettes des femmes assassinées à Ciudad Juárez) ont été assassinés par un commando de sicaires. Quand l'attentat – dont la police a estimé qu'il était l'œuvre de la pègre – a eu lieu, Irma Rodríguez Galarza assistait à un congrès de médecine légale dans la ville de Mexico. Esther Chávez Cano, Victoria Caraveo et Óscar Máynez ont également reçu des menaces de mort.

Le soir du 8 juin 2002, j'étais dans un restaurant sous les arcades du port de Veracruz. Je m'étais rendu dans cette ville pour donner un cours de littérature à l'Institut culturel. Je discutais avec un groupe d'élèves quand un homme s'est approché de moi et m'a montré sa carte du ministère de l'Intérieur :

– Je suis venu voir si tu te comportais bien. Tiens-toi tranquille, d'accord ? m'a-t-il lancé en m'adressant un sourire ironique.

Il a rangé sa carte, m'a dit au revoir et s'est perdu dans la foule.

Le pays abrite maintenant un immonde ossuaire, visible malgré la complaisance des autorités. Ces crimes finissent par avoir des répercussions dans le monde entier.

Me souvenir est devenu pour moi un impératif qu'il m'est parfois difficile de respecter car nous avons tous des démons intérieurs et faisons de ce monde notre propre enfer que des tiers cherchent toujours à s'approprier.

« Tâche quand même de ne pas oublier, me dis-je. Tu fais partie des morts et des mortes, tu te prosternes devant eux. »

Se souvenir, même si cela semble excessif, voire décalé à notre époque. Que d'autres sachent que je me souviens, qu'ils lisent ce qui est écrit en rouge pour comprendre ce qui est écrit en noir.

J'ai la certitude que le destin ou la mémoire prévaudra sur le néant. En fin de compte, la vie de chacun est un défi mystérieux à tout ce qui nous survivra.

Sources

La quatrième dimension

Ce chapitre s'inspire du reportage de Rossana Fuentes Berain et de Sergio González Rodríguez intitulé *« Frontera : Dimensión desconocida »*, *Reforma*, 24 avril 1996, et des informations publiées à l'époque par Rubén Villalpando, correspondant de *La Jornada*, et par Armando Rodríguez, Salvador Castro, Raúl Flores Simental, Ignacio Alvarado et Jaime Pérez (entre autres) dans le *Diario de Juárez y Norte*.

Page 34, les références à l'affaire des « Poquianchis » et autres criminels tristement célèbres au Mexique sont tirées de l'ouvrage de Carlos Monsiváis : *Los mil y un velorios. Crónica de una nota roja*, Alianza Cien / Conaculta, Mexico, 1994. L'histoire d'Andréi Chikatilo est tirée de l'ouvrage de Mikhail Krivich et Ol'gert Ol'gin : *Comrade Chikatilo, The Psychopathology of Russia's Notorious Serial Killer*, Barricade Books, Fort Lee, 1993.

Les définitions criminologiques sont tirées des ouvrages d'Earl James, *Catching Serial Killers*, International Forensic Services, Inc. Lansing, Michigan, 1991, p. 281 ; et de John E. Douglas : *Crime Classification Manual*, Lexington Books, New York, 1992, p. 123 et suivantes.

Page 35, la description du « Journal de Richie » a été faite par Marco Antonio Torres, chef de service au *Diario de Juárez*.

Une géographie difficile

La chronique et les différentes interviews des experts ou des personnes citées dans ce chapitre sont tirées des articles de Sergio González Rodríguez : *« Ciudad Juárez : Geografía de impunidad / El enigma de la frontera (I) »* et *« Ciudad Juárez : Geografía de impunidad : Tierra de maquila, sitio de violencia (II) »*, *Reforma*, 28 et 29 novembre 1997.

Page 45, les informations socioculturelles sur Ciudad Juárez sont tirées des sources suivantes : Óscar J. Martínez, *Ciudad Juárez : El auge de una ciudad fronteriza a partir de 1848*, FCE, Mexico, 1978 ; *Estado de Chihuahua, México, Guía turística*, INEGI / Secretaría de Turismo, Mexico, 1997 ; XIIe Recensement général de la population 2000, Instituto Nacional de Estadística, Geografía e Informática (INEGI), copie électronique : http://gro.inegi.gob.mx/.

Page 47, les chiffres sur les flux de population frontaliers à Ciudad Juárez sont tirés d'un article d'Alberto Moreno, *« Dignidad municipal exigen alcaldes »*, *Semanario*, n° 296, 17 juin 1996, p. 16.

Les chiffres sur la population flottante à Ciudad Juárez sont tirés du mémoire d'Israel Covarrubias González, *Frontera y anonimato : Una interpretación de la violencia sobre las mujeres en Ciudad Juárez, 1993-2000*, Instituto de Investigaciones Doctor José María Luis Mora, Sociología Política, 2000, p. 28.

Sur Ciudad Juárez considérée comme la quatrième ville la plus polluée du Mexique, voir l'article d'Araly Castañón, *« Contaminación : Juárez, cuarto lugar del país »*, *Diario de Juárez*, 28 mai 1999.

Sur l'usage des téléphones portables à Ciudad Juárez : Rubén Terrazas Sáenz, *« Usa celular 41 por ciento de los juarenses »*, *El Diario Digital*, copie électronique du 24 mars 2001.

Page 48, l'idée de la maquila comme paradigme industriel affectant toute la société de Ciudad Juárez est mentionnée dans les travaux d'Alfredo Limas Hernández, *« La construcción de ciudadanías : derechos objectivos, subjetivos y ecocomunitarios. Una propuesta desde los nuevos actores sociales en la frontera »*, Programa de Estudios Culturales y de Género, mars 2001, Universidad Autónoma de Ciudad Juárez, copie électronique fournie par l'auteur, p. 6 et suivantes, et *« Sexualidad, género, violencia y procu-*

ración de justicia », Programa de Estudios Culturales y de Género, UACJ, novembre 2000, copie électronique fournie par l'auteur.

Page 49, la citation de Robert D. Kaplan est tirée de son ouvrage *The Coming Anarchy : Shattering the Dreams of the Post Cold War*, Atlantic Monthly, 2000.

Page 50, le profil des jeunes au Mexique s'inspire de l'article d'Ivonne Melgar, *« El futuro que no llega »*, *Reforma*, 3 janvier 2000.

Sur la consommation de drogues au Mexique, consulter l'article : *« Aumenta consumo de drogas entre los Mexicanos »*, Fox News, qui cite les données officielles du ministère de la Santé.

Page 51, sur l'importance d'Internet au Mexique, consulter l'article suivant : *« Prevén alza del gasto en la industria sexual en la web »*, *El Financiero*, 27 mars 2000 ; *« El maestro Yahoo »*, *El Financiero*, 25 janvier 2000 ; de Francisco de Dios et Norberta Juárez, *« Séptima entrega del consumo cultural y los medios. Nuevas tecnologías »*, *Reforma*, 16 avril 2001 ; d'Ángel Bautista / Merco-Sur, *« El comercio electrónico en México tiene un largo camino por recorrer »* ; info@mercosur-news.com.uy http://www.mercosur-news.com.uy.

Sur l'étude de l'industrie maquiladora, voir Santiago Quijada, *Procesos productivos y condiciones de trabajo en la industria maquiladora : caso Surgikos*, Universidad Autónoma de Ciudad Juárez / Centro de Estudios Regionales, juin 1997, Cuadernos de Trabajo/31.

Page 55, Julia Estela Monárrez Fragoso, *« Víctimas de crímenes sexuales : de las estadísticas oficiales a la documentación hemerográfica feminista »*, Colegio de la Frontera Norte de Ciudad Juárez, copie électronique p. 6 et suivantes.

Page 56, sur les propriétaires d'Anapra, qui comprend Lomas de Poleo, voir l'article de Juan Manuel Cruz, *« Anapra en el centro de la polémica »*, *Diario de Juárez*, 26 mai 1999.

Page 57, sur l'affaire de Pedro Zaragoza Fuentes, voir Andrés Oppenheimer, *Ojos vendados : Estados Unidos y el negocio de la corrupción en América Latina*, Plaza y Janés, Mexico, 2001, p. 273.

Sur la croissance urbaine de Ciudad Juárez selon un fonctionnaire local, voir l'article d'Abel Barajas, *« Denuncian en PGR al Tribunal Agrario »*, *Reforma*, 6 avril 2000.

Page 59, l'idée selon laquelle les problèmes rencontrés à la frontière de Ciudad Juárez sont causés par des « forces externes » a été formulée par Francisco Javier Llera Pacheco dans *« Ciudad Juárez / El Paso : The Economic Development of a Transboundary Region »*, Noesis, Universidad Autónoma de Ciudad Juárez, juillet/décembre 1995, p. 24.

Pour illustrer l'ampleur de la crise dans l'industrie maquiladora en 2001, l'auteur s'est inspiré de l'article de Julio Aranda, *« Las maquiladoras : el espejismo desaparece »*, *Proceso*, n° 1316, 20 janvier 2002, p. 36-42.

Les chiffres sur le rapport entre le nombre d'écoles et celui des bars sont évoqués dans le reportage d'Enrique Rodríguez, *« Las muertas de Juárez »*, *Noticias*, TV-2, 24 juillet 2001 ; et l'article de José Ernesto Topete, *« Operan casi mil "picaderos" en Ciudad Juárez »*, *El Heraldo de Chihuahua*, 22 février 2001.

Une jeune fille au pays de nulle part

Toutes les informations de ce chapitre sont tirées du dossier d'instruction préliminaire d'Elizabeth Castro García, dont l'auteur possède une copie.

La déclaration de Patricia Castro García au journaliste Sergio Melgar a été publiée dans le *Diario de Juárez* le 8 septembre 1995.

Criminologues voyageurs

Toutes les informations de ce chapitre sont extraites du rapport *« Consulta y Asesoría Técnica de la Procuraduría General de Justicia del Districto Federal »*, Mexico, 3 novembre 1995, dont l'auteur possède une copie.

Page 77 : L'interview du docteur David Trejo Silecio a eu lieu le 27 avril 1996. En 1997 et en 1999, l'auteur a eu d'autres entrevues avec le pathologiste.

Page 81, le terme « féminicide » et la citation sont tirés de l'article de Jane Caputi et Diana E. H. Russell, *« Femicide : Sexist Terrorism against Women »* et de l'ouvrage de Jill Radford et Diana E. H. Russell, *Femicide. The Politics of Woman Killing*, Twayne Publishers, New York, 1995, p. 15 et suivantes. Ces travaux ont été cités dans un article de Sergio González Rodríguez, *« Noche y Día. Las muertas de Juárez »*, *Reforma*, 7 juin 1997.

Page 82, la description victimologique est tirée de l'ouvrage de John E. Douglas, *op. cit.*, p. 126 et 127.

Contes cruels

Les données sur la violence dans les villes du Mexique sont tirées des différentes publications de l'époque. Elles sont également citées dans un article de Sergio González Rodríguez, *« Escalera al Cielo. Contracultura y disolución »*, *Reforma*, *Revista Cultural El Ángel*, 18 octobre 1998.

Page 84, la citation est tirée de l'ouvrage *Todo lo que debería saber sobre el crimen organizado en México* (Instituto mexicano de estudios de la criminalidad organizada – Imeco), Océano, Mexico, 1998. Le nom de Lucio Mendoza comme président de l'Imeco figure dans le bulletin publié par cet organisme, Agenda de Seguridad Pública. Concernant la carrière de ce fonctionnaire des services de renseignements, voir Alejandro Gutiérrez, *« El CISEN, para servir a grupos políticos »*, *Proceso*, 29 juillet 2001, p. 22-25 et *« CISEN, la historia oculta »*, non signé, *La Crisis*, 11-17 août 2001, p. 99-140.

Page 86, la définition de la frontière considérée comme un lieu situé entre quelque chose et le néant est tirée de l'ouvrage de Barry Gifford, *Bordertown*, Chronicle Books, San Francisco, 1998, photographies de David Perry.

Charles Bowden a une conception de la frontière similaire à celle de Barry Gifford dans *Juárez, The Laboratory of our Future*, prologue de Noam Chomsky, épilogue d'Eduardo Galeano, Aperture, New York, 1998. Cet ouvrage comporte des images d'un groupe de photographes de Ciudad Juárez : Javier Aguilar, Jaime Bailleres, Gabriel Cardona, Julián Cardona, Alfredo Carrillo, Raúl Lodoza, Jaime Murrieta, Miguel Perea, Margarita Reyes, Ernesto Rodríguez, Manuel Sáenz, Lucio Soria Espino, Aurelio Suárez Núñez.

Le terme *« fronterización »* a été proposé par Sergio González Rodríguez dans *« Escalera al Cielo. Contracultura y disolución »*, *op. cit.*

L'affaire d'Adolfo de Jesús Constanzo et des « narcosataniques » est relatée par Carlos Monsiváis, *op. cit.*, et par Leonardo Tarifeño, *« La amante del diablo »*, Gatopardo, septembre 2000, n° 6, p. 62-70.

Page 87, la citation de Pablo Cabañas Díaz a été publiée dans l'article *« Narcotráfico y ritos satánicos »*, *La Jornada Semanal*, 23 avril 1989.

Page 88 : Certains stéréotypes mexicains dans le cinéma hollywoodien ont été abordés par David R. Maciel, *El bandolero, el pocho y la raza*, CONACULTA / Siglo XXI, Mexico, 2000.

Page 89, les témoignages d'Henry Lee Lucas sur la secte La Mano de la Muerte et ses ramifications mexicaines figurent dans le livre de Joel Norris, *Henry, The Shocking True Story of America's Most Notorious Serial Killer*, Kensington Pub Corp, New York, 1991.

Page 90, sur le culte de la Sainte Mort, voir Carmen Ruiz, *« Los hidalguenses rezan a la Santa Muerte »*, *Contenido*, novembre 1995.

Le culte voué par le trafiquant de drogue Gilberto García Mena à la Sainte Mort a été traité par Alejandro Almazán dans son article *« Su devoción por la Santa Muerte »*, *El Universal*, 19 avril 2001.

Sur l'adoration de la Sainte Mort par le trafiquant de drogue Gilberto García Mena, dit « El June », voir Alejandro Almazán, *« Su devoción por la Santa Muerte »*, *El Universal*, 19 avril 2001.

Sur les « rites d'initiation » à la délinquance et les déclarations du juriste Víctor Manuel Soto Camacho, voir Juan García, *« Hampa satánica »*, *El Sol de México. Mediodía*, 4 novembre 1998. Sur le culte de la Sainte Mort à Tepito, dans les environs de Mexico, voir *« Decadencia de un emporio »*, *Reforma*, 23 octobre 1998, et Sergio González Rodríguez, *« Noche y día. La santísima trinidad maligna »*, *Reforma*, 27 septembre 1997. En octobre 1998, l'auteur a interviewé l'anthropologue Silvia Ortiz Echeniz, spécialiste en spiritualisme ayant fait des recherches sur le culte de la Sainte Mort. Voir aussi, de Sergio González Rodríguez, *« La subcultura del narco : La santísima veleidosa »*, *Reforma / Revista Cultural El Ángel*, 28 octobre 2001.

Page 91 : L'arrestation du kidnappeur Daniel Arizmendi López, le 20 août 1998, et les détails s'y rapportant sont parus dans la presse de cette date et des jours suivants. Voir surtout la couverture de l'événement par César Romero Jacobo dans *Reforma*.

L'histoire du commandant José Francisco Sánchez Naves, dit « El Kojak », a été relatée par Jorge Espíndola Hernández dans *« El asesinato de los judiciales, disputa entre narcos y el Estado mexicano »*, *El Financiero*, 9 février 1999.

Page 92, l'information selon laquelle le trafiquant de drogue Amado Carrillo Fuentes, alias « El Señor de los Cielos », était un adepte de la *santería*, est citée dans l'ouvrage d'Andrés Oppenheimer, *op. cit.*, p. 27.

La *santería* du trafiquant de drogue José de Jesús Amezcua Contreras est abordée dans l'ouvrage de Jorge Fernández Menéndez, *Narcotráfico y poder*, Rayuela, Mexico, 1999, p. 129.

La reconnaissance par les autorités fédérales que la sorcellerie est liée à la drogue est traitée dans les articles d'Edgar Ávila Pérez, *« Los brujos del narcotráfico »*, *Milenio Semanal*, n° 257, 26 août 2002, p. 40-43, et de Francisco Alústiza Castro, *« Cinco mil dólares por una entrevista »*, *ibid.* Voir aussi, de Sergio González Rodríguez, *« Noche y día : La anomalía como amenaza »*, *Reforma*, 31 août 2002.

Page 93 : Rosa Isela Pérez donne des informations sur les liens entre le satanisme et les crimes contre les femmes à Ciudad Juárez dans une série d'articles publiés dans *Norte*, de Ciudad Juárez, du 4 au 11 mars 2001. Voir, du même auteur, *« Relacionan crímenes con satanismo »*, *Norte*, 10 novembre 2001.

Page 95, sur la pornographie à Ciudad Juárez faisant intervenir des mineurs, voir Carlos Vigueras, *« El caso de Minerva : Vivir para contarlo »*, *mileniodiario.com*, *Milenio Semanal*, 8 septembre 2002, copie électronique. Voir aussi Juan de Dios Olivas, *« Fotógrafo ofrecía dinero a menores para posar desnudas »*, *El Mexicano*, 2 septembre 2002, et Jacinto Segura Garnica, *« Corruptor de menores dice trabajar para fotógrafo porno »*, *El Mexicano*, 4 septembre 2002. Sur l'ampleur du problème dans tout le pays : UNICEF, *« Conclusiones de la Reunión Trinacional sobre la explotación sexual comercial de niños, niñas y adolescentes »*, Mexico DF, 1er mars 2001, copie électronique / google.com.

Sur la projection clandestine d'un *snuff movie* à New York, voir Yaron Svoray et Thomas Hughes, *Gods of Death*, Simon & Schuster, New York, 1997, p. 133-134.

Page 96 : À partir du 14 mai 1998, *Reforma* a publié des articles sur l'affaire du violeur et criminel de Mexico, José Lázaro Bouchán Velázquez, signés par María Luisa Pérez, Alfredo Joyner, Francisco Rodríguez, Gladys Ferrer, Gerardo Jiménez et Arturo Sánchez.

Vive le Nord !

Page 98, les citations sur la mauvaise réputation de Ciudad Juárez sont consignées dans l'ouvrage d'Óscar J. Martínez, *op. cit.*, p. 84, et *El Universal Gráfico* du 5 juin 1922.

Page 99, le témoignage sur la vie nocturne à Ciudad Juárez dans les années 1940 et 1950 a été publié par Antonio Saborit, *« Una guitarra tan grande como Ciudad Juárez »*, *La Cultura en México*, supplément de *Siempre !*, 8 octobre 1980.

Pour les autres détails sur la vie nocturne, voir Ignacio Alvarado, « *La historia se repite* » et « *El licor en la hora de la violencia* », *El Diario Digital*, copie électronique du 29 mars 1999 et, non signé, « *De bar a salón de baile* », *El Diario Digital*, copie électronique du 29 mars 1999, et de David Pérez López, « *Los viejos clubes de la ciudad* », *El Diario Digital*, copie électronique du 12 août 2001.

Page 102, sur la discothèque Río Bravo, voir Sergio González Rodríguez, « *Ciudad Juárez : Geografía de impunidad / Tierra de maquila, sitio de violencia (II)* », *Reforma*, 29 novembre 1997.

Page 103, sur les *corridos* ayant trait au trafic de drogue, voir Guillermo Hernández, « *El corrido ayer y hoy. Nuevas notas para su estudio* », essai figurant dans l'ouvrage collectif réalisé sous la direction de José Manuel Valenzuela, *Entre la magia y la historia*, El Colegio de la Frontera Norte / Plaza & Valdés, Mexico, 2000, p. 319-337. Voir aussi Luis A. Astorga A., « *Corridos : ética, estética y mitología* », *Mitología del « narcotraficante » en México*, UNAM / Plaza & Valdés, Mexico, 1995, p. 91-133. Iván Frutos et Mary Hernández ont écrit des articles sur l'interdiction de certains *corridos* par les autorités : « *Vetan narcocorridos* », *Reforma*, 1er avril 2001. Pour une étude plus générale : Elijah Wald, *Narcocorrido. Un viaje al mundo de la música de las drogas, armas y guerilleros*, HarperCollins, New York, 2001. Sur un groupe de musique lié au trafic de drogue, voir les articles de José Martínez M. et Héctor A. González, « *Capos del Cártel de Ojinaga, los chicos felices de Sidney* », *Bajo Palabra*, n° 21, p. 8-9.

Page 104, sur l'information concernant le type de bijoux achetés par certains trafiquants de drogue, voir José Reveles, « *Dos testigos del macroproceso, asesinados* », *El Financiero*, 6 juillet 1999. Héctor Palma, dit « El Güero », a été arrêté le 22 juin 1995 ; les objets et les armes lui appartenant ont été décrits dans la presse de l'époque.

Page 105 : Un glossaire de mots régionaux de l'État de Sinaloa figure dans l'ouvrage de Nacaveva, *Diario de un narcotraficante*, Costa-Amic, Mexico, 1994.

La malédiction de la sorcière

Les informations contenues dans ce chapitre s'inspirent du témoignage écrit d'Abdel Latif Sharif Sharif, dont l'auteur possède une copie. Les informations légales de son témoignage sont incomplètes et ont été reproduites telles quelles.

Bain de sang à la frontière

Page 121, les détails sur la mort d'Amado Carrillo Fuentes sont extraits des articles d'Héctor de Mauleón, *« La balada de Amado Carrillo »*, *Nexos*, n° 279, mars 2001, p. 42-49, et de Carlos Marín, *« La maquinación, la operación, la muerte, la autopsia y la identificación de Amado Carrillo »*, *Proceso*, n° 1080, 13 juillet 1997, p. 28-35. L'auteur a également consulté : Jorge Fernández Menéndez, *Narcotráfico y poder*, Rayuela, Mexico, 1999, p. 68-74 ; José alfredo Andrade Bojorges, *La historia secreta del narco. Desde Navolato vengo, Océano*, Mexico, 1999. Voir aussi Sergio González Rodríguez, *« Noche y día. Los invisibles y el buen dios »*, *Reforma*, 30 août 1997.

Sur la proposition d'un « arrangement » entre le gouvernement et Amado Carrillo Fuentes, voir Carlos Marín, *« Documentos de Inteligencia Militar involucran en el narcotráfico a altos jefes, oficiales y tropas del ejército »*, *Proceso*, n° 1082, 27 juillet 1997, p. 6-15.

Page 122 : La série de meurtres consécutifs à la disparition du chef du cartel de Juárez, le 4 juillet 1997, a été relatée dans la presse de la capitale et de Ciudad Juárez. L'auteur s'est inspiré d'articles publiés dans *Reforma*, *La Jornada*, *Diario de Juárez* et *Norte*.

Page 124, sur la criminalité à Ciudad Juárez et à Mexico en 1997, voir les chiffres officiels cités par Alberto Nájar, *« La normalidad de la violencia según Barrio »*, *Masiosare / La Jornada*, 25 janvier 1998.

Sur le commandant de police qui était le sosie d'Amado Carrillo Fuentes, voir Roberto Zamarripa, *« ¿Y el Chiquilín ? »*, *Reforma*, 15 septembre 1997. L'agression contre le journaliste David Vicenteño a été dénoncée dans *« Secuestran y amenazan a reportero de Reforma »*, *Reforma*, 6 septembre 1997.

Les doutes de Francisco Barrio Terrazas, alors gouverneur de l'État de Chihuahua, sur la mort du grand chef du cartel de Juárez sont décrits dans l'ouvrage de Marco Lara Klahr, *Días de Furia*, Plaza y Janés, Mexico, 2001, p. 115.

Page 125 : La connexion entre la mafia russe et le cartel de Juárez est traitée dans le livre de Jorge Fernández Menéndez, *Narcotráfico y poder*, *loc. cit.*, p. 77-78.

La citation sur les liens entre les trafiquants de drogue et les autorités fédérales et de l'État de Chihuahua est tirée de Luis A. Astorga A., *op. cit.*, p. 77.

Le thème du « bandit saint » a été traité par César Güenes, *« Jesús Malverde : de bandido generoso a santo laico con prestigio regional »*, *La Jornada*, 10 et 11 août 2001.

Page 126, les chiffres sur l'argent blanchi au Mexique et ce qu'il représente par rapport au produit intérieur brut sont tirés de l'article de Tim Coone, *« Plata sucia »*, *Latin Trade / Norte*, 6 août 1997. Le journaliste français Jean-François Boyer aborde ce thème dans *La Guerre perdue contre la drogue*, La Découverte, Paris, 2001, ouvrage qui a fait l'objet d'un compte rendu dans l'article *« El narcoestado, desafío para Fox »*, *Proceso*, 3 décembre 2000, p. 30-33.

La répartition proportionnelle des gains du blanchiment d'argent au Mexique est citée par Rubén Torres, *« Lavaron en cuatro años US 57 millones a los Carrillo »*, *El Economista*, 9 juillet 2001.

Page 127 : Une étude sur l'impact économique du trafic de drogue au Mexique et aux États-Unis a été faite par Carlos Loret de Mola A., *El negocio. La economía de México atrapada por el narcotráfico*, Grijalbo, Mexico, 2001. Voir aussi Jorge Fernández Menéndez, *El otro poder. Las redes del narcotráfico, la política y la violencia*, Nuevo Siglo / Aguilar, 2001. La meilleure analyse sur le trafic de drogue au Mexique, qui met particulièrement l'accent sur le cas du Chihuahua, est l'ouvrage de Jean Rivelois, *Drogue et Pouvoirs : du Mexique au paradis*, L'Harmattan, France / Canada, 1999.

Les pots-de-vin versés par les trafiquants de drogue au secrétaire particulier du président du Mexique ont été mentionnés par Tim Golden, *The New York Times*, 2 juin 1999. Voir aussi sur ce thème le communiqué n° 1548 de la présidence de la République, *Los Pinos*, 2 juin 1999, et le bulletin n° 162/99 du Bureau du procureur général de la République, 1er juin 1999. Le meurtre de l'enquêteur du Bureau du procureur général de la République est relaté par Miguel Badillo, *« Oficio de papel »*, *El Universal*, 22 octobre 2001.

José Martínez M. cite les accusations portées contre Enrique Cervantes Aguirre dans *« Otro narcogeneral aprehendido »*, *La Crisis*, du 14 au 20 avril 2001, p. 19-23. Andrés Oppenheimer fournit des renseignements sur les accusations et les démentis autour du ministre de la Défense du Mexique, *op. cit.*, p. 61-62, de même que Jorge Fernández Menéndez, *op. cit.*, p. 129. Voir aussi Agustín Ambriz, *« Informe militar sobre el general Gutiérrez Rebollo : otros oficiales del Ejército, agentes y comandantes del INCD y de la PGR, cómplices de Amado Carrillo »*, *Proceso*, n° 1060, 23 février 1997, p. 7-12 ; Felipe Cobián, *« El general Rebollo no sabe lo que dice... "ni por el pensamiento me ha pasado ser narco", dice el suegro de Zedillo »*, *Proceso*, n° 1080, 13 juillet 1997, p. 28-35 ; Carlos Marín, *« Documentos de Inteligencia Militar involucran en el narcotráfico a altos jefes, oficiales y tropas del ejército »*, *op. cit.* ; Miguel de la Vega, *« Gutiérrez Rebollo insiste en relacionar con el narco a la familia presidencial y a los titulares de la Sedena y de la Judicial Federal »*, *Proceso*, n° 1090, 21 septembre 1997, p. 18-19 ; Pablo César Carrillo, *« Detienen a*

Quirós en su casa y a Acosta en Campo Militar », *Reforma*, 2 septembre 2000 ; Jesús Aranda, *« Acción penal en contra de los generales Quirós Hermosillo y Acosta Chaparro »*, *La Jornada*, 1er septembre 2000 ; Raúl Monge, *« Los generales Acosta y Quirós, sólo dos ramas de la narco-milicia »*, *Proceso*, n° 1244, 3 septembre 2000, p. 12-17. Sur la façon dont Enrique Cervantes Aguirre a caché l'affaire Liébano Sáenz, voir Miguel Badillo, *« Oficio de papel »*, *El Universal*, 22 octobre 2001.

Les informations et la citation sur la pénétration des trafiquants de drogue dans le système politique mexicain par sont tirées du rapport de l'Observatoire géopolitique des drogues, *« La géopolitique mondiale des drogues »*, Rapport annuel, 1998-1999, avril 2000, p. 136-142. Voir aussi J. Michael Waller, *« The Narcoestate Next Door »*, News World Communications, Inc., copie électronique, 1999.

Page 128, les chiffres sur les hommes et les femmes assassinés par des trafiquants de drogue au Mexique sont cités à partir de sources officielles par Francisco Medina, *« Asesinados 14 286 por el narco en seis años »*, *México Hoy*, 28 mars 2000.

Page 129, les chiffres contradictoires sur les meurtres de femmes sont tirés des articles de Sergio González Rodríguez, *« Ciudad Juárez : Geografía de impunidad / El enigma de la frontera (I) »* et *« Ciudad Juárez : Geografía de impunidad / Tierra de maquila, sitio de violencia (II) »*, *Reforma*, 28 et 29 novembre 1997.

La citation sur les crimes passionnels est tirée de l'ouvrage de Carlos Roumagnac, *Matadores de mujeres*, Librería de Ch. Bouret, 1910, p. 36-37.

Page 130, les chiffres sur la criminalité proviennent de sources officielles citées dans l'article de Sergio González Rodríguez, *« Ciudad Juárez : Geografía de impunidad / El enigma de la frontera (I)*, *op. cit.*, et l'ouvrage de Rafael Ruiz Harrel, *Criminalidad y mal gobierno*, Sansores y Aljure, Mexico, 1998.

Page 134 : Les déclarations du gouverneur Francisco Barrio Terrazas ont été publiées dans l'article de Rubén Villalpando,

« Normal el porcentaje de mujeres asesinadas en Juárez, opina Barrio », *La Jornada*, 3 décembre 1997.

Un superdétective dans la quatrième dimension

Ce chapitre s'inspire de l'article de Sergio González Rodríguez, *« Muertas sin fin. Ciudad Juárez : misoginia sin ley »*, *Letras Libres*, n° 5, mai 1999, p. 40-45.

Page 136, sur le concept de « parasite », voir Michel Serres, *Le Parasite*, Hachette, 1997.

Page 138, les différentes versions sur l'assassinat d'Hester van Nierop ont été publiées dans l'article de Rubén Villalpando, *« Asesinó a su amante un agente que investigaba crímenes contra mujeres »*, *La Jornada*, 22 septembre 1998. Voir aussi Ignacio Alvarado, *« Cómo corre el agua »*, *Día Siete*, n° 11, p. 12-22 et Víctor Ronquillo, *Las Muertas de Juárez*, Planeta, Mexico 1999, p. 117-118.

Rubén Villalpando, *« Detienen a un sospechoso de asesinar a 4 jóvenes en Juárez »*, *La Jornada*, 4 octobre 1998, et *« Arrestan a un hombre en El Paso acusado en crímenes de mujeres »*, Associated Press, 3 octobre 1998, copie électronique.

Page 139, les déclarations d'Arturo Chávez Chávez ont été citées dans les articles de Sergio González Rodríguez, *« Ciudad Juárez : Geografía de impunidad / Tierra de maquila, sitio de violencia (II) »*, *op. cit.*, et de Fernando del Collado, *« Morir en Ciudad Juárez »*, *Enfoque / Reforma*, 29 mars 1998.

Page 141, la citation est reprise de la recommandation n° 44/98 de la Commission nationale des droits de l'homme, *« Caso de las mujeres asesinadas en Ciudad Juárez y sobre la falta de colaboración de las autoridades de la Procuraduría General de Justicia del Estado de Chihuahua »*, p. 44 et suivantes. L'auteur possède une copie de ce document daté du 15 mai 1998.

La riposte de Francisco Barrio Terrazas à la Commission nationale des droits de l'homme est citée par Rubén Villalpando,

« Descalifica Barrio las cifras de la CNDH sobre mujeres asesinadas », *La Jornada*, 26 mai 1998.

Page 142, sur la plainte de la Commission d'équité et du statut de la femme au Congrès de l'Union, voir Rubén Villalpando, *« Apremian a la CNDH a investigar homicidios de mujeres en Juárez »*, *La Jornada*, 2 juillet 1998.

Les déclarations d'Alma Vucovich figurent dans l'article de Sergio González Rodríguez, *« Viene a Juárez experto en asesinados múltiples »*, *Reforma*, 4 juin 1998.

Page 144 : Robert K. Ressler, en collaboration avec Tom Shachtman, *I Have Lived in the Monster : Inside the Minds of the World's Most Notorious Serial Killers*, Mass Market Paperback, États-Unis, 1998.

Les séjours de Robert K. Ressler à Ciudad Juárez ont été couverts par Sergio González Rodríguez, *« Viene a Juárez experto en asesinatos múltiples »*, *Reforma*, 4 juin 1998 ; Martín Orquiz, *« Asesinos en serie extranjeros actúan aquí »*, *El Diario Digital*, copie électronique fournie le 20 juin 1998 ; Rubén Villalpando, *« Informan sobre mujeres asesinadas en Ciudad Juárez »*, *La Jornada*, 20 juin 1998 ; Javier Kuramura, *« Avala experto trabajo de PJE »*, *Reforma*, 20 juin 1998. Diana Washington Valdez a fourni à l'auteur une copie des notes qu'elle a prises pendant la conférence de presse de Ressler, le 19 juin 1998. Voir aussi Alejandro Almazán, *« El Cazador de asesinos en serie »*, *Revista Milenio*, 17 août 1998.

Page 146, le changement d'opinion de Robert K. Ressler sur Abdel Latif Sharif Sharif et sur Ciudad Juárez a été recueilli par Diana Washington Valdez, *« FBI suspects serial killers in Juárez deaths »*, *El Paso Times*, 31 janvier 2002.

Page 147, la citation est tirée du discours de la sénatrice Dianne Feinstein, *« State Department. Explanation of Mexico's Certification, 10 mars 1997 »*, copie électronique / google.com.

La petite Hollandaise

Page 149, sur l'ancien quartier touristique de Ciudad Juárez, voir David Pérez López, *« Viejos hoteles, historias antiguas »*, *El Diario Digital*, 22 avril 2001.

Page 150, les informations sur l'assassinat d'Hester van Nierop sont tirées de documents officiels dont l'auteur possède une copie, et d'une interview par courrier électronique d'Arsène van Nierop, mère de la victime, réalisée en mai 2001.

Page 153 : L'affaire du meurtrier Pedro Padilla Flores et de deux autres suspects est traitée par Diana Washington Valdez dans son article *« ¿Quiénes son los culpables ? Algunos de los sospechosos »*, *El Paso Times*, 23 juin 2002.

Une infinité de mortes

Ce chapitre s'inspire de l'article de Sergio González Rodríguez, *« Muertas sin fin. Ciudad Juárez : misoginia sin ley »*, *loc. cit.*

Page 162 : L'offre de soutien du Collège national de criminologues aux autorités du Chihuahua a été publiée dans l'article de Rubén Villalpando, *« Ayudarán especialistas a esclarecer crímenes contra mujeres »*, *La Jornada*, 22 janvier 1999.

L'arrivée d'un groupe de criminologues de l'université de Californie à Ciudad Juárez a été traitée par Armando Rodríguez dans son article *« Llegan a Juárez expertos de EU »*, *El Diario Digital*, copie électronique du 9 juin 1999.

Page 163, les témoignages sur la violence dans la vie quotidienne des femmes de Ciudad Juárez figurent dans les articles d'Amparo Trejo, *« La vida en la línea : Juárez y el miedo (I) »*, *« La vida en la línea : ¿Respira ? ¡Contrátala ! (II) »*, *« La vida en la línea : libertad provisional (III) »*, *Reforma*, 4, 5 et 6 juin 1999.

Page 167, les chiffres sur la criminalité proviennent de l'ouvrage de Rafael Ruiz Harrel, *op. cit.*, p. 61 et suivantes.

Page 169 : Rosa Isela Pérez a décrit la lutte entre groupes féministes dans *Norte* de Ciudad Juárez, 4-11 mars 2001 ; voir en particulier la septième partie de cette série d'articles. Voir aussi, Rubén Villalpando, *« Desintegran ONG de apoyo para la búsquedad de mujeres desaparecidas en Ciudad Juárez »*, *La Jornada*, 10 juillet 2001.

Page 172 : L'affaire Resendez a été évoquée dans l'article *« Death Rides the Rails »*, *People*, 12 juillet 1999.

Page 173 : La visite d'Asma Jahangir a été couverte par María Elena Medina, *« Vive Mexico impunidad, dice relatora de la ONU »*, *Reforma*, 24 juillet 1999.

Sur le forum « Sepultadas en la Frontera », voir Rubén Villalpando, *« No magnificar crímenes de mujeres en Ciudad Juárez, piden a ONG »*, *La Jornada*, 5 octobre 1999.

Les mobiles du prédateur

Les informations de ce chapitre sont en grande partie tirées des articles de Sergio González Rodríguez, *« Señalan a policías como cómplices »*, *Reforma*, 18 juin 1999, et *« Los cuerpos perdidos »*, *Reforma*, 10 janvier 2000.

Page 180 : L'article 167, clause VI, condamne celui qui « à des fins violentes ou pour faire du profit, interrompt ou brouille les communications télégraphiques, téléphoniques ou par satellite ». Voir *Agenda Penal Federa*l, Ediciones Fiscales, Mexico, 2001.

Policiers suspects

L'essentiel de ce chapitre est tiré de l'article de Sergio González Rodríguez, *« Los cuerpos perdidos »*, *loc. cit.,* et de la lettre *« Aclaraciones de Molina »* publiée dans *Reforma* le 11 janvier 2000.

Page 182, sur les disparitions, voir Alejandro Gutiérrez et Francisco Ortiz Pinchetti, *« Los cadáveres no aparecen, pero los desaparecidos sí existen »*, *Proceso*, n° 1205, 5 décembre 1999, p. 22.

Page 186, sur le démenti de Francisco Molina Ruiz, qui niait avoir enregistré des plaintes contre les ranchs des trafiquants de drogue, voir Hugo Hernández Jáuregui, *« Nunca recibí denuncias sobre el narcorrancho »*, *El Heraldo de Chihuahua*, copie électronique du 3 décembre 1999.

Page 188 : Les déclarations du procureur Arturo González Rascón figurent dans l'article de Pablo César Carrillo, *« Defiende procurador a jefe antisecuestros »*, *Reforma*, 13 janvier 2000.

Page 190 : L'affaire Ana Luisa Benavides est relatée par Everardo Monroy Caracas, *« Siete años después, nuevo juicio »*, *Diario de Juárez*, 4 juin 1999.

Page 191, sur les circonstances du meurtre du policier Felipe Lardizábal Hernández, voir Jean Rivelois, *op. cit.*, p. 98-99.

Page 192 : L'interpellation de journalistes a été évoquée par Rubén Villalpando, *« Formal prisión a 2 periodistas acusados de difamación »*, *La Jornada*, 27 septembre 2000. Du même auteur, *« Retira ex jefe policiaco demandas contra los periodistas de Juárez »*, *La Jornada*, 4 octobre 2000. Le site http://www.unafuente.com a regroupé les articles qui ont entraîné un dépôt de plainte dans un dossier intitulé *« Los documentos del descontento »*, copie électronique du 29 septembre 2000.

La défense impossible

Ce chapitre s'appuie sur les témoignages qu'Irene Blanco a enregistrés et transcrits pour l'auteur.

Page 203 : L'article 221 du code de procédure pénale de l'État de Chihuahua stipule : « Les instruments du délit, les objets qui s'y rapportent ainsi que les pièces à conviction ou les indices qui pourraient s'y rapporter doivent être conservés, placés sous séquestre judiciaire ou simplement laissés sous la surveillance ou la responsabilité d'une personne pour éviter leur détérioration, leur destruction ou leur disparition. » Et l'article 222 : « les objets inventoriés en vertu de l'article précédent doivent être selon leur nature conservés dans un lieu ou un récipient approprié. Toutes les précautions doivent être prises afin d'assurer la conservation et l'identité de ces objets. » Voir *Código Penal y de Procedimientos Penales para el Estado Libre y Soberano de Chihuahua*, Anaya, Mexico, 2000.

La famille heureuse

Une grande partie des informations figurant dans ce chapitre est tirée des articles de Sergio González Rodríguez, *« La vida nueva (sin el PRI) »*, *Letras Libres*, n°20, août 2000, p.30-35, et *« Molina Ruiz, el asesor incómodo »*, *Reforma*, 29 octobre 2000. Voir aussi Daniel Moreno, *« Están ligados al narco ataques en mi contra »*, *Reforma*, 2 novembre 2000.

Page 207 : Les discours sur la justice et la sécurité publique de l'équipe du président élu ont été évoqués entre autres dans des articles de Daniel Lizárraga, *« Buscan unificar Policía y limpiarla de corruptos »*, *Reforma*, 25 juillet 2000 ; Jesús Aranda, *« Fox, por desmilitarizar los cuerpos policiacos, dicen Reyes y Medina »*, *La Jornada*, 1er août 2000.

Page 209 : L'auteur possède une copie de la liste des personnes disparues à Ciudad Juárez figurant au registre de l'Association des parents et des proches des personnes disparues, dont le siège se trouve à El Paso.

Page 211 : Le témoignage de Tomás Colsa McGregor, qui accuse Francisco Barrio Terrazas d'être mêlé au trafic de drogue, a été publié dans *PGR / UEDO*, n° 157/98, dont l'auteur possède une copie. Diana Washington Valdez a localisé le document et l'a publié dans son article *« Cartel paid off PAN official, warrant says »*, *El Paso Times*, 15 octobre 2000.

Sur les liens entre les narcotrafiquants et l'armée, voir Carlos Marín, *« Documentos de inteligencia militar involucran en el narcotráfico a altos jefes, oficiales y tropa del ejército »*, *Proceso*, 27 juillet 1997, p. 6-15.

Page 212, sur le pilote d'avion de Barrio Terrazas, voir Institut mexicain d'études sur la criminalité organisée (Imeco), Association civile, *op. cit.*, p. 102. Voir aussi le témoignage de Colsa McGregor dans l'ouvrage de José Alfredo Andrade Bojorges, *op. cit.*, p. 189. Le récit de la disparition d'Andrade Bojorges a été fourni par Rogelio Carvajal, directeur des éditions Océano, à Mexico. Pablo César Carrillo la relate dans son article *« Desaparece abogado de Amado Carrillo »*, *Reforma*, 28 juillet 1999. Voir aussi Amparo Trejo et Linaloe R. Flores, *« ¿Huida o secuestro ? »*, *Reforma*, 29 septembre 1999.

Page 214 : Les chiffres sur la gestion de Francisco Molina Ruiz lorsqu'il dirigeait l'Institut national de lutte contre les drogues ont été publiés dans Compendio informativo (1996), du Bureau du procureur général de la République. Il est en consultation libre à la bibliothèque de cette institution.

Les accusations portées par Francisco Molina Ruiz contre Domiro García Reyes ont été abordées dans l'article d'Enrique Lomas, *« Solapa general al narco »*, *Reforma*, 28 mars 2000.

Page 215 : L'information sur Isabel Arvide est tirée d'une interview avec l'auteur du 10 août 2000. Voir aussi l'ouvrage de cette journaliste sur la disparition d'Heidi Slauquet : *Muerte en Juárez*, Grupo Editorial Siete, Mexico, 1996.

Sur les enquêteurs accusés d'enlèvements, voir Juan Jesús Aznárez, *« Policias en apuros »*, *El País*, 11 juin 1999.

Page 219 : Les faits avancés par Samuel Schmidt ont été directement indiqués par celui-ci à l'auteur lors d'une interview, le 3 août 2000.

Sur le « néopanisme », voir Soledad Loaeza, *El Partido Acción Nacional : la larga marcha, 1939-1994*, FCE, Mexico, 1999, p. 362-398. Alberto Aziz Nassif, *Chihuahua : Historia de una alternativa*, *La Jornada / CIESAS*, Mexico, 1994.

Page 221 : L'auteur possède une copie du document intitulé *« Informe de la revisión complementaria en cumplimiento al acuerdo tomado por la Comisión de Vigilancia, realizada a Promotora de la Industria Chihuahuense »*, Chihuahua, juillet 2000. L'auteur a eu à ce sujet des entretiens téléphoniques avec la députée du PRD, Alma Gómez, qui a porté l'affaire de la Promotora de la Industria Chihuahuense devant la Commission de surveillance des services comptables du Congrès de l'État de Chihuahua de la LIX législature.

Les chiffres sur les irrégularités commises durant le mandat de gouverneur de Francisco Barrio Terrazas sont cités dans l'article d'Alejandro Gutiérrez, *« Las cuentas pendientes de Barrio »*, *Proceso*, 5 août 2001, p.26-29. Voir aussi Luis Javier Valero, *« Barrio, Honestidad y credibilidad »*, *todoseditores.com*, copie électronique du 9 juillet 2001. Une dizaine d'exemples sont cités dans cet article. L'accusation pour fraude contre Francisco Barrio Terrazas est mentionnée dans Juan de Dios Olivas, *« Acusan a Barrio de fraude »*, *El Mexicano*, 4 juillet 2002, copie électronique.

Page 222 : La carrière de Francisco Molina Ruiz est décrite par Ernesto Núñez, *« Juzgará Molina Ruiz faltas de los afiliados »*, *Reforma*, 24 juin 2001, et *« Eligen a Francisco Molina Oficial Mayor de Secodam »*, *Reforma*, 3 octobre 2001.

La citoyenne X

Page 226 : La journaliste Rosa Isela Pérez a abordé les contrastes dans les actions du procureur spécial Suly Ponce dans *Norte* de Ciudad Juárez, *op. cit.* Voir en particulier la sixième partie de sa série d'articles.

Page 228, sur la capture du tueur en série présumé coupable du meurtre de Lilia Alejandra García Andrade, le 21 février 2001, voir Susan Parrot, *« Suspected border serial killer arrested »*, Associated Press, 22 février 2001. Voir aussi Diana Washington Valdez, *« Man accused in Juárez killings »*, *El Paso Times*,

23 février 2001, et Carlos Figueroa et Rubén Villalpando, *« Apresan en Dallas, Texas, a presunto asesino de 10 mujeres en Juárez »*, *La Jornada*, 24 février 2001.

Page 230 : Le témoignage sur la tentative de subornation de Suly Ponce a été traité par Marisela Ortega, *« Prevén obtener más pruebas contra asesinos »*, *Reforma*, 26 février 2001.

L'auteur possède une copie de la lettre que le procureur du Chihuahua a adressée le 6 avril 2001 à l'ambassadeur des Pays-Bas au Mexique. Les déclarations du procureur du Chihuahua sur la « complexité » des crimes contre les femmes à Ciudad Juárez sont tirées de l'article d'Enrique Lomas, *« Ven complejos crímenes de mujeres en Juárez »*, *Reforma*, 8 mars 2000.

Page 231, sur la critique des méthodes de travail de Suly Ponce par diverses organisations locales, voir Armando Rodríguez, C. Ruiz et L. Sosa, *« Suly, bajo fuego »*, *El Diario Digital*, copie électronique du 24 mars 2001.

Les conditions de travail des autorités judiciaires de la zone Nord du Chihuahua sont décrites dans l'article de Luz del Carmen Sosa, *« Fiscalía : con poco sueldo y experiencia »*, *El Diario Digital*, copie électronique du 5 mars 2001.

José Antonio Chávez, *« Deberá Gloria Trevi aclarar nexos con Amado Carrillo »*, *La Prensa*, 22 janvier 2000.

Page 232 : Dans son bureau de Ciudad Juárez, le député fédéral du PAN, Carlos Camacho, a exposé cette hypothèse à l'auteur, le 27 mai 1999.

Page 233 : Les frictions entre les autorités judiciaires de Ciudad Juárez ont été abordées par Marisela Ortega, *« Otra mujer sacrificada »*, *El Heraldo de Chihuahua*, copie électronique du 25 mars 1999.

Page 234 : Les déclarations d'Irene Blanco sur Suly Ponce sont tirées des témoignages enregistrés par l'avocate.

Page 235 : Sur la « démission » d'Antonio Navarrete, voir Araly Castañón, *« Suspenden a policías por trifulca »*, *El Diario Digital*, copie électronique, 2000.

Les informations sur les délits dans l'État de Chihuahua ont été exposées par Lourdes Martínez Medellín, directrice générale de la communication sociale de la police fédérale préventive, lors du forum *« Crímenes contra Mujeres : Política de Seguridad Pública del Estado Mexicano y la prevención del delito : el caso de Ciudad Juárez, Chihuahua »*, novembre 2000, p. 13. Voir aussi Marisela Ortega, *« Reportan alza en asesinatos de mujeres »*, *Reforma*, 6 novembre 2000.

Les chiffres sur les actions menées par les autorités pour résoudre les crimes contre les femmes à Ciudad Juárez figurent dans un rapport de Suly Ponce, *« La Procuración de Justicia y la Seguridad Pública »*, exposé lors du forum « Primera Reunión Binacional Crímenes contra Mujeres », novembre 2000, p. 3-4.

La déclaration de Suly Ponce à propos de l'incinération de preuves judiciaires a été abordée dans une série de reportages de Rosa Isela Pérez, notamment *« Expediente Sharif : Historia de pifias y omisiones »*, *Norte* de Ciudad Juárez, 4-11 mars 2001.

Le témoignage du procureur du Chihuahua a été recueilli par Marisela Ortega, *« Llaman en Ciudad Juárez a unirse contra el crimen »*, *Reforma*, 8 mars 2001.

Page 236 : Le 10 juin 2001, le criminologue Rafael Ruiz Harrell a envoyé un courrier électronique à l'auteur pour lui faire part de ses impressions sur les crimes contre les femmes à Ciudad Juárez.

Les chiffres avancés proviennent de l'US Department of Justice / Bureau of Justice Statistics, Homicide Type by Gender, 1976-99/google.com

Les changements au sein de l'Unité spéciale chargée des crimes contre les femmes à Ciudad Juárez sont cités dans *« New Juárez Prosecutor for Crimes Against Women »*, *Ciudad Juárez & Chihuahua News*, 2 août 2001, www.nmsu.edul-frontera/today.html. Sur Suly Ponce, Isabel Arvide a écrit : « Le beau-frère de Suly Ponce, Jurado, est l'un des trafiquants de drogue qui a disparu ces dernières années. Elle vit avec un commandant de la police judiciaire du Chihuahua dénommé Jesús Lenín. Juge et partie ? », *« El miasma de Juárez* », isabelarvide.com, 24 janvier 2002. La démission de Suly Ponce est évoquée dans « *Salen Suly Ponce y fiscal de mujeres* », *El Diario Digital*, 2 mars 2002 ; son remplacement par Liliana Herrera López est abordé par Armando Rodríguez : « *Crímenes sin resolver, la prioridad* », *El Diario Digital*, 5 mars 2002.

Champs de coton

Ce chapitre s'inspire de trois articles de Sergio González Rodríguez : « *Ley de la impunidad en Ciudad Juárez* », *Reforma*, 26 décembre 2001 ; « *Muerte en Juárez : La solución M.* », *Reforma*, 19 janvier 2002 ; « *Ciudad Juárez : Entre la cifra y el mapa* », *Reforma / Revista Cultural El Ángel*, 3 mars 2002. Ont également été utilisées les informations recueillies sur le terrain par l'auteur en novembre 2001. Une source confidentielle qui désire garder l'anonymat a révélé à l'auteur l'existence de traces de congélation sur les corps retrouvés à ces dates et les ordres express du gouverneur du Chihuahua concernant ces découvertes.

Page 238 : Les champs de coton où ont été découverts les corps sont apparemment la propriété de la famille Barrio Hierro qui, selon une source, n'a aucun rapport avec celle de Francisco Barrio Terrazas. L'apparition de ce nom a cependant un lien avec les allusions onomastiques récurrentes et les messages délivrés lors de l'abandon des corps. À titre d'exemple, Lilia Alejandra García Andrade a été enlevée en 2001, le jour de la Saint-Valentin ; le véhicule dans lequel on l'a fait monter de force était garé juste à côté du centre commercial San Valentín ; son corps a été retrouvé le 21 février dans un terrain vague proche de l'avenue Valentín Fuentes (où ont été abandonnés d'autres corps de victimes de règlements de comptes entre trafiquants de drogue). Dans ce périmètre, non loin de l'avenue Valentín Fuentes, on a découvert les corps des quatre hommes enlevés en voiture après avoir quitté le bar Hooligan's le 20 novembre 2001.

Page 239, sur la fuite des prisonniers, voir Edgar Prado Calahorra, « *Ayudan custodios en evasión* », *Norte*, 9 novembre 2001, et « *Patrocinó narco fuga de reos* », *Diario de Juárez*, 10 novembre 2001.

La hausse du nombre des disparitions est abordée dans l'article de Rubén Villalpando, « *Continúan desapariciones de mujeres en Ciudad Juárez* », *La Jornada*, 14 octobre 2001.

Page 240 : Le chiffre des femmes disparues est cité par Diana Washington Valdez à partir du registre des organisations locales, « *2 nation-inquiry into Juárez killings sought* », *El Paso Times*, 16 février 2002.

Page 242 : Les soupçons de la criminologue Candice Skrapec ont été abordés par Rafael Núñez dans son article « *Descartan asesino solitario* », *Norte*, 10 novembre 2001.

Page 244 : Le ratissage effectué par des bénévoles, qui a permis de découvrir des indices dans les champs de coton, est abordé par Diana Washington Valdez dans son article « *Volunteers find possible clues in slain women case* », *El Paso Times*, 25 février 2002.

Sur les résultats des tests ADN, voir Diana Washington Valdez, « *DNA shows Juárez bodies-misidentified* », *El Paso Times*, 2 mai 2002.

Page 245 : L'origine de la Commission spéciale est traitée par César Cruz Sáenz, « *Instala Congreso una comisión especial* », *El Diario Digital*, 22 novembre 2001. Sur les actions de cette commission, voir César Cruz Sáenz, « *Dan seguimiento a asesinatos de Juárez* », *El Diario Digital*, 24 novembre 2001 ; César Cruz Sáenz, « *Bloquean fondo para mujeres* », *El Diario Digital*, 16 décembre 2001 ; César Cruz Sáenz et Gabriela Minjárez, « *Reprueba Congreso a autoridad estatal* », *El Diario Digital*, 18 décembre 2001. Voir aussi Francisco Luján, « *Caso de mujeres : diputados se atoran* », *El Diario Digital*, 24 janvier 2002.

Sur les conducteurs d'autobus torturés et inculpés, voir Pedro Torres, « *Documentada, tortura a choferes : defensor* », *El Diario Digital*, 28 novembre 2001.

Sur l'enquête qui s'est conclue par l'inculpation du premier commandant Alejandro Castro Valles, voir Armando Rodríguez, « *Culpan a 2 choferes* », *Diario de Juárez*, 12 novembre 2001. Les liens entre les agents de la police judiciaire du Chihuahua et les trafiquants de drogue sont traités dans les articles de Juan Jesús Aznárez, « *Policias en apuros* », *El País*, 11 juin 1999, et de Sergio González Rodríguez, « *Vinculan a policías con crímenes en Ciudad Juárez* », *Reforma*, 18 juin 1999.

Sur la protection des trafiquants de drogue par les policiers, voir Luis Carlos Carrasco Martell, « *Denuncian red de corrupción y protección a narcotráfico* », *El Heraldo de Chihuahua*, 22 novembre 2001.

Les soupçons pesant sur Francisco Minjárez sont traités par Carlos Huerta, « *Espera PGR expedientes de secuestros en Juárez* », *Norte*, 10 mars 2002.

Page 246 : L'affaire du bar Hooligans est abordée par Armando Rodríguez dans « *Aparecieron ejecutados ayer* », *El Diario Digital*, 25 novembre 2001 ; « *En activo, los policias sospechosos* », *El Diario Digital*, 25 novembre 2001 ; « *Inconsistencias en participación de agentes antes del secuestro de los 4 ejecutados* », *El Diario Digital*, 26 novembre 2001 ; Luz del Carmen Sosa, « *Sepultan a tres ejecutados* », *El Diario Digital*, 26 novembre 2001 ; « *Mutilan a una de las víctimas* », *El Diario Digital*, 26 novembre 2001 ; Armando Rodríguez, « *Bajo protección de la Judicial el sobreviviente del "levantón" trágico* », *El Diario Digital*, 27 novembre 2001 ; Pedro Torres et Alejandro Quintero, « *Suspenden a policías acusados de "poner" a los cuatro hombres* », *El Diario Digital*, 27 novembre 2001 ; Armando Rodríguez, « *Dan nombres de supuestos ejecutores* », *El Diario Digital*, 27 novembre 2001 ; Armando Rodríguez et A. Castañón, « *Huye del país la testigo principal* », *El Diario Digital*, 28 novembre 2001 ; Alejandro Quintero, « *Intentan policías bloquear declaraciones de agentes* », *El Diario Digital*, 28 novembre 2001. Diana Washington Valdez a recueilli l'information sur la supposée implication de Vicente

Carrillo Leyva dans cette affaire. Sur le mariage de ce dernier, voir José Ernesto Topete Bernal, *« La crema y la nata del narco, en la boda del hijo de A. Carrillo »*, *El Heraldo de Chihuahua*, 3 décembre 2001. Selon une source confidentielle qui préfère garder l'anonymat, le bar Hooligan's appartiendrait au chef d'entreprise local, Federico de la Vega, sous la gérance de Wilfredo Moya. Ricardo Sánchez Caballero, qui était vraisemblablement le fondé de pouvoir d'Amado Carrillo Fuentes, avait mis le bar à son nom (ainsi qu'un autre établissement appelé le Vértigo).

Page 247 : L'affaire Ibarrola / Moussavi a été référencée par Francisco Rodríguez, indicepolitico.com. En mai 2002, Eduardo Ibarrola Nicolín fut nommé consul du Mexique à Houston (Texas). Sa trajectoire douteuse est traitée par Héctor A. González dans son article *« Crisis en la PGR »*, méxico.com, 23 mai 2002, copie électronique.

Sur les déclarations de la présidente de l'Institut national des femmes, voir Carlos Coria Rivas, *« Politizan crímenes contra mujeres »*, *El Diario Digital*, 8 décembre 2001.

Page 248, sur la propagande médiatique du gouvernement du Chihuahua, voir Roberto Ramos, *« Abogados cuestionan video »*, *El Diario Digital*, 7 novembre 2001.

Le document *Homicidio de mujer...* du gouvernement du Chihuahua a été publié dans un article de Gustavo Castillo García, *« Ordenó Fox a PGR investigar a fondo los asesinatos de mujeres en Ciudad Juárez »*, *La Jornada*, 13 décembre 2001. Dans cet article figure aussi le rapport confidentiel du FBI qui a filtré dans la presse. Diana Washington Valdez s'est fait confirmer par le bureau du FBI à El Paso que ce document avait été reproduit de manière illégale et partielle.

Page 250 : La plainte des organisations locales sur le manque de résultats des enquêtes a été publiée dans *Milenio Diario* : *« ONG exigen sobre asesinatos en Ciudad Juárez »*, 15 décembre 2001.

Sur les spécialistes du profil criminel, voir Raúl Lechuga Manquero, *« Busquan delinear perfil de asesinos »*, *El Diario Digital*, 18 décembre 2001.

Sur les homicides de la fin décembre 2001, voir Armando Rodríguez, *« Matan a mujer de Casa Amiga »*, *El Diario Digital*, 22 décembre 2001 ; Luz del Carmen Sosa, *« Muere mujer por sobredosis »*, *El Diario Digital*, 24 décembre 2001 ; Alejandro Quintero, *« Rafaguean a tres en Juárez ; matan a una mujer »*, *El Diario Digital*, 24 décembre 2001 ; Rubén Villalpando, *« Otras dos mujeres asesinadas en Juárez »*, *La Jornada*, 27 décembre 2001.

Les chiffres des exécutions liées au trafic de drogue sont parus dans un article de Javier Valdez, Jesús Narváez, David Carrizales et Rubén Villalpando, *« Matan a cuatro personas en Sinaloa... »*, *La Jornada*, 29 décembre 2001.

Page 251 : Sur le « nouveau » cartel de Juárez, voir Isabel Arvide, *« Nace otro cartel en Chihuahua »*, *Milenio Diario*, 3 juin 2001. Diana Washington Valdez a repris cet article deux jours plus tard dans *El Paso Times*. Les démentis d'Osvaldo Rodríguez Borunda dans le *Diario de Juárez*, le *Diario de Chihuahua* et *Milenio Diario* ont été publiés le lendemain. Interviewée par Sergio González Rodríguez le 14 décembre 2001 sur ses sources, Isabel Arvide a révélé qu'elles provenaient des « services de renseignements de la zone militaire de Ciudad Juárez ». Voir aussi, du même auteur, *« El miasma de Juárez »*, isabelarvide.com, 24 janvier 2002. Sur les détails du litige entre Osvaldo Rodríguez Borunda et Isabel Arvide, voir *« Carta de Isabel Arvide a la opinión pública »* et autres documents, isabelarvide.com, 26 août 2002, copie électronique ; José Ernesto Topete Bernal, *« Libre bajo fianza de 100 mil pesos Isabel Arvide »*, *El Heraldo de Chihuahua*, 2002 ; Sergio González Rodríguez, *« Noche y día : La anomalía como amenaza »*, *Reforma*, 31 août 2002. L'auteur possède une copie de la demande d'interpellation du chef d'entreprise Osvaldo Rodríguez Borunda.

L'attentat contre le gouverneur Patricio Martínez a été couvert par tous les médias. Sur ses séquelles, voir Alejandro Gutiérrez, « *Error de Fox si sólo ataca a los Arellano* », *Proceso*, n° 1275, 8 avril 2001, p. 32-33 ; Jorge Fernández Menéndez, « *¿Qué pasa con el atentado contra Patricio Martínez ?* », *Milenio Diario*, 19 avril 2001. Un an plus tard, voir Carlos Coria et Reynaldo Domínguez, « *Crimen organizado tras atentado* », *El Diario Digital*, 28 décembre 2001 ; Jesús Manuel Serrano, « *Fiscalía especial para el atentado* », *El Heraldo de Chihuahua*, 29 décembre 2001 ; David Piñón Balderrama, « *Fueron mis enemigos políticos* », *El Heraldo de Chihuahua*, 17 janvier 2002 ; Benjamín Martínez Coronado, « *No me informan del atentado* », *El Heraldo de Chihuahua*, 19 janvier 2001.

La démission du chef des médecins-légistes, Óscar Máynez, a été traitée par Armando Rodríguez, « *Dimite jefe pericial por caso de mujeres* », *El Diario Digital*, 2 janvier 2002 ; Armando Rodríguez, « *Dirige nuevo jefe Servicios Periciales* », *El Diario Digital*, 3 janvier 2002. En décembre 2001, dans une conversation téléphonique, Óscar Máynez a exprimé ses réserves à Sergio González Rodríguez.

Page 252, sur la désignation du nouveau procureur voir les articles suivants : David Piñón Balderrama, « *Ponen nuevo procurador* », *El Heraldo de Chihuahua*, 8 janvier 2002 ; Armando Rodríguez, « *Cae procurador ; critican al nuevo* », *El Diario Digital*, 8 janvier 2002 ; Alejandro Quintero, « *Tardía, pero atinada la salida : ONGs* », *El Diario Digital*, 8 janvier 2002 ; M. Quezada et R. Domínguez, « *Cuestionan pasado de procurador* », *El Diario Digital*, 9 janvier 2002 ; A. Rodríguez, R. Ramos et A. Castañón, « *Designan a nuevo subjefe de la PJE* », *El Diario Digital*, 10 janvier 2002.

Sur les antécédents du nouveau procureur du Chihuahua, voir Isabel Arvide, « *El miasma de Juárez* », isabelarvide.com, 24 janvier 2002 ; « *Inmoral nombramiento del procurador en Chihuahua* »,

9 janvier 2002, isabelarvide.com ; *« El narco sienta sus reales en Chihuahua »*, 10 janvier 2002, isabelarvide.com.

Les homicides commis début janvier 2002 ont été traités dans l'article de Rubén Villalpando, *« Hallan en Ciudad Juárez el cuerpo de otra mujer asesinada »*, *La Jornada*, 8 janvier 2002.

Sur les affirmations selon lesquelles les dossiers des crimes étaient sans rapport avec le trafic de drogue, voir Armando Rodríguez, *« Desligan de "narco" expedientes de mujeres »*, *El Diario Digital*, 10 janvier 2002 ; Roberto Ramos et Araly Castañón, *« Faltan por entregar 91 expedientes de mujeres »*, *El Diario Digital*, 13 janvier 2002.

Sur la capture du tueur en cavale voir *« Recapturan a sicario en Chihuahua »*, *El Diario Digital*, 13 janvier 2002 ; voir aussi José Ernesto Topete Bernal, *« Recapturan a prófugo »*, *El Heraldo de Chihuahua*, 13 janvier 2002. La version sur l'éventuelle responsabilité de Jorge Alberto Saracho dans des meurtres de femmes a été recueillie par Diana Washington Valdez. L'ordre de tuer le gouverneur provient d'une source confidentielle qui préfère garder l'anonymat.

Sur le transfert des chauffeurs d'autobus à la prison de Chihuahua voir R. Ramos, A. Rodríguez et P. Torres, *« A Chihuahua, "El Cerillo" y "La Foca" »*, *El Diario Digital*, 17 janvier 2002. Les réflexions de l'avocat Mario César Escobedo Anaya sont tirées du même article.

Page 253 : Les déclarations de Patricio Martínez contre son prédécesseur au gouvernement du Chihuahua figurent dans l'article de Benjamín Martínez Coronado, *« No me informan del atentado »*, *El Heraldo de Chihuahua*, 19 janvier 2002. Voir aussi Enrique Lomas, *« Exige Patricio indagar a Barrio por atentado »*, *Reforma*, 16 mai 2002.

La découverte de nouveaux corps de femmes assassinées a été abordée par Roberto Ramos, *« Matan a otras mujeres »*, *El Diario Digital*, 20 janvier 2002 ; Luz del Carmen Sosa, *« Hallan a mujer asesinada* », *El Diario Digital*, 28 janvier 2002 ; Marisela Ortega, « *Asesinan a obrera en Juárez* », *Reforma*, 28 janvier 2002.

Sur les déclarations de l'agent du FBI à El Paso, voir Diana Washington Valdez, « *FBI profile shows Juárez killer may live in El Paso* », *El Paso Times*, 20 janvier 2002 et, du même auteur, « *FBI suspects serial killers in Juárez deaths* », *El Paso Times*, 31 janvier 2002. La citation de l'agent du FBI est tirée de cet article.

Page 254 : Les versions contradictoires du procureur fédéral adjoint sont publiées dans les articles de Gustavo Castillo, « *Sepultan pruebas de asesinatos en Juárez* », *La Jornada*, 31 janvier 2002 et de Marisela Ortega, « *Solicitan datos al FBI de muertes en Juárez* », *Reforma*, 1er février 2002.

Le remplacement du procureur adjoint Jorge Campos Murillo a été traité dans « *Anuncian relevos en la Procuraduría* », *Milenio Diario*, 7 février 2002, et SUN, « *Indaga PGR a "juniors"* », *El Diario Digital*, 31 janvier 2002.

Page 255 : Les sources sur la sécurité fédérale doivent rester secrètes. Phil Jordan, ancien fonctionnaire des services de renseignements nord-américains, pose la question suivante : « Comment est-il possible de retrouver les centaines de fillettes et de femmes à la frontière si on ne les cherche pas au bon endroit, considérant qu'il existe des milliers de kilomètres de labyrinthes utilisés par le crime organisé pour couvrir ses activités illicites protégées par la police locale, fédérale et de l'État de Chihuahua ? Il s'agit de mafias couvertes par les puissants cartels de la drogue qui opèrent de manière globalisée. » Voir mileniodiario.com, *Milenio Semanal*, « *Muertas de Juárez : Sin noticia del FBI* », 8 septembre 2002, copie électronique.

Sur le concept de « *spree murder* », Robert K. Ressler affirme : « Le terme de *spree murders* ("meurtres pour s'amuser") implique un ou plusieurs tueurs qui peuvent commettre leurs crimes en équipe. Ils agissent sous l'emprise d'émotions fortes qui n'ont pas le temps de faiblir entre deux meurtres. Ils peuvent tuer deux victimes ou davantage en même temps et dans deux lieux différents. »

Voir Diana Washington Valdez, *« Profile finds "mass media" disheartening »*, *El Paso Times*, 11 mai 2002.

La citation de l'agent du Cisen est tirée de l'article de David Piñón Balderrama, *« Hay "intocables" coludidos con jefes del narco : Cisen »*, *El Heraldo de Chihuahua*, 30 janvier 2002. Apparemment, la source non identifiée est l'ancien agent Jesús Villegas. Le 29 janvier, ce fonctionnaire se trouvait au Congrès de l'État de Chihuahua et a discuté avec plusieurs journalistes. Il est possible qu'il ait été réintégré au Cisen.

Page 256 : Le récit de la poursuite de Francisco Estrada a été publié dans les articles de Perea Quintanilla, *« Mata prófugo a judicial »*, *El Heraldo de Chihuahua*, 4 février 2002, et de José Ernesto Topete, *« Extorsionó judicial a reo prófugo »*, *El Heraldo de Chihuahua*, 4 janvier 2002.

Sur les réclamations d'Abdel Latif Sharif Sharif, voir Enrique Lomas, *« Pide egipcio intervención de Embajada »*, *Reforma*, 6 février 2002.

Sur le meurtre de l'avocat, voir Rubén Cortés, *« Bajo tortura confiesen 11 asesinatos en Juárez »*, cronica.com, 7 février 2002 ; *« Se contradice PGJE »*, *El Diario Digital*, 7 février 2002 ; Roberto Ramos, *« Culpa padre a los judiciales »*, *El Diario Digital*, 7 février 2002 ; Diana Washington Valdez, *« Lawyer for suspect in killings in Juárez slain*, *El Paso Times*, 7 février 2002 ; Armando Rodríguez, *« Declaran a judiciales »*, *El Diario Digital*, 8 février 2002 ; Armando Rodríguez et Pedro Torres, *« Sólo quedan a disposición de Asuntos Internos »*, *El Diario Digital*, 9 février 2002 ; Rubén Terrazas et Araly Castañón *« Abogados exigen justicia »*, *El Diario Digital*, 9 février 2002 ; Roberto Ramos, *« Exigen encarcelarlos »*, *El Diario Digital*, 10 février 2002 ; Roberto Ramos, *« Lo remataron judiciales »*, *El Diario Digital*, 10 février 2002 ; Juan J. García Amaro, *« Hubo siembra de balas en el asesinato del abogado »*, cronica.com, 10 février 2002 ; Rubén Cortés, *« Padre de abogado muerto en Juárez encuentra testigo del crimen »*, cronica.com, 11 février 2002 ; Armando

Rodríguez, « *Prevén consignar a los judiestatales* », *El Diario Digital*, 11 février 2002 ; A. Rodríguez y A. Quintero, « *Le "sembraron" una pistola, afirman* », *El Diario Digital*, 11 février 2002 ; Roberto Ramos et Armando Rodríguez, « *Aseguran armas de judiciales* », *El Diario Digital*, 12 février 2002 ; Roberto Ramos et Lucy Sosa, « *Aportan pruebas contra judiciales* », *El Diario Digital*, 14 février 2002 ; Roberto Ramos, « *El arma, los disparos, el "pitazo"y la rapiña* », *El Diario Digital*, 14 février 2002 ; Roberto Ramos, « *En la mira, los judiestatales* », *El Diario Digital*, 15 février 2002 ; du même auteur, même source et même date, « *Implicados, en la capital* » ; Roberto Ramos et Lucy Sosa, « *Consignan a judiciales* », *El Diario Digital*, 16 février 2002 ; des mêmes auteurs, « *Protesta padre de la víctima* », *El Diario Digital*, 16 février 2002 ; Roberto Ramos, « *Se contradicen los judiciales, insisten los abogados* », *El Diario Digital*, 17 février 2002 ; Carlos Coria Rivas, « *Cesan a agentes ; continúan libres* », *El Diario Digital*, 17 février 2002 ; Roberto Ramos, « *Llevará el caso la jueza Verdugo* », *El Diario Digital*, 17 février 2002 ; Roberto Ramos, « *Habrá justicia, promete jueza* », *El Diario Digital*, 19 février 2002. Le problème des policiers mis hors de cause est traité par Diana Washington Valdez, « *¿Quiénes son los culpables ? Algunos sospechosos* », *El Paso Times*, 23 juin 2002.

Page 257, sur le mariage et les renseignements concernant la famille Korrodi Baeza, voir « *Domingo en ráfagas* », *El Heraldo de Chihuahua*, copie électronique du 12 mars 2002, google.com ; Olga Aragón, « *Un casamiento a rivales políticos* », *El Diario Digital*, 7 février 2002 ; Olga Aragón, « *Lino Korrodi, el hombre del dinero* », *El Diario Digital*, 7 février 2002 ; Sonya Valencia, « *Lino Korrodi. El misterioso secretario sin cartera de Vicente Fox* », *Actual*, n° 103, avril 2002, p. 22-25. Sur l'enlèvement de Valentín Fuentes Téllez, voir « *Plagian al nieto de un empresario* », *Reforma*, 2 mai 1995 ; Marisela Ortega, « *Moviliza agentes presunto plagio* », *Reforma*, 16 mars 2000 ; David Alvídrez, « *Caen plagiarios de chihuahuenses* », *El Diario Digital*,

26 février 2002 ; Raymundo Rivapalacio, *« Estrictamente Personal : Castañeda para el 2006 »*, *El Universal*, 15 mai 2002 ; Diana Washington Valdez, *« Officials investigate donation to Fox »*, *El Paso Times*, 17 juin 2002 ; Rédaction : *« Ejecutan a Ex comandante »*, *El Mexicano*, 17 juillet 2002.

Page 258, sur les antécédents de la famille Zaragoza Fuentes et le soutien de Francisco Barrio Terrazas, voir José Reveles, *« Frenó CSG investigación sobre lavado de dinero »*, *El Financiero*, 18 mai 1996 et, du même auteur, *« Tráfico de drogas en pipas de gas »*, *El Financiero*, 19 mai 1996. Voir aussi Miguel Badillo et Miguel Ángel Ortega, *« Los Zaragoza Fuentes, cinco años investigados por la PGR y Hacienda »*, *El Financiero*, 8 mai 2002. Les rapports du gouvernement nord-américain sur le trafic de drogue dans l'affaire des familles Hank Rohn et Zaragoza Fuentes peuvent être consultés dans l'article d'Eduardo Valle, *« Panorama norteamericano : Ahora, he aquí, las malas noticias »*, *El Universal*, 4 août 2002.

Sur Lino Korrodi, voir Guillermo H. Cantú, *Asalto a Palacio. Las entrañas de una guerra*, Grijalbo / Mondadori / Raya en el Agua, Mexico, 2001, p. 128-135.

L'affaire de Carlos Hank González et de sa famille est relatée dans l'ouvrage de José Martínez, *Las enseñanzas del profesor : Indagación de Carlos Hank González*, Océano, Mexico, p. 233-286. Les virements de fonds des États-Unis vers le Mexique pour la campagne présidentielle de Vicente Fox sont traités dans *« Citibank implicated in money loundering for Fox campaign »*, *The Narco News Bulletin* / narconews.com, 24 juin 2000. Voir aussi Rafael Loret de Mola, *Los cómplices*, Océano, Mexico, 2001, p. 180 et suivantes.

Le financement occulte de la campagne présidentielle de Vicente Fox a été traité par Alejandro Gutiérrez, Antonio Jáquez et Rodolfo Montes, *« Korrodi, el imán del dinero foxista »*, *Proceso*, n° 1332, 12 mai 2002, p. 17-21 ; Antonio Jáquez, *« Aportaciones sospechosas »*, *Proceso*, n° 1334, 26 mai 2002, p. 8-13 et, du même auteur, *« Carlota, financiero »*, *Proceso*, n° 1337, 16 juin 2002, p. 14 et 15.

L'information sur les anomalies au cours des premières enquêtes sur les crimes contre les femmes à Ciudad Juárez a été fournie par un ancien fonctionnaire du Bureau du procureur adjoint de la zone nord du Chihuahua qui désire garder l'anonymat.

Sur Marta Altolaguirre, voir Víctor Ballinas et Rubén Villalpando, *« Desalentadora, mi impresión sobre la situación de los crímenes en Ciudad Juárez : Altolaguirre »*, *La Jornada*, 12 février 2002.

La vie interrompue

L'analyse la plus complète de la liste des femmes victimes d'homicides dolosifs à Ciudad Juárez de 1993 à 2000 et son examen comparatif est celle de Julia Estela Monárrez Fragoso, *« Víctimas de crímenes sexuales : de las estadísticas oficiales a la documentación hemerográfica feminista »*, El Colegio de la Frontera Norte, août 2000, copie électronique. Ces recherches ont été effectuées grâce à une bourse du Conseil national de sciences et technologies / Sistema Regional de Investigación Francisco Villa, pour le projet « Feminicidio : el caso de Ciudad Juárez, 1993-1999. Perfiles de vulnerabilidad de las mujeres asesinadas y políticas públicas para mujeres en riesgo ».

Une autre analyse sur les victimes, leurs origines et leur existence est celle d'Israel Covarrubias González, *op. cit.*

La liste des victimes d'homicides dolosifs à Ciudad Juárez de 1993 à mai 2001 provient des sources suivantes : *Programa de estudios de género* de l'Université autonome de Ciudad Juárez ; Comité independiente de Chihuahua Pro Defensa de los derechos humanos ; Groupe 8 de Marzo (liste 1993-1996, fournie par Esther Chávez Cano en 1997) ; *Diario de Juárez* ; *La Jornada* ; liste d'Israel Covarrubias González citée dans *Frontera y anonimato*, *op. cit.*

La journaliste Diana Washington Valdez relève que le chiffre de victimes s'élève à plus de 300, *« Forensics expert's kin slain in Juárez »*, *El Paso Times*, 26 juillet 2001.

Du fait du manque de sources officielles dignes de confiance permettant de comparer les crimes commis de 1993 à 2000, il est entendu que la liste figurant dans ce chapitre est partielle et sujette à des erreurs de patronymes, de dates et autres détails. Dans certaines transcriptions, la date inscrite correspond à celle de la découverte du corps. Dans d'autres, elle correspond à la date de publication de l'information dans la presse. Ces erreurs ont été commises par les autorités policières et judiciaires ou par des témoins entendus directement par les journalistes.

La liste débute en 1993 et existe grâce à la volonté des féministes locales de dénoncer la violence extrême à Ciudad Juárez. Le Groupe 8 de Marzo a été créé un an plus tôt. La recrudescence des crimes dans les quinze dernières années du XXe siècle a été traitée par Julia Estela Monárrez Fragoso dans son article *« Víctimas de crímenes sexuales : de las estadísticas oficiales a la documentación hemerográfica feminista »*, *op. cit.*

Dans plusieurs affaires, les experts Robert K. Ressler et Óscar Máynez ont estimé que certains crimes commis à Ciudad Juárez étaient l'œuvre de tueurs en série. Sur ce sujet, voir Rohry Benítez, *El silencio que la voz de todas quiebra. Mujeres y víctimas de Ciudad Juárez*, UACJ / Casa Amiga / Ediciones del Azar, Ciudad Juárez, 1999 ; José de Jesús Hernández López, *« Estudio criminológico de los asesinatos de mujeres en Ciudad Juárez, Chihuahua »*, Centro universitario de Los Altos, 2000, copie électronique / google.com

Dans un récit qui mêle fiction et réalité, Gregorio Ortega aborde le thème des mortes de Juárez : *Las muertas de Juárez. El caso de Elizabeth Castro García y Abdel Latif Sharif Sharif*, Fontamara, Mexico, 1999.

Enfin, voir Gonzalo Moreno, *« Los asesinatos de mujeres en Ciudad Juárez : la teoría de investigación y la realidad de la impunidad »*, Agenda de Seguridad Pública (Instituto mexicano de estudios de la criminalidad organizada), n° 7, 1er-15 février 1998, p. 10-13 ; *« Reporte ciudadano sobre el feminicidio en Juárez para ser presentado ante la Corte Interamericana de Derechos Humanos »*, Ciudad Juárez, 6 mars 2002, Red Ciudadana de No Violencia y Dignidad Humana et *« Asesinatos de mujeres en Ciudad Juárez. Análisis de datos »*.

Jusqu'au début de l'année 2001, Elige, Red de Jóvenes por los Derechos Sexuales y Reproductivos AC, estimait que sur la totalité des meurtres de femmes commis depuis 1993, 108 présentaient les mêmes caractéristiques : mort par strangulation, nuque brisée ou coups portés à l'arme blanche ; les victimes travaillaient dans des maquilas ou des commerces (magasin de chaussures, par exemple) ; elles avaient subi des violences sexuelles ou d'autres formes de torture ; leurs corps avaient été abandonnés dans des terrains vagues ou au bord de la route. Voir Elige, Red de Jóvenes por los Derechos Sexuales y Reproductivos AC, avril 2001, cimacnoticias.com, *Ciudad Especial Asesinadas en Ciudad Juárez*, copie électronique du 16 mars 2002.

Les mortes de Ciudad Juárez viennent grossir la liste de femmes qui ont perdu la vie à cause de la violence misogyne. Selon Noeleen Hayzer, directrice du Fonds de développement des Nations unies, on parle de plus de 60 millions de victimes dans le monde. Voir à ce sujet Sonia del Valle, *« Sin justicia, 80 por ciento de las mujeres asesinadas en Ciudad Juárez »*, cimacnoticias.com, Mexico, 17 mai 2001.

ÉPILOGUE PERSONNEL

Page 279 : Enquête préliminaire n° 08/02434/99 06, Délégation régionale Benito Juárez. 2e département du Service d'instruction préparatoire, Bureau de recherches du ministère public 08. H second tour.

Sur les enlèvements expéditifs, leur augmentation dans la ville de Mexico et le fait que ces délits soient cachés par les autorités et enregistrés comme « vols avec violence », voir Luis Muñiz, *« "Caprichosas", las cifras oficiales sobre plagios »*, *El Universal*

Gráfico, 3 mai 2001. L'ami qui a enquêté sur les mobiles de l'agression et des menaces est Carlos Monsiváis.

Sergio González Rodríguez, *Reforma* / *Revista Cultural El Ángel*, *« Escalera al Cielo. La Obscuridad y la luz »*, 19 septembre 1999, p. 1.

Sergio González Rodríguez, *« Señalan a policías como cómplices »*, *loc. cit.*

Page 281 : Sonia del Valle, *« Demandan ONG esclarecimiento en el asesinato de Lourdes Diaque »*, CIMAC, 14 janvier 2000, copie électronique google.com. Voir aussi *Excélsior*, Foro, *« Negligente Investigación del Caso Lourdes Diaque »*, 12 septembre 2000, copie électronique google.com

Sergio González Rodríguez, *« Los cuerpos perdidos »*, *loc. cit.*

Le chef de service de *Reforma* auquel l'auteur a remis son rapport (sans recevoir de réponse) était Ramón Alberto Garza.

Voir, sur l'assassinat de Lourdes Diaque, Renato Galicia Miguel, *« Ante la justicia, "somos grupos desechables" : Pilar Sánchez »*, *El Financiero*, 10 janvier 2001. Pilar Sánchez, du groupe Católicas por el Derecho a Decidir, a confirmé dans un entretien téléphonique daté du 4 juillet 2001.

Sur l'assassinat du journaliste José Ramírez Puente, dont on a dit qu'il travaillait aussi pour le Cisen, voir Rubén Villalpando, *« Ejecutan a periodista en Juárez ; en 10 años, 5 asesinatos de informadores »*, *La Jornada*, 30 avril 2000.

Rapport de la Société interaméricaine de presse, *« El ejercicio periodístico en México : las garantías no llegan »*, automne 2000, copie électronique google.com

Page 282 : Sergio González Rodríguez, *« Noche y día. Las muertas de Juárez : ¿Nacionalismo o impunidad ? »*, *Reforma*, 22 janvier 2000 ; *« Noche y día. La vida perdida »*, *Reforma*, 28 octobre 2000 ; *« Censura por hábito : violencia y asesinatos contra mujeres »*, *Complot*, août 2000, p. 32-42.

Le fonctionnaire du Bureau du procureur général de justice du district fédéral qui a témoigné souhaite garder l'anonymat.

Page 283 : L'informateur du Centre de recherche et de sécurité nationale doit rester anonyme. Sur les activités de cet organisme et la surveillance exercée sur des journalistes, voir Jaime Balderas Alarcón, « *Corrupción, lavado de dinero, las causas* », *La Crisis*, 24-30 juin 2000, p. 6-8 et « *Desmantela gobernación amplia red de espionaje* », *México Hoy*, 21 juillet 2000 ; Gudalupe Irízar, « *Espió el Cisen por "presiones"* », *Reforma*, 20 juillet 2001. Dans cet article, Eduardo Medina Mora, directeur du Cisen, reconnaît que cet organisme faisait de l'espionnage, à savoir qu'il « s'introduisait dans l'intimité des particuliers en ayant recours à des méthodes illégitimes ».

Sur la mafia russe au Mexique, voir Jorge Carrasco, « *Trafica mujeres red rusa* », *Reforma*, 19 décembre 1999 ; Sergio González Rodríguez, « *La europeas del Men's Club* », *Reforma*, 19 décembre 1999 ; Jorge Fernández Menéndez, *Narcotráfico y poder, loc. cit.*, p. 77-78 ; Iván Frutos, « *Niega general vínculo "table"* », *Reforma*, 14 novembre 2000.

Diana Washington Valdez a fourni les versions de témoins qui affirment qu'Alejandro Máynez / Armando Martínez / « Paco » Villanueva a été vu en vie à Ciudad Juárez en 2000 et aurait assisté aux obsèques de l'ancien gouverneur Teófilo Borunda en 2001. La version selon laquelle il aurait été incarcéré aux États-Unis pour homicide a été fournie par une source confidentielle.

Sergio González Rodríguez, « *Molina Ruiz, el asesor incómodo* », *op. cit.* ; Daniel Moreno, « *Están ligados al narco ataques en mi contra* », *op. cit.*

Page 284 : L'attentat contre le gouverneur Patricio Martínez a été couvert par tous les médias. Sur ses séquelles, voir Alejandro Gutiérrez, « *Error de Fox si sólo ataca a los Arellano* », *Proceso*, n° 1275, 8 avril 2001, p. 32-33. Jorge Fernández Menéndez, « *¿Qué pasa con el atentado contra Patricio Martínez ?* », *Milenio Diario*, 19 avril 2001.

José Martínez, « *Madrazos y cacería de brujas* », *Bajo Palabra*, n° 8, octobre 2000, p. 16-19.

Diana Washington Valdez, *« FBI warned of attack on Chihuahua Governor »*, *El Paso Times*, 28 avril 2001 ; Jorge Fernández Menéndez, *« El "informante confidencial" del FBI, asesinado »*, *Milenio Diario*, 27 avril 2001 ; Idelfonso Chávez, *« Diez disparos recibió el oreja de EU »*, *Milenio Diario*, 27 avril 2001 ; Alfredo Joyner, María Idalia Gómez et María del Refugio Gutiérrez, *« Niega la PGR el asesinato del informante del FBI »*, *Milenio Diario*, 28 avril 2001.

Víctor Fuentes, *« Gastan más en difusión que en procurar justicia »*, *Reforma*, 7 juillet 2001.

Page 285 : Leonardo Sciascia, *Noir sur Noir*, Fayard, 2005. Idée également reprise dans le supplément de *Siempre !*, 18 novembre 1981, p. VIII.

Page 286 : Thomas A. Sebeok et Jean Umiker-Sebeok, *Sherlock Holmes y Charles S. Peirce. El método de la investigación*, Paidós, Barcelone, 1987, p. 33.

Víctor Ballinas, Jesús Aranda et Rosa Elvira Vargas, *« La impunidad registra en México niveles de 95 a 98 por ciento, afirma relator de la ONU »*, *La Jornada*, 15 mai 2000 ; Víctor H. Michel, *« Más de la mitad del Poder Judicial, corrupto : ONU »*, *Milenio Diario*, 9 avril 2002.

Sur le « nouveau » cartel de Juárez, voir Isabel Arvide, *« Nace otro cártel en Chihuahua »*, *Milenio Diario*, 3 juin 2001. Diana Washington Valdez a repris cet article deux jours après sa publication dans *El Paso Times*. Interviewée le 14 décembre 2001 sur ses sources, Isabel Arvide a révélé qu'elles provenaient des services de renseignements de la zone militaire de Ciudad Juárez.

Luis Guillermo Hernández et Heliodoro Cárdenas, *« La corrupción, grave riesgo para la Seguridad Nacional, advierte el Cisen »*, *Milenio Diario*, 18 juin 2001.

Page 287 : Les chiffres des disparitions du FBI ont été publiés par Steven C. McCraw, Deputy Assistant Director, « Crime organisé, trafic de drogue et activités terroristes, devant le Comité judiciaire de la Chambre des députés. Sous-comité du crime », Washington DC, 13 décembre 2000.

Le fait que plus d'une centaine de femmes aient été assassinées par des tueurs en série est mentionné par Elige, Red de Jóvenes por los Derechos Sexuales y Reproductivos, AC, avril 2001, cimacnoticias.com, *Ciudad Especial Asesinadas en Ciudad Juárez*, copie électronique du 16 mars 2002.

Diana Washington Valdez a fait le rapprochement entre une école d'informatique (ECCO / Groupe ECCO Pionero) et au moins 4 victimes d'homicide à Ciudad Juárez et à Chihuahua : *« Juárez murders inquiry turns to computer school »*, *El Paso Times*, 7 avril 2002.

Page 288 : Les propos de Robert K. Ressler peuvent être consultés dans Diana Washington Valdez, *« ¿Quiénes son los culpables ? Algunos sospechosos »*, *El Paso Times*, 23 juin 2002. Sur l'aide éventuelle du FBI aux autorités mexicaines, voir, du même auteur, *« FBI aid asked in Juárez killings »*, *El Paso Times*, 5 septembre 2002.

L'attentat contre la famille d'Irma Rodríguez Galarza était, selon les autorités, lié à des problèmes avec des trafiquants de drogue. Il a été traité dans les articles de Rubén Villalpando, *« Ejecutan sicarios a esposo e hija de funcionaria policiaca en Ciudad Juárez ; no hay sospechosos »*, *La Jornada*, 26 juillet 2001, et Ginger Thompson, *« Ver la muerte cara a cara »*, *El Diario Digital / The New York Times*, 30 septembre 2001.

Page 27 : L'épigraphe *Lege rubrum si vis intelligere nigram* provient d'une coutume datant du XVe siècle, en Europe, qui consistait à faire figurer le patronyme des auteurs d'ouvrages de droit canon à l'intérieur d'une « rubrique » écrite en caractères rouges. Au fil du temps, cette signature fut considérée comme un rituel ou un point d'honneur : « Le terme *rubor* (« rouge, honte », en latin) est à l'origine le produit d'une association d'idées dues à l'ancien usage qu'on avait de rehausser sur les manuscrits (surtout les ouvrages les plus sérieux) les termes importants à l'encre rouge. Poétiquement, cette couleur est la plus humaine car il s'agit de celle du sang et de son encrier, à savoir le cœur. » Voir Equipo de expertos Osiris, *Lo que revela la firma*, Editorial De Vecchi, Barcelone, 1994, p. 16. Dans *Des os dans le désert*, l'ancien aphorisme devient une métaphore qui teinte de sang le contenu du texte et reflète l'histoire présente dans ses contrastes les plus tragiques et les plus personnels. Comme l'a suggéré Jaume Vallcorba, la traduction de ce texte latin pourrait être la suivante : « Si tu veux comprendre le texte, lis la "rubrique" » ou « Lis la "rubrique" pour comprendre le texte ». Dans ce cas, mon épilogue fait office de « rubrique ».

La seconde épigraphe est tirée de Leonardo Sciascia, *Le Chevalier et la Mort*, Fayard, 1989.

PROTAGONISTES

Sergio Armendáriz : surnommé El Diablo ; accusé d'homicides de femmes avec le gang des Rebeldes. Détenu à Ciudad Juárez.

Francisco Barrio Terrazas : militant du PAN, gouverneur de l'État de Chihuahua de 1992 à 1998. Pendant son mandat, les enlèvements, les disparitions, la violence et les crimes contre les femmes (au moins 125 pendant qu'il exerçait les fonctions de gouverneur) se sont multipliés à Ciudad Juárez. En décembre 2000, lorsque Vicente Fox Quesada devient président de la République, Barrio Terrazas est nommé à la tête du Secrétariat de contrôle et du développement administratif (Secodam), chargé de lutter contre la corruption et l'inefficacité des organismes publics.

Javier Benavides : militant du PAN, fonctionnaire de la police judiciaire de l'État de Chihuahua sous les ordres du procureur Francisco Molina Ruiz. Lorsque ce dernier prend la direction de l'Institut national de lutte contre les drogues, il le suit au sein de cet organisme. Il a été ensuite fonctionnaire de la police municipale de Ciudad Juárez. En 2001, il travaille pour le Secodam.

Amado Carrillo Fuentes : « El Señor de los Cielos », trafiquant de drogue, grand chef du cartel de Juárez. Meurt en 1997.

Elizabeth Castro García : victime d'homicide en 1995.

Irene Blanco : ex-militante du PAN, avocate d'Abdel Latif Sharif Sharif jusqu'au début de l'année 2001. Devient ensuite déléguée du Secodam dans le sud-est du Mexique.

Esther Chávez Cano : fondatrice du Groupe 8 de Marzo et directrice de l'association pour femmes battues Casa Amiga.

Arturo Chávez Chávez : militant du PAN, délégué au Bureau du procureur général de la République de l'État de Chihuahua, sous la direction du procureur général de la République Antonio Lozano Gracia. Devient ensuite procureur général de justice du Chihuahua de 1996 à 1998, puis fonctionnaire du Secodam avec Francisco Barrio Terrazas.

Roberto Flores : assassin présumé d'Hester van Nierop.

Vicente Fox : militant du PAN, président du Mexique de 2000 à 2006. Premier président de l'opposition après soixante-dix ans de gouvernements du PRI. Pendant sa campagne, il a promis d'élucider les crimes contre les femmes à Ciudad Juárez.

Guillermina González Flores : sœur d'une des victimes (Sagrario González Flores) et directrice de l'organisation locale Voces sin Eco, dissoute au milieu de l'année 2001.

Arturo González Rascón : procureur général de justice de l'État de Chihuahua quand Patricio Martínez était gouverneur (jusqu'en janvier 2002).

Jesús Manuel Guardado Márquez : dit « El Tolteca », El Chacal, El Drácula. Accusé d'avoir violé et tué des femmes à Ciudad Juárez avec la bande des Choferes. Incarcéré.

Alejandro Máynez (alias Armando Martínez ou Paco Villanueva) : mentionné comme étant l'un des meurtriers de nombreuses femmes à Ciudad Juárez. Il serait en liberté ou décédé.

Melchor Máynez : cousin d'Alejandro Máynez, mentionné comme étant son complice. Il vit à El Paso.

Óscar Máynez : il n'a aucun lien de parenté avec Alejandro ou Melchor Máynez. Psychologue de formation, spécialisé en criminologie. Il a fait ses études à l'American University de Washington DC, passé un master en criminologie et en droit grâce à une bourse de la fondation Fulbright. Médecin légiste en chef au Bureau du procureur adjoint de justice de la zone nord de l'État de Chihuahua (2000-2001).

Abdel Latif Sharif Sharif : dit « l'Égyptien », accusé d'avoir tué des femmes et commandité de sa cellule des meurtres commis par deux gangs de meurtriers : Los Rebeldes et Los Choferes. Condamné en 1999 à trente ans de prison pour le meurtre d'Elizabeth Castro García. Incarcéré au centre pénitentiaire de haute sécurité de Chihuahua, il meurt en juin 2006 dans des conditions suspectes.

Jorge López Molinar : dirige le Bureau du procureur adjoint de la zone nord de l'État de Chihuahua sous le mandat de gouverneur de Francisco Barrio Terrazas.

Antonio Lozano Gracia : militant du PAN, procureur général de la République de 1994 à 1996.

Rafael Mercado de la Concha : procureur général de la République sous le gouvernement de Vicente Fox. Ex-procureur de l'armée mexicaine.

Jorge Madrazo : procureur général de la République de 1996 à 2000.

Patricio Martínez García : gouverneur de l'État de Chihuahua de 1998 à 2004. Début avril 1999, il a annoncé à la presse que l'arrestation de Jesús Manuel Guardado Márquez, alias El Tolteca, marquait la « fin du cauchemar à Ciudad Juárez ». D'octobre 1998 à juin 2002, plus d'une centaine de meurtres de femmes ont été enregistrés à Ciudad Juárez. En janvier 2001, il a été victime d'un attentat auquel il a survécu. En août, il a déclaré que le gouvernement précédent de Francisco Barrio Terrazas était responsable de la prolifération du trafic de drogue et de la violence dans le Chihuahua. Il a accusé l'ancien gouverneur d'avoir été l'auteur de l'attentat contre sa personne.

Francisco Minjárez Ramírez : fonctionnaire de police lorsque Francisco Barrio Terrazas était gouverneur du Chihuahua. Chef du Groupe spécial anti-enlèvements de la police judiciaire de l'État sous le gouvernement de Patricio Martínez. Début 2002, il a démissionné.

Francisco Molina Ruiz : procureur général de justice de l'État de Chihuahua de 1992 à 1995. En 1996, prend la direction de l'Institut national de lutte contre les drogues (qui dépend du Bureau du procureur général de la République). Sénateur de la République de 1997 à 2000 (préside la Commission de sécurité publique du Sénat) et conseiller technique du groupe de contact de haut niveau entre le Mexique et les États-Unis. Quelques mois avant que Vicente Fox devienne président, il est chargé des affaires liées à la justice et à la sécurité publique. Sa trajectoire irrégulière l'a empêché d'être nommé ministre dans le cabinet Fox. En 2001, il dirige la Commission d'ordre du Conseil national du PAN, chargée de juger la moralité de ses militants. Des mois plus tard, il est nommé à la tête du Secodam.

Nahúm Nájera Castro : procureur adjoint de justice de la zone nord de l'État de Chihuahua pendant le premier semestre du mandat de gouverneur de Patricio Martínez.

Antonio Navarrete : fonctionnaire de la police judiciaire du Chihuahua sous le gouvernement de Francisco Barrio Terrazas. Fonctionnaire de la police municipale de 1998 à 2000. Militant du PAN. Accusé d'avoir protégé la distribution de drogue au détail à Ciudad Juárez.

Hester van Nierop : Néerlandaise, victime d'homicide en 1998. Apparemment la seule Européenne parmi les mortes de Juárez.

Irma Pérez : mère d'Olga Alicia Carrillo Pérez, militante du PAN tuée en 1995. Fondatrice de l'organisation locale pour les femmes victimes d'homicides à Ciudad Juárez.

Suly Ponce Prieto, procureur à la tête de l'Unité spéciale chargée des crimes contre les femmes à Ciudad Juárez, puis coordinatrice des ministères publics de la zone nord de Chihuahua sous le gouvernement de Patricio Martínez. Démissionne début 2002. En mars 2002, nommée chef du gouvernement de l'État de Chihuahua à Ciudad Juárez.

Hernán Rivera : directeur du Service d'instruction préparatoire du Bureau du procureur général de justice de l'État de Chihuahua sous les ordres de Francisco Molina Ruiz. Délégué au Bureau du procureur général de la république de l'État de Chihuahua.

Robert K. Ressler : *profiler* spécialisé dans les crimes en série, ancien agent du FBI. S'est rendu à Ciudad Juárez en 1998 comme consultant auprès des autorités du Chihuahua. En 2002, a fait un autre séjour à Ciudad Juárez pour y donner une conférence.

Carlos Salinas de Gortari : président du Mexique de 1988 à 1994. Dans son livre *México, un paso difícil a la modernidad*, il a décrit le gouverneur Francisco Barrio Terrazas dans les termes suivants : « Il a toujours agi avec sérieux et talent. Barrio était sans aucun doute un politicien exceptionnel et respectable. » Quand il était au pouvoir, Carlos Salinas de Gortari a signé un traité de libre-échange avec les États-Unis ; l'Armée zapatiste de libération nationale s'est soulevée au Chiapas ; Luis Donaldo Colosio, candidat du PRI à la présidence, a été assassiné ainsi que son ex-beau-frère, José Francisco Ruiz Massieu, secrétaire général du PRI. Son frère, Raúl Salinas de Gortari, purge une peine de vingt-sept ans de prison pour le meurtre de Ruiz Massieu.

David Trejo Silecio : pathologiste, membre du groupe de conseil des criminologues du Bureau du procureur général de justice du Chihuahua. S'est rendu à Ciudad Juárez à l'automne 1995 pour aider les autorités locales dans les enquêtes sur les crimes contre les femmes.

Víctor Valenzuela Rivera : ancien indicateur de la police judiciaire de l'État de Chihuahua.

Ernesto Zedillo Ponce de León : président du Mexique de 1994 à 2000. Le 23 février 2000, en visite officielle à Ciudad Juárez, il a promis de « respecter les engagements visant à renforcer les dispositifs de sécurité et les actions des procureurs de justice dans le Chihuahua ». Des mois plus tard, le gouverneur Patricio Martínez a été victime d'un attentat. Les autorités locales ont affirmé qu'il s'agissait d'une action du crime organisé, mais ce n'était pas l'avis de leurs homologues au niveau fédéral. Sous le gouvernement de Zedillo, la presse nationale et étrangère a révélé que certains de ses proches, comme son secrétaire particulier, avaient des contacts avec des trafiquants de drogue. Le Bureau du procureur général de la République a publié des démentis à ce sujet.

Et toutes les femmes et fillettes torturées, mutilées, violées et tuées à Ciudad Juárez.

Postface

> « Mais il y a peut-être des crimes qu'il ne faut pas oublier, des victimes dont la souffrance crie moins vengeance que récit. Seule la volonté de ne pas oublier peut faire que ces crimes ne reviennent plus jamais. »
>
> Paul Ricœur, *Temps et récit*

À nouveau la mémoire.

Le dilemme de la mémoire, c'est qu'elle est généralement liée à l'oubli. On dit même que le contraire de l'oubli n'est pas la mémoire, mais la vérité.

Pourtant, sonder sa mémoire équivaut moins à chercher la vérité, toujours relative, que l'exactitude. Tout esprit inquiet en quête d'un passé bien présent y aspire.

En 2004, quatre journalistes mexicains ont été assassinés : Roberto Javier Mora García, Francisco Ortiz Franco, Francisco Arriata Saldierna et Gregorio Rodríguez Hernández.

En 2005, Alfredo Jiménez Mota a été porté disparu ; Guadalupe García Escamilla et Raúl Guerrero, assassinés.

Ces crimes demeurés impunis ont été commis dans le climat d'insécurité qui règne au Mexique du fait de l'inefficacité et de la corruption des institutions face à la délinquance, au crime organisé et au trafic de drogue.

Les menaces d'enlèvement et de mort que j'ai reçues au printemps 2004 après avoir publié *Des os dans le désert* et fait des recherches sur les féminicides de Ciudad Juárez sont venues se greffer sur cette tragédie comme un récit supplémentaire.

Le 18 novembre 2002, *Des os dans le désert* a été présenté à l'Institut culturel de coopération ibéro-américaine, à Barcelone, et accueilli favorablement dans la presse.

Le contenu de l'ouvrage rendait les journalistes européens perplexes : ils trouvaient inadmissible qu'un gouvernement ayant des aspirations démocratiques ne réagisse pas face à de tels crimes.

Lors de cet événement, l'absence d'un représentant du gouvernement mexicain fut éloquente : peu soucieux de défendre les principes de l'État de leur pays, les diplomates mexicains ont refusé tout appui à cet ouvrage. Ils suivaient les directives de Jorge G. Castañeda, alors ministre des Affaires étrangères.

Des mois plus tard, Sealtiel Alatriste, consul du Mexique à Barcelone, a continué d'appliquer la politique du ministère en refusant de soutenir le groupe mexicain Conjuro Teatro, qui montait une pièce *(Los trazos del viento)* sur le féminicide de Ciudad Juárez en partie inspirée de mon livre. « Nous n'aidons pas les œuvres qui dénigrent le Mexique », a-t-il déclaré.

Au Mexique, *Des os dans le désert* a été présenté le 24 novembre 2002 sur la Plaza Mayor ou Zócalo de Mexico, dans le cadre d'une manifestation contre le féminicide à Ciudad Juárez qui s'est conclue par une marche des proches des victimes et de l'association Nuestras Hijas de Regreso a Casa. Au cours de l'été 2003, cette association avait sensibilisé les esprits en Espagne avec l'aide de l'avocate Isabel Vericat, du groupe Epikeia. Le juge Baltasar Garzón avait alors déclaré que les homicides de Ciudad Juárez étaient des « crimes contre l'humanité » et avait dénoncé l'inefficacité du gouvernement mexicain à résoudre le problème.

Invité au Mexique par le gouvernement quelques mois plus tard, Baltasar Garzón eut connaissance du « Plan intégral en 40 points » du ministère de l'Intérieur, destiné à lutter contre la violence à Ciudad Juárez. Ce projet devait à l'avenir se révéler parfaitement inutile. Les annonces spectaculaires et la propagande du gouvernement visaient manifestement à limiter les critiques de personnalités connues dans le monde entier.

Avant que *Des os dans le désert* soit distribué en librairie, une campagne en sa défaveur avait été organisée sur Internet par les collaborateurs de Francisco Barrio Terrazas, l'un des coresponsables du féminicide dans le Chihuahua. Certains fonctionnaires qui avaient travaillé pour lui étaient mis en cause dans le livre.

Angelina Peralta, spécialiste en communication qui connaît bien les coulisses du pouvoir politique et représente au Mexique des auteurs comme Fernando Savater, a affirmé que *Des os dans le désert* faisait l'objet d'un veto. Elle parlait bien entendu d'un veto gouvernemental.

L'ouvrage fut en revanche très apprécié par la critique et les lecteurs.

La veille de la présentation du livre à la Foire internationale de Guadalajara (Jalisco), en décembre 2002, alors que je bavardais avec des amis au café La Estación de Lulio, j'ai remarqué la présence de Javier Coello Trejo, ancien procureur adjoint, qui semblait très intéressé par nos propos. Ce fonctionnaire cité dans mon livre s'était rendu célèbre lorsque des policiers faisant partie de son escorte avaient été écroués en 1990 pour avoir violé des femmes à Mexico.

Des os dans le désert n'a jamais circulé librement dans l'État de Chihuahua. À Ciudad Juárez, la journaliste argentine Graciela Atencio a constaté que dès que l'ouvrage arrivait en librairie, on l'achetait par lots. Quand il restait quelques exemplaires, les libraires avaient pour consigne de dissuader les éventuels acheteurs d'acquérir cet ouvrage « mensonger et dénigrant Ciudad Juárez ». En juin 2005, le livre de Diana Washington Valdez, *Cosecha de mujeres. Safari en el desierto mexicano*, connut un sort similaire.

La campagne contre le livre et son auteur était lancée. Ciudad Juárez posait depuis longtemps un problème épineux au gouvernement.

En 1995, sous la présidence d'Ernesto Zedillo Ponce de León et le mandat de procureur général de la République d'Antonio Lozano

Gracia, le commandant Juan José Tafoya découvrit que d'après des recherches menées au niveau fédéral, de nombreux policiers avaient participé à des orgies organisées par des trafiquants de drogue. Des femmes avaient été assassinées au cours de ces fêtes. Malgré sa responsabilité dans cette affaire, l'un des agents de police avait été « promu » à Mexico afin d'être protégé.

De 2000 à 2001, le Bureau du procureur général de la République mit des hommes influents sur écoute et enregistra des conversations prouvant qu'ils étaient impliqués dans des meurtres de femmes. La participation de deux jeunes hommes issus de familles puissantes à Ciudad Juárez était évidente. Les enquêteurs transmirent l'information à leurs supérieurs. Les deux suspects bénéficièrent de la protection de relations dans les plus hautes sphères du pouvoir.

Le 26 avril 2003, le FBI annonça qu'à El Paso, lors d'une perquisition effectuée chez un homme soupçonné de se livrer au trafic de drogue, on avait retrouvé une carte du premier commandant de la police judiciaire fédérale, établie au nom de Jorge Miramontes Álvarez, sur laquelle était collée la photographie de Vicente Carrillo Leyva, l'un des chefs du cartel de Juárez. Le FBI transmit l'information aux autorités mexicaines afin que ces dernières ouvrent une enquête. Le FBI s'inquiétait de ce que la signature et le nom de Diego Valadés, procureur général de la République en 1994, figurent sur le document. Les autorités ne se prononcèrent ni sur l'authenticité de la carte, ni sur les délits commis.

Le 11 août 2003, Amnesty international annonça la préparation d'un rapport sur les assassinats et les disparitions de nature misogyne à la frontière nord du Mexique en vue de convaincre le gouvernement mexicain d'assortir un critère international à ce qui n'avait été jusqu'alors, selon Irene Kahn, secrétaire générale de l'organisme, qu'une « politique interne ».

Un mois plus tôt, on avait retrouvé à Chihuahua le corps découpé en trois de Neyra Azucena Cervantes, âgée de 19 ans, sur une colline aux abords de la décharge municipale. Elle était étudiante à l'ERA, une école d'informatique. Dans le même périmètre, on avait découvert le 27 mars 2002 le corps de Paloma Angélica Escobar Ledezma, qui suivait des cours à l'école d'informatique Ecco, dont on avait déjà établi à Ciudad Juárez le lien avec des enlèvements et des disparitions d'adolescentes.

Le 28 mars 2003, on retrouva le corps de Viviana Rayas Arellanes non loin de la route entre Chihuahua et Delicias. Elle aussi était inscrite à Ecco. Peu après, les services du Bureau du procureur général de justice de l'État de Chihuahua arrêtèrent et torturèrent Ulises Perzabal et la ressortissante nord-américaine Cynthia Kiecker pour qu'ils avouent ce meurtre. Ils furent emprisonnés, puis relâchés en 2005 sur les instances du gouvernement nord-américain.

Le Bureau du procureur général de justice du Chihuahua cacha la véritable cause de la mort de Viviana qui, comme Paloma, avait été étranglée. Les trois jeunes filles n'étaient pas les seules victimes à présenter les mêmes caractéristiques que celles qui avaient été relevées sur une dizaine d'autres corps. Début avril 2003, Ecco changea de nom. L'école s'appelait désormais le groupe Incomex. Interrogé à ce sujet, un homme qui travaillait dans cet établissement déclara ne rien savoir.

Selon la famille de Paloma Angélica Escobar Ledezma, le propriétaire d'Ecco était Valente Aguirre (le journaliste radio Kent Paterson, au Nouveau-Mexique, avait déjà traité cette information). Originaire de Durango et domicilié un temps à León (État de Guanajuato), Valente Aguirre était un chef d'entreprise que les propriétaires de clubs de football mexicains surnommaient le « Roi de la franchise » car il avait dirigé la Unión de Curtidores, La Piedad et le Club deportivo León. En 1997, il avait reconnu que les écoles d'informatique qu'il possédait dans le pays avaient fait sa fortune. Il dirige aujourd'hui l'équipe de football Los Dorados de Culiacán (Sinaloa) et ignore tout de l'enquête menée par le gouvernement sur ses activités et le féminicide de Ciudad Juárez.

Le rapport d'Amnesty international, intitulé *Mexico. Muertes intolerables. Diez años de desapariciones y asesinatos de mujeres en Ciudad Juárez y Chihuahua*, a eu de fortes répercussions dans et hors le pays. Il portait le chiffre des homicides avec violence à 370 (à partir de données fournies par les organisations locales) et celui des disparitions à 400. Les chiffres du Bureau du procureur général de justice de l'État étaient moindres. Amnesty international condamnait les autorités du Chihuahua, reconnaissait « l'ouverture du Mexique aux instances internationales de défense des droits de l'homme » mais demandait au gouvernement de pallier au « manque de diligence de l'État dans son devoir de prévenir, d'enquêter et de sanctionner les crimes ». C'était une condamnation directe de la propagande gouvernementale.

Si le rapport d'Amnesty international se limitait à reproduire des faits et des informations déjà publiés dans la presse, et même si ses conclusions et ses recommandations étaient mesurées, il souleva une vague de protestations du côté des autorités. Patricio Martínez García, le gouverneur de Chihuahua, et Santiago Creel, exprimèrent leur désaccord et accusèrent les organisations locales de manquer d'objectivité. Rafael Macedo de la Concha, le procureur général de la République, déclara que le gouvernement fédéral n'avait pas fait preuve de négligence et reparla d'initiatives visant à créer un ministère public « mixte », chargé de « distinguer les crimes en série ou sexuels des autres ».

Le 12 août 2003, les représentants d'Amnesty international eurent un entretien avec le président Vicente Fox qui, selon Irene Kahn, « ne cautionnait pas le rapport, qu'il ne comprenait pas ». Le ministère des Affaires étrangères suspendit Mariclaire Acosta, sous-secrétaire aux droits de l'homme, qui refusait de discréditer ce rapport, et supprima purement et simplement ce bureau de l'organigramme institutionnel.

Le dimanche 10 août, le magazine *Proceso* publia un dossier du FBI qui accusait Francisco Barrio Terrazas d'avoir touché de l'argent pour protéger des trafiquants de drogue du cartel de Juárez lorsqu'il était gouverneur du Chihuahua (1992-1998). L'information était déjà connue, mais avait été démentie par les autorités.

À l'époque, un groupe de journalistes locaux, nord-américains et de la capitale, surnommé « Opération Sagrario » par Diana Washington Valdez en hommage à la victime Sagrario González, décida de faire des recherches à partir de renseignements fournis par un informateur au service du bureau du FBI d'El Paso. Daté du 24 février 2003, ce document est le suivant : « Il y a à Ciudad Juárez un endroit qui s'appelle le Club 15, situé avenue Juárez. Un soir, j'ai entendu une conversation que je n'ai pas pu ignorer. Il [le nom du témoin est caviardé] saurait qui sont les coupables des meurtres de filles dont les corps ont été abandonnés autour de Ciudad Juárez. Il [le témoin] m'a dit qu'Urbina et son homme de main (un garçon moustachu, maigre et arrogant) leur servaient de rabatteurs. Ils entrent en contact avec des filles qui pénètrent dans le magasin de musique Paraíso Musical (situé avenue 16 de Septiembre, à l'angle de la cathédrale) [...] Suivies à leur insu, elles sont vite abordées par des jeunes gens qui leur demandent des renseignements sur l'école d'informatique Ecco, qui se trouve dans la même rue. D'une manière ou d'une autre, on persuade ces adolescentes de se rendre au restaurant d'Urbina (La Sevillana, près du Club 15). Là, elles sont ligotées, bâillonnées puis emmenées à l'extérieur, dans une ruelle où des prostituées font le trottoir. L'homme chargé de les transporter s'appelle El Güero (« le Blond »). C'est le propriétaire du club Marlboro, près du Club 15. Il fait partie du cartel de Juárez et gère d'autres établissements nocturnes comme le Safari ou le Nereidas. Avec son complice, Ricardo Domínguez (selon le témoin, il s'agit de son vrai nom), alias El Ritchie, ils payent les services de police pour se débarrasser des corps. Il [le témoin] a ajouté que le nouveau chef de la police de Juárez, Ruvalcaba, est le cousin de Domínguez. »

Dans ce document visé par l'agent spécial du FBI Art Werge, il est précisé qu'Urbina « collecte des échantillons » de cheveux de ses victimes qu'il « conserve au Club 15 pour les montrer à ses clients comme des trophées », et qu'une « ouverture pratiquée au plafond lui sert de cache où il entrepose des pièces à conviction ».

Le rapport se poursuit ainsi : « La vérité me semble vraiment incroyable », mais « toutes ces jeunes filles portées disparues ont dû être vues pour la dernière fois près des lieux indiqués ci-dessus, dans le centre de Juárez. [...] Ils ont prévu de tuer quatre autres jeunes filles dans les quinze jours à venir. En fait, après avoir laissé [le témoin] chez lui, j'étais si choqué que je n'ai pas pu dormir. Je vous supplie de faire quelque chose. »

Le groupe de journalistes se rendit au Club 15, où les employés déclarèrent ne pas être informés de ces disparitions et leur proposèrent d'inspecter le grenier. Ils y trouvèrent des ustensiles de cuisine et des caisses de bière. On leur confirma que le propriétaire de l'établissement était en effet un certain Fernando Urbina (deux ans plus tard, celui-ci rejeta tous les chefs d'accusation qui pesaient contre lui).

Les journalistes allèrent ensuite à l'hôtel Condesa et au magasin de musique Paraíso Musical sans pouvoir rien vérifier. La gérante du bar Marlboro nia les informations du FBI mais accepta de fixer un entretien téléphonique entre Diana Washington Valdez et El Güero, qui démentit les faits en bloc. Le gérant de La Sevillana (restaurant qui devait fermer ses portes quelques mois plus tard) déclara ne « rien savoir » sur ces disparitions mais reconnut que l'endroit était fréquenté par des familles influentes de Ciudad Juárez, comme les Zaragoza ou les Fuentes.

En mai 2003, l'ancien procureur de la République, Jorge Carpizo, porta plainte auprès du Bureau du procureur de la République contre l'ecclésiastique Juan Sandoval Íñiguez, qu'il accusait d'avoir blanchi de l'argent pour le compte de la famille Zagaroza Fuentes. Les autorités fédérales refusèrent d'ouvrir une instruction et innocentèrent les personnes qu'on soupçonnait d'être impliquées dans cette affaire.

Le gouvernement nord-américain enquête toujours sur les membres de ces familles – qui sont apparentées – soupçonnées de trafic de drogue. Lino Korrodi – qui a financé la campagne présidentielle de Vicente Fox Quesada – a des liens familiaux directs avec les Zaragoza et les Fuentes. Certains membres de ces deux familles ont d'ailleurs soutenu Fox financièrement. Dans son témoignage, *Me lo jugué*, Lino Korrodi a fait figurer une photo où on le voit à côté de Vicente Fox Quesada, de sa fille Karla et de son mari, Valentín Fuentes Téllez.

On sait que le nom de ce dernier était mentionné dans les premières enquêtes sur les crimes systématiques contre les femmes, mais qu'il a ensuite été mystérieusement gommé des dossiers judiciaires. Il n'a jamais été inquiété par les autorités. Lorsque certaines informations sur son compte furent publiées dans la presse, en 2002 et en 2003, il chargea des tiers de menacer des journalistes comme Diana Washington Valdez.

D'après le témoignage d'un député fédéral en 2004, un membre d'une famille influente du Chihuahua a déclaré qu'avec des amis, il avait voulu abuser de deux jeunes filles dans un avion privé qui se dirigeait vers Las Vegas (Nevada). Elles se sont débattues et ont réussi à s'enfuir une fois arrivées à destination. Elles avaient trop peur pour porter plainte. Après avoir pris connaissance de cette information, un agent du FBI affirma qu'on pouvait établir un lien entre « un réseau très organisé et certains comportements ou rituels ».

Les autorités du Chihuahua accueillirent l'Opération Sagrario avec réserve : Óscar Valadez, procureur adjoint, confirma qu'il avait bien reçu le rapport du FBI, mais que malgré la profusion de détails et de noms cités, il n'avait été procédé à aucune arrestation car « personne n'était expressément désigné coupable ». La même attitude avait déjà été observée en 2001 après la publication du rapport du FBI sur l'enlèvement et le meurtre de Lilia Alejandra Andrade. Or, ce rapport nomme une famille directement liée au trafic de drogue : les Domínguez.

Le Bureau du procureur général de la République possédait une copie du rapport du FBI mais a préféré garder le silence. Le document a également été transmis au ministère de la Sécurité publique puisque Diana Washington Valdez, Kent Paterson et moi-même l'avons remis aux chargés de communication d'Alejandro Gertz Manero. Nous souhaitions l'interviewer le 10 août 2003 à l'hôtel Radisson d'El Paso. Un an plus tard, ce fonctionnaire démissionna.

Le rapport est digne d'intérêt car il cite des noms et des établissements, donne de précieuses informations sur les auteurs des enlèvements, des disparitions et des meurtres.

Dans une déclaration publique du 18 mars 2003, après avoir annoncé sa démission, José Refugio Revulcaba, ancien chef de la police municipale de Ciudad Juárez, affirma que des personnages influents et riches étaient mêlés à l'affaire des crimes contre les femmes (il fut remplacé par Ramón Domínguez Perea, ancien fonctionnaire ayant exercé dans le Chihuahua et le district fédéral).

Le 15 août 2003, José Luis Soberanes, président de la Commission nationale des droits de l'homme, déclarait lui aussi que « derrière tout cela », il y avait une « organisation criminelle » qu'il fallait « démasquer et punir ».

À l'automne 2003, Diana Washington Valdez constata qu'une menace explicite pesait sur moi : un haut fonctionnaire du Bureau du procureur général de justice du Chihuahua avait ordonné d'« enlever Sergio González Rodríguez dès qu'il mettra[it] le pied dans l'État de Chihuahua, afin de savoir qui lui a[vait] rempli la tête de mensonges ».

Le 15 octobre 2003, quand j'ai présenté mon livre à New York, j'ai pris la décision de divulguer une information dont je venais de prendre connaissance. À la librairie Barnes & Noble de Chelsea, j'ai révélé les noms d'une série de personnes qui, selon des sources provenant des services de sécurité fédéraux, auraient dû être interrogées par le Bureau général du procureur de la République car elles étaient détentrices de précieuses informations dans l'affaire des meurtres de femmes de Ciudad Juárez. Il s'agissait de Manuel Sotelo (président de l'Association de transporteurs de Ciudad Juárez), Arnoldo Cabada (concessionnaire de la chaîne de télévision Canal 44), Miguel Lerma Candelaria (ancien fonctionnaire et ancien député du PRI), Miguel Ángel Fernández (concessionnaire de Coca Cola), Jorge Hank Rohn (propriétaire de Caliente, un consortium spécialisé dans le divertissement et les paris). J'ai également mentionné Tomás Zaragoza Ito (de la compagnie de gaz naturel Tomza) et Valentín Fuentes Téllez (dont la famille possède le Grupo Imperial, entreprise de distribution de gaz naturel).

La sœur de ce dernier, Angélica Fuentes Téllez, fut en 2003 la porte-parole de la « société civile » – sa présence avait été imposée par le ministre de la Sécurité publique, Alejandro Gertz Manero, en couple avec elle selon la presse – lors de la présentation à Ciudad Juárez du Plan intégral du ministère de l'Intérieur. En octobre 2004, elle fut nommée représentante du gouvernement du Chihuahua à Mexico et s'occupait de la vente d'œuvres d'art afin de rassembler des fonds pour la campagne présidentielle de Jorge G. Castañeda, qui devait se présenter (et échouer) en 2006.

Quelques jours avant la présentation du livre à l'Institut culturel du Mexique à New York (dirigé par Hugo Hiriat), le consul Arturo Sarukhán a voulu annuler l'événement, sans doute pour plaire à son ami Jorge G. Castañeda, ancien ministre des Affaires étrangères. Lorsqu'il avait cessé ses fonctions en janvier 2003, Castañeda avait installé ses bureaux dans un immeuble appartenant à Lino Korrodi, qui avait financé la campagne présidentielle de Vicente Fox avec de l'argent dont on ignorait la provenance (sur ce point, aucune enquête ne fut jamais ouverte). Korrodi avait également financé la campagne de Santiago Creel, qui n'accéda pas à la présidence de la République mais devint ministre de l'Intérieur puis chef du gouvernement du district fédéral en 2000.

La présentation de mon livre eut lieu parce que la librairie Barnes & Noble l'avait décidée longtemps à l'avance et que l'annuler aurait terni l'image des diplomates mexicains à l'étranger.

Sarukhán interdit néanmoins qu'Adolfo Aguilar Zinzer, représentant du Mexique au Conseil de sécurité de l'ONU, présente *Des os dans le désert* alors que ce dernier s'était déjà engagé auprès du libraire. Aguilar Zinzer s'intéressait aux meurtres de femmes à Ciudad Juárez et savait que les intérêts du pouvoir et de la pègre freinaient la résolution de l'affaire. Durant l'été 2000, alors qu'il faisait partie de l'équipe de Vicente Fox, il m'a reçu dans sa maison de Tepotzlan (État de Morelos) pour que nous échangions nos points de vue sur les dossiers d'anciens fonctionnaires du Chihuahua comme Francisco Barrio Terrazas, Francisco Molina Ruiz et d'autres politiciens au gouvernement.

Deux jours après la présentation de mon livre à New York, Sarukhán a réuni l'équipe de fonctionnaires de l'Institut culturel pour leur reprocher d'avoir permis que « González Rodríguez vienne exposer ses idées à nos dépens ». Il semblait oublier que la présentation s'était déroulée dans le cadre d'une réunion libre sur le territoire nord-américain. Son comportement démontrait bien que même à l'extérieur, la liberté d'expression n'existe pas au Mexique. Ses employés devaient oublier leur mission constitutionnelle en se soumettant à des intérêts personnels ou aux accords conclus par le gouvernement en place avec le pouvoir supra institutionnel.

Le 31 octobre 2003, Diana Washington Valdez publia dans *La Jornada* un extrait de son livre, *Cosecha de mujeres. Safari en el desierto mexicano*, où elle citait les noms de personnes devant faire l'objet d'enquêtes.

Une campagne contre les journalistes et en faveur des chefs d'entreprise locaux fut organisée à Ciudad Juárez, à la télévision et dans la presse écrite.

Dans le centre du pays, le gouvernement se déchaîna de la même manière contre les journalistes. Pour ne citer que mon exemple, je suis sous surveillance dès que je prends rendez-vous avec quelqu'un par téléphone. Les fonctionnaires chargés de ce genre d'écoute sont appelés « moniteurs » ou « oreilles ». Ils travaillent pour le ministère de l'Intérieur ou le Centre de recherche et de sécurité nationale. Parfois, je constate aussi la présence de gens bizarres installés dans des véhicules, près de chez moi. Ils cherchent à intercepter mes conversations téléphoniques, mon courrier postal ou électronique.

À cette époque, Patricia Olamendi, sous-secrétaire du ministère des Affaires étrangères, a cherché à censurer le bilan sur les droits de l'homme au Mexique rédigé par des experts mexicains à la demande de l'ONU. Elle a également voulu interdire la médiatisation de l'intégralité du rapport des experts de l'ONU sur le désordre qui régnait au sein des gouvernements locaux et fédéral, la violence et les meurtres de femmes à Ciudad Juárez. Ce pour quoi on se battait à l'étranger était tout simplement interdit dans le pays.

Le 24 novembre, la journaliste de W Radio Carmen Aristegui m'a proposé une interview téléphonique sur le féminicide. Elle voulait surtout axer l'entretien sur les noms des personnes que j'avais cités lors de la présentation du livre à New York. J'ai répété plus ou moins ce que j'avais dit là-bas en lui rappelant qu'un journaliste ne doit pas sortir du rôle qui lui est assigné et éviter de se poser en juge, en agent du ministère public ou en policier. Je me contentais donc de fournir des informations aux autorités afin qu'elles les exploitent.

Quelques jours plus tard, Carmen m'a appelé pour me prévenir qu'une plainte avait été déposée contre nous. Les gens que j'avais cités étaient manifestement très mécontents. Je lui ai répondu que j'acceptais les conséquences de mes propos. Carmen voulait que je lui révèle mes sources, ce que j'ai refusé au nom du respect de leur anonymat. Je lui ai en revanche suggéré d'inciter les autorités à exprimer publiquement leur avis sur la question.

Aucune des personnes mentionnées n'a cherché à aider les autorités en leur fournissant des renseignements susceptibles de résoudre l'affaire des mortes de Juárez. De leur côté, les autorités n'ont fait aucun cas des noms cités, que j'avais pourtant fait parvenir au procureur général de la République, Rafael Macedo de la Concha. Ce dernier s'est contenté d'accuser réception et je n'ai jamais eu de nouvelles.

Le 12 septembre 2003, Carmen Aristegui a publié un article dans *Reforma* dans lequel elle disait se désolidariser de mes propos.

À l'époque, Guadalupe Morfín Otero, sous-commissaire pour la prévention et l'éradication de la violence contre les femmes à Ciudad Juárez, m'a également demandé mes sources. Sa plus proche collaboratrice, Teresita Gómez de León, avait gardé des contacts avec ses informateurs au sein du Centre de recherche et de sécurité nationale.

Le 7 février 2004, je reçus au journal une assignation à comparaître au Bureau du procureur général de justice du district fédéral. Je m'y rendis, accompagné de Jaime Inchaudarrieta, l'avocat qui représentait le groupe *Reforma*. On avait porté plainte contre moi pour « calomnie et diffamation » en se fondant uniquement sur les déclarations que j'avais faites à Carmen Aristegui.

Le plaignant était l'un des hommes que j'avais mentionnés dans ma liste : Miguel Lerma Candelaria, ancien député fédéral accusé en 1982 de manœuvres frauduleuses (200 millions de dollars extorqués à un organisme du gouvernement pour lequel il travaillait). Il avait alors pris la fuite et vivait à El Paso depuis dix ans. Il disait avoir quitté le pays à cause de la persécution politique du président Miguel de la Madrid (1982-1988). Le ministère public avait déjà conclu deux fois au « non-exercice de l'action pénale » à mon encontre. Sous protection, le plaignant n'avait pas accepté cette décision. La procédure judiciaire était désormais engagée. Le juge a finalement reporté le jugement.

Le 25 mars 2004, une personne introduite dans les services de sécurité fédéraux à Mexico et que je connais depuis des années m'a dit : « J'ai appris que sur la demande d'un ministre et d'un chef d'entreprise très puissant à Ciudad Juárez, on préparait une opération visant à vous faire disparaître. Vous êtes devenu un problème pour le gouvernement. » Il m'a fourni des détails et des noms de personnes impliquées dans cette « opération », que je préfère ne pas divulguer.

J'ai fait part de cette information à *Reforma* et à des collègues écrivains. Inquiète, Diana Washington Valdez a écrit à ce sujet au bureau de la présidence de la République, mais n'a jamais reçu de réponse.

Le 23 juin 2004, j'ai eu une entrevue à Mexico avec Rupert Knox, coordinateur de l'équipe de recherches sur le Mexique à Amnesty international, et je lui ai parlé de cette « opération » et des autres menaces qui pesaient sur moi. Je lui ai demandé de bien vouloir publier l'information complète et détaillée que je lui avais fournie au cas où je serais victime d'une agression, d'un enlèvement ou si jamais je disparaissais, me « suicidais » ou qu'on attentait à ma vie.

Apparemment, tenter de percer les secrets de la frontière nord du Mexique peut s'avérer très dangereux.

En 2004, le président lui-même, Vicente Fox Quesada, a donné l'ordre express au Centre de recherche et de sécurité nationale (Cisen) de cesser d'enquêter sur les personnalités de l'État de Chihuahua, qu'il s'agisse du gouverneur Patricio Martínez García (qui se plaignait de l'espionnage fédéral) ou de la famille Zaragoza Fuentes. Il est même allé jusqu'à donner des instructions dans ce sens à Joaquín Arenal Romero, un fonctionnaire chargé de faire des recherches sur les gens influents de Ciudad Juárez. Plus tard, ce dernier serait muté dans un autre organisme gouvernemental.

Lorsqu'on reçoit des menaces de mort, le passé s'intensifie au point que le quotidien et l'avenir se désagrègent.

Je me suis donc rappelé l'agression et les coups dont j'avais été victime en juin 1999 dans la ville de Mexico, juste après avoir publié dans *Reforma* un article sur le réseau de protection dont bénéficiaient des kidnappeurs, des trafiquants de drogue et des meurtriers de femmes dans le Chihuahua. Dans mon papier, je citais des hommes comme Francisco Molina Ruiz, Francisco Minjárez, Antonio Navarrete. À l'époque, les deux premiers avaient démenti mes informations.

La deuxième fois que j'ai été agressé et menacé, en décembre de la même année, « de la part du commandant », je venais d'interviewer Francisco Minjárez. Je suis persuadé que ces deux épisodes ne sont pas le fruit du hasard.

Francisco Molina Ruiz, chef et ami du commandant Minjárez, a toujours été un oiseau de mauvais augure, aussi bien pour ceux qui l'entourent que pour les gens qui ne font que le croiser. Au milieu de l'année 1998, Francisco Javier Sánchez, agent de la police judiciaire du Chihuahua à l'époque où Molina Ruiz était procureur, fut assassiné. Molina Ruiz l'avait nommé à l'Institut national de lutte contre les drogues, qu'il dirigeait à l'époque. Sánchez s'était ensuite installé à Ciudad Juárez pour travailler dans la police municipale, dont il avait démissionné peu avant d'être exécuté par des trafiquants de drogue.

Roberto Corral, cousin du sénateur Javier Corral, du PAN, était aussi un ancien agent de la police municipale et de l'État de Chihuahua. Comme Sánchez, il avait suivi Molina Ruiz à l'Institut national de lutte contre les drogues. Au printemps 2002, alors qu'il circulait dans Ciudad Juárez, à 8 heures, deux voitures se mirent en travers de la route. Des témoins virent quatre hommes en descendre et tirer sur Corral, qui fut défiguré et tué. La presse locale qui couvrit le meurtre rappela que Roberto Corral, de même qu'Antonio Navarrete et Javier Benavides, était très proche de Molina Ruiz et avait été accusé d'avoir des liens avec les trafiquants de drogue.

Le troisième sur la liste était Francisco Minjárez. Sa mort, survenue en septembre 2003, a été orchestrée selon le même scénario que celle de Corral. Un matin qu'il circulait à bord de son véhicule dans la ville de Chihuahua, on lui a tiré dessus depuis un pick-up. Il a reçu plus de trente impacts de balles de fusil d'assaut AK-47. Il avait renoncé à son poste de commandant du Groupe spécial anti-enlèvements quelques mois plus tôt et était devenu chef de la sécurité chez Corporativo Interceramic.

En mars 2002 déjà, le quotidien *Norte*, de Ciudad Juárez, avait révélé ce qui n'était qu'un secret de Polichinelle, à savoir que

Francisco Minjárez était le principal responsable des disparitions et des enlèvements qui avaient eu lieu à Ciudad Juárez ces dix dernières années. On comptait 196 disparitions liées à Minjárez et à son groupe. Minjárez obéissait aux ordres du directeur de l'Institut national de lutte contre les drogues, qui n'était autre que Francisco Molina Ruiz. Les autorités fédérales et celles de l'État de Chihuahua gardèrent le silence. L'exemplaire chef anti-enlèvements était l'organisateur de l'industrie du « narco-kidnapping » dans le Chihuahua. Le FBI le considérait comme « l'un des policiers les plus corrompus et les plus meurtriers du Nord du Mexique ».

En juin 2005, on retrouva à Ciudad Juárez le corps de l'ancien commandant de la police judiciaire du Chihuahua, Jesús Buil Issa. Enlevé à Coahuila, il avait été torturé, frappé, ligoté et enveloppé dans une couverture, comme dans les règlements de comptes entre trafiquants de drogue. La famille de Javier Lardizábal affirmait qu'il était l'un des agents impliqués dans le meurtre de ce dernier. Aux États-Unis, la DEA (Drug Enforcement Administration) et le FBI considéraient que Jesús Buil Issa, proche des anciens procureurs du Chihuahua Francisco Molina Ruiz et Arturo Chávez Chávez, était un trafiquant de drogue. La camionnette où l'on a retrouvé le corps de celui qui était aussi l'ancien chauffeur d'Amado Carrillo Fuentes avait été garée près de la pharmacie Benavides. C'était sans doute un message adressé à Javier Benavides, cousin de Buil Issa et policier faisant partie du même groupe.

La DEA avait soutenu Francisco Molina Ruiz lorsqu'il aspirait à être nommé procureur de la République en 2000. Quand il était devenu haut fonctionnaire au ministère de la Fonction publique, Molina Ruiz côtoyait d'autres policiers mal famés, comme Alejandro Castro Valles, le meurtrier de l'avocat Mario César Escobedo Anaya, ou Carlos Díaz de León, accusé d'avoir organisé des écoutes téléphoniques illégales. Protégés par Francisco Barrio Terrazas, les membres de ce groupe s'étaient livrés à des activités d'espionnage qui n'entraient pas dans le cadre de leurs fonctions administratives.

À l'automne 2004, le ministère de l'Intérieur annonça qu'Arturo Chávez Chávez avait été nommé sous-secrétaire d'État. L'ancien procureur du Chihuahua, accusé d'avoir violé les droits de l'homme et considéré comme l'un des responsables de la disparition de personnes dans cet État, allait être chargé des droits de l'homme au sein du gouvernement. Sa nomination fut annulée suite aux protestations des associations locales. Il devint ensuite sous-secrétaire d'État aux affaires juridiques et aux droits de la personne.

En mai 2005, par des voies non officielles, le gouvernement mexicain fit pression sur son homologue nord-américain afin que ce dernier se renseigne sur les personnes travaillant dans les services de renseignements qui avaient fourni des informations aux auteurs d'ouvrages et d'articles sur Ciudad Juárez. Par la suite, on apprit que Carlos Borunda Zaragoza, ancien député fédéral à Ciudad Juárez, était l'auteur de cette requête. Il avait été le principal organisateur de la campagne aux États-Unis contre Andrés Manuel López Obrador, candidat du PRD aux élections présidentielles de 2006.

Selon l'avocat Sergio Dante Almaraz, Carlos Borunda Zaragoza, militant du PAN et affecté à l'ambassade du Mexique à Washington DC, est issu de deux familles très importantes de Ciudad Juárez, « un croisement entre le lion et le tigre ». Il s'est également opposé à la requête d'Hilda Solís, membre du Congrès nord-américain, d'inclure l'affaire du féminicide dans l'agenda binational entre le Mexique et les États-Unis.

Les opposants aux plaintes déposées pour crimes contre l'humanité sont influents et mènent une campagne systématique pour freiner les enquêtes sur les meurtres de femmes à Ciudad Juárez.

Comment une telle barbarie a-t-elle été rendue possible ?

En 1989, lorsque le Mexique annonça que des pourparlers étaient en cours pour la signature d'un traité de libre-échange avec les États-Unis, un groupe très puissant de chefs d'entreprise et de politiciens de Ciudad Juárez fomenta un climat d'insécurité sociale en employant des tueurs à la solde des trafiquants de drogue protégés par la police et les fonctionnaires judiciaires. Ils étaient chargés d'enlever et d'assassiner des femmes issues de milieux modestes, pour la plupart ouvrières dans des maquiladoras. Ces manœuvres consistaient à réaffirmer leur hégémonie à la frontière, de crainte que la situation ne change.

Cette information provient du témoignage récent d'un enquêteur qui travaillait jusqu'à une date récente au Bureau du procureur général de la République à Ciudad Juárez. D'après lui, les tueurs responsables des meurtres de femmes de 1989 à 1996 seraient tous morts, donc réduits au silence. De nombreux agents de police et commandants ont connu le même sort. Cet informateur ajoutait que les auteurs des autres homicides seraient des imitateurs, parmi lesquels on compterait des membres de familles puissantes et des délinquants.

Ce fonctionnaire a démissionné de son poste après avoir eu connaissance de cette information. Avant de disparaître de la vie publique, il a adressé une lettre confidentielle au président Vicente Fox, restée sans réponse.

Un groupe de personnalités influentes se serait approprié la fortune amassée par Rafael Aguilar Guajardo quand il était chef du cartel de Juárez, avec l'aide de Fernando Gutiérrez Barrios, ancien chef de la Direction fédérale de la sécurité et ministre de l'Intérieur, décédé en 2000.

En 1993, l'assassinat d'Aguilar Guajardo – qui avait participé à la « guerre sale » contre des groupes subversifs vingt ans plus tôt et avait fait enterrer certains de leurs membres dans des fosses près de la frontière – ainsi que l'ascension d'Amado Carrillo Fuentes en tant que chef du cartel de Juárez, ont marqué la fin du rôle de Gutiérrez Barrios comme négociateur entre l'État mexicain et le milieu du crime organisé (il s'était occupé pendant des années des contacts entre les services de renseignements mexicains et la CIA).

Gutiérrez Barrios était informé de l'opération « Irán-Contra » au début des années 1980, au cours de laquelle la CIA, supervisée par George Bush père, échangea des armes pour combattre la guérilla en Amérique centrale contre des drogues destinées à être distribuées sur le marché nord-américain.

À l'époque, le réseau de contrôle de la Direction fédérale de la sécurité (ensuite dirigé par des militaires de haut rang comme Mario Acosta Chaparro, Francisco Humberto Quirós Hermosillo et Jesús Gutiérrez Rebollo) organisa la répartition de territoires nationaux entre différents cartels (de Tijuana, du Golfe, de Juárez). José Maria Guardia, agent présumé de la CIA, fut le dernier homme à travailler pour Gutiérrez Barrios à Ciudad Juárez. En 2003, ce chef d'entreprise ami du cardinal Juan Sandoval Íñiguez (conseiller « spirituel » de la famille Zaragoza Fuentes) travaillait dans l'industrie du divertissement et des paris avec Jorge Hank Rohn.

Javier Benavides, ancien chef de police à Ciudad Juárez, avait un jour déclaré que les meurtres de femmes étaient « trop complexes pour être résolus par le FBI ». Il avait ajouté que des gens puissants opposés au traité de libre-échange étaient mêlés à ces crimes. La géopolitique serait donc au cœur de l'affaire du féminicide à la frontière nord du Mexique.

Un témoignage enregistré par Diana Washington Valdez le 2 février 2006 (qu'elle reprend dans l'édition en anglais de son livre *The Killings Fields. Harvest of Women*, 2007) fait état de l'existence au Mexique, dans la seconde moitié des années 1980, d'un pacte présidentiel avec de grands trafiquants de drogue colombiens destiné à leur « vendre » l'État de Chihuahua, à assurer la protection et à garantir l'impunité d'opérations criminelles réalisées de concert avec le cartel de Juárez.

Le témoin, qui était présent lors d'une réunion chez un politicien devenu entre-temps membre du gouvernement du Chihuahua et à laquelle participaient des trafiquants de drogue colombiens, un général de l'armée mexicaine, un policier de haut rang, des juges fédéraux et même un évêque, raconte que le président de la

République avait insisté sur l'importance de ce pacte qui mettait en jeu « des sommes faramineuses ». Des personnes influentes de Ciudad Juárez, dont certaines étaient impliquées dans des féminicides, et d'autres mêlées à des activités illégales, ont été déclarées « intouchables » au cours de cette réunion.

Refusant d'être impliqué dans ce pacte, le témoin a préféré quitter le Mexique et changer d'identité de crainte d'avoir à subir des représailles. Il ajoutait que les trafiquants de drogue colombiens étaient « sanguinaires et pratiquaient parfois des sacrifices humains au cours de rituels ». Bien des meurtres de femmes ont été selon lui perpétrés au nom de ce pacte.

Diana Washington Valdez ajoute que l'existence de cette alliance lui a été confirmée par des personnes travaillant dans les services de renseignements nord-américains et des sources mexicaines. Quelque temps après la signature de ce pacte, afin de limiter l'influence du cartel de Juárez à la frontière, le gouvernement des États-Unis a organisé une opération appelée « Chihuahua Pilot Project », destinée à infiltrer et à démanteler cette puissante organisation criminelle. La famille Carrillo Fuentes a alors perdu de son influence au profit de Joaquín Guzmán Loera, surnommé « Chapo ».

Quant à la responsabilité des autorités mexicaines, elle peut être résumée en quelques points qui sont la synthèse de ce qui s'est passé de 2002 à 2005 :

1. En 1998, la Commission nationale des droits de l'homme a publié la recommandation 44/98, qui exige des enquêtes sur certains policiers et fonctionnaires de l'État de Chihuahua. Cinq ans plus tard, aucune instruction n'avait été ouverte. En 2003, cette commission a rappelé son intérêt concernant cette affaire et publié un rapport qui désapprouve les actions du gouvernement du Chihuahua et du gouvernement fédéral.

2. Sur les mauvais résultats du travail des autorités policières et judiciaires du Chihuahua et du gouvernement fédéral, les multiples irrégularités commises et les délits possibles, on peut citer le rap-

port de la Commission d'experts internationaux de l'ONU, du Bureau contre la drogue et les délits sur la mission effectuée à Ciudad Juárez en novembre 2003.

Il est également possible de consulter le témoignage du médecin légiste David Trejo Silecio, qui déclarait en 2003 : « En 1995, les services du Bureau du procureur général de justice de l'État de Chihuahua prétendaient que le groupe de conseillers du Bureau du procureur général de justice du district fédéral, dont je faisais partie, acceptait sans qu'on lui fournisse aucune preuve qu'Abdel Latif Sharif Sharif avait assassiné des femmes. C'est la raison pour laquelle le groupe de conseillers a préféré se retirer. Cela explique tout ce qui s'est passé par la suite. »

3. La « résolution » des affaires de meurtres de femmes par le gouvernement de l'État de Chihuahua s'est surtout soldée par des déclarations administratives considérant comme « classés » des dossiers consignés par un juge, ou estimant que certains accusés avaient été jugés malgré l'absence de preuves, ainsi que l'a démontré la mission effectuée par les experts de l'ONU mentionnée ci-dessus.

4. Le Bureau du procureur général de justice de l'État de Chihuahua et celui de la République ont formulé toutes sortes de présomptions et répandu de nombreuses rumeurs qui ont semé le doute dans les esprits. Cela démontre bien leur irresponsabilité : au lieu de cantonner leurs actions à un niveau judiciaire, les deux institutions règlent leurs différends, se chamaillent et se renvoient publiquement d'autres hypothèses ou mobiles concernant les meurtres de femmes (qu'il s'agisse de trafics d'organes, de sectes pseudo-religieuses, de pornographie violente, de militaires nord-américains de la base de Fort Bliss qui tueraient des femmes, de petits trafiquants). Leurs affirmations n'ont bien souvent aucun fondement, aucune limite. Leurs déclarations ne sont pas sensées. En d'autres termes, les enquêtes ont surtout été menées dans les médias et dévoilent principalement les coulisses de la corruption et des conflits d'intérêts.

5. Malgré les chiffres « définitifs » remaniés auxquels les autorités ont réduit la tragédie de Ciudad Juárez, les sources officielles sont mises en doute. Elles ne permettent aucun examen au cas par cas des homicides violents commis à Juárez de 1993 jusqu'à la date d'aujourd'hui.

6. Au niveau fédéral, on s'est intéressé tardivement et assez peu à l'affaire des mortes de Juárez. Le président Ernesto Ponce de León (1994-2000) s'est contenté de faire des déclarations d'intentions ; Vicente Fox Quesada (2000-2006) a préféré masquer les faits et manipuler l'opinion publique. La politique de ce dernier, qui vise à déresponsabiliser les autorités, n'a fait qu'aggraver la situation en promettant des actions substitutives sans le moindre rapport avec le Bureau du procureur général de justice, le respect de la loi et le fait de punir les coupables.

Qu'entend-on par « actions substitutives » ? Celles qui, dans la gestion d'un gouvernement, sont réalisées en vue d'administrer un problème au lieu de tenter de le résoudre. La réduction de la politique aux affaires administratives est la conséquence directe des recours procéduriers ou juridiques qui permettent de manipuler ou de contrôler des situations considérées à tort ou à raison comme menaçant l'exercice du pouvoir. Ces décisions sont prises de manière confidentielle et paralysent les fonctions du gouvernement et son rôle de communication à l'intérieur et à l'extérieur du pays.

Au nom de la loi, on porte atteinte à l'État de droit et on freine la justice.

Concernant les meurtres de femmes à Ciudad Juárez, le gouvernement mexicain a mis en œuvre cinq actions substitutives : a) en 2003, création d'une unité spéciale mixte entre le gouvernement du Chihuahua et le gouvernement fédéral ; b) dans le même temps, annonce par le ministère de l'Intérieur du Plan intégral en 40 points pour lutter contre la violence à Ciudad Juárez ; c) nomination d'une personne mandatée par le ministère de l'Intérieur (Guadalupe Morfín Otero) chargée en réalité de faire office d'assistante sociale et de s'occuper des relations publiques, mais dont l'objectif explicite était de « reconstruire le tissu social de la frontière » ; d) en 2004, création d'une Unité spéciale du Bureau du procureur général de la République dirigée par María López Urbina, chargée d'enquêter sur les éventuels délits commis par les policiers et les fonctionnaires du Chihuahua qui ont travaillé sur les affaires de meurtres de femmes ; au milieu de l'année 2005, un autre procureur spécial (Mireille Roccati) fut nommé à ce poste. On mit plus d'hommes et de matériel à la disposition de cette unité dont le principal objectif ne consistait qu'à « aider » les autorités de l'État de Chihuahua.

Ces quatre actions se sont révélées insuffisantes et contradictoires, freinées par des procédures complexes. Elles se sont soldées par des résultats peu satisfaisants par rapport au défi lancé : peu de dossiers ont été révisés, on a refusé d'entériner certains chiffres, de constituer une banque de données génétiques, d'identifier certains corps ou de se mettre à la recherche de femmes portées disparues, d'accueillir les familles et les proches des victimes ou de reconsidérer la situation de personnes accusées à tort. En conclusion, il y a eu beaucoup de changements et de dépenses pour une progression quasiment nulle.

Enfin, la cinquième action substitutive du gouvernement de Vicente Fox consistait à se rallier les médias en se livrant à un travail de propagande dans le but d'encenser son image et ses actions, et aussi d'influencer la perception du public sur cette affaire au lieu de l'informer des faits réels.

Le discrédit est jeté sur les personnes qui osent remettre en question les versions officielles et la politique gouvernementale. Les services de renseignements de l'État les mettent sur écoute, les harcèlent, interceptent leur courrier. Les autorités méprisent les dossiers, les rapports, les témoignages, les pièces à conviction, et manipulent les chaînes de télévision, de radio ou la presse écrite afin qu'aucune critique sur la politique gouvernementale concernant les mortes de Juárez n'y soit formulée. Parfois, elles se servent des médias pour minimiser l'affaire. On disqualifie toute investigation, on lui enlève toute crédibilité. Avant, de tels agissements étaient caractéristiques des régimes totalitaires. Aujourd'hui, ils sont courants et intégrés dans la routine de désinformation propre au système faussement démocratique du Mexique.

7. On répète partout que les crimes systématiques contre les femmes à la frontière sont un « mythe », une « vue de l'esprit » sortie de l'imagination de personnes ou d'associations qui « desservent l'image de Ciudad Juárez ». Qu'on leur ait demandé ou non de le faire, de nombreux fonctionnaires fédéraux ont pris l'habitude de dire en public et en privé qu'il n'existe « aucune preuve d'un lien entre le crime organisé et les meurtres misogynes de Ciudad Juárez ».

Les recherches effectuées au fil des années par des agents du FBI ou Phil Jordan, ancien directeur du El Paso Intelligence Center, viennent contredire ce genre d'affirmations. On peut aussi consulter les recherches de journalistes indépendants, par exemple les travaux de Rosa Isela Pérez et Graciela Atencio *(Norte)*, de Kent Paterson, journaliste radio au Nouveau-Mexique, et d'Alfredo Corchado *(The Dallas Morning News)* ou de Diana Washington Valdez *(El Paso Times)* ; voir aussi les articles de cette dernière publiés dans son livre *Cosecha de mujeres. Safari en el desierto mexicano*, dont l'apport a été décisif, et les documentaires vidéo de Lourdes Portillo *(Señorita extraviada)*, Alejandra Sánchez *(Ni una más)*, et le témoignage d'Isabel Vericat, *Ciudad Juárez : de este lado del puente.*

Contre la tendance qui défend l'impunité, les intérêts politiques et affiche le mépris, l'indifférence ou pratique la désinformation, voir aussi les rapports suivants : celui de la Commission interaméricaine des droits de l'homme (2003), de la Commission nationale des droits de l'homme (2003), d'Amnesty international (2003), de l'ONU/CEDAW (2005), de la mission du Bureau de lutte contre la drogue et les délits de l'ONU à Ciudad Juárez (2003), de l'Association nationale des avocats démocrates du Mexique (2005).

Des os dans le désert a décrit le mobile général et particulier, la raison et le non-sens des homicides systématiques contre les femmes à Ciudad Juárez, commis par une fraternité unie dans le crime. L'ouvrage s'est également proposé de relever le caractère territorial du féminicide, lié à un pouvoir économique rattaché au système politique mexicain, à la délinquance organisée, à l'économie classique et clandestine (contrebande, prostitution, exploitation de mineurs, trafic de sans-papiers, etc.).

Le livre retrace la mise en marche de l'industrie exterminatrice de jeunes femmes pauvres en insistant sur le mode opératoire extrêmement violent de ces assassins, qui sont les représentants d'une haine idiosyncrasique, misogyne, radicale, ou ceux d'une caste qui dirige tout. Les victimes de cette usine à cadavres ont servi de support à des messages secrets. Elles ont vécu des situations terrifiantes, menacées par un pouvoir discriminatoire qui agit en toute impunité. Le sang, le sacrifice et le pouvoir marquent chacun des corps.

Le féminicide est indissociable de l'industrie maquiladora transnationale, qui exploite les corps en les considérant comme des objets jetables, des numéros anonymes, et de la mondialisation économique. C'est un crime contre l'humanité, mais pas seulement du fait des viols et des tortures infligées aux victimes.

Une telle spécificité criminelle n'a rien à voir avec les délits de droit commun, comme le déclarent les autorités mexicaines. De même, ils ne sont pas forcément liés à la « violence domestique » ou à la « complexité contextuelle de la frontière ». Ces allégations abstraites tendent à gommer des individus et servent aussi bien le discours visant à justifier les actions substitutives du gouvernement que le drapeau idéologique que brandissent ses députées, des fonctionnaires ou d'autres groupes féministes faisant pression pour rassurer l'opinion publique.

Dans leur ouvrage *The politics of Woman Killing*, Jane Caputi et Diana E. H. Russell précisent que la misogynie n'entraîne pas seulement la violence contre les femmes, mais influe sur la manière de traiter les faits dans les médias : « Féminicide, viols et mauvais traitements sont souvent ignorés ou exposés de façon sensationnaliste selon la race de la victime, sa classe sociale, ses attraits physiques, autrement dit en fonction des critères masculins. »

La police, l'appareil judiciaire, les mass media et la réponse de la société à ces crimes contre les femmes offrent une perspective tronquée où l'apathie est associée à l'usage de stéréotypes péjoratifs et à la condamnation des victimes.

Un groupe d'expertes et de professeurs mexicains coiffé par Marisa Belausteguigoitia, Lucía Melgar et Isabel Vericat a présenté à l'automne 2004 un « plan alternatif pour résoudre le féminicide à Ciudad Juárez ». Elles cherchaient ainsi à élucider les meurtres en proposant une structure d'investigation unique reconsidérant un par un chaque dossier. Le but recherché était de rendre justice aux victimes, d'apporter des compensations désintéressées aux familles et de mettre en lumière les faits historiques du féminicide à la frontière. Ce projet était axé sur des réformes légales, l'adoption de diverses mesures politiques et administratives au niveau fédéral, municipal et de l'État du Chihuahua. Présentée au pouvoir exécutif et législatif, cette initiative a reçu un accueil réservé.

En mai 2005, Vicente Fox Quesada s'est adressé aux médias en les accusant d'avoir exagéré l'affaire des meurtres de femmes à Ciudad Juárez. Il a cité des chiffres qui « prouvaient » qu'il s'agissait d'un faux problème dans la mesure où les crimes avaient été « élucidés ». Le lendemain, il reconnaissait que dans plus de 100 affaires de meurtres, les assassins étaient toujours en liberté.

D'après le témoignage d'Adolfo Aguilar Zinzer, ancien conseiller à la présidence sur la sécurité nationale et les affaires internationales mort dans un accident de voiture le 5 juin 2005, Vicente Fox Quesada s'est toujours opposé à ce qu'une enquête approfondie soit ouverte sur les meurtres de femmes à Ciudad Juárez.

Cette stratégie consistant à tromper son monde avait été définie dès la formation de son gouvernement.

Un informateur travaillant pour les services de renseignements mexicains affirme qu'en 2006, sous la présidence de Vicente Fox Quesada, la police fédérale a arrêté Joaquín Guzmán Loera (le plus gros trafiquant de drogue du Mexique) sur la route entre Monterrey et Laredo, à la frontière nord du Mexique et des États-Unis. Il sera libéré sur ordre du bureau de la présidence. En janvier 2001, il s'était évadé d'une prison de haute sécurité avec la complicité de divers fonctionnaires. Il est aujourd'hui toujours en cavale, se dispute des zones d'influence avec d'autres cartels et a des liens avec les grandes mafias du monde entier, notamment en Chine.

Selon la même source, entre 2000 et 2006, certains services de renseignements mexicains ont reçu l'ordre de détruire toutes les informations et les dossiers concernant le féminicide de Ciudad Juárez. Durant cette période, 15 personnes liées à cette affaire ont été assassinées.

Des os dans le désert met en doute la version officielle de l'État de Chihuahua sur des questions de vie publique. Il favorise l'exercice de la désobéissance civile dans le journalisme et la littérature en interrogeant l'État mexicain sur ses aptitudes à bien gouverner. Cette ligne politique directrice est présente dans la totalité de l'ouvrage, qui se propose de relater l'histoire actuelle en s'appuyant sur les apports de la mémoire et la volonté de résistance à l'oubli. Dans cette optique, l'imagination littéraire est forcément complémentaire, ainsi que l'a démontré Roberto Bolaño dans *2666*, son remarquable roman sur la tragédie de Ciudad Juárez.

Des os dans le désert invite constamment les autorités à justifier leur point de vue. Jusqu'à présent, elles se sont contentées de rester dans le flou et de garder le silence.

En juillet 2005, une jeune fille a été victime d'un viol. Elle est parvenue à s'échapper et a déclaré que des personnalités influentes de Ciudad Juárez avaient participé à l'agression. Elle a cité des noms à la presse : Sotelo, Zaragoza, Cabada. Les autorités du Chihuahua ont refusé d'ouvrir une enquête. Elles ont accusé la victime d'avoir menti. À la date d'aujourd'hui, on ignore où se trouve cette jeune fille.

Dans un rapport d'août 2005, Guadalupe Morfin a enfin reconnu « qu'il y a des groupes de pouvoir probablement liés à des agents de l'administration qui n'ont jamais été inquiétés. L'impunité doit cesser avec l'aide des autorités ».

Peu après, en annonçant la création d'une Unité spéciale chargée des crimes contre les femmes à un niveau national, le Bureau du procureur général de la République prévoyait la fin de sa mission à Ciudad Juárez en 2005, car l'examen des dossiers était terminé et la plupart des meurtres, « résolus ». Il envisageait aussi de verser une compensation financière de « soutien » aux familles des victimes, proportionnelle au degré de cruauté que chacune d'entre elles avait subi. Tels sont les résultats « significatifs » des mesures adoptées par le gouvernement mexicain pour mettre un terme à une tragédie dévastatrice.

Il faudrait considérer la violence contemporaine au Mexique comme une guerre souterraine et reprendre le déchiffrage de ses signes funestes en s'inspirant des propos d'Ernst Jünger : « Seules des rumeurs obscures annonçaient les horribles fêtes où les bourreaux et les tortionnaires se repaissaient de la peur, de l'avilissement, du sang de leurs victimes. Telle est pour longtemps la honte de notre siècle ; elle retombera sur tous ceux qui gardèrent le cœur et l'œil secs devant ce scandale. »

Au fil des ans, on m'a souvent demandé si j'avais peur de poursuivre cette enquête à cause de tous les dangers qu'elle impliquait. À cette question, j'apporte toujours la même réponse car je n'en ai pas d'autre : le courage dont les victimes ont fait preuve lorsqu'elles ont affronté jusqu'au dernier moment l'indignité de leur mort doit à jamais nous délivrer de la peur.

Paul Ricœur, *Temps et récit*, volume III, Points Seuil, 1991.

Page 337 : Le registre des journalistes assassinés a été publié dans « Duelo », *Etcétera*, mai 2005, p. 13.

Page 338 : Dana Stella Aguilar, directrice de Conjuro Teatro, a parlé à l'auteur du refus du consulat du Mexique d'apporter son soutien à sa troupe.

Sur la visite de Baltazar Garzón au Mexique, voir Miriam Ruiz, *« Apoyo total a víctimas de Ciudad Juárez : Garzón »*, cimacnoticias.com ; l'évaluation du ministre de l'Intérieur des actions adoptées par le gouvernement pour résoudre l'affaire de Ciudad Juárez a été traitée par José Antonio Román dans *« Crítica situación en Juárez : Creel »*, *La Jornada*, 26 mai 2005, où le ministre affirme : « Je ne vais sûrement pas commencer à justifier ou à défendre quelque chose qui tourne en notre défaveur. »

Page 339 : Le témoignage d'Angelina Peralta a été remis à l'auteur.

Luis Enrique López et Ana Elena González ont été témoins de la présence de Javier Coello Trejo à cette occasion.

Graciela Atencio a communiqué cette information à l'auteur. Diana Washington Valdez a également communiqué à l'auteur certains renseignements figurant dans son livre.

Sur les investigations concluantes dont le gouvernement fédéral n'a pas tenu compte, voir Diana Washington Valdez, *Cosecha de mujeres. Safari en el desierto mexicano*, Océano, Barcelone, 2005, p. 226-228.

Page 340 : sur la carte de police possédée par un trafiquant de drogue, voir Julián Reséndiz, *« Tenía capo credencial de la PGR »*, *El Diario Digital*, 26 avril 2003. Un fonctionnaire du Bureau du procureur général de la République, Rafael Arredón, a confirmé à l'auteur que ce trafiquant avait pu obtenir la carte par le biais d'Adrián Carrera Fuentes, alors directeur de la police judiciaire fédérale, puis signalé comme étant le protecteur d'Amado Carrillo Fuentes.

Page 342, sur les répercussions du rapport d'Amnesty international et de l'Opération Sagrario en août 2003, voir Sergio González Rodríguez, *« Zona caliente : Ciudad Juárez, Amnistía y los intocables »*, *El Ángel* / *Reforma*, 24 août 2003 ; courriers électroniques de Juan Capuchino, d'Incomex, à Sergio González Rodríguez, 28 août 2003 et 5 septembre 2003 ; rapport d'Amnesty international, México : *Muertes intolerables. 10 años de desapariciones y asesinatos en Ciudad Juárez y en Chihuahua*, août 2003, 71 p. / Report, México. *Intolerable Killings : Ten years of abductions an murders in Ciudad Juárez and Chihuahua*. Sur l'affaire Ulises Perzabal et Cynthia Kiecker, voir Alma Guillermoprieto, *« A Hundred Women »*, *New Yorker*, 29 septembre 2003, p. 82-83.

Page 344, sur la plainte déposée au pénal par Jorge Carpizo contre Juan Sandoval Íñiguez et la famille Zaragoza Fuentes pour blanchiment d'argent, voir Álvaro Delgado, *« El escándalo de las narcolimosnas »*, *Proceso*, n° 1403, p. 30-32.

Page 345 : Lino Korrodi, *Me la jugué*, Grijalbo, Mexico, 2003.

Diana Washington Valdez a informé l'auteur de la déposition qu'elle a faite à la police d'El Paso en janvier 2004 parce qu'elle avait été menacée.

Sur le député fédéral qui a enregistré le témoignage concernant l'agression sexuelle de deux jeunes filles de Ciudad Juárez, voir Diana Washington Valdez, *op. cit.*, p. 229. Sergio González Rodríguez était présent quand le député lui a fourni cette information. Le commentaire de l'agent du FBI a été obtenu plus tard par la journaliste texane.

Page 346 : Les menaces pesant sur l'auteur à Chihuahua ont été communiquées à ce dernier par Diana Washington Valdez, qui en a été informée par une porte-parole du gouvernement du Chihuahua.

Le quotidien *Reforma* a publié le 17 octobre 2003 un article sur la présentation de *Des os dans le désert* à la librairie Barnes & Noble, à New York.

Page 347, sur les relations entre Alejandro Gertz et Angélica Fuentes Téllez, voir Julián Andrade, *« Un comienzo difícil »*, *Milenio Semanal*, 28 juillet 2003, p. 38-42 ; Armando Emanuel Vélez et Alberto Ponce de León, *« Angélica Fuentes : la reina del gas »*, *Milenio Semanal*, 10 mai 2004, p. 42-45 ; Andrea Ávila, *« Angélica Fuentes Téllez : la reina del gas »*, *Actual*, n° 131, août 2004, p.14-18.

Sur les liens entre Lino Korrodi et Jorge G. Castañeda, voir F. Bartolomé, *« Templo Mayor »*, *Reforma*, 18 janvier 2004 ; Alejandro Lelo de Larrea, *« Bajo la lupa del CISEN »*, *Cambio*, 29 mai-4 juin 2005, p. 18-22. Sur l'argent versé par Lino Korrodi à Vicente Fox Quesada et à Santiago Creel, voir Jesusa Cervantes et Alejandro Gutiérrez, *« El gasero Zaragoza, otro foxista bajo sospecha »*, *Proceso*, n° 1374, 2 mars 2003, p. 19-20 ; Jesusa Cervantes et Alejandro Gutiérrez, *« Amigos de Fox : el contacto en Ciudad Juárez »*, *Proceso*, n°1376, 16 mars 2003, p. 32-34 ; Eduardo R. Huchim, *« El caso Creel : Korrodi y la impunidad »*, *La Jornada*, 14 mai 2005.

Page 348 : L'entretien entre Adolfo Aguilar Zinzer et Sergio González Rodríguez a eu lieu au cours de l'été 2000, dans sa maison de campagne à Tepotzlan (État de Morelos).

Les fonctionnaires du consulat du Mexique à New York ont communiqué à l'auteur des informations détaillées sur le comportement du consul, Arturo Sarukhán.

Diana Washington Valdez, *« Así empezó todo »*, *La Jornada*, 31 octobre 2003.

Kent Paterson a informé Sergio González Rodríguez du climat hostile aux journalistes fin 2003 et début 2004.

Page 349 : sur les pressions de Patricia Olamendi, sous-secrétaire d'État aux Affaires étrangères, voir Raúl Monge, *« Jaloneo por el informe de la ONU »*, *Proceso*, n° 1411, 16 novembre 2003. Sur les problèmes rencontrés par les experts de la mission de l'ONU avec cette sous-secrétaire d'État, l'auteur s'est entretenu avec Isabel Vericat, qui lui a fait part de ses conversations avec Carlos Castresana ;

voir aussi l'article de José Gil Olmos, *« Las muertas de Juárez : lo más abyecto »*, *Proceso*, n° 1415, 14 décembre 2003, p. 22-24.

Des personnes mentionnées, seul Arnoldo Cabada a fait allusion au féminicide de Ciudad Juárez quelques mois plus tard dans une interview, sans apporter beaucoup plus de précisions, sauf à parler d'« imagination délirante ». À ce sujet, voir Cecilia Guerrero et Horacio Carrasco, *« Tejen leyendas en torno a feminicidios »*, *Diario de Juárez*, 3 novembre 2004. Ancien concessionnaire de la société Televisa à Ciudad Juárez, Cabada perdit sa concession peu après la révélation de noms par Diana Washington Valdez et Sergio González Rodríguez. Les conseillers en communication à qui l'auteur a fourni des renseignements à remettre au général de la République Rafael Macedo de la Concha étaient Marco Antonio Rodríguez Blásquez et Gerardo de la Concha.

Carmen Aristegui, *« Nombres »*, *Reforma*, 12 décembre 2003.

La plainte contre Sergio González Rodríguez a été déposée au Bureau du procureur général de justice du district fédéral, Fiscalía Central de Investigación Para Servidores Públicos. Unidad Sin Detenido « C-2 ». Instruction préliminaire n° FSP/8T1/2636/03-12. FSP/UII/64MGS/02-10. Sur les antécédents du plaignant, Miguel Lerma Candelaria, voir Rafael Loret de Mola, *Los cómplices*, Océano, Mexico, 2001, p. 143-159.

Page 350 : Le nom de l'expert fédéral en matière de sécurité qui a révélé à l'auteur qu'une « opération » pour attenter à sa vie était en cours doit rester secret.

Page 351 : L'entrevue entre Sergio González Rodríguez et Rupert Knox a eu lieu à l'hôtel María Cristina, le 23 juin 2004, à 14 h 30.

L'information sur les directives données par le président Vicente Fox Quesada au Cisen de cesser toute enquête compromettante dans le Chihuahua a été fournie par l'expert sur les questions de sécurité dont le nom doit rester secret. Des mois plus tard, la presse a traité certains détails de cette affaire. Voir Antonio Jáquez, *« Inteligencia sin control »*, *Proceso*, n° 1464, 21 novembre 2004, p. 28-34.

Sur les détails de ces deux enlèvements et l'agression, voir Sergio González Rodríguez, *« La caja negra del comandante Minjárez »* ; Carlos Monsiváis *et. al.*, *Viento rojo. Diez historias del narco en México*, Plaza y Janés, Mexico, 2004, p. 81-97 ; *« Candidato perdedor de la gubernatura de Chihuahua »*, *Bajo Palabra*, juillet-août 2004, p. 40-43 ; Joel Edgardo González, *« Tenía días perdidos : que es ex comandante »*, *El Mexicano*, 7 juin 2005 ; Rédaction, *« ¡Jesús, María y José ! »*, lapolaka.com, 7 juin 2005, copie électronique ; Diana Washington Valdez, *op. cit.*, p. 32 et 118-119.

Page 352, sur les policiers sous les ordres de Francisco Molina Ruiz qui ont été dénoncés, voir Daniel Lizárraga, *« Opera ex Secodam con fuerza policiaca »*, *Reforma*, 24 avril 2003 ; Carlos Huerta, *« Judiciales asesinos »*, *Norte*, 17 novembre 2003.

Sur la liste des personnes ayant protesté contre la nomination d'Arturo Chávez Chávez, voir José Antonio Román et Alonso Urrutia, *« Madres de asesinadas en Juárez califican de verdaderamente inútil reunión con Fox »*, *La Jornada*, 25 novembre 2004.

Page 354, sur Carlos Borunda Zaragoza, voir *« Mexican protest »*, *El Paso Times*, 5 juin 2005 ; J. Jesús Esquivel, *« Washington : Cabilderos* vs. *Cabilderos »*, *Proceso*, n° 1489, 15 mai 2005 ; interview de Sergio Dante Almaraz par Sergio González Rodríguez au printemps 2003, à l'hôtel Sevilla (Mexico).

Page 355 : L'informateur du Bureau du procureur général de la République dont le nom doit rester secret a suivi les cours de la PGR. L'Irangate et son impact au Mexique a été traité par Jorge Fernández Menéndez dans son ouvrage *Narcotráfico y poder*, *op. cit.*, p.19-56. Diana Washington Valdez a publié les propos de Javier Benavides dans son livre, *op. cit.*, p. 135.

Page 357 : Commission nationale des droits de l'homme, *Informe especial sobre los casos de homicidios y desapariciones de mujeres en el municipio de Juárez, Chihuahua*, México, novembre 2003 (CD-ROM).

Page 358 : Rapport de la Commission d'experts internationaux de l'ONU, Bureau des Nations unies contre la drogue et les délits, sur la mission de Ciudad Juárez, Chihuahua, Mexique, novembre 2003.

Sur les versions contradictoires des autorités, voir Sergio González Rodríguez, *« Noche y día. Agresión y disparate »*, *Reforma*, 10 mai 2003.

Concernant la position du Bureau du procureur général de la République sur son « Rapport final », voir Rédaction, *« En diciembre informe final de la PGR sobre feminicidios »*, *Norte*, 7 juin 2005.

Sur les actions substitutives du gouvernement concernant le féminicide, voir Silvia Otero et Francisco Gómez, *« No indagará PGR crímenes en Juárez »*, *El Universal*, 22 mai 2003 ; *Manuel metodológico para la investigación criminalística de los homicidios de mujeres en Ciudad Juárez*, Instituto Nacional de Ciencias Penales, Colección Criminalística, Mexico, 2004 ; Luis Alegre et Marisela Ortega, *« Lanzan en Juárez operativo sin plazos »*, *Reforma*, 23 juillet 2003. Sur la nomination de Guadalupe Morfín Otero, voir, de Guadalupe Morfín Otero, *« Tardía pero urgente atención »*, *Mural*, 22 octobre 2003 ; rapport de la Commission pour la prévention et l'éradication de la violence contre les femmes à Ciudad Juárez, Mexico, février 2005 ; Rédaction, *« Designa PGR fiscal para el caso Juárez »*, eluniversal.com, 30 janvier 2004 ; troisième rapport de l'Unité spéciale pour la résolution de délits liés aux homicides de femmes à Ciudad Juárez, almargen.com.mx, 31 janvier 2005, copie électronique ; *« Mireille Roccati nueva Fiscal para el caso Juárez »*, cimacnoticias.com, copie électronique.

Page 359, sur la minimisation de l'affaire par les autorités, voir Gustavo Castillo García, *« PGR : ninguna evidencia de que bandas organizadas sean autoras de feminicidios »*, *La Jornada*, 19 août 2004 ; Miroslava Breach et Rubén Villalpando, *« Llegó a 10 números de muertas en Juárez en 2005 ; el gobernador critica a la prensa »*, *La Jornada*, 29 mars 2005.

Page 360 : Quelques recherches indépendantes réalisées par des journalistes : Alfredo Corchado et Ricardo Sandoval, *« Caso Juárez se centra en policías y drogas »*, *The Dallas Morning News*, 1er mars 2004 ; Diana Washington Valdez, *Cosecha de mujeres. Safari en el desierto mexicano*, *op. cit.* ; Graciela Atencio, *« Una década de impunidad y misoginia »*, *La Triple Jornada*, 61, supplément de *La Jornada*, 1er septembre 2003, p. 4.

Page 361 : Voir aussi les travaux d'Isabel Vericat, *Ciudad Juárez : de este lado del puente*, Instituto Nacional de las Mujeres / Epikeia, AC, Mexico, 2004 ; et de Julia Monárrez et César M. Fuentes, *« Feminicidio y marginalidad urbana en Ciudad Juárez en la época de los noventa »*, sous la direction de Marta Torres Falcón ; *Violencia contra las mujeres en contextos urbanos y rurales*, El Colegio de México / PIEM, Mexico, 2003, p.43-70. Voir également les documentaires suivants : Lourdes Portillo, *Señorita extraviada*, ITVS-Xochitl Film Productions, 2001 ; Alejandra Sánchez, *Ni una más*, CUEC / UNAM, 2001 ; Rafael Bonilla Pedroza et Patricia Ravelo Blancas, *La batalla de las cruces*, CIESAS / Campo Imaginario, 2005. Enfin, pour comprendre la nature corruptrice du cartel de Juárez, voir Charles Bowden, *Down by the river. Drugs, Money, Murder and Family*, Simon & Schuster, New York, 2002.

Page 361 : Amnesty international (rapport), *op. cit.* En 2003, cet organisme a reformulé ses critiques à l'encontre du gouvernement dans un document intitulé *« México : Falla la justicia en Ciudad Juárez y la ciudad de Chihuahua »*, daté du 28 février 2005, copie électronique, google.com. Voir aussi : Commission nationale des droits de l'homme, *Informe especial sobre los casos de homicidios y desapariciones de mujeres en el municipio de Juárez, Chihuahua, México*, novembre 2003 (CD-ROM) ; Commission interaméricaine des droits de l'homme (rapport), *Situación de los derechos de la mujer en Ciudad Juárez, Mexico : El derecho a no ser objeto de violencia y discriminación*, ONU / CEDAW, 2005 ; Bureau des Nations unies contre la drogue et les délits, sur la mission à Ciudad Juárez, Chihuahua, *op. cit.* ; Association nationale des avocats démocratiques, *Reporte de mujeres asesinadas en el municipio de Ciudad Juárez, Chihuahua*, México, février 2005.

Page 363 : Citation extraite de l'article de Jane Caputi et Diana E. H. Russell, *« Sexist Terrorism against Women »*, *in* Jill Radford and Diana E. H. Russel, *loc. cit.*

« Plan alternativo para solucionar el feminicidio en Ciudad Juárez », 29 septembre 2005, Mexico. Les personnes à l'origine de ce projet étaient spécialisées dans divers domaines et formaient le groupe Alternativas. Elles étaient soutenues par le Programa Interdisciplinario de Estudios de la Mujer (El Colegio de México), le Programa Universitario de Estudios de Género (UNAM), le Programa de Investigación Feminista du Centro de Investigaciones Interdisciplinarias en Ciencias y Humanidades (UNAM) et le Colegio de Académicas Universitarias (UNAM).

Sur les reproches du président Fox, voir Rosa Elvira Vargas, *« Acusa Fox a medios de refritear casos de Juárez »*, *La Jornada*, 31 mai 2005 ; Renato Dávalos et David Carrizales, *« Se da uso político a los asesinatos en Juárez : Fox »*, *La Jornada*, 1er juin 2005.

Le témoignage d'Adolfo Aguilar Zinzer a été rapporté à Sergio González Rodríguez le 25 février 2005, dans les locaux de la chaîne de télévision Canal 40, à Mexico. Sur l'accident de la route dont il a été victime, voir Raquel Fierro, *« Fallece Aguilar Zinzer »*, *Reforma*, 6 juin 2005.

Page 364 : Dans *Grammatica della moltitudine*, Paolo Virno écrit que « la désobéissance radicale doit remettre en question l'aptitude à administrer l'État ». Voir Marcelo Expósito, *« De la desobediencia civil a la desobediencia social : la hipótesis imaginativa »*, Brumaria, n° 2, juin 2003, copie électronique / google.com

Roberto Bolaño, *2666*, Anagrama, Barcelone, 2004.

Sandra Rodríguez Nieto, *« Enfrenta a televisoras locales presunto caso de violación »*, 9 juillet 2005, *El Diario Digital*, copie électronique.

Benito Jiménez, « *Reconocen fracasos en Plan para Juárez* », *Reforma*, 12 août 2005.

Page 365 : Guadalupe Vallejo Mora, « *Creará PGR Fiscalía Especializada de delitos violentos contra mujeres* », 13 septembre 2005, cimacnoticias.com

Ernst Jünger, *La Paix*, La Table ronde, Paris, 1971.

Remerciements

L'auteur remercie les directeurs et chefs de rubriques du quotidien *Reforma* de leur compréhension. Pendant six ans, ils ont accepté de publier les articles et les reportages qui sont à l'origine de ce livre. Il s'agit d'Alejandro Junco de la Vega, Lázaro Ríos, René Delgado, Roberto Zamarripa, Rosa María Villareal, Enrique Quintana et Homero Fernández.

Ce livre n'aurait jamais été écrit sans l'aide directe de Rossana Fuentes Berain, Luis Enrique López, Salvador Camarena, Dinorah Basáñez et Beatriz de Léon.

En outre, l'auteur sait gré de leur contribution à Diana Washington Valdez, Esther Chávez Cano, Irene Blanco, Oscár Máynez, Sergio Melgar, Alfredo Limas Hernández, Israel Covarrubias González, Marisela Ortega, Rosa Isela Pérez, Arsène van Nierop, Luis Gómez, Jorge Carrasco, Julieta García González, Luis Barquera, María Luisa Pérez, Martha Trejo, Rafael Ruiz Harrell, María de Jesús García, Raymundo Riva Palacio, Miguel Sarre, Mauricio Montiel Figueiras, Luz Emilia Aguilar, Juan Villoro, Ricardo Cayuela, Fabrizio Mejía Madrid, Julio Trujillo et Roberto Bolaño.

L'auteur remercie aussi de leur soutien Carlos Monsiváis, Gabriel Zaid, Enrique Krauze, Sergio Pitol, Gloria Pérez Jácome, Christopher Domínguez Michael, Antonio Saborit, Alfonso Morales, Gerardo de la Concha, Ilán Semo, Leonardo Tarifeño, Guillermo J. Fadanelli, Yolanda Martínez, Norma Lazo, Aurora Tejeda, Alberto Román, Delia Juárez, Rafael Pérez Gay, César Silva Gamboa, Adolfo Castañón, Xavier Guzmán Urbiola, Carlos Silva, Héctor Manjarrez, Alberto Paredes, Gerardo Ochoa Sandy, Benjamín Mayer, Luis Franco Ramos, Ignacio Herrera Cruz,

Rafael Aviña, José Xavier Navar, Patricia Nettel, Guadalupe Sánchez Nettel, Héctor de Mauleón, Mónica Nepote, Manuel Verduzco, Gabriela Pereda, Elizabeth Bellon, David Lida et Lorea Canales.

Et aussi Roberto Diego Ortega, Rocío del Vecchio, Lligany Lomelí, Luz María Martínez, Araceli Friscione, Bernardo Esquinca, Enrique Blanc, Elda González Valdez, Silvia Cherem, Anamari Gomís, Auxilio Alcantar, Marcela Rivas, Rogelio Carvajal, Miriam Mabel Martínez, Fernando de Ita, Ixchel Delgado Jordá, Julia Tuñón, Gabriel Santander, Olga García Tavares, Juan Veledíaz, Maricela Ramos, Arturo Mendoza Mociño, Miguel Icaza, Andrés Tapia, Patricia Gola, Ana Rosa González Matute, Gabriel Bernal Granados, Benjamín Anaya, Ricardo Pohlenz, Teresa Arciniega, Enrique Portilla Fuentes, Daniel Toscano, Mauricio Hammer, Carlos Martínez Rentería, Claudia Guillén, Alana Gómez, Miguel Ángel Morales, Maricarmen Rion, Miriam Audiffred, Rodrigo Rodríguez, Andrea Medina, Ana González et Álvaro Uribe.

Enfin, l'auteur exprime une gratitude toute particulière à ses sœurs Magdalena, Margarita (†), Clara, Victoria, Elia, Ana Laura ; à son père, José de Jesús (†) ; à Marta López de González ; à ses frères Jesús (†), Javier, Carlos, Pablo, Vicente ; à ses neveux Jesús, Juan Carlos, Iván, Omar, Mauricio, Adrián, Javier, Jesús Fernando ; à ses nièces Laura Andrea, Gloria, Gabriela Margarita, Karla, Charleen, Kim ; à María Antonieta Aceves, Mayra Medina de González, Javier Ortega, Jorge Cervantes et au reste de ses proches et amis.

Table

AU CATALOGUE

TRADUCTIONS CONTEMPORAINES

Mantra, Rodrigo Fresán

Les Jeux sont faits, Juan Villoro

Ce que dit Molero, Dinis Machado

La Lecture assassine, Enrique Vila-Matas

Mastroianni-sur-Mer, Enrique Vila-Matas

Finisterra, paysage et peuplement, Carlos de Oliveira

Pour en finir avec les chiffres ronds, Enrique Vila-Matas

De l'avantage de voyager en train, Antonio Orejudo

Shiki Nagaoka : un nez de fiction, Mario Bellatin

Mouvement perpétuel, Augusto Monterroso

Holy Smoke, Guillermo Cabrera Infante

Treize fables et demie, Juan Benet

Une méditation, Juan Benet

Flore, Mario Bellatin

Muchacha punk, Fogwill

L'Art de la fugue, Sergio Pitol

Le Chevalier de Saxe, Juan Benet

Le Mot magique, Augusto Monterroso

Le Jardin de la dame Murakami, Mario Bellatin

Jacob le mutant suivi *de Chiens héros*, Mario Bellatin

À paraître

La Boîte blonde, Toby Olson

La Lettre e, Augusto Monterroso

La Vitesse des choses, Rodrigo Fresán

Leçons pour un lièvre mort, Mario Bellatin

Histoires maigres, Alasdair Gray, James Kelman, Agnes Owens

La Vérité c'est comme du mensonge, on n'en sait jamais rien, Daniel Sada

Les Muses inconnues

(sous la direction de Georges Bourgueil)

Le Parnasse des poètes satyriques

Six curiosités facétieuses sous Henri IV

Le Moyen de parvenir, Béroalde de Verville

Alector ou le Coq, histoire fabuleuse, Barthélémy Aneau

L'Histoire véritable ou le voyage des princes fortunés, Béroalde de Verville

Les Météores

Satan à Paris, Jean Genbach

Éditions Passage du Nord-Ouest
3, place Saint-Julien, 81000 Albi
France

06 81 29 93 36
passagedunordouest@wanadoo.fr
Http ://www.passagedunordouest.com

DIFFUSION-DISTRIBUTION
France, Belgique : Les Belles Lettres
Canada : Dimedia
Suisse : Zoé

Conception graphique : Christine Dufaut
dufaut.christine@orange.fr

Achevé d'imprimer
en juillet 2007
par l'imprimerie Corlet
à Condé-sur-Noireau (France)
N° 104694

N° d'éditeur : 914834
Dépôt légal : septembre 2007